民国
掌故

世
载
堂
杂
忆
全
编

［民国］刘成禺
——
著

欧阳跃峰
——
整理

中华书局

图书在版编目(CIP)数据

世载堂杂忆全编/刘成禺著;欧阳跃峰整理. —北京:中华书局,2025.7. —ISBN 978-7-101-17214-0

Ⅰ.I266

中国国家版本馆 CIP 数据核字第 20259DB819 号

书　　名	世载堂杂忆全编	
著　　者	[民国]刘成禺	
整 理 者	欧阳跃峰	
责任编辑	杜艳茹	
封面设计	刘　丽	
责任印制	陈丽娜	
出版发行	中华书局	
	(北京市丰台区太平桥西里 38 号　100073)	
	http://www.zhbc.com.cn	
	E-mail:zhbc@zhbc.com.cn	
印　　刷	河北新华第一印刷有限责任公司	
版　　次	2025 年 7 月第 1 版	
	2025 年 7 月第 1 次印刷	
规　　格	开本/850×1168 毫米　1/32	
	印张 16⅞　插页 2　字数 320 千字	
印　　数	1-2000 册	
国际书号	ISBN 978-7-101-17214-0	
定　　价	78.00 元	

目录

整理说明

《世载堂杂忆》的作者刘成禺（1875—1952）[1]，本名问尧，因生于广东番禺，故字禹生，笔名壮夫、汉公、刘汉，湖北江夏（今属武汉）人。刘成禺生性豁达，因脸上长有麻子，一些老友常戏称为"麻哥"，也不介意。

其父刘兆霖，号雨臣，清朝咸丰年间曾赴拔贡朝考，同治十一年（1872）任广东新宁县（今台山市）知县，据说先后在广东官场辗转数十年，颇有政声，晚年回武昌以授徒为生。虽然刘兆霖官做得不大，刘成禺好歹也算是出生于官宦之家，幼年的生活、学习资源还比较富足。可惜刘成禺13岁时其父即已辞世，此后便由其母方氏抚养成人。不过刘兆霖在世时对子女的学业"督责甚严"，为刘成禺打下了较好的文字功底。

年稍长，刘成禺进入武昌经心、两湖书院，跟随梁鼎芬等学习"经史性理词章之学"。有记载说刘成禺曾跟随辜

---

[1] 关于刘成禺的出生年份，有1873、1875、1876、1877年四种说法。此处采用傅德元先生的考订，即他的出生日期为清光绪元年十一月十七日（1875年12月14日）。参见傅德元《刘成禺主要著述史实考订》，《历史研究》2006年第3期。

鸿铭和容闳学习西文，这应该是后来的事情。1900 年，唐才常发动自立军起义，受命回鄂策应的湖北籍留日学生戢元丞曾与刘成禺接洽，并于起义失败后在刘家躲藏。刘成禺怕受牵连，先逃往上海，后又与沈翔云一道前往香港会见陈少白，遂由陈介绍加入兴中会。不过，湖北官方在镇压自立军起义时并未察觉刘成禺的活动，于是他很快获得官费留日资格，于 1902 年前后进入日本成城陆军预备学校。经联系，刘成禺在皖籍留日学生程家柽陪同下到横滨会见孙中山，双方交谈甚欢，刘成禺后来宣称"是为四十余年致力革命之发韧"①。

未几，刘成禺再见孙中山，恰值孙与日本友人犬养毅、曾根俊虎在东京红叶馆聊天。孙中山对他说：

> 太平天国一朝，为吾国民族大革命之辉煌史，只有清廷官书，难征文献。曾根先生所著《满清纪事》，专载太平战事，且多目击。吾欲子搜罗遗闻，撰著成书，以《满清纪事》为基本，再参以欧美人所著史籍，发扬先烈，用昭信史，为今日吾党宣传排满好资料，亦犬养先生意也。吾子深明汉学，能著此书，吾党目下尚

---

① 刘成禺：《先总理旧德录》，载尚明轩等编《孙中山生平事业追忆录》，人民出版社 1986 年版，第 673 页。

无他人，故以授子。①

刘成禺参照孙中山与犬养毅、曾根俊虎提供的书籍，又广泛搜集英、日各书及中国的官书、野史，翌年编成《太平天国战史》书稿16卷，先行印刷6卷（一说先印2卷），编著者署名"汉公"。孙中山为之作序曰：

> 洪朝亡国距今四十年，一代典章伟绩概付焚如，即洪门子弟亦不详其事实，是可忧也。汉公搜辑东西太平遗书，抄译成册，中土秘本考证者不下数十种，虽当年遗老所见所闻异辞，文献足征大备，史料官书可据者录之，题曰《太平天国战史》，洵洪朝十三年一代信史也。太平一朝，与战相终始，其他文艺、官制诸典不能蔚然成帙；又近时官书伪本流行，关于太平战绩，每多隐讳。汉公是编，可谓扬皇汉之武功，举从前秽史一澄清其奸，俾读者识太平朝之所以异于朱明，汉家谋恢复者不可谓无人。洪门诸君子手此一编，亦足征高曾矩矱之遗，当世守其志而勿替也，予亦有光荣焉。②

1903年初，刘成禺与鄂籍留日学生蓝天蔚、张继煦、李书城等在东京创办《湖北学生界》杂志，发表《史学广

---

①刘成禺：《先总理旧德录》，载尚明轩等编《孙中山生平事业追忆录》，第673页。
②中国社会科学院近代史研究所中华民国史研究室等合编：《孙中山全集》第1卷，中华书局1981年版，第259页。

义》等文章宣传民主革命思想。署理两江总督的湖广总督张之洞、署理湖广总督的湖北巡抚端方等已经了解到相关情况，张之洞早在光绪二十八年十二月初一日（1902年12月30日）即电令清廷驻日公使蔡钧、留日学生监督汪大燮，"严切诫谕湖北各学生"，将"在东洋开办报章"之事"立作罢论。如抗不听命，应即停给学费，知会日本国校长，将违教学生撤回"[1]。后湖北官方遂撤销了《湖北学生界》编辑刘成禺的留日士官生资格，"另给以留学美国之学费二千两"[2]。刘成禺本人则谓："练兵处奉满廷廷寄，不准学陆军、入士官学校，抄籍武昌家产，逐出东京。后由汪大燮赔款六千元赴美。"[3]

是时，孙中山刚刚击败旧金山的保皇党势力，改组当地华侨洪门致公堂机关报《大同日报》，驱逐了自该报于1902年办刊以来一直担任主笔的康有为弟子欧榘甲，亟待有人接手。"由香港潘兰史、陈楚楠二同志介绍刘成禺，总理

---

[1] 苑书义等主编：《张之洞全集》第11册，河北人民出版社1998年版，第8970—8971页。
[2] 朱和中：《革命思想在湖北的传播与党人活动》，武汉大学历史系中国近代史教研室编《辛亥革命在湖北史料选辑》，湖北人民出版社1981年版，第533页。
[3] 刘成禺：《先总理旧德录》，尚明轩等编《孙中山生平事业追忆录》，第675页。

聘之"①。

刘成禺取道上海领取赴美护照，于1904年春夏之交乘轮船抵达美国加州旧金山，一边进入加州大学读书，一边兼任《大同日报》总编辑。他本人也加入了美洲致公堂，并担任了"白扇"的职位。在刘成禺的主持下，《大同日报》"旗垒为之一新，渐渐发挥洪门反清复明之宗旨，使致公堂会员明白本来面目，前之误染康梁余毒、以敌为友者，至是迷途知返，大不乏人。南北美洲凡有洪门人士所到之地，莫不有《大同报》，一纸风行，无远弗届。保皇会以刘之来，影响其党势甚巨"②。刘成禺将《大同日报》的宗旨由保皇完全改变为反清革命，"自是大倡革命排满，放言无忌，美洲华侨革命思想之激荡，刘之力为多焉"③。该报成为孙中山在美洲建立的第一个宣传阵地，同时也是孙中山在美洲华侨中集结革命力量的最重要据点。它在肃清保皇党人所散布的余毒、传播资产阶级民主革命思想、争取旅美华侨支持国内革命等方面，都发挥了无可替代的作用。"自是全美侨众之革命思

① 朱和中：《革命思想在湖北的传播与党人活动》，武汉大学历史系中国近代史教研室编《辛亥革命在湖北史料选辑》，第533页。但冯自由一再提及，刘成禺至《大同日报》任职是由他介绍的。（参见新星出版社2016年版《革命逸史》上，第118页；中，第726页。）
② 冯自由：《美洲致公堂与〈大同报〉》，《革命逸史》上，第118页。
③ 冯自由：《美洲革命党报述略》，《革命逸史》中，第726页。

潮，遂因《大同日报》之崇论宏议而一跃千丈，不独洪门人士为然也"①。

为了尽快克服语言障碍，及早完成学业，刘成禺聘请了一位英文家庭教师。这是一位出生在美国的白人姑娘，名叫珍妮·埃拉·特雷斯科特（Jennie Ella Trescott），比他小两岁。后来，在一场火灾中珍妮被困在了五楼住所，刘成禺冒着生命危险冲进火海把珍妮救了出来。珍妮大为感动，决定以身相许。当时美国许多地区包括加利福尼亚州的法律，都明确规定白人不能与华人通婚。1906 年 5 月，珍妮与刘成禺旅行到允许白人与有色人种通婚的怀俄明州埃文斯顿市，办理了结婚手续，还顺道游览了犹他州的盐湖城。为此，刘成禺的好友、篆刻家杨千里专门刻了一方印文为"火里奇缘"的印章赠送他们。

1911 年 10 月 10 日武昌首义成功后，刘成禺很快返程回国。南京临时政府成立，来自"首义之区"湖北的革命党人并没有获得什么重要职位，于是便形成了以黎元洪为首的湖北集团，他们于 1912 年 1 月 20 日在上海成立民社，在湖北设分社，拥黎元洪为领袖。同年 5 月，又在民社的基础上成立共和党，以黎任理事长，利用各种机会抬高自己的地

---

① 冯自由：《华侨革命开国史》，中国社会科学院近代史研究所近代史资料编辑组编《近代史资料专刊·华侨与辛亥革命》，中国社会科学出版社 1981 年版，第 48 页。

位，扩大自己的影响，争取自己的利益。刘成禺回国之初被湖北方面推为南北议和的南方代表，并在上海加入柳亚子等人创办的"南社"。后与时功玖、张伯烈同任南京临时政府临时参议院湖北省参议员，先后成为民社、共和党的骨干，多次在临时参议院会议上提出非难政府的议案，与孙中山、黄兴等人大唱反调，甚至不惜以辞职为要挟，一时闹得沸沸扬扬。

　　临时政府北迁后，刘成禺作为临时参议院参议员亦随之赴北京履职。1913 年 4 月，中华民国第一届国会开幕，刘成禺仍为参议院议员。袁世凯曾以大总统令颁授"嘉禾章"，希望他能为其所用，但并无明显效果。"二次革命"爆发，国民党籍议员遭通缉，刘成禺避往上海，开了一家以"嘉禾居"为招牌的杂货铺，不顾别人劝阻，硬是将"嘉禾章"嵌于招牌上。形势缓和后才又返回北京闲居。刘成禺后来说："寅（甲寅，1914 年）、巳（丁巳，1917 年）之际，退处城南，僦孙退谷故宅居之，槐窗闲日，间理旧籍。时项城锐意称帝，内外骚然，朝野新语，日不暇给。遂举所闻所见，随笔纪录，曰《后孙公园杂识》，存事实也。"①

　　洪宪帝制终结，刘成禺前往广州，采纳朋友意见，根据前所记史实撰写出《洪宪纪事诗》200 首，"携归沪渎，呈

----

① 刘成禺、张伯驹：《洪宪纪事诗三种》，上海古籍出版社 1983 年版，第 29 页。

王师胜之、陈师介安及章先生太炎，均劝其详注刊行，昭明真伪，诸老辈亦多索此稿者。……成禺此本，大雅所讥，既经老辈宏奖，后来复鲜正抄，应加勒白，先刊诗二百余章，敢奉前贤，用代墨楮，得荷批窜，是所锡幸"[1]。

刘成禺1919年将《洪宪纪事诗》刊行，并由章炳麟为之作序。孙中山亦应刘成禺之请，为之题跋曰：

> 今春总师回粤，居观音山粤秀楼，与禺生、少白、育航茗话榕阴石上。禺生方著《洪宪纪事诗》成，畅谈《新安天会》剧曲故事。予亦不禁哑然自笑。回忆二十年前，亡命江户，偶论太平天国遗事；坐间犬养木堂、曾根俊虎，各出关于太平朝之东西书籍，授禺生译著。年余，成《太平天国战史》十六卷，予序而行之。今又成《洪宪纪事诗》几三百篇。前著之书，发扬民族主义；今著之诗，宣阐民主主义。鉴前事之得失，示来者之惩戒，国史庶有宗主，亦吾党之光荣也。[2]

后来，刘成禺又将《后孙公园杂识》中所述史实分别附注于《洪宪纪事诗》每首之后（间亦有"成禺补记""成禺手记"等不同），自1936年5月5日起开始在《逸经》半月刊上刊登，题名为《洪宪纪事诗本事注》。《逸经》第5期在《洪宪纪事诗本事注》开头刊有简又文与谢兴尧合写

---

[1] 刘成禺、张伯驹：《洪宪纪事诗三种》，第29页。
[2] 刘成禺、张伯驹：《洪宪纪事诗三种》，第33页。

的弁言、刘成禺自拟的《洪宪纪事诗本事注初稿例略》、孙中山的题跋。国家图书馆收藏有《逸经》第5—13期刊载的《洪宪纪事诗本事注》剪贴本。国家图书馆还收藏有一种《洪宪纪事诗本事簿注》，前有孙中山《洪宪纪事诗叙辞》、凡例、章炳麟《洪宪纪事诗序》及赵藩、陈嘉会的题诗，书末有"《洪宪纪事诗本事簿注》四卷，世载堂藏板，京华印书馆校印刊行"的方形印记，事实上该书只有2卷，未刊明出版年份。考虑到该书体例与《洪宪纪事诗本事注》基本相同，可以认为它就是在《本事注》的基础上编成的。

张勋复辟败亡后，掌握北京政府实权的段祺瑞拒不恢复《临时约法》与国会，孙中山举起护法旗帜，在广州成立护法军政府，自任海陆军大元帅。刘成禺追随孙中山护法，以非常国会参议院议员被聘任为中华民国军政府海陆军大元帅府参议。未几，孙中山因受西南军阀排挤而离粤赴沪。

1920年11月孙中山返回广州，重组护法军政府，次年5月就任中华民国非常大总统。刘成禺又先后被任命为总统府宣传局主任、陆海军大元帅大本营宣传委员和国民党临时中央委员会委员。陈炯明叛变后，孙中山担心当时在湖南衡阳督师的吴佩孚会令江西的军队入粤助陈，决定要以和平的方式阻止赣军进入广东，乃从停泊在黄埔的永丰舰上派徐苏中专程给当时在香港的刘成禺送了一封信，称：

禹生兄鉴：

　　和赣之事，由吾兄全权办理，务期尽其所能，便宜行事，即刻北行，成功为要。

孙文 [1]

可见当时孙中山对刘成禺的信任之深、倚任之重。

　　1923年春，孙中山再赴广州就任大元帅后，又任命刘成禺为陆海军大本营参议，指定其为湖北省出席中国国民党第一次全国代表大会的代表，会议期间担任组织宣传审查委员会委员。孙中山还曾让他与郭泰祺等负责办理鄂豫湘三省军政事务。

　　1924年10月北京政变后，冯玉祥、段祺瑞先后电邀孙中山北上共商国是，孙命刘成禺与段祺瑞的代表许世英接洽，安排孙中山北上事宜。当时，刘成禺、郭泰祺等正在与两湖巡阅使萧耀南暗中策划迎孙赴鄂、在武汉成立建国政府，惜未成功。

　　孙中山逝世后，刘成禺遵从其不在北京政府谋求官职的临终教诲，回武昌任教于武昌高等师范学校。1931年2月，经于右任力荐，南京国民政府任命刘成禺为监察院监察委员。1943—1944年，他还担任过高等考试监察委员。

　　1944年12月，刘成禺的老友于右任、居正、孙科、宋

---

[1] 刘成禺：《先总理旧德录》，载尚明轩等编《孙中山生平事业追忆录》，第686页。

子文、冯自由、柳亚子、章士钊、董必武等在重庆为他举办了七十寿辰庆祝活动。他的学生李以祉等为他写了《刘禺生先生七十行述》，好友章士钊为他写了《武昌先生七十生朝诗并序》。参与贺寿者不乏革命元老、文坛耆旧，多为民国年间煊赫一时的知名人士，可谓高朋满座、盛况空前，让人顿生不虚此生之感。

但是，这一年也是刘成禺的命运之坎。他因病做了一场剖腹手术，"得庆更生"。当年70岁已经算是高寿了，医生为了宽慰他，说他还能活十年。当朋友劝他用余生撰写生平经历及所见所闻，留作"国故文献"时，刘成禺想到了中江兆民。这位名列"明治四大奇人"之一的日本自由民权运动理论家、政治家，在生命垂危之际写下了《一年有半》和《续一年有半》这两部轰动日本思想界的名著存留于世。刘成禺决定效仿中江兆民，从余下的十年生命中拿出九年半来为子孙后代留下一些精神财富，于是才有了《世载堂杂忆》的问世。

在刘成禺的有生之年，《世载堂杂忆》是以逐日连载于《新闻报》副刊"新园林"的方式面世的。《新闻报》连载《世载堂杂忆》始于1946年9月15日，终于1948年10月7日，基本上每天刊载一段，注明期数，空缺的现象较为少见。为了节省版面，一篇文章往往要连载好几天，只有少数短篇才会一次刊完，更短的篇幅亦有一次刊两篇的。1948

年 10 月 7 日刊载的《世载堂杂忆》注明为 670 期，但因该报 1948 年 8 月 15 日刊载的《世载堂杂忆》应为 663 期，却误为 636 期，此后一直延续下来，到 1948 年 10 月 7 日应该为 697 期。

1947 年 8 月，刘成禺被南京国民政府派为监察院两广监察使，当年 11 月被免去监察院监察委员职务。1949 年初，又被任命为国史馆总编修。

中华人民共和国成立后，刘成禺返回原籍武昌，被任命为湖北省人民委员会参事室参事，并当选为湖北省人民代表大会代表。1950 年 8 月，中央人民政府又任命刘成禺为中南军政委员会文教委员会委员。1952 年 3 月 15 日病逝于汉口[①]，享年 78 岁。

综观刘成禺色彩斑斓、跌宕起伏的一生，他的主要身份应该是一位政客，且以追随孙中山为其人生主流，虽然在政治方面不乏可圈可点之举，而其最耀眼的人生光点却在著述方面。遥想当年他的《洪宪纪事诗》横空出世，吸引了多少朝野人士的关注，可谓是流传一时、脍炙人口。其他如《太平天国战史》《世载堂杂忆》也有一定影响。有学者认为刘成禺一生著述颇丰，并罗列了"《先总理旧德录》、《中国五大外交学者口授录》（五人为容闳、马相伯、辜鸿铭、伍廷

---

① 武汉地方志编纂委员会编：《武汉市志·人物志》，武汉大学出版社 1999 年版，第 11—12 页。

芳、唐绍仪)、《洪宪纪事诗本事簿注》、《世载堂诗》(六卷)、《散原先生松门说诗》、《太平天国战史》(十六卷)、《史学广义》、《广西史考广义》(四卷)、《自传》、《禹生四唱》(包括洪宪纪事诗、金陵新咏、忆江南杂诗、渝州杂咏、论版本绝句)、《世载堂杂忆》等 11 部著作"[1]。

其实,刘成禺已问世的著作除了前文提到的《太平天国战史》部分、《洪宪纪事诗》系列与后文将论及的《世载堂杂忆》系列外,还有 1945 年京华印书馆刻印的《世载堂诗》和《世载堂诗待删稿》、1934 年刘成禺自印的《禹生四唱》(实际只有《洪宪纪事诗》和《广州杂咏》两种)、1986 年复旦大学图书馆印的《禹生四唱 4 种》、1986 年尚明轩等收入《孙中山生平事业追忆录》(人民出版社出版)的《先总理旧德录》,其余的尚未见刊印流传。

刘成禺在《世载堂杂忆》前面的简短题记中宣称:"予平生首尾未完毕之书,如《禹生四唱》《洪宪纪事诗本事簿注》《忆江南杂诗注》《容闳、辜汤生、马相伯、伍廷芳外交口授录》《世载堂笔记》与《自传》等,尽归纳《杂忆》中,汇为长编,备事分录。"从这段话中不难看出,这里所列举的 6 种著作都是未完成乃至未动笔的,且打算将其内容全部纳入《世载堂杂忆》之中而不再续作了。所以,除了《禹生

---

① 蔡登山:《刘成禺与全编本〈世载堂杂忆〉》,《博览群书》2010 年第 7 期。

四唱》与《洪宪纪事诗本事簿注》曾部分刊出外，其余的都仅仅是停留在计划或想象中，统计刘成禺的已刊著述种类时完全没有必要将它们列入。

《世载堂杂忆》属于笔记体裁的掌故类著作，全书共由215篇长短不一的文章组成。这些文章的呈现方式又分为两种：一种是单独成篇的，共110篇，约占一半强；另一种是按照疏密不同的关系结合成组的，诸如《书广雅遗事》《太平天国佚史》《新华宫秘密外交》《清稗谈屑》等，最多的组达31篇，最少的组只有2篇。该书内容贯串了清代与民国两大时期，近代的一些重大历史事件诸如太平天国、洋务运动、中日甲午战争、戊戌变法、辛亥革命、洪宪帝制、护法运动等均有不同程度的涉及。典章制度方面介绍了清代的科举、刑部则例、乐部大臣、国子监与各省书院等；历史案例方面介绍了顺治丁酉江南科场案、武昌假光绪案、清室皇陵被劫案、民元北京兵变案、中日"二十一条"交涉案等；文人群体主要介绍了乾嘉学派、桐城派、常州骈文派、岭南学派、西北史地学派以及绍兴师爷等；历史文献的编著方面介绍比较详细的则有《清史稿》《革命军》《水经注疏》《柳下说书》等。

当然，该书内容牵涉最多的还是形形色色的历史人物。上自清朝帝后，如乾隆皇帝、咸丰皇帝、慈安太后、慈禧太后等；民国总统，如孙中山、袁世凯、黎元洪、冯国璋、徐世昌、曹锟等；中有清代名臣，如徐乾学、和珅、潘祖荫、何绍基、奕䜣、李鸿藻、孙毓汶、曾国藩、胡林翼、左宗棠、彭玉麟、李鸿章、沈葆桢、刘坤一、张之洞、肃顺、倭仁、徐桐、翁同龢、樊增祥、瞿鸿禨、端方、程德全、岑春煊、岑春蓂（不分贤愚廉贪矣）等；北洋骨干，如段祺瑞、唐绍仪、杨士琦、张怀芝、段芝贵、袁乃宽、张勋、吴佩孚、徐树铮等；民国将领，如徐绍桢、陈炯明、樊钟秀、陈宦、萧耀南等；下至文人墨客，如冒广生、缪荃孙、孙诒让、王闿运、李慈铭、华蘅芳、梁鼎芬、杨守敬、吴汝纶、黄侃等；留学归来的社会精英，如容闳、马建忠、伍廷芳等；著名立宪派代表人物，如康有为、张謇、郑孝胥、杨度等；革命派代表人物，如戴元丞、苏曼殊、章炳麟、邹容、宋教仁、马君武、刘师培等；国产女权主义者，如吕碧城、安静生、沈佩贞、刘四奶奶、王三太太（谢长达）、蒋淑婉等；甚至还有外国驻华使节朱尔典等。

该书也有少量内容超出了清代与民国的时间范畴，如孔子历代封谥、南宗孔圣后裔等。

刘成禺生活于晚清至民国时期，清朝灭亡时，他已过了而立之年，对于《世载堂杂忆》中叙述的清代人物与掌故耳熟能详。至于书中记载的那些民国年间的历史事件，多数都是他所亲身经历的，有些他甚至在其中扮演了重要的角色；书中涉及的那些历史人物，多数都是他见过面或有过交往的熟人，有些甚至是一度与他交往密切、堪称朋友者。是以该书不但记载了一些正史难以见到的史实，具有重要的史料价值，而且因为作者的身份特殊，具有较高的可信度。

毋庸讳言，刘成禺撰写《世载堂杂忆》主要凭借的是记忆，不可能花费大量时间查阅历史文献，逐条加以核实。追忆数年乃至数十年之前的往事，即便是记忆力超强者也难免会有失误，这也是无可掩饰的。再则，记载同时代的熟人，刘成禺的政治立场、个人情感、看问题的视角也会影响到叙事与评价的客观公正性。

章士钊先生在《疏〈黄帝魂〉》中多次指出《世载堂杂忆》记载的不实，批评刘成禺写作态度不够严谨。如针对《近代学者轶事》一条所载"章太炎有手抄秘本数十册，蝇头小楷，极精善，皆汉魏以前最好文调，故其作文渊雅古茂，有本原也"，评论曰："禺生游谈之雄，好为捕风捉影之说，讥讪前辈，自是一病"[1]；针对《腊肠下酒著新书》一条说蔡锷签书"腊肠"，以戏弄邹容，以为是不可能之事，责备"禺生以小说家姿态，描画先烈成书次第，故实随意出入，资其装点，余殊不取"[2]；针对《述戴翼翚生平》一条所

---

① 章士钊：《疏〈黄帝魂〉》，《辛亥革命回忆录》一，文史资料出版社 1961 年版，第 223—224 页。
② 章士钊：《疏〈黄帝魂〉》，《辛亥革命回忆录》一，第 248、247 页。

载《国民报》创刊后"戢元丞、秦力山、沈翔云、雷奋、杨廷栋等皆有撰著",驳斥道:"雷、杨皆著名宪政学党人,胡乃与秦、沈诸子勠力共命乎?"针对该条还说刘成禺"又与沈翔云为《留学生告张之洞书》,责其残杀士类,劝其改革政治",更是直言不讳地揭露:"禺生称其与沈翔云共草告之洞书,此左祖同乡,羌无故实,未免可笑。"①陆丹林先生也曾指出《世载堂杂忆》的一些错误,认为该书所载"有的史事,缺乏参考资料,有的苦忆追述,也不免'想当然'的顺笔一挥,因之'小疵'是很自然的了"②。董必武为《世载堂杂忆》题词一分为二地评价道:"禺生见闻广博,晚年忆其从前耳濡目染之事,笔而录之,为《世载堂杂忆》。此随笔之类,未加整理,虽不无耳食之谈,谬悠之说,然多遗闻佚事,其中亦有《洪宪纪事诗簿注》之所未及者,甚可喜亦可观也。"

1960 年,钱实甫先生整理的《世载堂杂忆》单行本列入《历代史料笔记丛刊》,由北京中华书局出版。1971 年,沈云龙先生将该书收入《近代中国史料丛刊》,由台北文海出版社影印发行。1976 年,台北长歌出版社也将该书收入

---

① 章士钊:《疏〈黄帝魂〉》,《辛亥革命回忆录》一,第 267—268 页。
② 陆丹林:《前言》,刘禺生《世载堂杂忆续篇》,海豚出版社 2013 年版,第 2 页。

《长歌传记文学丛刊》出版。1995年，该书由蒋弘先生重新点校后，列入《民国笔记小说大观》，由山西古籍出版社出版。1997年，辽宁教育出版社再次将该书收入《新世纪万有文库》出版。上述版本或完全照搬中华书局1960年的版本，或在该版本基础上稍作加工，内容并无出入。

但是，钱实甫先生整理的《世载堂杂忆》却没有把刘成禺连载于《新闻报》的书稿全部收入，而是有所取舍的。一些曾经活跃于民国文坛的耆老很快发现了这个问题，并为难窥全豹而深表惋惜，甚至有人为弥补这一缺陷付出了不懈的努力。

郑逸梅先生有记载说："我喜搜罗近代笔记，曾录存其轶文：一、《陈友仁黑白分明》，二、《滑稽联》，三、《莱州奇案》，四、《梁任公两女友》，五、《清末之新军》，六、《湘绮楼三女之所遇》。"并提及："其它尚有《可怜秋水词》《近人谈鬼录》。在科学昌明之时，谈荒诞不经之鬼物，宜其被删汰了。"[①]在香港创办《大华》杂志的高伯雨先生读了中华书局版《世载堂杂忆》后，也觉得遗漏了多篇文章，马上想到"如果能把未收入书中的那些篇章，在《大华》重刊，读者一定欢喜若狂的"。于是便写信向当时在上海的老友陆丹林求援。陆丹林"说他剪存有《杂忆》全份无缺，可

①刘成禺著、蒋弘点校：《世载堂杂忆》导言，山西古籍出版社1995年版，第3、4页。

以把未收入单行本的部分抄来给我（指高伯雨）登刊。自二十五期（1967年3月15日）起登出，标题作《世载堂杂忆续篇》，下属'刘禺生遗著，隽君注释'。隽君者，丹林先生化名也。他相识刘君在前，我相识在后（1936年《逸经》在上海出版，陆任主编，《洪宪纪事诗》就在其中刊出），由他注释再好不过。一共登载十期把全文刊完（1967年7月30日出版的第三十四期）"①。陆丹林在为这部分遗稿撰写的前言中说："该书（指中华书局1960年版《世载堂杂忆》）印行的，只有十分之八的材料，还有部分文稿没有编入。我手边藏存他的余稿，今特整理抄录，并略为注明。目的是供读者们得窥全豹，也可以使作者当年的写作，不致四分五裂而有遗珠之憾。"②后来，蔡登山先生偶然在台北"中研院"近史所找到后来香港龙门书店复刻的四十二期《大华》杂志，于是把连载十期的《世载堂杂忆续篇》27篇文稿影印，重新排版，补入原有的书稿之后，成为"全编本"《世载堂杂忆》，于2010年交由台湾秀威资讯科技股份公司出版，并颇为自豪地说："如此读者当可得窥全豹，而无遗珠之憾矣。"③稍后，谢其章先生的"上海朋友"将谢所存

---

① 谢其章：《出版说明》，刘禺生《世载堂杂忆续篇》，第5、7—8页。
② 陆丹林：《前言》，刘禺生《世载堂杂忆续篇》，第1页。
③ 蔡登山：《刘成禺与全编本〈世载堂杂忆〉》，《博览群书》2010年第7期。

第25—34期《大华》杂志补齐，再将刊登于其上的《世载堂杂忆续篇》录出，交由海豚出版社于2013年3月出版了单行本①。2022年，三晋出版社也推出了《世载堂杂忆·世载堂杂忆续编》，列入《民国笔记小说粹编》。

然而，《大华》杂志连载的《世载堂杂忆续篇》仅有27篇文稿（且其中的《〈留东外史〉续编材料》一篇尚不属于原稿），据傅德元先生查证："《世载堂杂忆》在《新闻报》刊登了两年多，总计有52篇文章未被收入钱实甫整理的《世载堂杂忆》，约占四分之一，有些文章的题目和内容也被改动。"②因而可以说，到目前为止，可能为客观条件所限，所有问世的《世载堂杂忆》各种版本均不能反映刘成禺原作的全貌。

本人此次受中华书局委托整理《世载堂杂忆》，决定依据《新闻报》连载的刘成禺原作为底本，参用1960年中华书局版《世载堂杂忆》、2013年海豚出版社版《世载堂杂忆续篇》加以校对，完全恢复原作的本来面貌。或许有人会认为，像《近人谈鬼录》《刘伯温碑文》之类荒诞不经的篇目，纯属迷信，没有任何史实价值，不应该保留。而实际上这类篇目也有其独特的史料价值，前者是研究刘成禺以及该文所

① 谢其章：《出版说明》，刘禺生《世载堂杂忆续篇》，第10页。
② 傅德元：《刘成禺主要著述史实考订》，《历史研究》2006年第3期。

涉及的伍廷芳、傅毓棻、张仲炘、唐绍仪、美国人福开森等人思想的资料，具有证明他们具有迷信思想的作用，后者则可见谶纬学说在晚清和民国都还有一定的市场。尤其是在条件具备之际，完全没有必要因为舍弃极少数此类篇目而人为地留下难窥全貌的遗憾。

经通盘考虑，为此次整理工作拟订了几条原则性的处理意见。

一、恢复原著的原貌。钱实甫先生整理、由中华书局出版的《世载堂杂忆》，与陆丹林先生交由高伯雨先生在《大华》杂志刊载、后再结集由海豚出版社出版的《世载堂杂忆续篇》对原作均有不同程度的改动。此次整理则从标题至内容完全恢复该书最初在《新闻报》刊出时的原貌，除了含有纠错或还原史实性质的改动在恢复原貌时加注说明外，其余为恢复原貌而作的文字或篇幅调整皆不再作任何说明。

二、恢复连载的顺序。中华书局版《世载堂杂忆》与海豚社版《世载堂杂忆续篇》均完全打乱了该书篇目在《新闻报》刊登的时间顺序，此次整理将所有篇目严格按照其在《新闻报》刊出的时间先后排列。唯《"洪宪皇帝"的揖让》《读书小识》两篇，刊登时不属《清稗谈屑》，兹将其后移，俾《清稗谈屑》连载篇目首尾相连，条目清晰。

三、保留前人的劳动成果。中华书局版《世载堂杂忆》

有钱实甫先生加的注释，《世载堂杂忆续篇》大多数篇目后面都附有陆丹林先生所作的注释，这都是前人辛勤劳动的成果，后者且同样具有掌故性质，甚至史料价值比原作更高，此次整理全部予以保留。钱实甫所加的注释于每条前皆加以"钱注"为标识，陆丹林所作的注释仍按《世载堂杂忆续篇》的格式附于每篇之后，前面亦有"隽君注"的标识。

四、保留作者的所有说明。《世载堂杂忆》在《新闻报》连载期间，作者不断收到读者、朋友的来函，向他提出新的要求或为其补充缺漏的史实，作者也曾从朋友聚会中获取资料线索，甚至直接将别人的文稿整理润色后发表。对此，作者常在篇首加以说明。此次整理全部保留了作者的说明，以展现该书创作过程中的背景环节以及该书所凝聚的集体智慧。

五、作者纠错直接改正。对于一些读者来信所指出的桀误，作者确认后会在后面的篇目之末公开纠正错误。此次整理时对这些经作者确认的错误直接改正，不再作任何说明。

六、陆丹林先生为《世载堂杂忆续篇》所撰的《前言》，因对某些篇目作了纠谬，可供读者参考。此次整理时全篇附录于书后，以示对前人劳动的尊重。

七、本书原文错讹改正，用〔 〕表示，衍字用［ ］表示，漏字用〈 〉表示，因版面模糊而无法辨认的字、缺字用□表示。因手民之误而字序颠倒者径乙之，不出校。

八、对于错用的己已巳、戊戍戌戎、晢皙、札扎、袆袆、日曰等字形相近的易混字，则径改为正字，不再出校。

九、原文中的近代人名用字，有时使用同音字，如郑观应（郑官应）、岑春煊（岑春萱）、华蘅芳（华衡芳）、李经方（李经芳）、高友唐（高友棠）、吟唎（伶俐）等，为便利阅读，径使用正字，不再出校。

十、通假字及避清帝讳字，如弘治（宏治），径改不出校。

安徽师范大学历史学院　欧阳跃峰

董必武为《世载堂杂忆》题词

　　武昌刘禺生以诗名海内，其脍炙人口者，为《洪宪纪事诗》近三百首。余所见刊本为《洪宪纪事诗簿注》四卷，孙中山、章太炎两先生为之序。中山先生称其"宣阐民主主义"，太炎先生谓"所知袁氏乱政时事刘诗略备，其词瑰璋可观，后之作史者可资摭拾"。诗为世重如此，惜刊印无多，日寇入侵时坊间已难购得矣。

　　禺生见闻广博，晚年忆其从前耳濡目染之事，笔而录之，为《世载堂杂忆》。此随笔之类，未加整理，虽不无耳食之谈、谬悠之说，然多遗闻佚事，其中亦有《洪宪纪事诗本事簿注》之所未及者，甚可喜，亦可观也。

董必武

一九五九年十一月二十日

題世載堂雜憶

武昌劉禺生以詩名海內，其膾炙人口者為洪憲紀事詩

近三百首，余所見刊本為洪憲紀事詩簿注四卷，孫中山

章太炎諸先生為之序，中山先生稱其宣闡民主之義。

太炎先生謂所知袁氏亂政時事劉詩略備，其詞瓌瑋

可觀，後之作史者可資掇拾，詩為世重如此，惜刊即不多

□寇入侵時坊間已雜購得矣。

禺生見聞廣博，晚年憶其生活前耳濡目染之事，筆而

錄之，為世載堂雜憶。此隨筆之類，未加整理，諒不至耳食之

談，謬悠之說。然多遺聞佚事，其中亦有洪憲紀事詩簿注

之所未及者，甚可喜亦可觀也。

董必武　一九五九年十一月二十日

题　记

予年七十，诊太素脉，谓尚有十年命运。久欲仿中江兆民先生《一年有半》丛书例，成《九年有半》丛录。今岁剖腹险症，得庆更生，老友程沧波[1]兄曰："子身无异再生，何不尽九年有半岁月，忆写从前所见所闻之事乎？是亦国故文献之实录也。"予感其言，日书《世载堂杂忆》数则，随忆随录，篇幅不论短长，记载务趋实践。予平生首尾未完毕之书，如《禹生四唱》《洪宪纪事诗本事簿注》《忆江南杂诗注》《容闳、辜汤生、马相伯、伍廷芳外交口授录》《世载堂笔记》与《自传》等，尽归纳《杂忆》中，汇为长编，备事分录。其他典章文物之考证，地方文献之丛存，师友名辈之遗闻，达士美人之韵事，虽未循纂著宏例，而短篇簿录，亦足供大雅咨询，唯求无负沧兄殷勤劝勖之意而已。

武昌刘禹生记

原载《新闻报》1946 年 9 月 15 日

注释

1　程中行（1903—1990），字晓湘，笔名沧波，晚署沧波居士，江苏常州人。历任复旦大学新闻系主任、上海《时事新报》主笔、《中央日报》社长、国民党中宣部副部长、监察院秘书长、上海《新闻报》社长、台湾书法协会理事长等职。

张南皮罢除宾师

南皮张文襄之洞[1]为清末名臣名儒，人皆推其兴学变法之功，而不知其破坏中国宾师之罪。废山长制度而为分校制度，师道不尊矣；废聘请馆宾而札委文案，幕宾制度永除，幕僚制度流行矣。宁乡陈〔程〕子大颂万[2]世丈在沪言及此事，曰："吾不料中国千年山长制度竟丧于南皮之手，中国此后无师矣。南皮狃于三代以官为师之制，阴遂其唯我独尊之怀。案：书院山长制始于胡元，山长最尊，朝野奉以殊礼，降迄明、清两朝，袭沿旧制。尊师为中国历代传统之美德，故清代主考、学政放差，内务府派送四色礼物，不曰赐某某，而曰送某某。为国求贤，师也；下至教授、教谕、训导，亦长揖以拜公卿，师也。吾忆为两湖书院坐办时，子为两湖书院肄业生，讲堂开学，南皮中坐，经史理文分校旁坐，诸生下立行礼。只南皮调两江总督，谭钧培〔继洵〕[3]（谭嗣同之父）以湖北巡抚护理湖广总督，行两湖书院开学礼，梁节庵[4]为东监督，与诸分校南面上立，谭率诸生北面行拜跪礼，梁与诸分校率诸生转下，请谭上立，行答拜礼，此后不复见此礼节矣。山长制废，各道、府、县书院效之，犹自诩曰：此师古'师出于官'之法。自书院改为学堂，校长、教授皆受国家任命，师尽为官，众师皆以日中为肆，其南皮始作俑乎。"

子大世丈又曰："幕僚与幕宾异。从前督抚师〔司〕道以下皆延刑名老夫子，官曰东主，幕曰西宾。教读亦称老夫子，位与西宾埒。有宴会，必设二席，则教读坐东一席，刑名坐西一席，一学一政也。官衙政宴，则教读不与。幕僚者，文案之类，僚从也。予尝为机要文案。南皮莅鄂，废去聘请之幕宾刑名师爷，刑名、钱谷皆领以札委之文案，文案决事于本官，南皮兼领幕宾地位。合政教为一，南皮有焉。所谓宾客者，皆不能与闻政事，不过谈笑清客而已。民国以来，竞用秘书、参议，又南皮始作俑乎。"子大世丈讥评南皮之言如此。

予案：南皮废山长，不始两湖，而始于广雅书院。其督粤时，慕阮芸台[5]学海堂之制，有学长而无山长，毅然废之。不知学长之制，皆从肄业生中选学问最优长者为一学之长，如今日学堂之领班，如曾钊、陈澧、吴兰修为经史文长之类。南皮则外延阅卷者为分校，如朱一新之类。及创两湖书院，用经心书院旧址而扩张之。经心，南皮督鄂学时创建，教古学者也。时万县赵尚辅[6]为学政，亦创建经心精舍，居高才生，乃合书院于精舍，南皮又改书院为学堂，尽废山长为监督。分校、山长拂袖而去者，经心书院山长谭仲修，江汉书院山长黄翔人〔云〕[7]（黄侃之父，四川布政使）。余皆降格相从，天下无山长矣。

南皮莅鄂，第一改革，不聘刑名大师爷，署中只有教读一人准称老夫子，另设刑名总文案。司、道、府、县效之，皆改设刑名为科长。各省效之，绍兴师爷之生计，南皮乃一扫而空，衙门从此无商榷政事之幕宾矣。

子大世丈又曰："学无尊师，谁主风气？官无诤友，谁达外情？学者只钻营一官，僚从则唯诺事上，贤者尚不敢妄为，狡者得专行己意。分校汪康年等之捕拿，文案赵凤昌之递解，品类既杂，端由此变。不图大乱之兆，萌芽南皮，天下能治，其可得乎？追忆往事，为之慨然！"

原载《新闻报》1946 年 9 月 15—16 日

注释

1 钱注：张之洞，字孝达，号香涛，谥文襄，直隶南皮人。

2 程颂万（1865—1932），字子大，一字鹿川，号十发居士，湖南宁乡人。1897 年创办湖北中西通艺学堂，后曾任湖北自强学堂提调、湖北高等工艺学堂监督。

3 谭继洵（1823—1901），字子实，号敬甫，又号剑芙，湖南浏阳人。咸丰十年（1860）进士，官至湖北巡抚，受其子谭嗣同株连而罢官。

4 钱注：梁鼎芬，字星海，号节庵，广东番禺人。

5 阮元（1764—1849），字伯元，号芸台、揅经老人、怡性老人，江苏仪征人。清乾隆五十四年（1789）进士，历任山东、浙江学政，浙江、江西、河南巡抚，漕运总督及湖广、两广、云贵总督，体仁阁大学士，谥文达。

6　赵尚辅（1849—1900），字汝襄，号翼之，四川万县（今重庆市万州区）人。清光绪九年（1883）进士，光绪十四年任湖北学政。

7　黄云鹄（1819—1898），字芸谷、翔云、缃芸，湖北蕲春人，咸丰三年（1853）进士，曾官四川雅州、成都知府，盐茶道，署理按察使，后辞官返籍，主持江汉等书院。

卖茶女

南皮督鄂，巡视纺纱厂，趋从出文昌门大街。有宏兴茶楼者，少女当肆，姿容甚丽。南皮在轿中见之，归语张彪（彪，山西人，南皮任山西巡抚时，由戈什哈提升中军官，最幸用）曰："文昌门某茶馆柜内少女，美色也。"张彪会其意，商之女父，诡云："入衙门事奉三姨太，将来你家必有好处，可升官发财。"女名素云，夜入督署，南皮纳之，流连两月，后因天癸来时及时行乐，得痁疾而亡，即后墙异出。而宏兴主人，前日盈门致贺者，今则垂头丧气矣。后闻南皮令张彪厚恤其家。章太炎改唐诗讥张之洞："终古文昌唤卖茶"，即指此事。

章太炎改唐诗云："汉阳铁厂锁烟霞，欲取鹦洲作督衙（南皮莅鄂，欲移督署于鹦鹉洲，有人云：'黄祖曾开府此地，不吉利。'遂中止）。玉玺不缘归载沣，布包因是到天涯（谓设纱、麻、丝、布四局）。而今梁上无君子，终古文昌唤卖茶。地下若逢曾太傅，岂宜重问纺绵纱？（南皮常云：读《曾文正家书》，屡课其家妇女，日纺绵四两。予设丝、布、纱、麻四局，亦曾太傅经纶家国意也。）"

原载《新闻报》1946 年 9 月 17 日

梁节庵之胡与辫

梁节庵鼎芬师胡子名满天下，胡子原委，人多未知。梁自参劾李鸿章封事上后，革去翰林，归南海，委家于文芸阁[1]。年二十七，即乙酉岁也，粤中大书院欲延为山长，多谓其年少不称。节庵曰："此易办耳，爱少则难，爱老则易。"遂于二十九岁丁亥[2]立春日毅然蓄胡，粤中名流贺之，广设春筵，称"贺胡会"。节庵先生之串腮胡从此飘然于南北江湖，而终于梁格庄，作攀髯之髯叟矣。香山黄蓉石孝廉，广州诗人也，其《在山草堂烬余诗》卷六《丁亥存稿·贺节庵蓄胡诗》颇有意致，附录于后。

留侯状貌如妇人，倾家袖锥西入秦。一击不中走道路，道逢老人呼纳履。老人颔髭白如雪，留侯心肝坚似铁。韬精待作帝王师，岂徒鲁连与秦绝。归来翩翩尚年少，胡为唇吻奋铓戟？韩非《说难》《孤愤》存，荆轲怒发冲巾帻。嗟君行年二十九，识面却从亥溯酉。一朝失意欲成翁，千丈丝愁行白首。髯苏本是惠州民，张镐已甘穷谷叟。松针怒茁当春阳，本色须眉未是狂。安知从游赤松后，不作虬髯带革囊。

附书札云："节盦足下：审立春留须，忆莫延韩戏袁太冲家青衣云：'须出阳关无故人。'昨酒间得新令，拈春字，集唐诗二句，上下意相连属者，仆得句云：'春色满园关不住'，'泄漏春光有柳条'。盖谚云'五柳须'，而足下又却以立春日留须，比事属词，真堪喷饭。虽然谑也而虐矣，然如此名句，妙手偶得，不以奉赠，殊觉可惜，辄以告君。"

梁节庵先生自与张文襄龃龉，刻意结纳端午桥[3]。高友唐在文襄幕，知其阴事，详载《高高轩笔记〔随笔〕》。

辛亥革命，午桥时为川汉铁路督办，率鄂军曾广大旅入川，四川响应武昌，部下逼杀端方，以其头归武昌。南北和议成，端方无首灵柩在四川者运抵武汉，以其头改棺合殓。武昌多端方、梁鼎芬旧门徒，迎节庵来汉，经理端方丧事。节庵亦以感恩故人之意，由沪来汉，住汉口大旅社，辫发短垂，终日戴长尾红风帽，不露头角。戴风帽者，师黄梨洲[4]

入清妆束也。

黎元洪时为中华民国副总统兼湖北都督，驻武昌，闻之。一日坐都督府饭后闲话，予亦在座，黎发言曰："梁节庵终日戴风帽，怕人见其辫子，保护甚周。我预备在都督府请他过江宴会，将他辫子剪去，岂不甚善？"时兴国曹亚伯起立曰："我一人愿了此勾当。"于是全帖请梁赴府大宴，节庵返帖不来。黎曰："节庵辫子剪不成了。"曹亚伯曰："我统率人马，过江割之。"黎曰："只剪其发，勿伤其体。"

当夜，曹往汉口大旅社见梁曰："先生太热，请去风帽，勿讲礼。"梁不应，后至者在梁后，揭去风帽，梁乃以两手紧掩辫发。又一人持剪动手，梁乃倒地，两手护发，以头触地板。又上二人各执其手，持剪者乃一剪而去其辫，再剪三剪，梁先生头上已如牛山之濯濯矣。剪者呼啸而去，梁乃伏地号哭，旧门生如屈德泽等十余人咸来慰问。予亦门生之一，后至，见其坐拥风帽流泪。有人曰："宜飞禀都督捉凶。"或曰："此必恨梁先生者所为。"而不知主要犯则黎元洪也。当夜梁即奔上火轮，乘船东去。

原载《新闻报》1946 年 9 月 18—19 日

注释

1　钱注：文廷式，字芸阁，号道希，江西萍乡人。

2　钱注：乙酉，清光绪十一年，公元 1885 年；丁亥，十三年，

1887年。

3 钱注：端方，字午桥，满人。

4 黄宗羲（1610—1695），字太冲，号南雷，别号梨洲，学者称
　梨洲先生，浙江余姚人。明末清初思想家。

章太炎被杖

　　庚子事变后，康、梁"公羊改制说"盛行。南皮本新派，惧事不成有累于己，乃故创学说，以别于康、梁。在纺纱局办《楚学报》，以梁鼎芬为总办，以王仁俊为坐办，主笔则余杭章太炎炳麟也。

　　太炎为山阴〔德清〕俞曲园[1]高足弟子，著有《春秋左传读》一书，南皮以其尚《左氏》而抑《公羊》，故聘主笔政。予与江苏朱克柔、仁和邵仲威（伯絅之弟）、休宁程家柽常问字于仁俊先生之门，仁俊先生曰："他日梁节庵与章太炎必至用武。梁未知章太炎为革命党，其主张奴视保皇党，岂能为官僚作文字乎？"

　　《楚学报》第一期出版，属太炎撰文，太炎乃为《排满论》，凡六万言。文成，钞呈总办，梁阅之，大怒，口呼"反叛反叛""杀头杀头"者凡百数十次，急乘轿上总督衙门，请捕拿章炳麟，锁下犯狱，按律制〔治〕罪。予与朱克

柔、邵仲威、程家柽等闻之，急访王仁俊曰："先生为《楚学报》坐办，总主笔为南皮所延聘，今因《排满论》酿成大狱，朝廷必先罪延聘者，是南皮首受其累，予反对维新派者以口实。先生宜急上院，谓章太炎原是个疯子，逐之可也。"仁俊上院，节庵正要求拿办，仁俊曰："章疯子，即日逐之出境可也。"南皮语节庵："快去照办。"梁怒无可泄，归拉太炎出，一切铺盖衣物皆不准带，即刻逐出报馆，命轿夫四人扑太炎于地，以四人轿两人直肩之短轿棍，杖太炎股多下，蜂拥逐之。太炎身外无物，朱、邵等乃质衣为购棉被，买船票，送归上海。陈石遗[2]《诗话》某卷第二段，曾言太炎杖股事，故太炎平生与人争论不决，只言"叫梁鼎芬来"，太炎乃微笑而已。

原载《新闻报》1946 年 9 月 20 日

注释

1　钱注：俞樾，字荫甫，号曲园，浙江德清人。

2　钱注：陈衍，字石遗，福建侯官人。

两湖书院血湖经

两湖书院变学堂，改月课为上堂讲学，聘五翰林押解回籍之合肥蒯光典礼卿为西监督，讲西学，住东监督堂；以梁鼎芬为东监督，讲中学，住西监督堂。

蒯，合肥李鸿章侄婿也。梁因参劾李鸿章去官，常呼合肥为奸臣；蒯为李侄婿，已不相能。蒯好大言，初次接见全院，曰："此行为天下苍生而出。"遇诸生，和蔼如家人。通经史大义，学尚笃实。梁好名士官派，不论学问，能趋奉者，用为耳目，察察为明，诗文亦卓然成家，故蒯多卑视梁，院中诸生遂分为梁、蒯两党。蒯讥梁曰："帷薄不修之夫，尚何能言气节？"梁讥蒯曰："奸臣亲戚，靠裙带为官，何重名器？"两党诸生互相传语，故激两监督之怒，皆怨五鼓具衣冠上堂讲学也。

一日黎明上堂，向东监督讲堂柱贴出联云："蒯瞆本亡人，如何又为苍生出"，蒯见之，退回东监督堂。向西监督讲堂柱贴下联云："梁上有君子，从此不冠绿帻来"（谓梁新纳妇人），梁见之，退回西监督堂。诸生群聚讲堂，笑呼多时。时华阳王秉恩为总提调，出任调停，令诸生全体为礼，事始寝。

一日，梁驳康、梁学说，谓为乱臣贼子。翌日，讲堂忽大书梁赠康有为诗曰："牛斗星文夜放光，砀山云气郁青苍。九流混混谁争派，万木森森一草堂。但有群伦尊北海，更无三顾起南阳。芰衣荷佩天君意，憔悴行吟太自伤。"末书"此节庵监督赠乱臣贼子诗也"。梁曰："此必蒯党诸生受蒯指使为之也。"

删一日讲西洋国史，谓："西欧诸国割地卖地视为寻常，如法卖米西西比河七省于美，俄售阿拉司加于美，德割来因河于法，普、法之战又收回之。国能自强，必能收复失地；不求自立，虽有土地，终必瓜分"云云。翌晨，讲堂书文曰："奸贼李鸿章，割台湾全〔金〕复海盖，赖有贤侄婿，为之设辞回护。"删曰："此必梁党诸生受梁指使为之也。"

如是，梁、删交恶益烈。及"文王受命"之说兴，两湖变为血湖矣。

经学分校粤学者杨裕芬[1]，陈兰甫[2]弟子，梁之同门也。一日讲《毛诗》"文王受命，有此武功"一章，谓："诸家言周之受命始于文王，不自武王始，援引'周虽旧邦，其命维新'，及'实始翦商'为证，皆属谬论。"详文载两湖课程。删起驳之："孔子谓'三分天下有二，以服事殷'，天命在文王，文王始终臣节，任武王取之，与曹孟德、司马宣王不同，不得谓'其命维新''实始翦商'皆谬论也。"辩论甚久，梁大声曰："奸臣卖国，女婿当有此论。"删亦起立，愤愤向梁。删党诸生有曰："梁监督开口骂人，真是忘八行为。"删乃以手掌梁颊，指仅及须，为梁党诸生将梁后拖，互相讪骂，梁、删各退归监督堂。南皮调解无效，两湖罢上堂讲学一年。删不辞而行，归集江南说经学者，著《文王受命驳证》数万言，全文载删礼卿《金粟斋集》中。

后梁一人为两湖监督，招考幼年诸生，尽革除蒯党之肄业生，蒯礼卿皆招来江南安置云。中江书院山长汪仲伊先生宗沂曰："两湖书院大讲血湖经，蒯礼卿一巴掌打不倒梁王忏。"

原载《新闻报》1946年9月21—22日

注释

1　杨裕芬（1857—1914），字敦甫、惇甫，广东南海（今佛山市南海区）人。清光绪二十年（1894）进士，曾任学部主事。两湖书院经学讲席，菊坡精舍、学海堂学长。

2　陈澧（1810—1882），字兰甫，号东塾，世称东塾先生，广东番禺（今广州市番禺区）人。清道光十二年（1832）举人，先后受聘为学海堂学长、菊坡精舍山长，提倡朴学，造就人才甚多，形成东塾学派。

去思碑与纪功碑

节庵早岁去官，天下高其风节，南皮好名，延为宾客，以为学问如此渊博，重信不疑，不知梁固别有其道投南皮所好，而南皮不悟也。梁以重金赂南皮检书、缮文之侍从，南皮日夜阅读何书何卷，有何重要谈论，随时密告，随时赏钱。梁乃取南皮所览书熟读而揣摩之,入见南皮,间机征引,遂以为节庵无书不读矣。

节庵晚岁热心功名,起用为武昌知府,接近端方,尽变伪君子之行。犹忆南皮由两江回任时,予归鄂谒梁于知府衙门食鱼斋,梁曰:"如端中丞在此,尚可留尔在鄂。"其与端莫逆可知。南皮以留京两年,不能回任之故,知为端、梁朋比所为,恶端更恶梁。及回任,节庵先往河南驻马店迎之。南皮命不准节庵上车,经多时多人说合始见,亦不过寒暄数语耳。梁为端方立去思碑,词为南皮所恶。梁又创议为文襄立纪功碑,择碑亭于武昌洪山卓刀泉关帝庙,庙址,旧魏忠贤生祠也。有人以此告南皮,南皮由枢府飞饬节庵,谓:"汝欲拟我为魏忠贤耶? 以汤文正、胡文忠[1]拟端方耶?"梁惧而止。

慈禧与德宗之丧,节庵寝苦枕块,麻冠麻衣草履入都。南皮闻之,使人告节庵曰:"现在不是装腔作调时候,用不着如此做,留京多生事端,速去!"梁不数日乃出京回沪。初以西太后死,袁世凯逐,入京必获大用,闻文襄语,知无大好处,乃留其苦块麻衣冠,为辛亥清亡之装束矣。

南皮、节庵交恶事,予亡友高君友唐《高高园〔轩〕随笔》记载甚详。友唐汉军旗,原名继宗,国民政府监察院监察委员,居南皮幕十余年。

原载《新闻报》1946年9月23日

注释

1　汤斌（1627—1687），字孔伯，号荆岘，又号潜庵，河南睢州
（今睢县）人。清顺治九年（1652）进士，官至工部尚书，谥
文正。胡林翼（1812—1861），字贶生，号润芝，湖南益阳人。
清道光十六年（1836）进士，官至湖北巡抚，谥文忠。

杨杏城之毒药水

泗州杨氏兄弟，与袁项城共秘密最多。其大兄士骧，项
城极倚重。项城由北洋调外务部尚书、军机大臣，而以杨
士骧继任北洋总督，无异项城自领北洋也。五弟士琦，号杏
城，世呼"杨五爷"者，杀人用奇策。机密事，项城与士琦
共之，号袁氏智囊。世人误称赵智庵秉钧为智囊，因赵字智
庵，有智无囊。智而贮囊，则杨杏城耳。

西太后疾大渐，项城忧之，谓光绪复政，彼必有大祸，
是当绸缪未雨。杏城乃以奇策干袁，故西太后垂危，而光绪
同告宾天矣。杏城以兼金向西人购得无色无味入口即死之药
水，劝项城说李莲英共谋之。杏城曰："一旦太后不讳，皇
上御政，大叔与中堂皆大不利，险不可言。不如在太后临薨
前了此公案，再作后图。"莲英曰："此子命运甚长，宜作万
全计。"（意指光绪食玻璃粉粥事也。曾小侯广銮在两湖会馆

席间语众曰："皇上安置瀛台，钦派大功臣后裔四人为辅弼大臣，予与左侯孝同等皆入侍。一日，太后赐粥，皇上食而泣。予四人侍立，亦含泪，知有变。然皇上肠胃只小痛耳，盖毒未重也。予四人乃惕惧防护。"）项城、士琦以药水授莲英，西太后病革，而光绪死矣。

项城谋帝制，一切皆由杨杏城主持，故大典筹备处均听杏城指挥。同时，熊希龄、段祺瑞、梁士诒皆不赞成。乃改设政事堂，熊去内阁，段去陆军总长，梁去秘书长，陆军次长徐树铮（段派）、财政次长兼盐务署长张弧（熊派）、交通次长叶恭绰（梁系）同日免职。杨老五主张，宜先加以重大威吓，梁燕孙[1]更不应随熊、段反对，必叶恭绰怂恿为之，故对梁、叶更进一步，由袁亲手交下五路舞弊大参案，命肃政史夏寿康将原文火速提出弹劾。同时袁见燕孙，又谓："我已将汝名摘下。"燕孙惧祸，乃赞成帝制。梁曰："我梁某性命，不怕袁项城，倒怕杨杏城，惧其下毒药辣手也。"当时有署联燕孙门者："红杏枝头春意闹，乌衣巷口夕阳斜"云。

后此种毒药水乃入赵秉钧之口。智庵为直隶都督，反对帝制最力。黄季刚侃为赵秘书长，极相得。季刚告予曰："每晚必与智庵靠鸦片盘谈公事，谈倦，智庵饮人参水一杯方眠。一日喟然曰：'项城帝制是自杀也，我亦有杀身之祸。'我愕然不知所云。过十余日，予与靠鸦片，倦归。不十分钟，急促予往，智庵已染急症，目瞪口闭，不能言语。问其家人，曰：'饮人参水后，即发病。'而打烟侍僮已不知去向。事后，始知以十万金贿烟童，滴毒药水于人参水中，即死。咸知杨杏城所为，无敢言者。"

项城死，杏城退居沪上，置宅于亚尔培路、巨籁达路角，所谓杨五爷公馆。纳小菠菜、小白菜为妾，皆殊色也。一日，杨晒箱笼衣物古玩，毒药水瓶在箱内。杨郑重嘱家人云："此种药水最毒，一点入口即死。"移放高柜上，令家人不得近，乃出外拜客。归家，排闼而入，其子（或曰毓珣）正与小菠菜、小白菜裸陈一榻。杏城气极而晕，僵坐沙法，口中言"都要处死"。白菜乃取毒药水滴入茶中，令家人送杏城饮之，片刻而死。此为轰动上海毒死杨氏家主之大案，亦可谓自食其报矣。

予《洪宪纪事诗》："五道飞车档案纷，兰台密授札弹文。智囊左右尚书令，红杏枝头闹上勋。"此杏城在袁政府声气赫赫时也。

原载《新闻报》1946 年 9 月 24—25 日

注释

1 梁士诒（1869—1933），字翼夫，号燕孙，广东三水（今佛山市三水区）人。清光绪二十年（1894）进士，民国任总统府秘书长、交通银行总理、财政部次长、国务总理等职，为交通系首领，有"活财神"之称。

徐固卿精历算

亡友黄季刚告予曰：学者皆好匿其所长而用其所短。徐固卿先生绍桢由道员转武职，历任第九镇统制、江北提督，辛亥革命后任南京卫戍总督、广州大总统府参军长、广东主席。不知者以武人视之，知者敬其藏书丰富，学问淹通，已刻著作百数十种，更不知其历算天算冠绝有清一代。予[1]师事刘申叔先生师培，刘先生曰："予一日与徐固老谈及《春秋长律》：'予家五世治《春秋》左氏之学，自高曾伯山、孟瞻诸先生以来，子孙继承，传治《春秋》。予笃守家学，萃数代已成之书，蔚装成轶〔帙〕，精细正确，首尾完备，但《春秋长历》一卷，中多疑难，未成定本。闻先生历算精深，请校阅疑误，则小子无遗恨，先人当罗拜矣。'固卿先生曰：'汝诚敬欲予校正者，明日当具衣冠捧书来，视其全书，予能修改，汝再具衣冠行跪拜礼，乃秉笔为之。'翌日，具衣冠捧书往，予旁坐，徐先生正坐，尽数时之力，前后详阅之，曰：'错误甚多，不仅签条疑难也，当尽半月之力为君改正。'予乃跪地行礼，顶书谨呈，徐先生受而动笔。十日后，予往谒先生，先生曰：'全书改正完善，其中错误凡百数条，予运用步算，尽掇其微，可携书归，钞正送来再阅。'归后展卷恭览，予家数代所不能解决之疑问，先生不独改正错误，且为之发明微旨。徐先生算学，真莫测高深矣。"语竟，告予（季刚）曰："汝愿从我深研经义训诂之学，予亦仿徐先生例，子行拜跪谒师礼，而后教之，不必另具衣冠也。"予（季刚）整服履，请刘先生上立，四拜三跪礼礼成，刘先生曰："予有以教子矣。"

此段故事，十年前季刚在南京为予郑重言之。

原载《新闻报》1946 年 9 月 26 日

注释

1　指黄侃。

刘申叔新诗获知己

冒鹤亭[1]曰："予中乡榜，刘申叔[2]尚应小考。扬州府试，知府沈笔香延予阅卷，得申叔考卷，字如花蚊脚，忽断忽续，丑细不成书。但诗文冠场，如此卷不取府案首，决不能得秀才。予乃将其八股诗赋密圈到底，竟压府案。诗题《咏扬州古迹》七律四首，其《咏木兰院》一律中有警句云：'木兰已老吾犹贱，笑指花枝空自疑。'尤为俯仰感慨。是岁秋闱，连中乡榜。申叔见予，尊为知己。"

原载《新闻报》1946 年 9 月 27 日

注释

1 钱注：冒广生，字鹤亭，江苏如皋人。

2 钱注：刘师培，字申叔，曾用光汉名，江苏仪征人。

徐志远妙语救藩司

徐固老尊人名志远，专《说文》，以名儒兼粤东大幕。一日万寿宫行礼，将军奏参藩司失仪，大不敬，廷议交巡抚查办。志远在抚幕，袒藩司则罪将军，袒将军则罪藩司，乃出奇计解脱，奏曰："目列前行，不能回顾，目既未见，不敢妄奏。"事遂不问。否则，当获参官出口罪。盖将军亦列前行，同一不能回顾，无从深究也。

原载《新闻报》1946 年 9 月 27 日

书广雅遗事

梁鼎芬忽然有弟

张南皮胞弟之渊为候补道，办大厘金、粮台，亏空巨帑，廷寄派大员查办，之渊畏罪吞金死。梁节庵胞弟鼎〈蕃〉为湖北知县，亦办大厘金，亦因大亏空吞金自杀。时与予家比屋而居，故知之。南皮与节庵话及家世，流涕不置，白日看云，无弟可忆也。时有县丞禀见，名梁鼐芬者，南皮持手板，连呼"梁鼐芬"者三四，不问一语而入，见节庵曰："汝今有弟矣，梁鼐芬也。"

原载《新闻报》1946 年 9 月 28 日

王壬秋用兵如神

王壬秋[1]来鄂，南皮请同往洪山阅洋式兵操。南皮曰："所练之兵，可无敌于中国矣。"壬秋不答。南皮言之再三，壬秋仍不答。南皮曰："汝以为训练未尽善乎？"壬秋曰："毫无用处，我以乡兵二百人，徒手不持兵器，只携扁担、绳子，冲入军阵，可缚汝主帅矣。"南皮曰："何故如此易易？"壬秋曰："我语汝主帅，兵虽精锐，决不能开枪杀手无寸铁之老百姓，二百人冲入，必有数十人冲至马前，长绳横撒，跪而祈命，汝即在绳网中矣。"南皮大笑曰："汝真用兵如神。"

后有人问壬秋曰:"先生对南皮,何以为此童稚之言?"壬秋曰:"南皮书生耳。彼阅操乘马,马前引大帅旗,马首二人揽马辔,马腹二人扶马鞍,马后二人持马尾革带,前用一人握马鬃,一人牵马笼头,八人与马同驰骋,可谓乘八人马轿。而以四〈人〉轿舁我,载我后行,自以为元帅威风凛凛。我则以滑稽压其气焰,岂真能以乡人缚元帅乎?"

又《湘绮楼说诗》云:"观操毕,宴于姚氏园(予戚武昌水陆街花园),藩、臬、道皆公服先候,梁鼎芬排列行中,但无顶戴耳。予揖南皮曰:今日马上劳苦。"

原载《新闻报》1946 年 9 月 28 日

注释

1　王闿运(1869—1933),字壬秋,号湘绮,湖南湘潭人。清咸丰二年(1852)举人,曾入曾国藩幕府,主讲成都尊经书院、长沙思贤讲舍、衡州船山书院等。

《原道》一篇傲大帅

南皮督两江,陈散老[1]以故人陈锐知县需次江南,久无差缺,屡向南皮言:"陈令文学、政治甚通达,佳吏也。"南皮一日传见,陈思与南皮一谈,必折服之,为最上策。南皮诗与骈文是其所长,不如专谈古文,或攻其所短。计定入见，南皮问曰："汝善何种文学？"曰："古文。"又问："古文习何文？"曰："八大家。"又问："八大家喜读何家？"曰："韩昌黎。"又问："韩文最喜读何篇？"曰："《原道》。"南皮连声曰："《原道》《原道》。"语未终，举茶送客，陈锐从此无见总督之望矣。南皮语散原曰："陈令不佳。"入民国，予与散老谈及，散老曰："陈伯弢²弄巧成拙。"

原载《新闻报》1946 年 9 月 29 日

注释

1　钱注：陈三立，字伯严，号散原，江西义宁人。

2　陈锐（1861—1922），字伯涛，又字伯弢，号袠碧，湖南武陵（今常德市武陵区）人。清光绪十九年（1893）举人，曾任江苏靖江知县、湖南省教育会会长。

福寿双全陪新郎

南皮最喜吉兆语，其三子娶妇，婚筵选福、寿、双、全四人陪新郎。福为汉阳县薛福祁，寿为江夏县杨寿昌，双为督署文案知府双寿，全为自强学堂俄文总教习候补道庆全。四人宴毕，致贺曰："公子福寿双全。"双寿再致贺曰："祝大人大富贵、亦寿考。"南皮大悦，遇双寿青睐有加。

原载《新闻报》1946 年 9 月 29 日

湘绮楼三女

湘友与王壬秋先生有姻故者，述其三女所遇，所谓女子有才及为才累。

长女学最优，幼许字新化邓弥之先生长子。王、邓学相重，又相得，均湘中老名辈，两家联婚，当无遗恨。谁知邓子童骏，不知学，且不能为文识字。王长女甚奴视之，遣其执役，"天壤王郎"之念横亘胸中。一日，书函一端令送呈壬老。邓子拆封视之，不识一字，尽篆书也。奇之，竟以书呈其父弥之先生，问书中何语。函末有"真蒲留仙[1] 所谓'有婿如此不如为娟也'"一语。弥之阅之大怒，曰："谓吾子蠢如猪鹿可耳，不如为娟，王邓两家名门，而有娟女娟妇乎？"告王翁，责其未免出语太流荡。如是，两家男女日形龃龉，王女亦不能安居夫家，无形大归，王、邓姻家遂断。

次女词章甚优，嫁某氏，定情之夕，女问夫曰："汝熟精《文选》否？"其夫粗悍俗士也，答曰："我不知《文选》，只知武选，他日汝以《文选》来，我以武选报之。"此后王女有所不洽，其夫必挥拳用武，曰："此武选也，汝之《文选》何在？"王女不堪暴戾，归诉王翁。王翁盛怒，大兴问罪之师，曰："吾女在夫家，无失德，安能日日挥以老拳？"其夫曰："我无证据，安能为此？"王家益怒，于是各集长亲，开堂说礼。王翁曰："汝有证据，快快当场交出奸夫。"其夫指王翁曰:"奸夫即汝王翁也。古语云:'女子无才便是德。'汝女当破瓜之年,即携之登山临水,动其怀春之念,又教以靡靡之词。只知有才,不知妇德,虽能背诵《文选》,有何用处?不如武选,可以放淫辞、息邪说也。"王翁无法对付,只叹遇人不淑而已。又大归王家。

其三女遗闻,有足称者。龙阳易顺鼎实甫,《湘绮楼说诗》所称为"龙阳仙童"者,少时旅居王翁家,楼上则三小姐居之。一日深夜,仙童软步登楼,入三小姐房,长跪小姐床前不动,亦不言。三女起而明灯,坐椅上,捻纸枚吸水烟,将尽,以枚火炙仙童发额,仙童不动。二纸枚尽,再捻三纸枚,焚及半,乃起而叱仙童曰:"速下楼去,否则高呼有贼,所以保全汝面目声名也。"仙童知不可为,鼠窜而去,翌日束装离王家。盖三小姐当一纸捻尽,尚在天人交战之时,三纸捻及半,乃下决心矣。

原载《新闻报》1946 年 9 月 30 日

隽君注:王壬秋即王闿运,湖南湘潭人。生时,其父适作梦,有人在其门上写"天开文运",初以开运为名,后改闿运。工诗文,著有《湘军志》。入民国,曾任袁世凯政府国史馆馆长,参政院参政,是放荡不羁、玩世不恭老头儿。邓弥之,名辅纶,湖南新化人,与王闿运、邓绎等组织兰陵词社,号湘中五子。易顺鼎,字仲硕,一字实父,晚号哭庵,湖南汉寿人。幼即奇慧,与曾广钧并称两仙童。袁世凯政府代理印铸局局长。平日好作艳丽诗词,捧女伶，饮食征逐为生活。

注释

1 蒲松龄（1640—1715），字留仙，一字剑臣，号柳泉，世称聊
斋先生，山东淄川（今淄博市淄川区）人。著有《聊斋志异》。

和珅当国时之戆翰林

居庄严寺，与老友如皋冒鹤亭、常州吴敬予、休宁吴
茂节作竟日继夜之谈，证莲大师佐以斋会，详说有清以来故
事，源流奇异，多补前人记载所未及，杂录于下。

乾隆朝和珅用事，常州诸老辈在京者，相戒不与和珅往
来。北京呼常州人为"戆物"，孙渊如、洪稚存[1]其领袖也。
孙渊如点传胪，留京，无一日不骂和珅。其结果，传胪不留
馆，散主事，和珅所为，人尽知之。渊如为人题和尚袈裟画，
有"包尽乾坤赖此衣"句。和珅为銮仪卫包衣旗出身，有人献
此诗以媚和者，遂恨之刺骨，知者鲜矣。洪稚存发往乌鲁木齐
军台效力，其《戈壁荷戈图》藏裔孙述祖家中，稚存长身荷
戈，行沙漠中。述祖绞死，图不知何往，其事人尽知之。

当时和珅甚重稚存，犹刘瑾之于康对山也。求一见不
得，析一字不得。稚存时在上书房行走，和珅求成亲王手交

稚存，为之写对，稚存不能拒也。翌日，对书就，呈成亲王，题款从左轴左方，小字直书赐进士出身翰林院上书房行走等等官衔洪亮吉，敬奉成亲王（抬头）命，书赐大学士等等官衔和珅。成亲王见之，谓："此何可交付？"稚存曰："奉命刻画，臣能为者，此耳。"和珅知之，向成亲王求稚存所书对，成亲王每以游词延缓之，此人所不尽知也。

当时走和珅相之门，壮年出任封疆者，以毕秋帆沅、阮伯元元为最得意。和珅任大军机，秋帆为军机章京打那莈（领班小军机），与和接近，最器重之。毕于和珅事败前死，和珅家产没收，秋帆家亦列单查抄。嘉庆帝曰："使毕沅若在，当使其身首异处。"

和珅气焰薰天时最重翰林，翰林来，无不整衣出迎，而翰林多相戒不履和门。和珅生辰，派人四出运动翰林登门拜寿，翰林亦于和珅生辰日大会于松筠庵。松筠庵者，杨忠节〔愍〕公[2]祠也。大会竟日，宣言曰："翰林中有一人不到者，其人即向和门拜寿。"阮伯元亦至，日过午，有花旦李某者来寻伯元，曰："我今日在某处唱拿手戏，汝必为我捧场。"硬拉同去，实则往和门拜寿。伯元名刺入，和已公服下堂出迎，执阮手曰："翰林来拜寿者，君是第一人，况是状元。"大考翰詹，伯元先得题目，和密告之也。时西洋献眼镜，乾隆帝戴之，老光不甚合，乾隆曰："不过如此。"和知诗题为"眼镜"，得"他"字，镜不甚合皇上用，为最重要。故伯元《眼镜》试帖首联云："四目何须此，重瞳不用他。"伯元得眼镜关节，人尽知之；皇帝不合用，而以"何须此""不用他"六字合圣意，则人有不知者。

孙、洪、阮、毕并重一时，但气节独归孙、洪，官爵皆归阮、毕，尚气节者固甘为"戆物"也。

原载《新闻报》1946 年 10 月 1—2 日

注释

1　钱注：孙星衍，字渊如，江苏阳湖人。洪亮吉，字君直，亦字稚存，号北江，江苏阳湖人。

2　钱注：明杨继盛，谥忠愍。

缪小山充书库主任

湖北学问，自南皮督学，创经心书院，治经史百家之学，与常州老辈最有关系。风行一时之《书目答问》及《辅轩语》，为江阴缪荃孙小山原稿，南皮整理刊印，颁示诸生。其后创建两湖书院，设南北两书库，延缪小山主持购采编藏，故编书目最精整，采书亦古今适宜。今日图书馆剩余之本，皆小山先生一手庋藏批纂者。鄂中学子，至今尚食其赐云。

原载《新闻报》1946 年 10 月 3 日

华蘅芳称算命先生

南皮幕府中，常州人各有专长。无锡张曾畴擅苏体字，为南皮代笔，几乱真。赵凤昌以通达政事文章名，南皮倚之如左右手。金匮华蘅芳以算术独步，两湖奉华氏为泰斗，在鄂十余年，其门人汉阳曾纪亭，算术有天才，而不能作一浅近文字。华率曾生日日行郊外布算，指天画地，土人呼为"两个算命先生"。他如杨模等，皆幕府才也。

原载《新闻报》1946 年 10 月 3 日

大好骈文派

常州阳湖派古文，不及桐城古文树派之真确。顾常州骈体文派，实足纵横中国。晚清传常州骈文派者，庄思缄[1]尊人仲述〔求〕[2]先生实为巨擘。仲述〔求〕为福建同知，荐升府班，见人必自称"江苏常州阳湖庄"，曰："即此已骇退伧夫矣。"一日参督衙，总督特班召，语曰："你的文章，四六最好。"庄曰："不会四六，只会骈文。"总督大声曰："不要客气。"连称"四六最好，四六最好"。庄回寓告人："我今日变为书启师爷矣。"其友人笑曰："江苏常州阳湖庄何在?"

常州骈体文派之殿后者，不能不数屠敬山寄，真能守常

州骈〈文〉家法，《常州骈体文录》本末俱在。敬山死，习
骈文者，常州无的派矣。

原载《新闻报》1946 年 10 月 4 日

注释

1　庄蕴宽（1867—1932），字思缄，号抱闳，又号南云，晚称无
　　碍居士，江苏常州人。庚子科副贡，晚清任百色直隶厅同知、
　　平南知县，民国任江苏都督、审计院院长等职。

2　庄士敏（1834—1879），字仲求，号玉余，江苏常州人。副贡
　　生，精骈偶文，善尺牍。

可怜《秋水词》

随园¹女弟子，以常州张槃珠为最有名，其《秋水词》
今尚脍炙人口。嫁同邑某生，习括帖人也。槃珠一日写函一
通，中有引《汉书》语。其夫不解，斥槃珠杜撰，又执函问
其父。父掌其颊曰："此《汉书》常用语，汝尚以尔妇为杜
撰耶，宜命汝妇教尔。"其夫屈于父命，终有怒于槃珠。

一日，问槃珠何苦作词，答曰："必传之作也，非汝所
知。"槃珠死，灵前烧纸，其夫挟《秋水词》全稿出，每拉
下一页烧之，祝曰："你去传！"数百页焚尽，呼"你去传"

者亦数百次。

原载《新闻报》1946 年 10 月 4 日

注释

1　袁枚（1716—1798），字子才，号简斋，别号随园老人，浙江
　　钱塘（今杭州）人。清朝诗人、散文家、文学批评家、美食家。

柯逢时喜得孤本

　　叶遐庵[1]先生卧病亦园，一日谒视，托其改正、补
助《杂忆》漏误。昨日奉遐庵先生手书，评述徐固卿学
品一条，钞示友人记杨杏城一条，最精核者，则更正瀛
台一条，皆《杂忆》所未录。获函狂喜，敢公同好。

　　徐固卿之绩学，得兄《杂忆》阐扬，甚善。固卿乃翁
子远先生灏，为陈东塾畏友，凡音韵、律历，东塾皆自谓不
如，所著书亦甚多，第久任刑幕，故名不如陈之著，然粤学
者无不知之。固卿晚年自放，然掇拾丛残，所辑印者亦颇可
观，但版本太劣，故人不重视。即其辛亥一段历史，无论如
何，亦属元勋，以不好标榜，故众几忘之，亦可为不平也。
其贫病滞沪上，弟屡与相见，颇佩其超逸态度，以为得黄老
之髓。其日记所记起居等等，可补清、民之交掌故学术也。

（以上遐庵原书。）

禺忆固卿先生告禺曰："予任江西重职，武昌柯逢时巡抚江西。予购得裘文达[2]家所藏四库未进呈钞本元、明小集八百余种，中多孤本。柯闻之，送三万金来，嘱予让购，不得已还金让书。柯死，其家藏书或未丧失，吾子返鄂一查，洵天下孤本总汇也。"归鄂，寻其孙继文，钞本尚在，予说督军萧耀南以二十万金购柯氏藏书，设图书馆。日人闻之，以二十万金略其家属，专购元、明小集八百余种钞本而去。固卿曰："日本人购去，此本尚在人间也。"

原载《新闻报》1946 年 10 月 5 日

注释

1　叶恭绰（1881—1968），字裕甫，又作玉甫、玉虎、誉虎，号遐庵，广东番禺（今广州市番禺区）人。清末举人，终生从政，亦涉足文学艺术，能诗词。

2　钱注：裘曰修，谥文达。

曾广銮侍从瀛台

遐庵先生来书中又谓："《杂忆》载曾、左子弟奉侍光绪左右。此在清宫制度，或不可能，盖除宦官宫妾外，无能在其左右者。外传侗五伴读种种，曾面询其实，所谓伴读，亦在另一室，不能与皇帝交谈也。瀛台幽后，更绝不能与他人一面，此点记忆或有出入，细查更正。"

禺按：此条关系掌故甚大，深感良友之助。戊戌年报章曾载，派曾广銮四人侍从瀛台。又闻曾广銮言，慈禧召见时谓："派汝等功勋子弟严密稽查，无使皇上再惑奸语。"四人盖任瀛台出入稽查之责。食粥而泣，乃内监来宫门外房密告曾等。记载脱落此语，亦记忆之疏也。

原载《新闻报》1946 年 10 月 6 日

清末之新军

晚清练新军，创办在甲午一役以后，首由荣禄亲统六军，袁世凯练新建陆军为一军，驻小站。聂士成新练一军，马玉昆一军，董福祥一军。前锋二军驻清江，一为提督夏辛酉，一为布政使陈泽霖（陈国瑞之侄）。义和团后，聂功廷[1]身死，董福祥问罪，夏、陈无着，马玉昆各营归姜桂题统之，所存者袁世凯新建陆军耳。

袁为北洋总督，扩成四镇，第一镇吴凤岭，第二镇王英锴，第三镇王士珍，第四镇段祺瑞。后由四镇再扩充为六镇，曹锟、张怀芝俱为镇统，所谓北洋六镇也。北洋、南洋、湖北设陆师武备学堂，训练新军军官，优者留学外洋，归练新军。北京则以铁良为练兵处大臣，后改设军咨府，以载涛贝勒领之，正使冯国璋，副使哈汉章，又设正参领、协参领，兵权集中，支配各省。先是，北、南洋、湖北三省鼎足，改洋操为新军，尚未建陆军制度。及军咨府先后成立，北洋六镇而外，先由湖北设第八镇，张彪领之，江南设第九镇，徐绍桢领之。其他未成镇之省份军队，先设混成协、独立协，预备成镇，如湖北混成协协统为黎元洪，安徽混成协协统为余大鸿之类，北洋如卢永祥等皆混成协协统也。

先是，北京设练兵处，各省设督练公所，公所督办为藩司，筹饷重要也。会办亦用文人。军咨府成立后，废督办各制，改为全省总参议，由军咨府奏放，职等钦差，与府平行。总参议署全着军服，官吏皆由军官出身。太湖秋操后，总参议署成立不数月而辛亥革命起，各省成镇或未成镇之新军亦纷起革命，响应中华民国矣。

案：中国自湘军衰歇，淮军继之，袁世凯又握淮军之基干而成立北洋淮军之统绪，此清末新军军制之大略也。

原载《新闻报》1946 年 10 月 7 日

注释

1 聂士成（1836—1900），字功亭（廷），安徽合肥人。淮军将领，官至直隶提督。

再记杨杏城

杨杏城与袁之关系始于北洋时代。其时袁势寖盛，欲练兵、办新政，而苦经费不足。杨乃献策，尽收盛宣怀所办事业，以给用度。杨遂以候选道而为候补四品京堂，督理招商局及电报局，厥后入商部为左丞，洊升侍郎，皆由于此。其后庆（奕劻）、瞿（鸿禨）交恶，杨复献策，因泄漏重大秘密事，激西太后之怒，意欲去瞿。杨复运动恽毓鼎上折参瞿，瞿遂出军机。其时恽任翰林院学士，固无言责也。因此杨势盛极一时，庆、袁皆倚为左右手，屡有入军机消息，以西太后对杨不甚眷顾，故未提出。及两宫崩逝后，袁出军机，旨下之日，袁潜往天津，欲晤杨士骧（时士骧为北洋大臣）商种种善后，杨竟拒不见。袁恨之切骨，退居洹上，与杨氏殆绝联系。

辛亥末，袁组阁，杏城不得一席，徐东海[1]为言，始任以邮传大臣。然迄未到任，未几遂以议和南下。袁任总统，杏城怏怏无所试，遂走袁克定之门。适克定自柏林归，遂引杏城为谋主。杏城意袁怀前隙，非出奇计无以结袁之宠，遂以帝制之说进。克定昏骏，遂兴太子之迷，深相结纳，言听计从。外传洪宪核心实在二杨，其实皙子[2]浮夸，但事宣传拉拢，运筹帷幄固全在杏城也，故大典筹备处处长必属之。杏城逐熊希龄、梁士诒，拥徐世昌为国务卿，而自居政事堂左丞，盖明知徐甘为傀儡，已可操纵一切耳。杏城有文学，平日颇与诸名士往来，又巧于掩蔽，不居显位，罕发文电，故洪宪罪魁竟无其名。

杏城曾中乡举，善弄文墨，其在农工商部时为载振作被劾谢罪折，传诵一时，略云："臣以下才，渥叨殊遇，诵诗不达，遂专对而使四方；从政未娴，乃破格而跻九列。徒以奔走疏附之故，本无资劳材望可言，卒因更事之无多，以致人言之交集。虽水落石出，圣明无不照之私；而地厚天高，局蹐有难安之隐。"颇类宋四六中佳作。

当杨兄弟贵盛时，北京诗钟之会，拈"奇""态"二字。有人得句云："弟兄岑氏奇皆好，姊妹杨家态最浓。"亦传诵一时。"岑"指春煊、春蓂兄弟也。（以上遐庵录示其友人所记。）

原载《新闻报》1946 年 10 月 8 日

注释

1 徐世昌（1855—1939），字卜五，号菊人，又号弢斋、东海、水竹村人、石门山人等，天津人。清光绪十二年（1886）进士，授编修。清末军机大臣，历任要职。民国一度任北洋政府总统。

2　杨度（1875—1931），原名承瓒，字皙子，别号虎公、虎禅师等，湖南湘潭人。清光绪十九年（1893）举人，曾留学日本。1915年组织筹安会，鼓吹帝制。晚年拥护孙中山，并秘密加入中国共产党。

近代学者轶事

保定莲池书院，桐城古文派渊薮。武昌张裕钊濂溪〔卿〕先生掌教多年，以桐城文教诸生，《濂亭文集》半在莲池所作。桐城吴汝纶挚父先生继之。挚父先生初为直隶深州知州，不乐，挂冠去，随聘为莲池书院山长。聘书一至，翌日即乘轿向直隶总督衙门拜会，开中门暖阁人。时李鸿章为直隶总督，曰："挚父来何速也！"人有语挚父先生者，先生曰："且消坐官厅、持手版之气。"濂溪〔卿〕、挚父皆与合肥先后同居曾文正幕中。

挚父先生考察教育，赴日本，倭人全国风靡，汉学家咸来问业。伊藤博文派有名汉诗人森槐南大来，日夕追随。山县有朋开盛大欢迎会，奉为上宾。一日，伊藤博文在大会发言曰："挚父先生，中国之国宝，亦东亚之大国宝也。日本文字绍基中国，流风余韵，蔚然成章。中国国宝惠临吾邦，全国人士当以东亚大国宝礼之。"其尊重如此。

王壬秋最精《仪礼》之学，平生不谈《仪礼》，人有以《仪礼》问者，王曰："未尝学问也。"黄季刚曰："王壬老善匿其所长，如拳棒教师留下最后一手。"章太炎与人讲音韵、训诂，不甚轩昂，与人谈政治，则眉飞色舞。陈散原与人谈诗，必曰："吾七十岁后已戒诗矣。"求其写字，虽午夜篝灯，必勤勤交卷。黄季刚曰："是能用其所短。"

　　凡著述大家，皆有平生用功夹带手钞秘本，匿不示人。毛奇〈龄〉[1]夫人曰："汝以毛三为有学问乎？皆实獭祭来也。"谓从秘本脱画出之耳。陈散老作诗，有换字秘本，新诗作成，必取秘本中相等相似之字，择其合格最新颖者，评量而出之，故其诗多有他家所未发之言。予与鹤亭在庐山松门别墅久坐，散老他去，而秘本未检，视之，则易字秘本也。如"骑"字下，缕列"驾""乘"等字类，予等亟掩卷而出，惧其见也。章太炎有手钞秘本数十册，蝇头小楷，极精善，皆汉魏以前最好文调，故其作文渊雅古茂，有本原也。在北京为予等发见，几致用武。一日，太炎为人作文，末有"是真命也夫，君子"。予等曰："先生虽套用四书'吾知勉矣夫，小子'，究从先生秘本中得来。"太炎怒目相视。

原载《新闻报》1946 年 10 月 9、12 日

注释

1　钱注：毛奇龄，字大可，称西河先生。

跳加官

阅各地新闻，国府极高主权所莅之地，人民欢宴演剧，多跳加官。爰记跳加官、跳星官、跳灵官，以见旧时体制。

跳加官之制，满清二百年来官民演剧，普通用之，而不用于宫廷大内，因观戏主座为太后、皇帝，无官可加，只加臣下之官耳。加官一出，手执长条，曰"一品当朝"，曰"加官晋爵"。故宰相至于贵客一莅场座，加官跳而接福讨赏，表晋吉兆。

跳星官之制，乾隆万寿偶用之。福、禄、寿三星同时出台并跳，寿星居中，福星列左，禄星列右。寿星两手持长条，书"天子万年"四字，福星长条书"泽被万民"四字，禄星长条书"玉食万方"四字。

跳灵官之制，为宫中演剧之常例。亡友陈任中仲骞曰："宫外演戏，先跳加官；宫内演戏，无官可加，先跳灵官以祛邪。龙虎山只灵官一人，当门接引，三只眼，红须红袍，左手挽袂，右手持杵。宫内演戏则用灵官十人，选名角十人跳之，形像、须袍皆仿龙虎山灵官状。据《升平署志》所载，有全班出而跳灵官者。清亡，不复跳灵官矣。予随侍北京久，潜入宫内观戏，屡亲见之"云云。

禺按：徐世昌民国四年祝寿，亦跳灵官，故陈放〔弢〕庵师傅诗曰："钧天梦不到溪山，宴罢瑶池海亦干。谁忆梨园烟散后，白头及见跳灵官。"署《漱芳斋观剧有感》[1]，借以诟徐也。

儿时在粤，闻跳加官故事。两广总督瑞麟资格应升殿阁大学士，开寿宴，跳加官。加官冠上两翅松鞞，将坠脱，非吉利也。鬼门内有扮内监者，急捧黄诏红黄绫出，跪呈加官前曰："奉上谕，赐太师冠上加冠（冠、官同音）。"加官亦跪接，内监乃束黄红绫于两翅，加官谢恩，再起跳，手持"一品当朝"条，跳毕，将条直挂台座中间而入。瑞麟大喜，不数月，果大拜大学士。瑞认为大利市，每跳加官，必挑此人。优人急智可媲黄幡绰[2]矣。

原载《新闻报》1946 年 10 月 13 日

注释

1 诗为陈宝琛所作，题为《六月初一日漱芳斋听戏》，共四首，此为其一。陈宝琛（1848—1935），字伯潜，号弢庵，别署沧趣老人等，福建闽县（今闽侯县）人。清同治七年（1868）进士，累迁内阁学士、礼部侍郎，中法战争期间因举人不当而降职，后又出为宣统帝溥仪师傅。

2 黄幡绰，唐朝宫廷伶人，有文才，性滑稽，善语对。

程德全横卧铁轨

程德全雪楼以同知需次黑龙江，佐交涉使办理俄国交涉。俄修北满铁路，火车开入中国，未知会黑龙江官吏，省吏愕然。程德全具朝衣朝冠，横卧轨道，俄火车乃停止开入，此事遍传北京。定兴鹿大军机传霖，顽固人也，曰："如此为国捐躯之臣，朝廷能不大用乎？"乃单折具奏，特保大用。德全入京，特旨召见。德全川人，四川同乡公宴时，有人曰："此种天外飞来机会，以同知召见，大为可惜，所得亦不过以知府、道员任用，不如捐道员入见，至少可以二三品特旨任用。"川人乃集资为德全加捐分省补用道。召见后，西太后亲笔："程德全着以副都统任用。"不一二月，黑龙江巡抚出缺，特旨补黑龙江巡抚矣。

辛亥事起，程为江苏巡抚，召集全省文武官吏议战守之策，文武官吏皆公服而入，程则便衣而出。左孝同为臬司，责程极严厉，有军官持枪而言曰："今日之事，唯响应共和能定之。"全场混乱，德全又便衣而入，明日宣布独立矣，盖事前与张謇、应德阂、赵凤昌有默契也。民元见雪楼，谈及黑龙江事，曰："不过兴之所至耳。"

原载《新闻报》1946 年 10 月 14 日

西太后赞叹宋遁初

日俄战役，东北多事，而间岛问题起，俄曰属俄国，日本曰属日本。间岛位于韩北咸镜道角，俄图们江口，实中国属土，犹库页岛之为中国领土，日、俄割卖交换，而中国不知也。

湖南宋教仁遁初居东京，与黑龙会极相得，同往东三省，实地考察间岛沿革方域，著有《间岛问题》一书，署"宋练著"，此时尚未易名教仁。黑龙会则发布《白山黑水录》，对间岛无确论。自遁初《间岛问题》一书初脱稿，在北京留日归国学生群起呼号，总理各国事务当局则茫无根据，遁初书出版，北京遂奉为金科玉律矣。

间岛事件成为大案，北京当局尚悠悠忽忽。事为西太后所闻，命速进呈《间岛问题》原书，阅毕，拍案曰："国有人才如此，管理外务大臣不能引用，可惜可惜！"颇有武则天阅骆宾王檄文至"一抔之土未干，六尺之孤何托"曰"有才如此，宰相之过也"风味。一日，召见庆亲王，手交谕旨："宋练着赏给五品京堂，来京听候任用"云云。太后一言，外部嚣然。间岛交涉结束，仍以宋书为根据，遂有特派吴禄贞为间岛办事大臣之命。遁初始终未入京。

原载《新闻报》1946 年 10 月 15 日

雍正朝之两名人

钦赐"不忠不孝"墓碑　御书"名教罪人"堂匾

饮如皋冒鹤亭家，见所藏查声山《写经图卷》，题者数十人，若毛西河、高江村**1**、查初白**2**等，无一非康熙朝名流。最难得者，揆叙与钱名世二人皆获罪于雍正，而凑合在一卷之中，可宝也。

按：揆叙为满大学士明珠之子，词家纳兰性德之弟，继其父为宰相。雍正恨其党于廉亲王，几正青宫而夺其皇位，揆叙幸先死，乃御书"不忠不孝揆叙之墓"八大子〔字〕，刻石立其墓前。

阅近刻《黔南丛书》，贵筑周渔璜起渭《桐野诗集》杨恩元跋云："先生有家书数通，其后裔今尚珍藏。有一函记在翰苑时事，云：'将转御史，掌院徐潮因先生考试浙闱不录其子，心怀忌嫉，欲乘机排挤出院，赖满掌院揆叙重其文学，奏留之，仍居原职。而揆叙始终谓，留周之举实与徐掌院同意，君子也'云云。"夫徐潮世称名臣，谥文敬，李次青**3**《先正事略》极推重，揆叙则世宗诋为"不忠不孝"者，徐蔽贤而揆知人，洵稗史足征也。

钱名世，字亮工，江苏武进人，以探花及第，有才名，其佳作在《江左十五子诗》中，宋牧仲**4**抚吴时所刻也。年羹尧抄没时，发见名世赠年羹尧诗，有"分陕旌旗周召伯，从天鼓角汉将军"之句，雍正阅之，大为震怒，革名世职，驱逐回籍，交地方官严加管束。又命廷臣各赋诗痛骂之，亲定甲乙，以赠其行。

鹤亭官京师时，曾见一殿本，雕写极工，宣纸印题，曰《御制钱名世》，其第一名诗有云："名世竟同名世罪，亮工不减亮工奸。"所谓"竟同名世罪"者，谓戴南山（名名世）以滇南文字狱被诛；所谓"不减亮工奸"者，亮工为周栎园名（栎园列入《贰臣传》中），为闽督所参，曾入刑部狱也。又御书"名教罪人"四字制匾，命名世奉归，悬之厅事。每月朔望，常州知府、武进知县亲往审视，如不悬挂者，白督抚奏明治罪，真喜怒以为儿戏也。《御制钱名世》书在北京遍访不得，藏书家亦鲜知者。

原载《新闻报》1946年10月16日

注释

1 钱注：查昇，字仲韦，号声山，浙江海宁人。毛奇龄，字大可，晚年学者称为西河先生。高士奇，字澹人，号江村，浙江钱塘人。

2 查慎行（1650—1727），初名嗣琏，后改名慎行，字悔余，号他山，又号初白，浙江海宁人。清代文人。

3 钱注：李元度，字次青，湖南平江人。

4 钱注：宋荦，字牧仲，号漫堂，河南商丘人。

近人谈鬼录

伍老博士廷芳自称能见鬼，且能与鬼谈话。予在广州大本营，与老博士日夕相处，问其究竟，伍丈曰："予能见鬼，在驻美公使归国之后。一日清晨，豁眸四顾，阴阳分明，人鬼杂处，鬼能让人，人不能见鬼也。汝之背后亦立数鬼，但不敢近汝耳。鬼最喜热闹场所及污秽腥臭之地，荒郊静室，鬼反少到。"予问鬼形色，伍丈曰："鬼长大肥俊者，皆具善形，色多黄白、灰白；全身有白气，则特等鬼也，甚少见；普通鬼，其色黑；最恶之鬼，长不及二三尺，横行蹒跚，头上出黑气，尖如群峰，对人怒目而视，有蜷屈瘦削者，有尖嘴削腮者，全身黑气浑沦，每欲撄人，而缩不敢进，凶人冲之，形散，复聚如故，对我则远立避道。"予曰："鬼亦怕老博士乎？"伍丈曰："予气能慑之，亦犹坏人见我作嗫嚅状耳。"予曰："老博士能与鬼谈话，有何证据？"伍丈曰："中国人谓声应气求，大气发为声昔〔音〕，吾以气与鬼谈，故幽明相通。吾手一挥，房中之鬼皆外出，气之所感，我见而子不能见耳。今有一事证明：汝与郭泰祺同住之房，窗上列菜三碗，第一碗有鬼嗅食，予呵其去，此菜必变味，余菜未也。"予闻言，与伍朝枢、陈友仁往嗅食之，果第一碗有异味。伍丈曰："信乎？"月余，伍丈告予曰："不知何故，有多数红色鬼来往。"后十日而总统府火，房屋俱烬，此予亲炙于伍丈者。予又问曰："老博士自言能活百岁，亦鬼告之乎？"曰："小鬼安能知吾休咎，在予养生自为耳。"不八十岁而寿终，皆曰老博士殆如钱穆父[1]，鬼劈其口。

前教育总长傅治芗毓棻，予总角友也，在北京告予曰："予见鬼二次，大病二次。一、月夜由白纸坊归，车过荒郊，包车夫狂叫，飞走如马。予视墓顶上立白衣人，面目尽血，只长三四尺。抵家，车夫倒地曰：'见血面白衣人，长丈余。'未几，以胆破死。二、与陈曾寿仁先宿友人家，宅为四大凶宅之一。予卧榻上，矇眬见墙间伸一白足出，愈伸愈长，压予被上，其白如玉，其松如棉。予奋力出声，作裂帛响，缩没矣。翌日告仁先，仁先不信，易榻而卧，见白足如故，更见大脸如箕，环眼数十，对仁先祥笑。"傅、陈尚在北京，可证。

江夏张次珊仲炘姻丈，清通政使司通政使，以劾修颐和园去官，风节、诗词传诵一时，而目能见鬼。予以晚亲同宴酒楼，张曰："对门必出凶事，见披发衣白女鬼入室矣。"久坐待之，不一时，哭声大作，盖姑媳勃谿，媳饮毒自尽。张病，告予曰："吾其不起乎，昔日鬼见我避走，今坐我书椅，挥之不去，且反睨玩弄我，阳气衰矣。"不久即卒。张丈以道学名，词集今尚重视，殆非戏语，乡人皆能言之。

唐少川一日饭但焘与予，谈及北京南下洼子听鬼哭事。

唐曰："我平生只见鬼一次，且赌鬼也。予由美归国，派往横滨领事馆为翻译官。时中国初兴海军，提督丁汝昌率镇远、定远两舰巡洋至横滨（日本长冈护美子爵赠丁诗有'君不见，镇远、定远铁舰大如山'句），海军将校在领事馆每夜大赌，馆中一随员输过巨万，翌午启碇，偿无资，欲自尽。予日友善天眼通者来视予，闻之，曰：'今夜大赌，必助汝赢回，得本望利，则又输矣。今晚三鼓后，汝随我去。'午夜，日友至，命随员与予各紧握彼衣一角，不可释手，不准作声，走向荒郊墓间，看群鬼聚赌，据何方何坐之鬼大胜，汝归即照此方此坐赌之，若畏惧作声，则不灵验。及荒郊，果见赌鬼数十人，兴高采烈，容丑狰狞，杂有欧美恶像二三鬼。依照日友所嘱，看毕回领馆，馆员即入场，照胜鬼方向坐，日人同往，每掷必胜，视所获，恰合数日所输。日人曰：'行矣。'馆员曰：'使下一小注。'揭之负，馆员乃出场。此予亲往亲见者"云云。

美国人福开森博士告予曰："西洋人亦有鬼。义和团乱后，交民巷外泡子河一宅甚丽而价贱，予迁往。夜间黑影幢幢，男女着西装，且有声，有女足跳舞声，有刀叉杯盘声，予案上杯盘自为行动。予出手枪，将扣之，旁有声曰：'不要响，不要响。'枪弹不出。予虽胆大，亦瑟缩终夜，翌日另寻房屋。后闻人言，此屋縶西洋男女，被义和团杀者百余人，厉气化为伯有[2]也。"治芗亦在座闻之。

鄂主席杨畅卿永泰被刺时,予适在鄂,宅邻督署。当过江赴义领馆宴,着礼服,袋中跳出白鼠一头,逐之,杳然,意不甚适。被害之夜,官邸紧锁,卫队外巡,大祲于湖北图书馆,半夜全署中人惊起。官邸内彻夜发掷物声、碎玻璃声、怪吼声,种种可怖状。邸锁无钥开,卫队环守达旦,开锁视之,穿衣镜、杯盘等物碎散地上,家具亦易位,是一奇也。图书馆于杨出殡后,馆中骚扰之声最可骇异,工役无人敢夜宿馆中者。适监察委员杨亮功、考选委员张忠道来鄂考试,迎居图书馆。当夕,工役尽走。问其故,皆睨视而笑。二人局促一房,终夜听怪响大作,不能睡。清晨,工役至,问曰:"有所见乎?"始知原委,急迁监察使署中。适予往署,二人告以故,曰:"此杨畅卿大发鬼脾气也。自官邸闹至图书馆,已十余夜矣。"

护法之役,都督蓝天蔚被害夔州,民三十年,在被害地设宴纪念,皆蓝旧友。宴毕照相,洗出像片上多一人,数之,立最后者酷似蓝天蔚,鬼亦成形乎?像片分存各人手中,予亲见之。

禹案:孔子曰:"鬼神之为德也,其至矣乎。"佛曰:"鬼入地狱。"追忆存殁,鬼言具在,汇为一篇,曰《见鬼录》。

原载《新闻报》1946 年 10 月 17—20 日

1 钱勰（1034—1097），字穆父，临安（今浙江杭州）人。北宋
官员。因得罪章惇而遭斥逐，有人问他为何要开罪章惇，自言：
"鬼劈口矣。"

2 良霄（？—前543），姬姓，字伯有，春秋时郑国大夫。主持
国政时与贵族驷带发生争执，被杀于羊肆，传说死后变为厉
鬼作祟。

假照片计陷岑春煊

岑春煊督两粤，暴戾横肆，任意妄为，恃西安迎驾宠
眷，莫予毒也。莅粤，即奏参籍没官吏如裴景福者数十人，
又押禁查抄粤中巨绅黎季裴、杨西岩[1]等，粤人大哗，巨室
名绅多迁香港以避其锋。在港绅商谋去岑春煊，安定粤局。
又以那拉氏信岑甚笃，无法排去，乃悬赏港币百万，有人能
出奇策赶走岑春煊者，以此为标。陈少白参与密谋，自负奇
计，曰："先交三十万布置一切，事成，补交七十万可也。"
迨少白携款赴沪，再走京津，而岑春煊罢免粤督入北京矣。

西太后最恨康、梁，保皇会横滨《清议报》载康有为撰
文，痛骂西太后。曰武曌、曰杨妃，尚可漠视，最恨者，则
"那拉氏者，先帝之遗妾耳"一语。少白知之，从此下手。

先将岑春煊、梁启超、麦孟华三人各个照相，制成一联座合照之相片，岑中坐，梁居左，麦居右。先在沪出售，次及天津、北京，赂津、京、沪大小各报新闻访员，登载其事。又将康有为《清议报》撰文逐句驳斥，颂西太后之功德，呼康有为为叛逆，于"那拉氏者，先帝之遗妾耳"句下，驳斥犹严。再由香港分售相片于南洋、美洲。保皇党人见之，莫知底蕴，反称岑为保皇党，以增长势力，编造照相故事。少白又将海外各报转载于津、京、沪报上，保皇党亦堕其术中，相片遂遍传海内外矣。

北京流播既久，事为西太后所闻，且重贿内监，暗输宫中。西后见相片大怒，虽李莲英与岑莫逆，亦不敢缓颊。都中权贵恶岑者引为口实，时粤御史亦有奏劾岑不宜在粤者，不久，遂有开缺来京陛见之命。

岑抵京，因照片事求白于李莲英。李曰："得计矣。"乃将西太后相片作观音装，中座；李自作韦陀装，立太后左。制成，跪呈西太后御览，曰："奴才何曾侍老佛爷同照此相，民间随意伪造，此风不可长，亦犹岑春煊与梁启超、麦孟华合照一相，不过奸人藉以售钱耳，淆乱是非，宜颁禁令也。"太后意解，视岑如初。

少白得标后经营致富，粤商复以长堤省港澳轮船码头归少白，又得哈德安、播宝两轮船码头，架屋自居，临画写字，姬妾则散处别室，如羊车行幸六宫。予等屡宴码头，戏语少白曰："此间宜供岑春煊长生禄位牌。"

原载《新闻报》1946年10月21—22日

注释

1 黎国廉（1870—1940），字季裴，号六禾，广东顺德（今佛山市顺德区）人。晚清福建船政大臣黎兆棠之子，曾任福建兴泉永道，民初被举为广东民政长，不久称疾去职。杨西岩（1868—1929），字蔚彬，广东新会（今江门市新会区）人。晚清曾任驻檀香山领事，后加入同盟会，参与各种革命活动，1923年被护法军政府大元帅孙中山任命为广东省财政厅厅长。

永乐园杨晳子输诚

杨度在东京，欲谒先总理□□□时，皆称与先生辩论中国国是，予与李书城、程明超、梁焕彝介往横滨。孙先生张宴于永乐园，辩论终日。晳子执先生手为誓曰："吾主张君主立宪，吾事成，愿先生助我；先生号召民族革命，先生成功，度当尽弃其主张以助先生。努力国事，期在后日，勿相妨也。"晳子回车，喟然叹曰："对先生畅谈竟日，渊渊作万山之响，汪汪若千顷之波，言语诚明，气度宽大，他日成功，当在此人，吾其为舆台乎？"

陈炯明叛变，先生兵舰泊黄埔，予在香港。一日徐苏中持先生手书，与谢持同来寻予，书曰："和赣之事，由吾兄全权办理，务期尽其所能，便宜行事，即刻北行，成功为要。"先是，先生在韶关誓师北伐，许崇智、黄子荫两军已入赣，赣中鄂籍重要军师由予等说合，久有默契。此次许等回师征讨叛逆，赣师只欲收复失地。而吴佩孚督师衡阳，严令赣军蹑许等之后，入粤以助炯明。先生知予与黎元洪、曹锟皆可直接论事，故有和赣之命。

　　予奉书后，佯言赴国会，星夜往北京，见杨度于东厂胡同。晳子曰："当年由兄绍介，永乐园之辩论，与先生结有誓约，予失败而先生成功，度当尽全力以赴之。"时薛大可亦在座，谓予曰："革命党呼我等为帝制余孽，自当愧领。彼求为帝制余孽不可得者，亦呼我辈为帝制余孽，非求孙先生为我辈一洗面目不可。"予曰："先生不但为兄等洗脸，且为兄等擦粉。"于是与杨度商阻吴率赣军助陈炯明之策。晳子曰："黎元洪总统方面，君任之。曹锟总司令方面，我与夏午诒[1]任之。"时夏寿田为曹锟机要秘书长，杨则曹之最高等顾问也。且曰："吴子玉[2]数日内由湘来直，召开重要军事会议，想系督兵入粤之事，必有以报命。"

　　迟数日，与李繁昌赴东厂胡同访杨。一见面，即执手告曰："事谐矣，予有以践孙先生永乐园之约也。"即叙述原委曰："直系大将王承斌、熊秉琦素恶吴子玉跋扈，积不相能，皆与午诒最善。子玉又贱视文士，常无礼于午诒，衡阳归来，更凌视一切。王、熊等久欲抑吴。开军事会议，吴提出亲提湘、赣之兵入粤助陈炯明，肃清孙派分子。熊秉琦起而言曰：'如大帅讨伐两广，当然出兵。今以援助陈炯明为言，陈炯明者，孙中山之叛徒也。以下犯上，出兵助之，则师出无名。今大帅部下多统兵大将，人人照陈炯明之以下犯上，反出兵助之，将置大帅于何地？'曹锟亦击节曰：'以下犯上之人，不可出兵援助。'王承斌曰：'援陈出兵，稍缓行动，静观两粤之变，再为后图。'曹锟曰：'善。'照此决定办法。吴子玉受此刺激，已一怒而归洛阳矣。请急告孙先生，纵然赣军可出，亦在两月之后，可从速布置对付之法。"盖杨、夏知曹锟心病在尾大不掉，熊、王又不能下吴，熊之言，杨、夏教之也。予急电谢慧生[3]转先生，时先生亦将离黄埔来沪。许等安然受先生命令，由粤入闽。黎元洪派黎澍，曹锟派陈调元，偕予往沪欢迎先生。先生曰："杨度可人，能履政治家之诺言。"

原载《新闻报》1946 年 10 月 23—24 日

注释

1　夏寿田（1870—1935），字耕夫，号午诒，湖南桂阳人。清光绪二十四年（1898）榜眼，民国后曾任湖北省民政长、总统府内史监内史。袁世凯称帝，制诰多出其手。

2　钱注：吴佩孚，字子玉，山东蓬莱人。

3　谢持（1876—1939），字慧生，四川富顺人。早年加入同盟会，
曾任广东护法军政府非常大总统秘书长，因组织"西山会议
派"被开除党籍。后再任南京国民政府委员、国民党中监委。

为谁鞏断远山眉

马君武受绐

马君武本湖北蒲圻人，其祖为桂林府知府，遂家焉，占
桂籍。康有为收徒桂林，讲《长兴学记》，马曾列门墙，故
多识保皇党人，而马则倡言革命也。梁卓如[1]办《新民丛
报》，颇具民族思想，马亦偶投以文，顾懒不多作。

《丛报》缺文，卓如大弟子罗孝高[2]曰："吾有以缚君武
矣。"乃诡为粤某女子者（名载《丛报》），投诗登载，编者
誉其才色。君武问罗曰："得见乎？"罗曰："我中表也，即
来日留学，当绍介汝先通函。"君武作七律八首，托罗寄女。
首联"憔悴花枝与柳丝，为谁鞏断远山眉"，全诗载《丛
报》。罗许以可获复函，但须多作文章来，否则不为先容。
君武勤勤作文，不日女复罗函，寄诗君武。君武狂喜，撰文
不辍。罗一日促君武来横滨，示女与君武书，内附照片，且
言买船来东。君武情急，报以己照，赠日本名点多端，托

寄女，速其来。罗曰："作文不多，女来不绍介。"君武奉命唯谨。予等游横滨，罗饷以佳点曰："此君武柳丝糕也，此君武花枝饼也。"归绐君武曰："女在横滨。"君武夤夜寻罗，非见女不可，几挥拳，逼迫终日。罗急曰："某即女也，柳丝、花枝今憔悴矣。"君武曰："作文呕心血，花钱累血汗。"究问照片何女，孝高曰："粤倡耳，殊不解柳丝、花枝。"君武连呼"恶煞，恶煞"，撕其稿，愤然去。

原载《新闻报》1946 年 10 月 25 日

注释

1　钱注：梁启超，字卓如，号任公，广东新会人。

2　罗普（1876—1949），原名文梯，字熙明，号孝高，广东顺德（今佛山市顺德区）人。早年师从康有为，戊戌变法失败后赴日留学，随梁启超办报。民国任京师图书馆主任、广东实业厅厅长等职。

腊肠下酒著新书

革命军马前卒

经重庆邹容路，巍然与杨沧白纪念堂并传者，渝革命元勋邹容也。容字幼丹，弱冠留学日本，立志革命。所著《革命军》一书风行全国，为国内出版革命书籍之开路先锋，次则为杨毓麟笃生之《猛回头》[1]。

当予等入成城学校习陆军预备时，幼丹每日必来谈。予携新会腊肠多斤，课毕，围炉大谈排满，每人各谈一条，幼丹书之。书毕，幼丹则烘腊肠为寿。月余，所书寸余，腊肠亦尽。胡景伊、蔡锷、蒋百里[2]皆当时围炉立谈人也。松坡[3]签其稿面曰《腊肠书》。

予因获罪清廷，出陆军学校，居松本馆。一夜，幼丹肩半只火腿来，属下女活火烹腿饮酒。予问："腿从何来？"幼丹曰："今日大快人意，予与某君（现大有名人）同往湖北留学生监督姚昱处，彼抱姚而我剪其辫。持辫又往总监督汪大燮处，汪礼貌甚恭，且曰：'有人赠我东阳腿，以一肩奉送。'乃以姚昱辫发作火腿绳，肩之而归，食其半。今以半奉子，为我烹之。"问："辫何在？"曰："钉在留学生会馆柱上矣。"食腿饮酒，出《革命军》全稿读之，曰："予将署名'革命军马前卒邹容'，回沪付印。我为马前卒，汝等有文章在书中者，皆马后卒也。"归沪，与章太炎、《苏报》馆主陈范改良《苏报》，印行《革命军》，致酿成惊天动地之"《苏报》案"。章太炎、邹容拿禁英巡捕房狱，邹容瘐死狱中，太炎获免。当在监房时，予等往视，邹容曰："革命军马后卒来矣。"大笑。太炎有《狱中赠幼丹剪辫诗》五律一首，载集中。

《苏报》案有一趣闻，当时绰号"野鸡大王"之徐某，每日在茶肆、书会兜售排满革命新书，发行《革命军》。两江总督端方照会英总领事，拿获解宁。《申报》时评有曰："擒贼擒王，一擒擒了个野鸡大王，两江大吏可以高枕无忧矣。"端方见《申报》，以为太不雅观，密令不究。贺徐者曰："野鸡大王今日头插野鸡毛矣。"

原载《新闻报》1946 年 10 月 26 日

注释

1 杨毓麟（1872—1911），字笃生，湖南长沙人。1902 年留学日本，参与创办《游学译编》等报刊，筹建华兴会，加入同盟会。黄花岗起义失败后，在英国利物浦蹈海自尽。《猛回头》的作者是另一位在日本东京大森海湾蹈海自杀的湖南新化籍留日学生陈天华。

2 钱注：蒋方震，字百里。

3 钱注：蔡锷，字松坡。

莫愁湖亭长联

恼煞江南儿女

同治十年，桂莛亭[1]藩司重新莫愁湖亭，王壬秋题楹联云："莫轻他北地燕支，看画艇初来，江南儿女无颜色；尽消受六朝金粉，只青山依旧，春来桃李又芳菲。"此联一出，江南人士大哗，谓王壬秋关帝庙题联已骂倒江南男子无余地矣。其平日持论通函，谓："湘勇携江南女子回籍者，络绎道路，身衣文绣随蠢伧，颇自得。彼俗女子奴役其夫，故有是报。"（此文尚载湘绮楼卷中）已侮辱江南女子尽致矣。今又作此联以嘲弄江南儿女，不许悬挂，群情愤慨，几致兴师问罪。桂艻亭出而调解，王壬秋乃易"无颜色"三字为"生颜色"，又易下联"只青山依旧"为"只青山无恙"，以谢责难者，此一段公案遂了。今日游莫愁湖者，诵壬老长联，不知其中尚有此一段曲折也。[2]

原载《新闻报》1946 年 10 月 27 日

注释

1　桂嵩庆，字艻亭，一作香亭，江西临川（今抚州市临川区）人。晚清官候补道，曾任江南筹防局总办、江宁商务局总办、江南水师学堂总办。一说 1879 年曾一度代理江宁布政使（又称藩司）。

2　钱按：长联中有两"来"字，见《湘绮楼说诗》卷六第十页，原文如此。

武昌假光绪案

　　光绪二十五年，武昌金水闸忽来一主一仆。主年二十余岁，长身白俊；仆四五十岁，无须，发语带女声，均操北京官腔。赁一分租之公馆，匿迹不出，服用颇豪奢。仆进茶食必跪，有传呼，必称圣上，自称奴才。同居为官湖北候差事者怪之，遍语僚友。不多日，传遍武汉悠悠之口矣。是时，光绪幽居瀛台，汉口各报皆怜光绪而诟西后。此风一出，道路谈议，皆谓光绪由瀛台逃来湖北依张之洞，汉报亦多作疑似之谈。沪上各报转载其事，汉口小报又为之刊载说唐故事，谓西太后为武则天，光绪为李旦，坐汉阳，令人喷饭。愚民信之，张之洞保驾之谣更播于海内外。

　　假光绪被袄皆绣金龙，龙五爪；玉碗一，镂金龙，亦五爪；玉印一，刻"御用之宝"四字，其仆出以示人。城中男女往拜圣驾，日有多起。见时，有三跪九叩首者，口称"恭迎圣驾"，假光绪略举其手曰："不必为礼。"候补官员中，有视为绝大机会亲往拜跪者，亦有献款供奉者。江夏县知县望江陈树屏，予房师也，亲往查看。问："汝为何人？"假光绪曰："见张之洞，方可透露。"余无一言。陈上院报呈南皮。其仆亦不透一言，有疑为内监者，串出多人，邀仆往浴池洗身，故为嬉弄，验其下体，果阉人也，疑谣愈张。

　　当局以光绪玉照与假者比对，面貌实相仿佛。乃密电北京，宫中又无出走之耗，而瀛台则无一人敢入。陈树屏始终疑为伪骗，曰："其举动太类演戏。"询问数次，皆曰："见张之洞，自然明白。"梁启超致南皮书曰："戾太子真伪，尚在肘腋。"此案何〔可〕谓世皆知矣。

南皮得张子青[1]手函："光绪尚居瀛台。"不能不开庭亲审，以释天下之疑。某日，坐督署二堂，提犯到堂，一假光绪、一仆、一同居。二卒挟假光绪，按之跪下。予时夤缘得观审。张之洞曰："汝要见我，今见我矣，老实说出来历。"假光绪曰："大庭广众，不能向制台说，退堂当面可说。"南皮曰："胡说！不说，办你斩罪。"假光绪曰："我未犯法。"南皮拍案曰："私用御用禁物，犯斩罪，当斩。"假光绪曰："听制台办理。"问其仆，则曰："予本内监，因窃宫中物发觉，私逃出京，路遇他，不知姓名来历，但云：'偕我往湖北，有大好处。'余皆不知。"问同居，乃举袄被、碗、印之属。众人疑为宫中贵人，实不知其姓名，当堂始终未供出要领。退堂交武昌府、江夏县严刑审问治罪。陈树屏严刑拷问，供出真相。

假光绪乃旗籍伶人，名崇福，幼入内廷演戏，故深知宫中之事。面貌颇类光绪，优人皆以"假皇上"呼之。其仆为守库太监，与崇久相识，因窃多物，为掌库发觉，逃出宫中，袄被、碗、印皆仆所窃出。二人知光绪囚在瀛台，内外不通消息，乃商走各省，以崇之面貌，挟仆所窃物，向各省大行骗术。彼等在京习闻，假亲王、假大臣以骗致富者多矣，不虞以假皇上而陷重辟也。狱具，插标押赴草湖门斩决。予问陈老师曰："何以一见即知为优人？"曰："手足举动颇似扮戏，直剧场皇帝耳。"

原载《新闻报》1946 年 10 月 28—29 日

注释

1 钱注：张之万，字子青，直隶南皮人，之洞从兄。按：之万于光绪二十二年以东阁大学士致仕，次年五月死。此处疑系他人之误。

民元北京兵变内幕

辛亥革命，南北在沪议和，伍廷芳代表南京，唐绍仪代表北京。（唐来上海，尚用唐绍诒名。唐在美为钦派特使，避溥仪讳，电奏清廷，易"仪"为"诒"，民国成立，议和代表签字后始复原名。）南京临时参议院，先议定都南京，翻案决定都北京，再翻案决定都南京，又再翻案定都北京。都城决定，一致请袁大总统来南京就职。是时，南方代表蔡元培、王正廷（代表武昌）、汪精卫、宋教仁等与唐绍仪同入北京，迎大总统南下。

代表抵北京，要求由正阳门正门入城（清俗：正阳正门非大婚及移梓官不开，平时由左右两门出入，开则不利），许之。在京以东城贵族学校为代表驻节地，始终请大总统南下。袁氏不愿南来就职，乃密令部下造成兵变，围吓南来诸使。蔡元培等乃连电临时政府及参议院，略谓："北京兵变，外人极为激昂，日本已派多兵入京。设再有此等事发生，外人自由行动，恐不可免。元培睹此情形，集议以为速建统一政府为今日最要问题，余尽可研究，以定大局。"参议院允袁在北京就总统职。三月十日，袁乃在北京就职，电南京参议院宣誓，所牺牲者京、津、保无辜之人民、兵士耳。

当时参议院议定都事，或主南京，或主北京，武昌派（予时为鄂代表）则调和两派之间。上海各机关报主张，亦分两派。当时议举袁为总统，参议院即商钳制袁之政策，故有定都南京之议，不得已又有南下就职之议。其策因兵变失败，又改《约法》大总统制而为国务总理制。其后纷争无已时，皆总统制、内阁总理制阶之厉也。

唐少川[1]告予曰：当时兵变发生，南代表束手无策，促予黎明访袁。予坐门侧，袁则当门而坐，曹锟戎装革履推门而入，见袁请一安，曰："报告大总统，昨夜奉大总统密令，兵变之事已办到矣。"侧身见予，亦请一安。袁曰："胡说，滚出去。"予始知大总统下令之谣不诬。后查兵变始末，其策建于段芝贵。初欲扩大兵变，拥袁为陈桥之变。后见南方军势尚盛，内有冯国璋之禁卫军不合作，乃缩小范围，令曹锟第三镇中密派一营哗变，藉以恐吓南代表。不知一发不可收拾，京中变兵经禁卫军镇压击散，冯国璋恐兵变危及两宫，故全军出击，未几京、津、保全告变矣。曹锟为段芝贵所绐，愤极回天津原籍，因此密令由段芝贵黑夜亲手交曹也。曹归津，袁乃派人赍金佛十二尊赐曹锟，段芝贵亲往说之，始来京。

民国五年，袁世凯取消帝制，仍为中华民国大总统，讨袁各省电文激烈。少川曰："兵变之事又来矣。"乃以个人名义电袁云："当以人民生命为重，不能仍用兵变之术，用亦无益，今日非民元时局也。"电文载沪上各报。

禺按：《梁燕孙年谱》所载，与唐说相出入。原文云："元年三月二十九日北京兵变，津、保继之。外传是役段某指使，疑莫能明。惟变兵实有围吓南使住所情势，当不无政治意味。先是，清廷大计久不决，袁乃召曹锟所统之第三镇入京，以资控制。至是乃有一部分告变，袁之卫队亦加入焉。姜桂题之毅军，则为弹压兵变者，其所住通州之一部亦旋变。"北京兵变，虽曰段谋，不能说袁不知。袁术如此，军纪从此败坏矣。无怪张之洞评袁："不但有术，且多术矣。"袁创此术，部下多效之，王占元部下之武昌兵变，兵士整队掳掠；某军武穴兵变，官长捧令劫夺。用术一时，流毒甚远，深可慨也！

原载《新闻报》1946年10月30日、11月1日

注释

1 唐绍仪（1862—1938），字少川，广东香山（今中山）人。清同治十三年（1874）选派赴美留学，归国后历任多职。辛亥革命时，代表袁世凯参加南北议和。民国第一任内阁总理。

梁任公两女友

清光绪己丑[1]恩科广东乡试，侍郎李芯园端棻、殿撰王可庄仁堪为正副主考。试题为"子所雅言，《诗》、《书》、执礼，皆雅言也……子不语怪力乱神"；次题"来百工则财用足"；三题"离娄之明，公输子之巧"；诗题"荔实周天两岁星"，得"星"字。梁启超中前十名。李芯园初以梁为老宿儒，见之，翩翩弱冠少年也。问其家世，尚未订婚。私谓王可庄曰："吾叔父见背北京，遗女孤，嘱予择配。今见梁生，年相若，烦为作合，亦可慰叔父于地下。"姻事成，纳禽，就婚礼于北京，所谓梁卓如之李夫人也。夫人貌不甚丽，长大凶悍，高卓如数寸，卓如惮之。居横滨，诟谇之声常达里巷。

庚子年来，沪上女权勃兴，薛氏幼女以叔父精西文之故，为侪辈所推许，擅时名焉。携往日本留学，卓如见之，刻意称赏，赞为中国第一女子，《清议》各报分载其人其文，且咏诗以美之。李夫人则怒形于色，尚未作河东吼也。梁家眷属居山下町保皇会楼上，对门则革命党之中和堂。一日深夜，卓如回家叩门，楼上李夫人出而临轩言曰："你回来干吗？去寻薛妹妹可也。"卓如下气求开门，楼上诟骂声愈厉。中和堂人开窗群鼓其掌，卓如悄然逸去，当晚遂未归家。翌晨，薛妹妹之笑话传播滨京矣。

卓如得孙先生绍介书，往美洲筹款，宣传革命，抵檀香山。有何氏女者，英文最佳，能汉文汉语，卓如赴西人宴会演说，何氏女为通译，流利警策，全达原意。态度潇洒，作西女妆束更落落大方，卓如逢人赞不绝口。女愿嫁卓如东归，厄于李夫人之悍，不敢承受，心中常戚戚也。卓如归日，作《纪事诗》十二章，登诸报首。其一曰："人天去住两无期，题凤年华每自疑。多少壮怀偿未了，又添遗恨到娥眉。"李夫人见其诗，大怒曰："前有薛妹妹，今又有何妹妹矣。"卓如无以自解。有人谑语李夫人曰："古云'佳人难再得'，今幸再得，佳甚。"李夫人闻言，益怒不可遏。卓如谢罪，自述弄笔荒唐，李夫人终未能释然。

原载《新闻报》1946 年 11 月 2 日

隽君注：李端棻，字信臣，号苾园，贵州贵筑人。同治二年癸亥科进士，散馆授编修，官至礼部尚书。王仁堪，字可庄，福建闽县人，光绪丁丑科状元，官至苏州知府。梁启超妻貌丑而好吃槟榔，夫妇嗜好不同，时相诟谇。何氏女，名蕙珍，广东新安（宝安）人，檀香山华侨小学教员。另据其他资料，是启超向其求爱，何女则知使君有妇，遂以文明国律不许重婚而拒绝之。梁作诗"一夫一妻世界会，我与浏阳（指谭嗣同）实创之。尊重公权割私爱，先将身作死人师"来解嘲。因之另一诗则说"含情慷慨别婵娟，江上芙蓉各自怜。别有法门弥缺憾，杜陵兄妹亦因缘"来聊以自慰而已。

注释

1　清光绪十五年，公元 1889 年。

陈友仁黑白分明

予与陈友仁同在广州大元帅府中，友仁常往香港不归。元帅府与香港政府有交涉案，需友仁办，适予往港，大元帅嘱寻友仁急归。友仁生长外国，不能作华语，娶西印度群岛黑女为妇，匿香港，不使见人，人亦不知其住所。百计寻得之，其妇在焉，红唇白睛，齿皓如雪，漆炭人也，友仁大窘。归告大元帅，大元帅曰："陈友仁可谓知白守黑矣。"

一日，在香港见友仁与一西女状态行动俨然夫妇，问友仁何人，友仁曰："其外夫似有淫虐狂，每日以软细毛帚裸体鞭之，鞭竣，各自居宿，并不共处，每月给养甚丰。此女甚爱我，欲相从，而恋恋于彼伧之金钱，予亦藉此消遣耳。"以鞭为爱，真大奇事。予归告大元帅，大元帅笑曰："陈友仁又可谓知黑守白矣。"伍老博士在坐，曰："我有四字赠友仁：黑白分明。"

友仁后与张夫人结婚，予贺之曰："使伍老博士在，必又赠汝四字，曰：黄流在中。"友仁曰："不准写入索士比亚。"

原载《新闻报》1946 年 11 月 3 日

肃门五君子

肃门五君子，为长沙黄锡焘，湘潭王闿运壬秋，宣城高心夔伯足，善化李寿榕篁仙，其一名字已不复能记忆。此五人者，日夕参与肃邸密谋者也。咸丰亲政，肃顺用事。肃亲王顺，号豫廷，铁帽子王也¹。肃顺有大才大志，最轻视满人，而登进汉人。洪杨之役，内有肃顺主持，曾、左、彭、胡乃能立功于外。人曰曾涤生赖其座师倭仁，实则肃顺耳。左宗棠之握权骆秉章幕府、之解京拿问，胡林翼之屡受排挤，皆赖肃顺保全之。与外间通声气者，则肃门五君子也。五君子中，篁仙居郑亲王府，壬秋居法源寺，声势为最大，肃顺事败，废弃亦最惨。肃顺颇有不臣之心，刻意引用汉将，或曰五君子有以启之也，故有热河行宫之诛[2]。

肃败，五君子潜走，不入京者多年。李、王虽于湘帅有
恩，始终不敢引用者，此耳。而壬秋对于曾、左之倨傲如故
也。筦仙为湖北经心山长以终，幼年在鄂，曾见筦仙与诸生
讲学，不平之气溢于言表，犹精彩四射，魁伟慑人。高伯足
一度署苏州府知府，亦无表见。

肃顺颇重学者，如《湘绮楼说诗》所载：（一）"己未留
法源寺，故尚书肃豫庭闻予宴集，辄送瓜果及俄罗斯酒。自
请承乏使俄报聘，豫庭曰那可。"书称"故尚书"，不忘旧
也。（二）"与弥之等过筦仙谈旧事，筦仙云：'五子皆不得
意。'余谓：'五子未必为同忧乐荣辱之人，使筦仙得志，弃
余子如敝屣矣。'"

> 读者鉴：来示谓莫愁湖长联有两"来"字，请更
> 正。据《湘绮楼说诗》卷六第十页原刻及亭柱木刻，均
> 重"来"字，无法更改。敬复。

原载《新闻报》1946 年 11 月 4 日

注释

1 爱新觉罗·肃顺（1816—1861），字雨亭，满洲镶蓝旗人。郑
 献亲王济尔哈朗七世孙，郑慎亲王乌尔恭阿第六子，深受咸丰
 帝信用。咸丰帝病死，受遗诏为赞襄政务八大臣之一。济尔哈
 朗为清初八大铁帽子王之一，肃顺并未袭爵，而是由其三兄端

华于道光二十六年袭郑亲王爵。

2 慈禧太后发动"辛酉政变"时，肃顺被捕于密云，斩首于北京
   菜市口。

王壬秋笔下两汉奸

在渝见王壬秋题张笠臣[1]《洁园修禊图》云："春游宜园
林，良气外形骸。感彼俯仰情，图此风日佳。余非濠上人，
物论理无乖。鱼鸟乐仁智，琴尊寄所怀。"《湘绮楼诗集》未
收，后得王翁死后残稿云："此卷予未题跋，以别纸录小诗，
因禊饮时未预也。笠臣盛时，广致宾客，不能致李筤仙，筤
仙亦非清流。中有汉奸销英翁及匏叟书，最为难得，余皆一
时之彦。题图非我亲笔，补记于后"云云。今志壬秋所指两
汉奸本末于后。

龚孝拱橙，号匏庵，仁和龚定〈盦〉自珍子，怀才不
遇，英人攻天津、广州，威脱玛尊为谋主，多用其策。唐少
川先生所谓"广州城上，列瓮为炮，谋主龚孝拱告英帅，击
碎之，入粤降叶名琛"者是也。名字事实，举国皆知。

销英翁，为浙人金眉生，字安卿，晚年自号销英翁。
"销英"二字，由姜白石词"仗酒祓清愁，花销英气"，故
号"销英道人"。《洁园展禊图》销英翁题跋，署"销英道

人"，押"销英"白文印。

眉生读书宏富，才气纵横，处理难事，千头万绪，提纲挈领，办法无遗漏，当代大吏多为低首。驰骋花酒之场，挥金如土，毫无顾惜，故任两淮盐运使，亏空无算，问罪发往军台，辗转赦归，侘傺无聊。时杨秀清据南京，眉生挟策往谒，谈论天下大事，凡三四日，秀清不能用，折翼还沪，间与太平天国通声气。洪、杨事败，眉生早匿迹。

沈葆桢督两江，整理两淮盐务，求大才，无如眉生者。不敢用其人，以重金延至金陵，纵其开宴秦淮，沉溺佳丽，乃以改革两淮盐政商之。眉生曰："易事耳。"令集久于盐务能文之吏十余人，日随眉生，眉生高坐口讲，吏握笔疾书，有错误者，曰翻某卷、某案，不一旬而条例办法皆具，厚几盈尺，居然盐政全书矣。数十年来淮盐法案皆眉生所订也。沈文肃曰："如此大才，安敢引用。"赠十万金，送归沪渎。眉生亦悒郁以终。

原载《新闻报》1946 年 11 月 5 日

注释

1 张自牧（1832—1886），字笠臣，湖南湘阴人。晚清官至候选道，加布政使衔。

左宗棠与樊云门

一场辱骂　两子成名

　　近岁避地施南，寻樊云门[1]老辈故居。老屋在恩施县城内梓潼街，尊人讳燮总戎所置宅，云门先生兄弟读书处也。数椽欲倾，一角读书楼巍然尚存，旁支居之。恩施父老有闻见当时事者曰："樊燮公作某镇挂印总兵官，有战功。骆秉章为抚帅，左宗棠尊居帅幕，樊谒大帅毕，再谒左师爷，谒大帅请安，谒师爷不请安。左怒，奏劾免官回籍。遂有卖宅延师，严课云门兄弟一段佳话。"各日记、杂载多志其事，然据见闻所及，有足补记载之缺者。

　　施城吴老人，年九十矣，幼时曾见燮公，其言曰："燮公谒骆帅，帅令谒左师爷，未请安。左厉声喝曰：'武官见我，无论大小，皆要请安，汝何不然？快请安。'燮曰：'朝廷体制，未定武官见师爷请安之例。武官虽轻，我亦朝廷二三品官也。'左怒益急，起欲以脚蹴之，大呵斥曰：'忘八蛋，滚出去！'燮亦愠极而退。未几，即有樊燮革职回籍之朝旨。燮公携二子增祹、增祥归，治梓潼街宅居之。楼成，置酒宴父老曰：'左宗棠一举人耳，既辱我身，又夺我官，且波及先人，视武人如犬马。我宅已定，敬延名师，教予二子，雪我耻辱，不中举人、进士、点翰林，无以见先人于地下。'于是以重金礼聘教读，以楼为书房，除师生三人外不准上楼。每日治馔，必亲自检点，具衣冠，延先生下楼坐食。先生未下箸者，即易他品。增祹、增祥在家不准着男装，咸服女衣裤，曰：'考秀才进学，脱女外服；中举人，脱内女服，方与左宗棠功名相等；中进士、点翰林，则焚吾所树之洗辱牌，告先人以无罪。'当燮归施，即写'忘八蛋，滚出去'六字于板上，制如长生禄位牌，置于祖宗神龛下侧，朔望率二子礼之，曰：'不中举人以上功名，不去此牌，汝等总要高过左宗棠。'樊山中进士后，樊家始无此牌。恩施父老谈樊家遗事相同"云云。

按：增祹学问切实，高于樊山，南皮督学湖北，刻《江汉炳灵集》，载增祹文多篇。樊山得庶吉士后，增祹不久病死，楚士林惜之。至若樊山作陕西藩司时，左宗棠赐建专祠于西安，巡抚委樊山致祭，樊山辞焉，曰："宁愿违命，不愿获罪先人。"此又寻常尽知之事。邻近又一老人言，从前樊家楼壁上，尚存墨笔"左宗棠可杀"五字，想系樊山兄弟儿时发愿文也。

原载《新闻报》1946 年 11 月 6 日

注释

1 钱注：樊增祥，字云门，号樊山，湖北恩施人。

章太炎师事孙诒让

瑞安孙仲容先生诒让，尊人琴西先生衣言，任湖北布政使时，与鄂中文士最善。仲容幼时随宦，琴西问仲容曰："汝喜读何书？将来治何书？"仲容对曰："《周礼》。"琴西曰："《周礼》难读，汉学家多讥为伪书，汝岂能断此公案？"仲容曰："因难解难断，是以专治。"鄂老辈多传此说。

鄂人既刊仲容先生《墨子间诂》，又集楚学社刻其《周礼正义》。武昌举义后，《正义》后半未刻，夏斗寅主鄂，捐资属鄂老辈完成之，可见鄂人对孙氏父子之推重矣。瑞安孙〈氏〉姻戚居鄂者曰："仲容得美妇，能文，善治事，侍仲容居楼上，七年未出门。楼唯夫妇能登，外无一人敢拦〔阑〕入。楼上置长桌十余，每桌面书卷纵横，稿书错杂，丹黄墨渍袍袖、卷帙皆满。写何条注，翻何书籍，即移坐某桌，日移坐位十余桌殆遍。篝灯入睡前，桌上书稿夫人为清理之。外人只知仲容闭户著书，但不知所著何书。七年后，始知与夫人孜孜不倦者，即今日鄂刻之《周礼正义》也。"《周礼正义》最精到处，先列各家之说，而以仲容总断为自成一家之定义。读其书，初观浩如烟海，细案则提要钩玄，洵近代治经独创体例之佳书也。

南皮督鄂，所不能致者二人，一为长沙王葵园先谦，一为瑞安孙仲容诒让，知先生学望之尊矣。

章太炎创革命排满之说，其本师德清俞曲园先生大不为然，曰："曲园无是弟子。"逐之门墙之外，永绝师生关系。太炎集中，有《谢本师》文。当时太炎声望尚低，既弃于师，乃走海至瑞安，谒孙仲容先生。一谈即合，居仲容家半载。仲容曰："他日为两浙经师之望，发中国音韵训诂之微，让子出一头地。有敢因汝本师而摧子者，我必尽全力卫子。"是太炎又增一本师矣。故太炎集中，署名"荀漾"者，即孙诒让也。案："荀子"亦名"孙子"，"诒让"二字反切为"漾"。仲容与太炎来往书札皆用此姓名。仲容非笺注章句之儒，实通经致用之儒，鄂老辈与仲容父子最善，太炎亦与鄂近世学人最善。鄂人刻《周礼正义》而传太炎学派，其有息息相感召之意欤？

原载《新闻报》1946 年 11 月 7—8 日

剿袭老文章　酿成大参案

徐致祥钞袭张之洞中解元文

南皮张之洞父为贵州知府，终身操黔音。十六岁由黔入京，考北闱乡试，题目为"中庸之为德也，其至矣乎"，发该科解元，会试未中。徐致祥字季和，应会试，题目为"大学之道"，全篇钞套张之洞解元"中庸"文殆三分之二，亦中会元。科场条例，凡中元诗文，首场三艺及试帖诗，衡鉴堂闱墨必全行颁刻，供士子揣摩。两文俱在，徐季和钞套张之洞次艺八股传遍京省。

原载《新闻报》1946 年 11 月 9 日

周锡恩钞袭龚定庵作《阮元年谱序》

湖北罗田周锡恩，字伯晋，名翰林也，南皮督鄂学所赏拔，为得意门生。南皮督鄂时，锡恩由翰林告假回籍，南皮游宴必延锡恩为上客，推重其学问文章也。锡恩纳族女为妾，周氏宗族多人控告，府县不敢究案，上诉至按察使。时臬司为义宁陈宝箴（散原尊翁），亦深相延重，推为学人，故周族控告屡控屡驳，案不得直。又授意罗田县知县与周氏出名控诉者和解其事，伯晋之才人魔力可知矣。

光绪十七年，南皮五十五岁，两湖书院行落成礼，八月初三日为南皮寿辰，鄂中人士属伯晋撰文寿南皮，通体用骈文，典丽矞皇，渊渊乎汉魏寓骈于散之至文也。南皮大为激赏，祝文繁多，推伯晋第一。名辈来，南皮必引观此屏。时机要文案常州赵凤昌在侧曰："此作似与龚定庵集中文相类。"南皮闻言，于暇时翻阅《定盦文集》，得《阮元年谱序》，与伯晋所撰寿文两两比对，则全钞龚文者三分之二，改易龚文者三分之一，而格调句法与龚文无以异也。盖阮芸台生平官阶、事业、学术、政治，设陆海军，皆与南皮相似，莅任设书院、刻书，门生满天下，又为南皮最得意事。南皮阅竟，默然长吁曰："周伯晋欺我不读书，我广为延誉，使天下学人同观此文者，皆讥我不读书，伯晋负我矣。文人无行，奈何！非赵竹君[1]，尚在五里雾中。竹君博雅人也，厚我多矣。"自是日与周远，几至不见，竹君遂宠任有加。

伯晋假满入京，南皮无甚馈赠。值大考翰詹，文廷式第一。实则周锡恩写作冠场，阅卷大臣不敢列于一等，抑置二等中。盖鉴于套钞龚文之故，均有戒心，恐惹处分，伯晋可谓又被梅花误十年也。因此之故，伯晋积怨南皮，恨赵竹君更为刺骨。

伯晋刻《木芙蓉馆骈文》，刊此寿文。予友王青垞葆心，周门生也，劝其删去，伯晋曰："《史》《汉》有全篇钞人文字之例，何害？"

原载《新闻报》1946 年 11 月 9—10 日

注释

1 赵凤昌（1856—1938），字竹君，晚号惜阴老人，江苏武进（今常州）人。早年入张之洞幕，因参案被勒令回籍，遂定居上海，在东南互保、立宪运动、辛亥革命中皆有重要作用。

徐致祥奏参张南皮

南皮在鄂，要事皆秘商竹君，忌之者乃为"两湖总督

张之洞，一品夫人赵凤昌"语，书之墙壁，刊之报章，童谣里谈，传遍朝野。周锡恩在京少往还，独与徐致祥过从甚密，于是有徐致祥参劾张之洞之封事。折中最严重之点，如"任意妄为，废弛纲纪，起居无节，号令不时"，又如"宠任宵小赵凤昌，秘参政事，致使道路风传不堪之言"。折文甚美，奏入，廷旨交李瀚章查明奏复。闻李瀚章奏呈大意，谓张之洞夙夜在公，不遑启处，在张之洞勇于任事，致使泄沓不图振作之属吏故造流言。至若赵凤昌，小有才能，不无在外招权之事，赵凤昌应革职永不叙用，驱逐回籍云云。折中立言，对南皮甚得体，一场大风波归罪于赵凤昌一人矣。（徐原参折，刘坤一、李瀚章复奏折，均载许著《张文襄年谱》中。）

京中传说，徐致祥参折实出于湖北周翰林之手。当时湖北在京名翰林有二：一为天门周树模，一为罗田周锡恩。京外传闻则盛言树模手笔，南皮亦有猜疑之意。后乃大白，周锡恩所以报赵竹君东门之役也。竹君先生所刻自述经过，亦谓参稿出于周伯晋。当时讥徐致祥者曰："徐季和可谓以怨报德，宁忘中会元钞套'大学之道'时乎？如赵竹君者，亦'是非只为多开口'矣。"

伯晋归鄂，掌教黄州经古书院，学问文章在人耳目，稽古风气大盛，而一寿文、一奏稿为其平生之口实云。

原载《新闻报》1946年11月10—11日

大参案之尾声

金坛冯梦华煦巡抚安徽，有石凤崖者，简放安徽凤颍泗道。石乃大军机定兴鹿传霖及湖广总督张之洞之至戚也，到任时，鹿芝轩、张广雅[1]均有私函托冯照料。不知何故，冯竟劾石去官。鹿、张大怒，事事与冯为难，冯因以中伤，安徽巡抚开缺，继者沈子培[2]。冯积怨鹿、张，对张更厉。身后有笔记一部，冯家子弟欲付印，为竹君先生所翻阅，中载不满南皮之条甚多，竹君先生大参案亦在焉。其间原杂以甚不雅驯之谤语，竹君大怒，谓太不成话，经多数名流调停陪罪，将笔记此条焚毁了结。冯梦华与张南皮之交恶，可见一斑。

原载《新闻报》1946 年 11 月 11 日

注释

1　钱注：鹿传霖，字芝轩，直隶定兴人。张之洞有《广雅堂集》，故称"张广雅"。

2　钱注：沈曾植，字子培，浙江嘉兴人。按：冯煦于光绪三十四年解职，调吉林巡抚朱家宝继任，未到任前暂由甘肃布政使继昌护理，旋死去，改由安徽布政使沈曾植护理。此处叙述，似与事实不符。

莱州奇案

返魂有术　终成眷属

搜书获门人李以祉所录旧稿，记予戚处理莱州奇案，其事如次。

山东莱州有甲乙两姓，一商一官，居同里闬，交素莫逆，过从甚密。甲有一子与乙女年相若，青梅竹马，两小无猜，极相爱悦。会乙携家远官他省，相别垂十余年。辛亥革命事起，乙解组家居，甲亦垂老，二人之往来如旧也。

时子女率已长成，均论婚他姓。甲某之子殊顽劣，日唯嗜博，其母绝怜爱之，每以私蓄阴偿所负，如此者屡，而甲殊不知。是时乙女遣嫁有日，偶登小楼闲眺，楼外浅草如茵，弥望无际。忽睹群马奔逐牝牡交合之状，有触于中，情不自禁，猝然晕仆。乙闻之趋视，见状大骇，抚之已冰，痛甚。念只此女，乃盛治殓具，悉以女平昔所爱珍玩为殉。尸已入棺，犹未大殓，使仆婢守之。夜将半，众疲极成眠。会甲某之子博负自外归，向其母索资，以图重振旗鼓。母怒，詈之曰："彼天何无知，如乙家之好女子，胡竟以死；似汝之顽劣不肖者，而独门存耶？"甲子闻之，若有所触，不置答，急驰出，达乙家，径入其室，盖所宿谙者。见柩在堂，遽启盖视之，面色如生，珍饰累累。盗念忽炽，攫取既尽，尤以为未足，又层褫其衣，追将及肌，抚之温如，心大动，乃就淫焉。女初系一时晕厥，故未至死，骤感生人之气，神志顿清，举目视生，生亦不惧，知其为复苏也，欢甚，扶出，共图久计，竟将家中所有席卷而逃。初欲渡扶桑，后以女荏弱，不果，仅止于青岛而居焉。

翌晨，乙家失女尸兼遭巨窃，悲愤交集，悉以仆辈付有司。继闻甲子远遁，疑窦大兴，两家互讼，事久不决。旋为青岛警察局获诸市，盖两小业已小贸营生，居然成家生子矣。于是关移至莱，归案定谳，各废前婚，而以乙女归甲子。传者均以为异事，此民国三年间事也。

原载《新闻报》1946 年 11 月 12—13 日

隽君注：李以祉是刘成禺任广东监察使时之秘书。

纪先师容纯父先生

清光绪辛丑[1]，予以唐才常案被累，走沪上。乌程沈虬斋翔云由日本归国，将往香港，予亦应陈少白之招，同行。虬斋曰："容纯父[2]尚在港，盍往见之？"予居中国日报〈社〉，先生居皇后饭店，先生一见握手曰："张之洞通电捉拿我，汝知之乎？今得见汝等少年，为中国喜也。予赴美国，船过横滨未登陆，故留日年少有志者无缘得见。"虬斋曰："先生若见，当更喜出望外。"先生曰："予留港三日即往星洲，移来皇后饭店，得尽三日之谈。年近八十，老矣，中国兴亡在汝等，吾不复能见之矣。"言时愠态嘘唏。予辞出，即迁往。

中西人士来寻先生者众，见予曰："迁来乎?"曰："住某号房也。"先生曰："无客时，我命侍者告汝。"傍晚，先生催至房中进餐，手持西装书一本曰："此我写在中国十年事也，书面标Ten Years in China，汝细阅之，书中所载，足备征引。张之洞捉拿我，罪名为号召匪党，设保国会，宣布逆语'保中国不保大清'。当去岁八国联军攻京津时，我曾单名电张之洞，劝其联合长江各省，召集国中贤俊，设立类似国会之保国会，成中国独立政府，与八国议善后事宜。太后、皇上出奔，北京实无政府可言也。张之洞未答我电，汪康年且往说之，乃派人告我自有办法。未几，与两江总督刘坤一宣言共保长江，不奉北京诏令。此种主张，由我建议变化出之。我等知张、刘内心，乃与同志成立保国会。张之洞见八国仍承认两宫回銮，乃出奏，通电拿我，就地正法，恐我前电与彼有牵涉，先发制人，真巧宦也。"

先生籍香山，自言："幼年与邑人经商美洲者搭船同往，先抵旧金山。时美国辟横贯东西大陆铁路，募华工数十万，吾粤开平、恩平、新宁、新会四邑应募皆华工，而香山一县往者多商人。予展转留学东美，卒业哈佛大学，后为该大学教授。在美留学得学位，予实为中国第一人。在美读十三州独立史、南北美战史，颇有归国建造中华之想。闻洪秀全在南华大革命，成立太平天国，奉耶稣教，此予所以浩然有归志也。"

"归国抵上海，适忠王李秀成奄有苏、常，由忠王部下推荐于王。又闻王弟侍王李侍贤颇能礼贤下士，乃由上海经苏、常抵南京，见侍王。王遇人颇具礼貌，府中亦多文人，皆尊为上客。乃由侍王率领，得见天国有大权者，且得入天王廷殿，明了政事、军事、宗教诸大端。"

"予随侍王朝见天王府，予立殿外，得见诸王开御前会议。殿上四角挂大纱灯四盏，门幔用黄，内幔用红。天王坐殿上最高宝座，诸王两旁直行分坐。由御案两角排列圈椅，对行分列至于殿门，均成直多〔角〕，如民家大所〔厅〕上之排列太师椅。忠王李秀成列左首座，英王陈玉成列右首座，以次排比。诸王皆头裹红巾，身穿绣袍，袖尚绿，殿额曰勤政殿。后阅美〔英〕人呤唎所著《太平天国》二巨册，附会议图，与予所见同。呤唎，天国洋将也。"

禺案：先总理及犬养毅属予撰《太平天国战史》，所给材料有呤唎英文书，故《题战史本事》有"御前会议列名王，红幔纱灯四角张。四十年前勤政殿，秋风故国一悲场"之句。

"侍王府在城南，过秦淮河。府中有三老人，称为中国年高有大学问者，最为王所礼遇。其一南京上元人梅先生曾亮，称为古文大家，年殆七十左右，出入王必掖之。随侍王见梅老先生一次，先生知予曾任美国大学教授，垂问美国学术、人情、风俗甚悉。白须方袍，盎然有道翁也。其二为安徽包先生，称为中国书法第一人，曾写对联一副赠予。其三为湖南魏先生，通达中外地理，予未得见。侍王问予：'外国耶稣教是否与天国相同？'予曰：'欧洲中世纪来，政教未分，故有十字军诸战，今美国已成民主国，由民为政，以宗教教化人心。上帝好生恶杀，耶稣舍己救人，亦犹中国孔子民为贵之义也。'王曰：'忠王屡言天国当爱人民，适合耶稣之道，梅先生亦以此为言，予当向天国各王郑重言之。'"

禺案：汉阳叶名澧《敦夙好斋集》谓："梅伯老年七十矣，久无音耗，哀其衰老，陷身贼中。"北京当时奉伯言为桐城古文派圭臬，如叶名澧、朱琦、孔绣山多人皆咨嗟叹息，发为诗歌，叶集中均见之。又言："包慎伯在家乡，魏默深在扬州[3]，音信俱渺，想亦不能自贼中来也"云云。闻老辈言，魏默深作《圣武记》，原稿急就，进呈获安。汪梅村士铎集中所载历年在南京围城中困苦情形，城破颠沛情形甚惨。梅村知名之士，其能安居城中乎？《湘绮楼说诗》卷五载："过十庙街，就蟠里，登清凉山，乃误过而西，还看皇姑，李秀成妹也。再送茶，谈事风雅，颇谙官礼。"秀成之妹，即侍贤之妹，是亦当年礼贤下士之流风余韵乎？

"予由侍王曾条陈立国本末大纲于天国，谓：'立国在政在民，方能运用兵事，飘忽来往，虽军事大胜，天国何以为基础？亦旋得旋失耳。教政分离，适合中国民情。'侍王后告予曰：'诸王皆谓大敌当前，所条陈者暂作后图。'予观其情形，举朝宴安，毫无大志，骄奢淫逸，更不知规则纪纲，只号令诸王抵抗官军，终归消灭耳。予乃藉故转回上海。"

"予居上海，西人多不直天国军所为，谓立国有年，官全不知政事、学问，兵皆起于土匪乌合，仅藉教条为护符，又不明教义，助之实难。予乃变计往官军大营谒曾国藩，一见问予出处，谈中国大事，询外国政学，要言不繁，井井有条，不觉心折。遍访幕中宾客僚属，风采学问，人人皆南京所见之梅老先生也。观其治军方法，统方面者皆用文人，领偏裨者皆用武人，隐寓战胜后为收拾地方人民准备，颇与现时欧美战策相合，遂倾心从之。曾一日告予曰：'留汝将来办理外国事务。'"

"闻李鸿章初在曾帅祁门幕府，因李元度兵败问罪，李左袒元度，与曾力争，不获，即辞走。后数年，曾忽函李，限期速来，遂大用，使创设淮军。"

"今谈建立淮军之本末：时湘军争战有功，兵骄将肆，不守号令，贼破大掠，曾帅忧之，恐变幻将累于己，非于三湘子弟外创一有朝气之新军不可。商之鸿章，鸿章曰：'淮上人材甚多，长淮大泽，自古产兵之地，大帅筹划决定，愿负此责。'曾帅曰：'汝宜先集汝所知人物能任将帅者，使各人往各地召募勇士，我欲一视汝所知举者，鉴别人物，果能任此重大军事否。汝急归，尽邀之来。'鸿章还合肥，搜获淮上豪杰之士，咸来大营。某日，曾帅与鸿章步行无驺从，悄入宿馆，所来淮军诸名人，有赌酒猜拳者，有倚案看书者，有放声高歌者，有默坐无言者。南窗一人，裸腹踞坐，左手执书，右手持酒，朗诵一篇，饮酒一盏，长啸绕座，还读我书，大有旁若无人之概。视其书，司马迁《史记》也。巡视毕，出馆，诸人皆不知为曾帅，亦不趋迎鸿章。曾帅归语鸿章曰：'诸人皆可立大功、任大事，将来成就最大者，南窗裸腹持酒人也。'其人为谁，即淮军赫赫有名之刘铭传。曾帅促李归，建设淮军，功业遂继湘军之后，弥漫中国，至于今日。如曾帅者，可谓大公无私之人，为世界所敬服。否则湘军日趋腐败，突起无人，曾帅功业未可知也。"

"自圆明园焚烧，咸丰晏驾热河，天国虽亡，天津各地教案日趋严重。曾帅与予详谈，将来中国海禁大开，非能谙外国语言文字者，不能洞知外情，事前应付。余乃建议，分批选派幼童若干人，先往美国，由余监督领赴，按年续派，曾帅然之。时予在大营，保案已得知府衔，又聘学者吴子序[4]为汉文总教习，往美教授幼童汉文。幼童抵美，均住宿中国驻美使署，半日学英文、算学，半日学汉文。吴老师为中国古文大家，教法均用夏楚，儿童长大，习闻美教育不受体罚，群责询吴老师，颇失礼。子序怒极，外国无长凳，乃排比方几数具，亲捉为首学生，使仆人案〔按〕置几上，人各杖股数十，唐少川即当日犯学规被杖之一人也。美人学堂，对中国如此教法颇有责言。不久，各学生大哗，迁出使署。吴子序亦辞职归国，予亦解监督之责矣。"

先生将离港，郑重告予曰："予老矣，此去终老美邦，再见实难。吾子年少，明白事理，中学既善，他日沉浸西学，必有造于中国。中国故事，张子房遇黄石公，圯上授书。我非黄石公，汝勉为张子房可也。"予起立答曰："愿师事先生。"即敬行弟子礼，先生受之。曰："予默观现时大势及中国将来情形，当竭诚以授汝，汝其阐行吾志乎？汝以义和团为乱民乎？此中国之民气也，民无气则死，民有气则动，动为生气，从此中国可免瓜分之局。纳民气于正轨，此中国少年之责也。十三州独立，杀英税吏，焚英船货，其举动何殊义和团？彼邦豪杰巨人，八年战后，消除私见，能见其大，公定宪法，成立国家，乃有今日。中国下层愚氓民气已动，将及于士大夫。清廷能以诚信仁义引导其动，可免扰乱，否则必有大革命之一日。清廷既倒，继起者不能诚信爱人，则大乱无已时，而我不及见也。中国人善用计用策，观演戏自知。计策者，皆欺骗之事，此为中国各级社会相传之大病。孔〔孟〕子有言：'不诚，未有能动者也。'欲动人，不以诚，即有所动，为不诚之反照，非动也，乱也。孙逸仙自伦敦释回，访予谈数日，予亦以此义告之。其人宽广诚明有大志，予勖以华盛顿、弗兰克林之心志。他日见面，汝当助其成功。再谈时局之将来，中国能勃兴，日本则退居二位，否则日本独握东亚霸权，欧美又岂能漠视乎？日人地小不足以回旋，必向中国扩张，其国性气小褊躁，终为欧美所疾视，自取灭亡与否，在日本能知进退耳。东亚主人，终在中国。汝等年少，好为之，日日有我为中国人之心，即日日应办中国人之事，勿为大言，只求实际，斯得之，言尽此矣。"予揖而退，向晚登轮为别。

先生娶美妇，合众国上议院某女，生子二，长在美，次回国任孙大总统府秘书，西名Morice[5]，娶港商吴氏女。在大总统府，予呼以"容世兄"。

原载《新闻报》1946 年 11 月 14—21 日

注释

1　清光绪二十七年，公元 1901 年。

2　钱注：容闳，字纯甫（父），广东中山人。生于 1828 年，卒于 1912 年。

3　钱注：包世臣，字慎伯；魏源，字默深。

4　钱注：按容闳所撰《西学东渐记》中，当时所聘汉人教师只二人，一叶绪东，一容云甫（译音），另有较后曾任监督的吴子登，并无吴子序。本篇所述事实，与原书颇多不尽合处。

5　钱注：按《西学东渐记》第二段所述，长子名觐彤，次子名覲槐。西文名长子Morrison Brown Yung，次子Bartlett Golden Yung。

端方出洋趣史

清光绪三十二年七月，下诏预备立宪，即吾洪门天运岁次丙戌〔午〕年也。前岁派五大臣出洋考察政治，载泽在正阳门为吴樾所炸，中止出发。其后总督端方、尚书戴鸿慈出洋考察，由日本转美国，抵欧洲，绕地球一周而返。当时孙先生委冯自由驻日本，陈少白驻香港，予驻美国旧金山，与保皇党人相争持，遍设言论、筹饷机关于南北美各国。予为洪门致公堂白扇，故握致公堂总主笔权，与大佬黄三德、英文总主笔唐琼昌对保皇党为革命大奋斗，故端方莅美情形得亲见之。

端方、戴鸿慈率领僚从多人乘美国邮船，由日本赴美，途中逢美国令节，船厅大开跳舞宴会。随员中有广西翰林关冕钧字伯衡者，壮年有才名，自负深悉洋务，以翎顶袍褂为礼服，与美女宾跳舞。美女最重贵族，伯衡步跃蹒跚，美女则架手周旋，乳房时有摩荡，伯衡情不自禁，遽扪以手，女宾大怒，当场掴伯衡之颊，全场惊愕，群相讪笑。伯衡不能堪，罢舞归房，船主亟向女宾谢罪。自当夜起，伯衡饮食皆匿房中，愧见人。船抵金山，各大报详载其事，绘图说明，画一华官，袍套靴帽，被一女郎掌颊，而红缨大帽落地，辫子曲飞上天。端方知其事，饬随从人员此后不许与西女往还。

加州嘉利福尼大学请端、戴二人赴大学演讲，予时肄业该校，大学校长肃两人上演说台，端、戴竟同时并立于演席中。端谓戴曰："请老前辈发言。"戴曰："兄常与西人往来，识规矩，请发言。"戴左立，端右立，端发一言，翻译辞毕，端向戴曰："老前辈对不对？"戴曰："对对。"端又发一言，又向戴曰："对不对？"戴曰："对对。"一篇演说约数百言，端问戴数百次，戴亦答数百次。西人同学问予曰："我欧美演说皆一人发言，汝中国演说系两人同时发言，见所未见，请问其故。"予曰："此中国古代最恭敬之大典也。平常演说，一人可随意发表意见，剪裁不当，无大防碍。遇大典礼，则少者演说，长者监视，必演典重安详之言。两特使对大学全体恭请，严戒疏忽，故行中国最古礼，重贵国师生招延之诚也，此礼中国久不行矣。"同学转告校长，校长为长函以谢端、戴。端方见予，问据何古书，曰："是亦东坡所答，皋陶曰'杀之'三，舜曰'宥之'三，想当然耳！"此之谓外交辞令，唐人街传为绝妙好辞。

予在《大同日报》主笔房草文，金山总领事梅县钟文澜，体胖汗渍，直登四楼，喘息未定，即曰："端大人叫我寻你，务必与我同去见他。"予曰："端方是钦差，我是主笔，两不相关，何故见他？"钟曰："端大人说你是他的学生，凡是他的湖北学生都来见过，就是你一个人未去，派我来，务必挟你同去。"予曰："报馆事甚忙，容迟时日。"钟曰："有汽车在门，你不去，我不能回去交差。"予曰："出报稿尚须整理二小时。"钟曰："我坐候二小事〔时〕。"事毕同去，端、戴皆在。端介予告戴曰："此是我学生。"指戴曰："此是戴少怀尚书。"问予近况毕，曰："你是我的学生，何以不来见我？"予曰："予在报馆，卖文为学费，白日读书，晚上作文。"端曰："我未来金山，即读汝在《大同日报》所作之文。我语汝：从今以后，那些话都不要讲了。"予曰："我不知指所讲何话？"端曰："就是你讲的那些话。"予曰："没有讲甚么。"端曰："就是你天天讲的那些话。"予曰："我天天并未讲甚么话。"端曰："你自己还不明白，就是你讲出口的那些话，你也明白，我也明白，从今以后都不要讲了。同是中国人，一致对外，此次考察回国，必有大办法。老弟，再不要讲了。"临行，端又曰："我忝居老师，你屈居门人，你给我面子，那些话此后都不要讲了。"未几，金山大地震，端由欧洲惠金五百，函附湖北回电原纸，由监督周自齐手交。其回电为梁鼎芬复端电，电文云："请刘生湖北官费，此乱党也，已禀南皮作罢。"而端方口中所谓"那些话"，盖排满论也。

端方考察自欧美返，常语人曰："欧美立宪真是君民一体，毫无隔阂，无论君主、大总统，报馆访事皆可随时照相，真法制精神也，中国宜师其意。"故有照相革职之事。端方之立宪精神，不虞只在参折中换得一条"大不敬"之罪案。

原载《新闻报》1946年11月22—24日

纪鄂中文献

三朝巨著　蔚为大观

民国九年春，余衔孙大总统之命由粤回鄂，与前两湖巡阅使萧珩珊耀南共商国事。时萧居督署小平泉，小园一角，林木翳然，颇饶泉石之胜，盖合肥李瀚章之所居也。燕谈之暇，间及逊清吾鄂主政大吏，余举毕秋帆、张香涛[1]诸人以对，且曰："两公政事，焜耀一时，固无论已，即其提倡学术，不遗余力，有足多者，其惠溉鄂人，流风余韵至今弗衰，真所谓百世之业也。"萧为之动，曰："其道为何？"余曰："此时提倡学术，兄以购书与刊书入手，其他徐图之。"因力劝收购鄂城柯氏藏书，盖柯巽盦逢时在日，搜集旧籍至富，宋元椠本而外，如所藏《四库全书》开馆之时未及进呈及奏毁之本，不下千数百种，均为海内所罕见者。萧闻之，欣然允诺，立斥资十万元使人往购，未及成议，而萧已殁。后闻为日人所得，殊可惜也。至于萧氏所刻之书，若《黄帝内经》《万氏十三经证异》等数十种，均极名贵，即世所传《萧兰陵堂丛刻》者也。

国府奠都南京，二十一年夏，余由京返鄂，遇夏灵柄斗寅于汉口。时灵柄正任武汉警备司令，治兵之暇留心乡邦文献，余举曩日萧氏之事以告，并劝刊刻乡贤遗著，于是有篴湖精舍之设。一时俊彦翩然萃集，而纂修《湖北文征》之议起。当时公推主其事者，为罗田王季芗葆心，潜江甘药樵鹏云，监利龚湛园宝琳，皆吾鄂宿学之士也。其编纂经过，前后几及四年，有足述者。

《文征》发凡起例为季芗一人所手草，暂以元、明、清三代为限。俟有成书，再溯而上。元明两代由季芗、药樵任之，清代湛园一人任之，亦犹修《新唐书》然。（季芗早岁本治考订，五十以后锐意方志之学，都讲北平，日率子弟出入厂市及各图书馆，于历代省县诸志收讨尤勤。尝区其类例为新旧二派，以阮元所修《广东通志》为新派，过此以前则属之旧派。其精到之处突过章实斋，详见所著《通志学发微》中。）而经费收掌支结，湛园实司其责。（湛园时居篴湖精舍之中，全家取给于兹，所耗甚巨。）迨纂修以后，湛园以垂暮之年，精力就衰，其所编有清一代文征，成书寥寥三数十卷，本属简略，致为时所讥评。（药樵由平致季芗书中有云："清文征中，为何不将经心、两湖诸生之文收入？"因有"无一人不可收"之一语，湛园辄引此以为口实。）

至季茀、药樵所编元明两代文征，因鄂中旧家庋藏大半散佚，收集匪易。时药樵居平，藏书之富莫若北平，于是季茀先订采辑大凡，而由药樵在平分别搜集抄选。其抄书之费，按月由湛园寄平。闻当时因数十元之微，湛园多方留难，不即寄发。及收辑完成，全部寄鄂，季茀复详加斠订，计先后补入者不下六百余篇。作者小传，考订尤为详赡，盖大半取材于其所著《江汉献征录》也。（季茀曾萃二十年之力，成《江汉献征录》一书，共二十四卷。）其书共五百四十卷，诚洋洋巨观也。

季茀编纂《文征》前后历二三年，几获大病。有劝以稍休者，辄曰："乡邦文献陵替久矣，此日不为收集，更待何时？"语绝沉痛。元、明、清三代《文征》既成之后，夏灵柄已辞鄂省主席（夏二十二年由警备司令擢升主席，二十三年辞职），绌于资，无法刊行。至民国二十四年，季茀因修纂《湖北通志》之故，挈其次子夔武访书北平，药樵即以元明两代文征为询，而催索其稿甚急。季茀无已，乃电鄂促其戚杨寅携稿往，至是药樵据为己有矣。（闻是时尚有《邓云山先生读书记》[2]四十卷及季茀所著《江汉献征录》二十四卷，一并索往。）

平情而论，此书之成，季茀、药樵二人（季茀、药樵皆余两湖同学）均有力焉，药樵自不宜攘为一己所有。而平中旧友若卢木斋弼[3]、傅治芗毓棻、陈仁先曾寿诸人，尤不直药樵之所为也。（闻原稿季芗所作按语，多为药樵勒去。）

事变以后，药樵、季芗先后物故，而原稿尚存甘氏后辈之手。今岁春，乡人徐佛观至平。佛观曩曾受业于季芗之门，习闻其事，几经交涉，始自甘氏将原稿取还（闻《云山读书记》及《江汉献征录》尚存甘家），携至鄂，存于省府。秋间遇佛观于南京，得知其事。而此书修纂始末，因为余所夙知者，甚望此书早日刊行，则亦乡邦文献之幸也。

原载《新闻报》1946 年 11 月 25—27 日

注释

1 钱注：毕沅，字缧蘅，号秋帆，江苏镇洋人。张香涛，即张之洞别号。

2 邓绎（1831—1900），又名辅绎，字葆之，又字辛眉、纬龙，湖南武冈人。同治三年（1864）入左宗棠幕，为浙江候补知府。同治五年服父丧，僻居云山，写成《云山读书记》。

3 卢弼（1876—1967），字慎之，号石斋，又号慎园，湖北沔阳（今仙桃市）人。早年留学日本，民国年间曾任国务院秘书长。其兄卢靖（1856—1948），字勉之，号木斋，晚清官至直隶、奉天提学使。

谐联拾隽

江夏翰林洪调纬，南皮中解元房师也。五十断弦，继娶山东状元孙毓溎族侄女，女年十五，而调纬喜亲阿芙蓉。定情之夕，友人致贺，赠联曰："两三好友，三两好土，益者三，损者三，三星在户；五十新郎，十五新娘，天数五，地数五，五福临门。"一时传诵北京。

清皇亲瑞麟[1]总督两广，门上胡某绰号"小老鼠"，专权纳贿。巡抚张兆栋柔懦无能，胡某能制兆栋。有东湖蔡苹南，翰林散馆知县，取瑞、张两姓字，为对联曰："瑞气千条，站在王者身边，头戴三山冠，身穿四叉袍，专主十一载，卖官鬻爵，不然，鼠辈何敢尔；张公百忍，像个弓儿样子，睁开半只眼（张盲一目），跷起一条腿，长叹两三声，言听计从，乌呼，胡为乎来哉？"此对最为陈兰甫激赏。瑞见对，恨极，大计，对蔡填"贪污革职，永不叙用"。此对流入北京，瑞亦被劾。

汉口《大江日报》于南皮督鄂时，因刊讥侮南皮对联被封，捉编辑。联曰："之字路，偏要人走；洞中怪，生出你来。"横额"张大其事"。

章炳麟讥黎元洪："饶、夏有才原不忝"，谓黎之两民政长夏寿康、饶汉祥也。夏阴险下视，故作忧时貌，为对联讥之："夏有忧容，不见腹中心地好；康为庸相，只缘足下小人多。"额曰"一筹莫展"。饶谢副总统文，有元洪"位备储贰"句，出告示有"汉祥，法人也"语，对联曰："副总统篡克定位；民政长是巴黎人。"

梁鼎芬监督两湖书院，自为对联贴堂柱云："燕柳最相思，忆别修门三十载；楚材必有用，教成君子六千人。"任武昌府时，龚夫人乘官舫自湘来，不得已迎入府署。经多人调说，纳厚赆始去。梁题府园食鱼斋联曰："零落雨中花，旧梦惊回栖凤宅；绸缪天下士，壮怀消尽食鱼斋。"楚士综合两对为联云："君子一无成，人来梁上；修门何所忆，凤去楼空。"

癸巳恩科，浙江大主考殷如璋、副主考周锡恩。周因关节案，为浙绅御史李慈铭等参劾，革职回籍，即五翰林同日革职之一也。榜发后，浙人为对联曰："殷礼不足征，可怜如瞆如聋，也把文章量玉尺（殷如璋姓名嵌入）；周人有言曰，难得恩科恩榜，好将交易度金针（周锡恩姓名嵌入）。"此对传入大内，与革职有关。

案：该科所取多知名之士，如孙锵等。试帖题"画烛秋寻寺外山"，周拟作亦传诵一时，首四句云："烧尽杭州烛，游人不肯还。寻秋过野寺，入画看孤山。"

原载《新闻报》1946年11月28—29日

注释

1　叶赫那拉·瑞麟（1809—1874），字澄泉，虽与慈禧太后同姓，却非本家，算不上皇亲。

隽君注：洪调纬，字初元，号耒农，湖北江夏人。咸丰六年丙辰科进士，散馆授编修，官至福建道监察御史。孙毓汫，字犀源，号梧江，山东济宁人。道光廿四年甲辰科状元，官至浙江按察使。瑞麟，满洲正蓝旗人，姓叶赫那拉氏，非宗室。道光间由生员累官至内阁学士。太平军大将林凤祥被其所捕，因之于同治间得任两广总督，在粤十年，后回京任文华殿大学士。张兆栋，字伯隆，号友山，山东潍县人。道光进士，由主事至凤翔府知府，后任广东巡抚九年，护理粤督，旋任福建巡抚，马江之役被革职。夏寿康、饶汉祥，均湖北人，黎元洪左右手。周锡恩，字荫常，号伯晋，湖北罗田人。光绪九年癸未科进士，散馆授编修。李慈铭，字伯爱，号莼客，浙江会稽人。光绪六年进士，官山西道监察御史。生平致力于史，工诗文。议论警辟，批评人物绝不阿私，人多忌之。著作丰富，刊行者有《湖塘林馆骈体文钞》《白华绛柎阁诗集》，尤以《越缦堂日记》最为人所激赏。

多妻教与多妻制

在美国优脱州（Utoh）[1]

四十年前与予妻Dolly Tiscott结婚于渥阳明州[2]，该州无禁止东方人种与西女结婚条例，地近优脱州，乃为盐湖之游。盐湖城为优脱首府，在万山之中，人富膏原，家无陋屋，摩门教（Morman）大教堂在焉，美国多妻教也。教堂雄伟宏巨，鸣大风琴，声闻十余里，为全美有名教堂之一。美国各州皆行一夫一妻制，惟优脱州行多妻制，在优脱为合法，出优脱则犯法。居民祖先皆英国最早殖民，奉多妻教。自新教徒蜂涌入美，多妻教乃由大西洋岸逼移中部，组织政教，厉行多妻。摩门大主教娶妻一百二十人，有死者，纳一女补其数。

予过珂格登（Agdan）³时，值大主教补娶第一百二十号少女，教主与少女婚仪照片争售于车站。当晚住阿格登旅馆，馆主由东美来，亦奉新教者，告予曰："左近数十家商店皆摩门教徒，盍试观之？"乃往间壁餐店进餐。店中操算、执役、管事皆中年、少年女子，一美服男子指挥诸女，意态融洽，诸女对男子皆甚亲近。归寓，言之馆主。则曰："男子即诸女夫也。"群雌粥粥，不闻诟谇之声，怪甚。

询及优脱州选出合众国上下议院议员，往华盛顿，能携多妻相从否，曰："美制一夫一妻，有外妻者，皆隐事也。优脱议员照合众国法例只有一妻，然运用之法极妙，或半月、一月，其居于优脱之妻按期换班，来华盛顿接替，诸妻轮流来往不息。故优脱议员之夫人在华盛顿者，月月人面不同。"又询摩门教究竟教义何若，曰："摩门自谓世界男女比较，男少而女多，一夫一妻，怨女向隅者众，有负上帝好生之德。

不如行多妻制，男子不致因一妻之故，财力有余而流入邪行，动干法纪。女子得所凭依，亦不致操淫佚游荡之业，恶疾伤命，有益社会甚多，摩门教徒所言如此。优脱举州皆摩门教，无敢言教义之非，环该州各州亦有其潜势力"云。

予离美三十年矣，来华者言，摩门教近大改善，多妻之盛迥异昔时。昨晤梅县陈乐石君，自西美归国，游好莱坞，曾憩予家，带交予妻与子女儿妇所赠照相、函件物品来，故忆及之。

原载《新闻报》1946 年 11 月 30 日—12 月 1 日

注释

1 Utah，今译作犹他州。

2 渥阳明州，今译作怀俄明州。

3 Ogden，今译作奥格登。

日俄战役之神秘使节

金子坚太郎

日本投降，缴解武器，回忆日俄战争，雄风何在？日俄之役，日本终能战胜，全系于金子坚太郎一身，始知元老谋国，知己知彼，少年军阀不明进退，以国为儿戏，此西园寺公所谓："辛苦办此筵席，今为狗契〔吃〕。"又谓："置满洲炸弹于腹中，能不炸碎？"伤心语也。

忆予友辜仁发在东京习陆军，归携参谋本部秘印日俄战役原委册子，曰：俄国席卷全满，威逼朝鲜，英日既结同盟，促日准备大战，内阁总理伊藤博文与参谋次长儿玉源太郎密商。儿玉曰："容计划一周复命。"乃宿参谋本部，闭门七日，细检日本兵力、财力，与俄国比较。策成，谒伊藤，曰："大战必胜，只能三年，过此时期，俄大国也，能久战，战地非俄土，我难支持，国破矣。先决收束之策，方能用兵。"伊藤曰："收束全仗美国，英国不能出面也。"乃细查日本人留学美国，与西阿度罗斯佛大总统最善者，一为小村寿太郎，已任外相，不能作密使；一为金子坚太郎，位职甚卑，现为海军省翻译官，品同少佐，只此一人可胜任。乃急令金子坚太郎当晚来私邸谈话。

金子得内阁总理大臣宠召，先时赴邸，伊藤未归，候于客室。伊藤入，即问金子来否，见之，曰："汝稍候我片刻，即与汝谈。"金子愕然，不知所谓。伊藤更衣出，肃金子入，先进晚餐，再谈要事，金子辞不敢，伊藤曰："今日非讲客气时也。"餐毕，同入密室，伊藤曰："汝知我招汝意乎？日本存亡在汝一人之身。"金子大惊，伏地叩头，伊藤掖之坐，曰："我国现准备与俄开战，战必获胜，但经济只能支持三年，战事无结束，国必亡。尔与美国罗斯福总统同学，最亲密，当为国一行。要何官给何官，要多少费给多少费，务必办到，由罗总统出任战事结束调停人，我国方能宣战。"金子又叩头曰："无能力负此粉身碎骨之重任。"伊藤曰："与汝一日时间，归想办法，明晚答复我。"金子归，商诸至友，咸曰："尔岂能负如此重任？"当日金子即逃出东京。

伊藤侦知金子匿叶山乡间，当晚明治皇后一条美子即赴叶山行宫，路出金子家，曰："皇后诏〔召〕见金子。"金子伏地迎接，皇后手出礼物多件，曰："国家赐汝，勉为之。"命车载归，乃见伊藤，曰："愿粉身碎骨图报大日本帝国。"伊藤曰："赴美，汝需何种名义？"金子曰："有名义则碍事，个人游历较善。"伊藤曰："用款数千万万，随时支取，尽其所能，待汝消息举兵，待汝消息结束战事，全局仗子。"

金子抵美，入白宫，谒总统及夫人，皆欢迎。问在美若干时，金子曰："一年休养。"总统曰："可随时来白宫。"金子曰："请赐白宫出入证，随时报告情形。"夫人曰："可。"给证，于是金子如总统家人来往白宫。谈东方事，夫人最喜听。闲则围炉，饥则同餐，出猎为总统负枪，旅行为夫人挟外衣，甚至琐屑之事金子亦愿为之。

时日俄战事风甚炽，总统问金子曰："日本能对俄宣战乎？"金子曰："谨慎求万全之策。"总统曰："俄国挟囊括中国之势，得出路于黄海、南洋，虎视日本，日本势不能不出一战，所谓不战必亡，战或可胜。时期急迫，安能万全？日本降落，英属地必受波及，同盟国当有紧急商量，此予之观察也。"金子曰："来时备战万急，今当宣战时矣，均如总统所观察，将来日本或有所求于美国也。"总统曰："且静观大势。"金子由日使馆每日电告伊藤，将日俄真相转美总统。

日本于是战旅顺，走亚力习夫亲王，破马加罗夫海军，虏罗则士技海军全部于对马，奉天大战全胜，三大军会师，将大战于辽阳。金子乃将伊藤所派任务及天皇密敕全盘呈于罗总统，罗曰："吾早知尔来意，辽阳未下，调解尚早。"金子曰："战事未大胜，不敢陈述。"及辽阳大胜，金子向总统商调解之法，总统曰："未也，日本全胜，尚未占据俄国丝毫土地，我无调解话柄。库页岛邻近日本，当速占领，再为后言。"于是占库页南部，罗斯福教之也。

未几，罗总统出面调解议和，各派专使。日本派小村寿太郎，罗总统同学最密友也，一切遵从罗斯福公断。（一）俄不赔偿日本兵费。（二）除旅顺中国曾订约让借俄国、移转日本外，俄国所占中国领土，全归中国主权。（三）割库页岛南半岛。小村寿太郎签约归国，日人民欲击死之，谓丧权辱国，且责美国调解不公。不知非罗斯福，无以全日本之胜势也。

金子归国时，呈天皇、皇后感谢罗总统及夫人亲笔长书，神武天皇遗留宝玉屏风及天皇、皇后御容，函内有"今以开国祖先之传国重品敬赠维护今代日本之美国罗斯福大总统"。罗斯福问金子曰："何以为报？"金子曰："求赠大总统及夫人玉照外，去岁金子随总统亲手猎得之大白虎皮最尊贵，以此为赠，俾日本天皇及臣民寝馈不忘。"

战后，日本改组内阁，任金子坚太郎农商务省大臣，特封男爵。日本社会愕然，犹不知金子为何人。

原载《新闻报》1946 年 12 月 2—4 日

张南皮遗事

前记剿袭文章大参案，关于张南皮与徐季和、周伯晋遗事，有足补述者。

张南皮为咸丰二年壬子科顺天乡试解元，时年十六，房师为湖北江夏洪调纬（南皮因此遇洪氏后人最善，等于武昌范氏），同治二年癸亥科始点探花。徐致祥为咸丰九年己未科顺天乡试举人（与其叔徐郙同榜），咸丰十年庚申科联捷中会元（是科及前科，南皮均未赴试，回避考官族兄张之万也）。次科壬戌，南皮与徐郙相值于会试场，曰："令侄已高中会元，而我辈犹携考篮。"意指季和[1]，作不平语。是科徐郙大魁天下，南皮仍报罢，次科始中进士，点探花。

据《广雅堂诗集》及许著《年谱》所载，壬戌会试报罢，同考官内阁中书武昌范鸣龢顶荐，而卷在郑小山[2]处，未获中，范争之泣下。明年癸亥，仍出范鸣龢，得中。范赋诗四章，有"再到居然为此人"句。南皮亦赋《感遇诗》五律三章，一时传为科场佳话（诗均载《广雅堂诗集》）。

　　案：范鸣龢原名范鸣琼〔璚〕，殿试已列一甲前十名，唱名时，北音读"范"为"万"，读"琼〔璚〕"为"穷"，高唱范鸣琼〔璚〕为"万民穷"。道光蹙眉，谕将此卷移置三甲，乃点中书。当降甲时，道光曰："四海困穷，天禄允终。"近臣始知范某功名为"琼〔璚〕"字所误，因改名鸣龢。

　　南皮中探花，徐季和在翰林院应为前辈。季和因钞袭文章之故，刻意避免南皮，出入易道，宴饮不同席。一日有恶作剧者，知单列名，分为二单，请南皮单上不列季和名，请季和单上亦不列南皮名，两人相值于座中，季和大窘，南皮谈笑自若也。入席，季和请南皮首座，南皮亦请季和首座，同席者曰："以翰林辈行论，季和应坐首席。"季和曰："予之先香涛，以科名也；论学问、文章，则予当北面事之矣。"南皮乃坐首席。此后宴会，季和有戒心，必侦察客无南皮乃往。此亡友王青垞[3]在京得之于当日同席老辈者。

　　南皮在翰林院时，年少有学，睥睨侪辈，谈论风生，最狼狈者，则徐季和也。彼来此去，彼去此来，大类参、商二星之出没。同馆老前辈多怜季和，而帖括翰林对张尤为嫉视。有前十科之最老前辈，对诸翰林曰："吾有以处此子矣。"翌日，此老前辈当门而立，南皮由外入，此老曰："汝是何人?"南皮曰:"予某某也。"此老曰:"久闻大名,学问宏富,佩服佩服。今有疑义求教,某书某条。"联〔连〕举十余书、十余条,南皮皆瞠目不能答,并书名亦不知。此老手持水烟袋曰:"我年老,行步艰难,请你代我点纸燃。"南皮寻火燃之。此老曰:"知汝寻不得此等书,明日来,我取以示汝可也。"众翰林闻之皆大悦,惟徐季和无言。

南皮于光绪十五年由两广总督调任湖广总督,接篆后即派员往召湖北在籍之旧得意门生,罗田周锡恩由翰林请假回籍,时掌教黄州经古书院,其首选也。黄州课士题目,有显微镜、千里镜、气球、蚊子船等咏,时务有拿破仑、汉武帝合论,和林考,唐律与西律比较,论中国宜改用金本位策。南皮见之,曰:"予老门生只汝一人提创时务,举省官吏、士大夫对于中国时局皆瞶瞶无所知,而汝何独醒也?"益器重之,并嘱随带道员蔡锡勇(曾留学西洋,为南皮属下办理[南皮]洋务要人)时与锡恩谈外国学问、政治、兵事、制造各种情形。南皮此时自命深明时务,欲在南方造一局面,与北洋大臣李鸿章建树功业相颉颃。锡恩适合所好,南皮所期于锡恩者亦甚远大也。彼此赠物赠诗,月必数次。如《谢周伯晋惠上海三白瓜》诗曰:"仙枣曾传海上瓜,今尝珍蔌玉无瑕。清凉已足还思雨,尚有农夫转水车。"《谢周伯晋翰林惠黄州鸡毛笔》云:"古人贵硬笔,刻画等锥印。取材颖与须,刚健生神骏。宣城传散卓,能使少师困。今人矜柔毛，困难那得顺？墨采常有余，曼缓藏坚韧。新意缚鸡豒，三钱非鄙吝。盘辟尤如意，得自弋阳郡。芥羽杀余怒，草翘涵朝润。毫齐力亦齐，马服忘其迅。刷勒无不可，茧栗至径寸。细筋自露锋，丰肌转成韵。万物无刚柔，善役随所运。投笔揩眼花，忘我椎指钝。"诗后附言有"黄州名贵之手，乃能制此名贵之笔，精心绝撰，促成名贵之诗，以谢黄州名贵之翰林，麝煤鼠尾，执笔当忆黄州"。此盖南皮得意作也。伯晋刻之黄州院壁，不知尚存否？余与伯晋唱和甚多。周锡恩《传鲁堂诗文集》亦多载《酬上南皮师》诗，知当时张、周之气类感召矣。

　　锡恩纳同族女为妾案，黄冈县知县蜀人杨寿昌，宿学老吏也，必办此案。锡恩往见之，大起争论，杨曰："我必办你。"周曰："你不配。"杨曰："我上省禀督抚，参捉你到案。"周曰："我上省禀老师，调走你出黄州。"大骂而散。锡恩急用重金雇快船上省，见南皮大哭曰："杨寿昌欺辱门生。"泣诉原委及当时侮辱之状。未几，杨寿昌来禀见。杨严禀周锡恩纳族女及侮辱地方官状，南皮先得臬司陈宝箴之回护，又闻周锡恩之肤诉，大有先入为主之意，即曰："此案周族为争产业中伤伯晋，族人中书周淇隐为谋主，吾早知之。伯晋文人，何必故为辱之？"杨曰："否则，卑职何以临民？"南皮曰："可与某缺对调。"杨留省不回黄州，候对调者抵黄州到任，派人办交代。杨寿昌子尚能言当日交骂情事。

伯晋因癸巳浙江副主考关节案，五翰林同时革职回籍，不二三年即死。南皮六十九岁生日，奉答柯逢时诗："汉柳成阴三十秋，当时贤士与吾游。早闻天骥行千里，争使迕生不白头。日下黄鑪怆嵇阮（注：旧日门人卓卓者如周锡恩、杨毓秀、张荣泽、张士瀛、王方方、黄良煇、潘颐福、黄嗣翊等皆下世），湖寻画舫愧苏欧。暖姝自抱薪穷感，今日干城在五洲。"当日寿筵中，南皮仍对柯逢时中丞感叹伯晋才情不置。柯巽庵[4]与伯晋皆南皮督学所取士，观此，南皮深具怀旧之蓄念。设无寿文一篇、竹君一口，张、周师弟传录必有衣钵。惜乎挟愤而为参案文章，虽恨竹君，竟忘投鼠忌器之讥耳。

原载《新闻报》1946 年 12 月 5—9 日

注释

1　钱注：季和，徐致祥号。

2　郑敦谨（1803—1885），字小山，湖南长沙人。清道光十五年（1835）进士，历任河南、山西、陕西、直隶布政使，河道总督，湖北、山西巡抚，兵部、刑部尚书等职。

3　王葆心（1867—1944），字季芗，号晦堂，晚号青垞老人，湖北罗田人。清光绪二十九年（1903）举人，清末任学部主事，民国任湖北革命实录馆总纂，武昌师范大学、武汉大学教授兼湖北国学馆馆长。

4 柯逢时（1845—1912），字懋修，号巽庵，湖北大冶人。清光
  绪九年（1883）进士，历任江西按察使，湖南、江西布政使，
  广西、贵州巡抚等职。

纪伍老博士

予居广州大总统府，日夕与伍老博士[1]接谈，今举其遗
言遗事，逐条记之。

老博士曰："予往英国伦敦习法律，何启，字沃生，亦
先在伦敦习法律，皆得大律师学位。予娶沃生之妹，梯云[2]
亦娶沃生长女，我与沃生为两代郎舅。沃生娶英国下议院
议员女，归香港，未几病殁。沃生哀之，建医院，为丧偶
纪念，附设学校。孙中山、陈少白等皆卒业于此医学校，亦
排满革命中华民国建议发祥之地。予还香港，业律师。沃生
为律师兼港绅，领华民政务司事。沃生之友胡礼垣，最善中
文，同发表驳张之洞《〈劝学篇〉书后》，传诵一时。沃生
又与陈少白等著《盛世危言》[3]，中山先生曾参以己意。孙
先生与陈少白来沪，将此稿售于粤人上海招商局总办郑观
应，由观应出名刊行，售价二万金。《盛世危言》全部最后
一篇，则孙先生与陈少白所补录也。孙先生携此两万金，草

就《上北洋大臣李鸿章书》，未果行。予在港理律师事，皆未与闻。沃生则颇有兴味，然始终未作清朝之官，此沃生高尚过人处。沃生死矣，其手创之亚理士医院学堂，即藉此以纪念其英国夫人者，得学生如孙中山、尤列、陈少白等，皆为建造中华民国之伟人，亦足慰沃生之志愿矣。"

伍博士又语予以英国大律师之制，谓中国各城区法律家悬牌办案者多称大律师，实未明来历。英国律师制度与美国不同，英国大律师（Barrister）出庭辩论大案件，其在大律师下之律师，则为办案事务律师（Solicitor）。大律师出庭，法官甚惮之。大律师由"吧"（Bar）出身，故名望甚尊。英国之"吧"有四，以哥伦比亚吧、林沁吧为最著，伍博士与沃生即由此两"吧"出身者也。中国人在英伦敦习法律，出身于"吧"者尚有二人，一为丁榕，一为刁作谦。由"吧"出身，所以可贵，因习法律得大学学位后入"吧"，"吧"中皆伦敦最高地位、最有学术德望之人，每日在"吧"中会议、进餐，不仅授予新入"吧"者以种种学识，且每餐必会谈其有用之经验。"吧"期凡四年，如"吧"期已满，餐数不满四年者，逐日计算，须足四年在"吧"中进餐之数方能出"吧"，称大律师。罗文干在"吧"只住餐半年即离去，章〔竟〕放弃大律师名位。伍博士口述此节时，伍朝枢在旁，即曰："我在'吧'中进餐，历时只三个月耳。"

伍老博士又为予言，在香港业律师时，薛叔耘福成方出使欧洲，邀之同往，博士以用度不敷辞。郭筠仙嵩焘、曾小侯纪泽均望博士随使出洋，感其意，未允。后李鸿章因中日之役往马关议和，博士与罗丰禄、李经方随，英文和约皆经三人之手。后北京议修正法律，沈家本刻意邀聘，谓博士为中国老于英国法律之唯一人物，乃出而仕矣。

今再述伍老出使美国公使任内轶事。当美国修贯通东西大陆铁路，开发太平洋沿岸各省时，募集广东华工数十万，铁路成，华工多不愿回国。欧洲移民蜂拥入美，嫉华工资贱而夺其利，由合众国上下两院议决，禁止华人入境。所谓华人入境条例，只官、商、教、游、读五项华人所持护照入美，华工一概禁绝；除华人土生可注册为美籍民外，亚洲人种皆不得入美籍。其用意以为华工老者死，壮者一人不得来，不待禁而数十年后自绝迹矣。

伍老博士为驻美公使时，正值禁止华工条例与中国政府订约期满，由美议院提出，照前约续行，无大修改，伍老博士以公文争驳最力。议院开会议表决禁止华工案，博士坐议会骑楼公使席上旁听，小有争执，大多数一致表决，仍继续前约，对华工入境案无用修正。博士乃由骑楼座上起而演说，痛斥美议院议员无人道、无法理，有如英殖民初来美大陆之放牛儿。根据外交，根据法律，谓如此议员，违背耶稣、违背华盛顿平等民主之遗教遗训，演说至一小时。

当起立陈词时，有议员发言制止中国公使，谓："议院旁听席规则，不准发言、扰乱会场，伍氏身为外交官，精通法律，是故意滋扰，请议长令其退席，扶出。"老博士闻言，仍旁若无人，演说不止。又有议员起立曰："让此老毕其辞。"伍老演说毕，有议员起而答复，曰伍老真有外交才能，第一流人物也，惜汝生于中国，不能发挥所长，可惜。予问老博士："当日明知干犯议院规则，何以为此?"曰："予当时愤极，不以人类视若辈矣。"

墨西哥欲仿效美国，与中国签定外人入境条例，禁止华工入境，由墨国议院提出。伍老博士亲赴墨国都城，与墨政府办理此案，起交涉上之大冲突。墨外交部长强硬无礼，伍老博士大怒，击桌起立曰："下旗回国，再电中国政府调兵船来与汝等周旋。"墨西哥政府乃请美国国务卿兰生出面调停。当伍老博士在墨国会议击桌时，电报传达美国，各报纸皆用大字刊载其事，并加插画绘伍老博士发怒状，又画一中国巡洋舰向墨西哥海湾直驶。此交涉案经美国务卿调停，墨国乃屈服不议。

伍老博士行抵美国，卜技利学生欢迎，问老博士曰："中国兵船何在?"曰："予知墨国政府昧于中国情形，故毅然为此言。"又问曰："老博士何毅然敢言绝交?"曰："在华盛顿出发赴墨时，美国务卿与予最善，予与彼密谈，如在墨西哥交涉决裂，彼已应允负责调停矣。"

今再述伍老博士入民国遗事。当辛亥年老博士离北京南旋，武昌起义，大都督黎元洪通电各省都督，联名推举伍廷芳为中华民国驻沪全权代表。当时各领事来往公函，皆称中华民国为Chinese Republic，老博士曰："此意甚狭，谓'中国之共和'，即共和为中国局部也。宜用共和之中国Republic of China，其义甚广，谓共和属于全中国也。"乃以公函照会各领事，此英文定名实为五族共和之朕兆。

袁世凯取消帝制，孙大总统由日本归沪，国会议员及中国名流欢迎于霞飞路之尚贤堂。老博士与唐少川几至用武，经孙先生调解，唐少川先走，愤怒始息。是时法国内阁总理又将抵沪，彼原赞助民国党人者，沪上名人设宴招待。少川谓："伍老宅极宏大，可容多人。"伍老却之。少川谓："伍老家有多财，何吝假座？况不需老者出餐费也。"时伍老自外国归，港沪大治房产，人多讥其发洋财，正中伍老所忌。乃离座骂少川曰："我生你都生得出，乃说话讥诮我，在大庭广众中。"孙先生叉手隔之，亟送伍老登车回家。

黎元洪继袁世凯任为中华民国大总统，任命唐绍仪为外交总长。段祺瑞派不愿唐来，故少川行抵天津，段派用奇计使唐不得入京，阴联北洋有权威将军反对，事涉恐吓。以少川为北洋最老前辈，段不能制也，乃改任伍廷芳为外交总长。当时府院交恶，党人部长与议院、总统府人员联合谋倒段，乃免内务总长孙洪伊以谢段派。及议院阻搁对德参战案，督军团不遂解散国会之密谋，伍博士实有大力。于是免段祺瑞内阁总理职，张勋入京，黎元洪走入交民巷，而复辟之乱作矣。

先是，段既免职，特任李经羲为国务总理。李察时局不利，辞谢。而督军团既与中央脱离关系，元洪颇自危，乃召张勋入京共商国事，实则徐世昌函黎画策。六月七日，〈张勋〉率兵由徐州北上，先派兵入京，电陈调停条件，限期解散国会。黎惧，允之。但总统下令，须国务总理副署。伍博士以生死争曰："欲我副署，先取我头去。"黎无奈，免伍职，以步军统领江朝宗代理国务总理。七月十二日，即以江副署之命令解散国会。江朝宗得代理国务总理令，匆遽乘车往外交大楼伍老博士住所，索国务总理印章。伍不见，江朝宗立门外不去，大呼："江朝宗代理国务总理，奉大总统特任也，请伍老先生交印章于江朝宗。"伍乃派人告江曰："请你回去，着人送来。"江曰："不给印章，死也不走。"伍告家人曰："都不要理他，看他在门外站到几时。"江欲排闼而入，门锁，多人在外阻拦，亘二三时不得入室，叫闹皆不理。江无法，丧气垂头走下大楼，回家领兵。不一小时，江统率步军统领衙门兵士多人，金鼓齐备，不着军服者亦有数十人，军人在楼下围绕，便服者随朝宗登楼，伍仍闭门不理。朝宗大呼："请伍老先生交出国务总理印章来。"便服群亦狂呼，楼下兵士大吹大擂，狂呼不止，继以枪声，伍仍闭门不理。

时已入夜，朝宗无法，号令从人嘈杂不息。窥伍仍无动静，乃在大楼附近纵火，光焰熊熊，众人叩伍老之门，大呼曰："火烧近大楼矣。"伍老知火尚远，不答。江计无所施，终夜无片刻不轰闹，伍老亦不能成寐，倦矣。伍朝枢谓其父曰："江朝宗非得印章不可，不副署解散国会令，足对得住中华民国与黎总统，不如与之。"伍老乃令朝枢掷印章于门外曰："汝可盖印作大官。"朝宗倒地搜〔拾〕印，发布解散国会令。张勋入京复辟，伍老博士乃由铁路循道返上海。

孙总理率海军南下广州护法，邀伍老同行，派郭泰祺追随之，因郭之信用能左右老博士。海军人员对伍信仰甚深，即程璧光亦唯伍命是从。海军七十万元开拔费，即伍与海军手订，命郭泰祺袖现款往交者。粤人闻老博士来，表示热烈欢迎。故护法之役，伍老博士实孙大元帅擎天之柱石，不副署解散国会令，全中国皆尊崇此老也。

大元帅督师韶关，伍以外交总长代行大元帅职权，移居元帅府。予时任大元帅〈府〉宣传局主任，故能日夕闻伍老之言论。及元帅府大火，伍老几被祸，由师长邓铿等营救返寓，震惊患病，至于不起。伍老殁，主持调解无人，大元帅之困难日多矣。当岑春煊由陆荣廷之招，行七总裁制，孙大元帅退居上海，著《孙文学说》《三民主义》《五权宪法》诸书。

伍老处置一切，颇有助于大元帅。及粤军击走广西兵回粤，伍老出全力以助大元帅，殁于广州，可谓始终不渝。护法一役，伍老博士可谓幕中之主角。予于斯役亦始终其事，综举原委，来者其勿忘乎。

老博士曾语予云："今告汝办外交之秘诀。精通外国语而词锋犀利者，此演说宣传家之事，非外交家之事。外交官与外交家有别，外交有外交政策，有外交词令，非专以精通外国语见长也。英国占中国外交第一位，其公使多未习华语者，是在政策，不在言语。能以言语运用政策，更上乘矣。旨哉曾纪泽之言曰：'予通英文，但办外交必用通译，彼有所问，我已安排答复，译者辞毕，我准备有时间。如我所说有语病，为人所诘，我即诿诸通译者之误解，再修正告之。通译在外交政策上生极大妙用'云云。西人皆知予英语纯练，直接与我谈判，必用通译，未免做作，故予以聋为准备，易于谈判。易者应答如响，棘手者则侧耳沉吟，他人之外交以口，我则以耳。外交辞令，谨慎发言，斯为上品。对与国然，处世亦何独不然？惟口兴戎，此洪文卿[4]所以喜译《元史》，而失地数千里也。"

老博士平生有三大得意之笔：一为中华民国对外签字，是伍老一手写出；一为黎元洪解散国会命令，宁死不副署；一为孙大总统南下护法，伍老为主张最力、指挥各方之人。如有人向之赞扬此三事，必眉飞色舞。在沪护法议员，一日向伍老商领费用，多人与谈，伍老答问，不知所云。推予往谈，先极力颂伍老三种得意事，虽细语如丝，而酬答无遗。再提发款，曰："从前不副署，今可一笔签出中华民国矣。"伍老闻言欣然，即签出支票。伍朝枢隔座遥指曰："这个坏东西，这个坏东西。"知予投其所好也。

原载《新闻报》1946 年 12 月 10—19 日

注释

1 伍廷芳（1842—1922），本名叙，字文爵，号秩庸，广东新会（今江门市新会区）人。早年留学英国，清末民初政治家、外交家、法学家。

2 伍朝枢（1887—1934），字梯云，伍廷芳之子。早年留学美、英，回国后参加护法运动，后任南京国民政府外交部长、驻美公使等职。

3 钱注：按何启与胡礼垣合撰《新政真诠》六编，自 1887 年至1899 年陆续刊行。郑观应所撰《盛世危言》，1862 年（清同治元年）已用《救时揭要》书名出版，1871 年（同治十年）修正后又以《易言》书名出版，1875 年（清光绪元年）再版，1884 年（光绪十年）改订后即用《盛世危言》一名刊行，1893年（光绪十九年）定稿再刊。孙中山北上及上书李鸿章，已在1894 年（光绪廿年）。实际情况与此不符，恐记述有所误会。

4 洪钧（1839—1893），字陶士，号文卿，江苏吴县（今苏州）人。同治状元，尝出任清廷驻俄、德、奥、荷四国大臣，利用西方资料撰成《元史译文证补》一书，开运用外国资料研究中国历史之先河。

美国两大奇案

美国有大富豪某，经商开厂遍于当时四十八州，终年巡回各州，特制大型汽车一辆，其中有卧室、有书室、有厨房，穷极华丽。并于每州置华屋一所，娶美妇一人。美国法律，如本妇不起诉，法院不能提出重婚罪。此富豪所娶妇人，利其金钱赡养，亦无违言。但在加厘佛尼州所娶妇受人鼓励，诉某重婚罪多起。法院传某至，搜集证人、证物，将各州所娶妇调集法庭，观者如堵。唱名问讯，如第一号纽约结婚妇某，第二号波士顿结婚妇某，依号传讯，凡三十余人。每人每号，报馆特为摄影。翌日，三十余之妙相遍布全国，所未至者为在渥脱州结婚之一妇而已。后判决某犯多重重婚罪，监禁五年至十年，所娶妇判每人领赡养金二十万。某独请以百万金专给渥脱州之妇，嘉其不来作证人也。

纽约又有一富翁某，娶一大富豪之女为妇，两家皆有门望，伉俪和谐。生一子，睛发唇鼻，体黝如漆，与非洲贩来黑奴丝毫不爽。男家谓女必私通黑人，故生此子。女家则谓女无失德，即女不肖，何至爱及黑奴？涉讼年余，无法判决。后有一生物学博士详细调察两家祖先血统世系，察出男家五世祖母含有黑人血统，又查出女家五世祖先来自美洲南部，亦有黑人血统。人种学所谓五代归宗者，五代递变，全失本相，至第六代全返原始，故产黑儿。又取生物学中动物变种为证，案始定。送妇人及黑儿归家，婚媾如初。判决书中有一奇语曰："此案罪在祖先，与本身夫妇无涉。"

原载《新闻报》1946 年 12 月 20—21 日

记杨守敬先生

偷撕宋版书　影刻《留真谱》

宜都杨守敬惺吾先生少从黎庶昌随使日本，得遍阅藩府故家所藏旧籍。庶昌刻《拾佚〔古逸〕丛书》，守敬刻《留真谱》，皆日本宋以来所获秘本也。

时日人对宋本不甚爱惜，杨借阅一部，即就中撕下一页，积久，宋版数百部每部皆缺一页。杨氏归国，影刻《留真谱》。日本汉学复兴，发觉杨氏撕书，大恨。日人购得陌宋楼藏书及聊城杨氏、扬州吴氏零星宋刻，在东京开大会，曰："今日有以报杨守敬撕书之恨矣。"

守敬居武昌长堤，与柯逢时邻近。杨得宋刻《大观本草》，视为珍本。逢时许重价代售，许阅书一昼夜，即还。柯新自江西巡抚归，吏人甚众，尽一日夜之力钞全书无遗漏。书还杨，曰："闻坊间已有刻本。"不数月而《大观本草》出售矣。杨恨之刺骨，至移家避道，终身不相见。乡人曰："杨一生只上过柯巽庵大当。"

守敬书联，酬资五元、十元不等。每嫁一女，书联千幅为压箱。守敬死，其子匿其联，至兄妹涉讼。

守敬自日本归，多得宋元明本，又与莫邵亭[1]诸老辈及近代藏书家最善，多获善本。其所藏书，每标识现时价值，又书明将来价值须以三四倍计算，俾后人不至贱售。次子秋浦先生知学问，官性重，嗜赌如命，常与予辈纵博，输则归家，仍照价售书。秋浦死，宋元本多为日本购去，余归北京图书馆，杨氏藏书荡然矣。鄂名儒陈诗训子弟藏书勿失，鄂谚云："陈古愚遗子黄金满簏，不如一经；杨惺吾则遗子黄经满簏，不如一金。"

原载《新闻报》1946 年 12 月 22 日

隽君注：杨守敬，字惺吾，湖北宜都人。出身举人，善考证，精鉴别，尤擅舆地金石目录。著作丰富，已刊行者有《水经图水经注》《楷法溯源》《历代地理沿革图》《隋书地理志》《禹贡本义》《日本访书志》《续补寰宇访碑录》《丛书举要》《留真谱》《钱录》等。曾任两湖书院，存古、勤成等学堂教习。随黎庶昌出使日本，以贱价购得中国流出宋元明古籍归国。黎庶昌，字莼斋，贵州遵义人，出身廪生。同治间上万言书，以县令发两江，官至川东道。两次出任驻日本大臣，影钞唐宋旧籍，编成《古逸丛书》。皕宋楼，为浙江归安陆心源藏书之所。陆刻有《十万卷楼藏书》，著有《皕宋楼藏书志》。聊城杨氏，指山东聊城杨以增。杨藏书数十万卷，筑海源阁藏之，刊《海源阁丛书》。其子绍和，撰《楹书偶录》，别筑宋存室，以藏宋元精刻本，为北方有名藏书家，与常熟瞿氏铁琴铜剑楼并峙，世有南瞿北杨之称。柯逢时，字懋修，号巽庵，湖北武昌。光绪九年癸未科进士，散馆授编修，官至广西巡抚。郘亭，即莫友芝，字子偲，贵州独山人。出身举人，少喜藏书，通苍雅故训、六艺、名物、制度、金石、目录，与遵义郑珍齐名，著作颇多。陈诗，字愚谷，号大梓山人，湖北蕲州人。出身进士，官工部主事，有《大梓山人偶存集》《湖北旧书》等。

注释

1　钱注：莫友芝，字子偲，号郘亭，贵州独山人。

彭刚直画梅

宋胡邦衡[1]十年海外，北归，饮于湘潭胡氏园，题诗云："君恩许归此一醉，旁有黎颊生微涡。"谓侍奴黎倩也。

厥后朱文公²见之，题诗曰："十年浮海一身轻，归对黎涡却有情。世事无如人欲险，几人到此误平生。"彭雪琴³刚直等于澹庵，而黎涡、梅香事极相类，故录之。

彭雪琴孤贫时，梅香独识其为非常人，执巾进茗，磨墨拂纸，以不能约昏为恨。及其稍贵，梅已适人有子矣，因往来为太夫人义女。要其夫俱从军，为保叙副将，梅家日用所需，纤悉为之经营。江南石炭由衡州运载梅家，必由江南战船送衡，他可知矣。如是者三十余年，情好弥至。一日梅在西湖搜得一函，知其在杭别有所眷，取其书径归，雪琴尚书徒步追数里，索以还，自是不甚相见。雪琴尚书薨，梅来吊，痛哭哀极，几欲殉身，知者皆谓梅不负彭也。

王壬秋曰：余《为俞廙仙⁴中丞题彭雪琴尚书画梅·归国谣》云："姑射貌，旧日酒边曾索笑，东风吹醒人年少。

花开花落情多少，明蟾照，人间更有西湖好。"跋云："雪琴画梅，以童时有所眷，小名梅香也。画梅必自题一诗，诗皆有寄意。知其事者，不知其后之参商也。俞廙仙名辈稍后，不敢问其画梅缘起，而求其画，诗、画皆有怨意。及来抚湘，尚书已逝。廙仙所得画，想系梅、雪乖离后所作，将归杭，请余题之，为作此词。感德怀人，即事寄情，点化人情不少。英雄儿女，一齐放下，况功名富贵之幻乎？"

原载《新闻报》1946 年 12 月 23 日

注释

1 胡铨（1102—1180），字邦衡，号澹庵，吉州庐陵（今江西省吉安市）人。因上疏请斩秦桧等主和派而遭贬斥，后起知饶州，官至权兵部侍郎。

2 朱熹（1130—1200），字元晦，一字仲晦，号晦庵，南宋理学家。卒后追谥"文"，故又称朱文公。

3 钱注：彭玉麐，字雪琴，湖南衡阳人。出身湘军水师，官至安徽巡抚、两江总督、兵部尚书，均辞未就。谥刚直。梅香，他书多作梅仙，谓系邻女。

4 钱注：王闿运字壬秋，晚号湘绮老人，湖南湘潭人。俞廉三，字廙轩（仙）。

太平天国佚史

近得鸿涛、京后、伯与、伯塘惠函，诸老友来函谓，阅《杂忆》，知仆尚在，索早岁所刻之《太平天国战史》十六卷。并谓太平文献非野史可比，《战史》速重印，宜于《杂忆》中取关于太平朝掌故、佚事、遗闻，近时治太平史学者之著作及欧洲图书馆照钞所未录者，随时发表云云。诸公均为治太平史专家，惠念衰朽，感谢难言。

《太平天国战史》之作，孙先生获得英、美、日本所著原刻及官书多种，授仆纂述。时仆年未三十，不足言著书，第杂凑英人 *Tapin Rebellion*，书凡七百页；美〔英〕人吟唎《太平天国》二巨册，书凡二千页，插图百余幅（书中尚有忠王题字。吟唎，太平洋将也，徐家汇图书馆现藏此书）；日本海军大佐曾根俊虎《满清纪事》（曾少年曾助太平军，纂《战史》时在东京，尚及接谈，乃孙先生至友也）。其余官书，多不可据。至若《李秀成供词》，载在报纸者，系江南大营所改作，非真本。杨辅清福州供词，直伪造耳。《太平天国战史》书成，凡十六卷。十五、六两卷未印，一、二卷印于东京，孙先生序，白浪滔天题词。四十年来书籍荡然，仅中山纪念图书馆第一、二卷或可寻也。

至论太平〔洋〕掌故，案：萧、李诸贤搜自欧洲图书馆，典章、文诰粲然可据，简氏《逸经》曾刊真迹。友人江西吴霭灵宗慈于抗战前整理《清史稿》，深叹该稿以洪秀全入列传，不知史家体例，宜师司马迁《史记》列《项羽本纪》《孔子世家》之例，自立一门。乃搜集太平朝事实，编为长篇，从事著录。仆所庋藏，尽交吴手，所获珍闻，得与商焉。霭灵现为江西通志馆长，当能保存。

曾劼刚喜诵"不好诣人贪客过，惯迟作答爱书来"句。老病疲敝，愧成习气，报书迟迟，获疚大雅，敢杂举所知，勉载忆林，藉输诚悃，诸公当怜作字者之无能也。

原载《新闻报》1946 年 12 月 24 日

打馆与搜妖

先大母诏予曰："汝父雨臣公拔贡朝考，留京未归，予家居白沙洲，闻太平军由长沙直下武昌，乃移家省城。夜间全城骚动，太平军已据洪山，江面满布兵船，灯火如龙，径由黄鹄矶登岸迫城，旋报草湖门城破，各湖塘中妇女惧辱投水死者填塞几满。予以汝长兄及姊尚在襁褓中，不能舍，避门待戮。天未明，太平军沿街吹牛角鸣锣，口呼：'东王有令，今早安民。百姓有家归家，无家打馆，男有男馆，女有女馆，男人打女馆者斩，女人打男馆者绞。兄弟们奸抢者斩，烧杀者斩。东王有令，急急如律令。'未午，有大批太平军头包红巾，手执钢刀，有以女人红裙裤裹头者，沿家搜查，问：'汝家藏有妖否？'来者皆操广西口音，予不知何者为妖，急应曰：'我家向无妖怪。'后知所谓打馆者，收集无归男子于一处，女子于一处，男女不准丝毫混杂。妖者，呼清兵为妖也。翌日，有亲戚投太平军为兄弟者来告：'今日出城打风。'打风者，向城外东西南北四乡略地也。"

"第一次破城，皆广西老兵，尚无奸淫抢杀情事。第二次破城，大半湖广土王爷，则不守纪律矣。"

"予曾往女打馆数次，管理馆中者皆广西大脚蛮婆。一蛮婆管打馆女子十人，烧饭挑柴，都是大脚。在城中有亲戚本家者，亦可向女打馆管事具结领回，馆中并无伙食费。一日萧娘娘来看女打馆，蛮婆吩咐打馆女子排行跪接、叩头，娘娘问话极和气。"

"打风军士回来，招了兄弟几万人，将红绸缎布匹搜尽，每人发红巾一条包头。又将长江上下红船攫江，大号船只聚集数千条。时江水枯极，由汉阳门一船横拼一船，架起浮桥一道，排到龙王庙。汉口官兵甚多，都寒了胆，一个军士叫妖跪下，数十官兵即弃刀跪下，束手受戮。汉口大火，光焰冲天。十余日后，东王乘大船数千艘率师东下，清兵又恢复省城。"

原载《新闻报》1946 年 12 月 25—26 日

状元游街

黄冈刘鹏年少能文章，科试不入选。太平军初陷武昌，开科取士，鹏中经魁，故人皆以"伪举人"呼之。南皮于光绪十五年设两湖书院，鹏年近七十，尚入选为肄业生，翌年中举，又呼为"真伪双料举人"。所作如《青云塔赋》《黄鹤楼赋》，载在《黄州课士录》《经心书院集》者，传诵一时。曾任太平天国春官丞相府高官，与予族伯兄同僚，故常来往予家，酒酣得意，谈当年故事毫无忌讳。记述如下。

太平军盘据武昌，开科取士，东王杨秀清任总主考。试题为"太平天国天父、天兄、天王为真皇帝制策"，全榜中者六百余名，兴国州（今阳新县）中三百七十六人，状元刘某亦兴国人。状元之文曰："三皇不足为皇，五帝不足为帝，惟我皇帝乃真皇帝。"东王大加赏识。用黄缎写榜,榜仍贴司门口照墙上,名多榜长,用黄缎两匹,绕贴内外照墙三匹。在连马厂搭高台凡三四丈,全用黄缎布置,集六百余名新贵于台下,天王点名,东王自为传胪唱名。先列行谢天王恩,次列行向东王行拜老师礼。北王以下诸王皆红巾黄袍,列台左右。行唱名授职典礼,由左台上,右台下。礼毕,行状元游街仪式。

刘状元满头缀金花,身着绣金黄袍,红缎翅子帽,足登二寸厚官靴,坐八抬八捧显轿,轿前顶马披红,引大红旗一面,上书大金字一行:"天王钦点某某科状元。"榜眼、探花亦如之。倾城观者,呼为"出状元大会"。游街毕,六百余人齐朝东王府,拜见老师。老师坐赐红绫饼宴,每人赐状元饼一份,饼极美,上覆红色绫缎。饼食毕,老师命各人将红绫携归,光宗耀祖。

状元授职天官右丞相,榜眼授职地官右丞相,探花授职春官右丞相。其余六百余人,榜次高者,授王府、丞相府掌府,低者授王府、丞相府坐府。丞相位次王,王又位次东、西、南、北王。天、地、春、夏、秋、冬官丞相,即吏、户、礼、兵、刑、工部尚书也。由武昌下南京,授职文官皆随往。抵南京后,封林凤祥、李开芳为扫北丞相,则无官之丞相,天王所特授也。

原载《新闻报》1946 年 12 月 27—28 日

弟万岁　兄万万岁

天王抵武昌，急欲渡江，直捣北京。东王主张先下南京，效朱明建国故事，立定根基，再行北伐。时届秋冬，将士亦惮北方严寒，故决东下。

自太平定都金陵，东王日骄横，欲自称万岁。时原呼东王为九千岁，北王韦昌辉为六千岁。某日，天王诏〔召〕见东王，曰："闻弟欲称万岁，何以处我？"东王答曰："弟为万岁，兄为万万岁。"天王默然。天王复以此语告北王。一日殿上议事，北王问东王曰："闻兄有不臣之心，自称万岁？"东王闻言，恃积威凌北王，北王即抽刀屠东王之腹。于是东、北两王府将士互相残杀，北王亦死于乱。

闻金田起义，本属两派合成，广东派宗天主教，广西派则三合会。天主派东王杨秀清为领袖，三合会派天德王洪大全为领袖，两人皆足智多谋、众望所归之人也，而洪大全名望尤高出杨秀清。大全，湖南南路人，秀清忌之，又惧三合会势大，出湖南战长沙时，计置大全于险地，为清兵所擒，解北京，凌迟处死。解官即著《目耕斋》之丁守存也。

东王独揽朝权，藉其教义支配三合会。西、南、北、翼诸王皆洪门会党，向对东王积怨已深，故北王借故杀之。翼王石达开知事无可为，别图事业，率将士去，皆三合会派也。此后天国全赖忠王李秀成、英王陈玉成支持。英王为湖北麻城人。

原载《新闻报》1946 年 12 月 29 日

大营中编《贼情汇纂》

曾文正攻下南京，李臣典首先入宫，见宫中绝色妃子，迫而幸之，死妃子腹上。（《清史稿》谓"城破先入，病死军中"。）陈湜扼南门，小天王洪福瑱倾宫中宝货赂陈湜，乘机逸出。（曾文正恨之终身，臬司并无爵赏，以福瑱死奏闻。）乃捕集各府能文之文官数百人于江南大营，命每人将所办事件，所见情景，分门别类，不准隐秘，撰成全书，名曰《贼情备〔汇〕纂》**1**。所捕文吏后皆放归，无一治罪者。

禺案：前作太平官，人谓"从贼"，后作革命党，人谓"扶汉"，如刘鹏者，亦当时豪杰之士欤？所谈《贼情备〔汇〕纂》一书，原稿不知如何落文芸阁**2**手，予友王葆心在长沙，曾于龚夫人家见之。文芸阁死后，此稿又不知流落何所，此真太平天国实录也。

原载《新闻报》1946 年 12 月 30 日

注释

1 《贼情汇纂》为专门记载太平天国情况的重要历史文献，已收入《中国近代史资料丛刊·太平天国》第三册。

2 文廷式（1856—1904），字道希、芸阁，号纯常子，江西萍乡人。清光绪十六年（1890）榜眼，任翰林院编修、署大理寺卿等。参与戊戌变法，政变后出走日本。回国后寄情诗文，以佛学自遣。

妇女裸体骂阵

夏口孙干臣，即武昌辛亥革命孙武之祖，在太平军有战功，封"干天延"，品同男爵。太平天国亡，匿百泉乡中，种田终老。又有封"延"赐刀一柄，亲故索观，密出示人。予以姻娅，年尚幼稚，从闲谈中获闻其所述经过，志之如次。

太平军二次攻陷武昌时，湘军罗忠节公泽南守武昌，据大东门外洪山宝塔，指挥帅令。太平军由下游上攻，罗军率湘中子弟扼东湖、南湖间隘道鲁家巷一带而守。太平军仰攻十余日，无尺寸进步，军帅乃悬赏，有人攻下武昌者，赏金若干，每兵卒日给青铜钱三百六十枚。湖北兴国州人应募，兴国州人打前敌，太平军为后劲。应募之数，男女万余人，一战而破罗军洪山帅营，再战、三战，湘军败绩，罗泽南战死于城濠吊桥之上。

罗泽南讲理学，兵皆守军纪，不扰民，军令如山。兴国州人乃以妇女裸体立阵前，用骂阵之法，秽语怪行，乱罗军之视听，见其阵脚移动，全军涌上，罗军乃大败，不可收拾，泽南被一小军士刺死，武昌遂陷。胡林翼至有屠兴国城之意，后以兴国人万斛泉不从太平军，献征收厘金筹饷之策，办团练，故罢此议。

三河之役，忠王李秀成、英王陈玉成亲提三十六军战于桥头，清军全军覆没。是役相持多日，英王以三十六回马枪劲旅击破之。红蓝顶满地，装八大箩筐。曾国藩之弟国华、李续宾、李续宜各将帅皆死。孙干臣即于斯役论功封"干天延"。

太平天国武官官制，王之下，分爵五等，为福、安、寿、豫、延[1]，五等之下为天将。福、安、寿、豫、延，犹公、侯、伯、子、男也。英王初封成天福，用其名"成"字（玉成）为冠。孙干臣之封干天延，亦以其名"干"字为冠。

原载《新闻报》1946 年 12 月 31 日、1947 年 1 月 4 日

注释

1 钱注：太平天国初制，王以下为侯，旋在王下设义、安、福、燕、豫、侯六等封爵。后因封爵渐多，又在王下添设天将、朝将、主将，然后及于六等。

三合会与天主教派

至友吴君宗慈整理《清史稿·洪秀全传》，搜集掌故，有足录者。

金田起义本由官逼民变，暗中主持与运用，则由三合会、天主教两派组合而成。三合会"反清复明"宗旨，始于台湾郑克塽降清后，其故臣陈近南先生阴率台湾遗臣不愿降清者浮海内归，多明季五王后裔，籍属闽、桂、湖广，乃组织三合会，亦名三点会。三点者，清字偏旁三点，满字亦偏旁三点，去此三点，是曰反清，乃得以复明。近南先生曰：

"他日恢复汉业，在下层不在士大夫。"近南为湘、桂间人，故党徒散布湘、桂、广南者綦众。白莲教之变，林清之变，皆奉"反清复明"会党教条，蔓延于西北各省。美洲致公堂亦奉陈近南遗训"反清复明"，盖修造贯穿东西铁路之华工，多广东三合会党。是以太平天国辅王杨辅清，国破走美洲，匿迹十余年，归依旧部福建提督某，始有拿获杨辅清之福州供词也。

三合会派以洪大全为首佬。大全，湘籍文人，会党奉为军师。秀全传天主教，来桂卖天主教书，与大全拜盟，结为兄弟。起义后封天德王，位在东、西、南、北王上。翼王石达开为广西富户，广有田亩，系读书人，乡人呼为石员外。入三合会，犹川省哥老之有资产者皆入会获保护，会党以卢俊义呼之。洪秀全、杨秀清皆粤东人，见天主教徒不能发展于中等社会，而下层社会又为三合会党所持，乃往来广西，与三合会主脑洪大全、石达开等深相结合。实则三合会奉关帝，崇拜偶像，天主教反对偶像，奉耶稣，固冰炭不相融也。两派崇奉不同，其普及下层社会则同。秀全藉三合会力，亦得收集天主教徒，浸久势大。三合会多下层阶级，而天主教徒智识较高，几于喧宾夺主，所敬畏者洪大全、石达开二人耳。

原载《新闻报》1947 年 1 月 5 日

守城两名将

黄冈刘维桢本文人，为太平天国天将，守黄州。后降于清，胡林翼甚重之，以军功荐升至提督军门。尽得太平军窖藏，家巨富，喜藏书，鄂人呼为"刘长毛"。常对人言："太平军与官军中有名将两人，皆以守城著名，一为守六合县之温绍原，一为守九江城之林棨荣。"

温，湖北江夏人，任六合县，守该县六年，外无援兵，内无贮粮，率城内外人民拆屋种田，修械死守，围解复合，经六年为太平军所下，死赠按察使。林，广西人，太平军天将，初次破武昌南下，即以林守九江，亘九年余，官军无法收复，大有吴良守镇江，使无东顾忧之势。其守法与温守六合相同，将九江城内外拆屋为田，兵士环城墙内缘而居，每日修缮城郭，训练士兵，派兵四出购粮，分配兵士、人民，故人民远者照价献粮，居者协同防守。官本〔兵〕围攻数十次，城不破，为上下游梗，陈玉成乃得纵横上游。曾国藩在大营，曾亲笔写招抚林书数次，皆称林先生。并闻某一次函中云："林先生之兵法可及，林先生之坚忍不可及也，盍来共功名乎？"其见重如此。林复书，有"士贵忠义，勿相强也"之语。

原载《新闻报》1947 年 1 月 6 日

大审忠王

金陵城破，忠王李秀成以己马供幼主出走，自匿西城角民家。萧孚泗兵搜索获之，人民聚集数十，以田器毙萧兵，夺回之。大队至，乃再获，解大营。曾国藩闻之曰："李秀成是真能爱民者，兵败一身，百姓尚为之效死。"用囚车解入大营，将抵营门，门内外身穿黄马褂者百余人皆跪地大呼王爷，盖若辈皆秀成旧部，投降官军，立功至提督、总兵者。曾帅曰："是人不早除，军中将生大变。"即高坐大审忠王。

忠王身穿黄龙袍，头裹红巾，不跪，跌坐地上，面前备矮桌一张。忠王曰："不必问，拿纸笔来，我写亲供。"大审三次，忠王亲写口供一万余言。闻忠王口供多经文案删改，乃上奏处决。有人谓忠王请降，实无其事。廷寄至，军中鼓噪，有劫走忠王谣言。忠王乃于黑夜中被暗杀，并未明正典刑。

忠王家属于城破时皆逃匿民间，百姓隐不告人。忠王有妹，正在青年，百姓认为己女，为之择婿出嫁。旧部某提督曾随忠王者，每年暗地送钱，此即前纪王壬秋所看之皇姑也。

原载《新闻报》1947年1月7日

胡林翼论军事

予友成都严谷声，渭南严澍森侄孙也。澍森始终在胡林翼幕，书札、著述皆经澍森手，《读史兵略》《一统舆图》二书，纂助最多。曩在谷声孝义书塾曾见所藏胡、严二人亲笔来往手札，装十巨帙，其中关于太平天国及官军方面秘事甚夥，记忆录之，可补史料。

林翼死，遗折力保澍森继湖北巡抚任，其学问事功见重于林翼可知也。林翼鉴于三河之败，全军覆没，李秀成亲提三十六军，为皖楚之大包围，陈玉成以三十六回马枪军，由隘路小径，出其不意分道飞来，官军每为向导人所绐，故一败涂地，皆由不明地理所致。乃与澍森先治湖北、江西、安徽三省舆图，凡溪港山阜、小路捷径，详细著明，某地至某地若干里，某村至某村绕出快若干里，图用以行军。每乘太平军之虚，先据重要，而太平军用兵上游，不得逞。乃推治各省，远及藩属，所谓胡文忠地图也，故该图于长江各省最细密。

胡又属澍森关于史籍所载长江各省用兵，古人成败之略，分条提出，为证明地图之运用，以地图为棋盘，以兵略为棋子。寖久成书，遍及全史，此胡文忠《读史兵略》所由滥觞。

胡林翼谓："太平军据江南财赋之区，我则以湖南为粮卒之库，转输征调，库中所有，全在湖南，所以保持湖北形势者，右臂在江西，左臂在通安徽、河南交界各地，尤宜详细著明地图，了如指掌。设敌用捻匪之众侵入鄂省北岸，则全鄂震动，是宜先发制人，方去隐患。"

又谓："太平军封王太滥，诸王各不相下，不受节制，故行军难有统帅。上游仅恃陈玉成，下游仅恃李秀成，非有节钺之尊也。官军提督、总兵、黄马褂成烂羊头，一旦乱平，朝廷那有如许官，有功者无以为生，必生意外。观敌军封王之滥，事必无成，我军后日之隐忧，正中此弊。爵赏所以酬有功，官职非所以酬有功，古人之言可味也。"

手札所述，外间不传者甚多，今就能记忆者录之。

原载《新闻报》1947 年 1 月 8—9 日

宠妾压群僚

太平军时，大学士官文（满人）为湖广总督，益阳胡林翼为湖北巡抚，林翼与官文和衷共济。论者每推重林翼，不知林翼之能左右官文，毫无掣肘，均赖官文宠妾胡氏之助，故林翼得行其志。

官妾胡氏，本小家女，宠擅专房。求外家不得，以林翼胡姓，乃自愿为林翼太夫人义女，以大哥呼林翼。时官文以大学士督鄂，阴以监视汉员大官。林翼得此机会，深相结纳。官文有不愿办之事，胡妾必进言曰："胡大哥所主张，汝不能违背。"官文即会衔照办。林翼最倚重之幕友渭南严澍森，刚直人也，心不以交结官眷为然，但亦深感林翼之苦心，对官妾事，如无闻见。官与胡妾筑湖楼于南湖滨，避暑居焉。一日官以急卒召胡，商军事。胡病重，以澍森往。官召之晤谈于楼上，胡妾问胡大哥刺刺不休。澍森平视，慢不为礼。胡妾大愠，曰："不看胡大哥面，将逐此伧下楼矣。"

胡妾四十生日，演戏受贺，全城布政司〔使〕以下皆拜寿送礼，独严澍森不理，胡妾恨之刺骨。会官文奉出省督师之命，藩司满人茹山与胡妾密谋，说官文奏参澍森把持兵柄，擅解标兵，无兵可调。官文内结亲贵，折上，朝旨震怒，澍森降职。

当时林翼重用两陕人，澍森外，奏调朝邑阎敬铭，荐升湖北按察使。胡妾私人某在外招权纳贿，致酿人命。按察使严捕人犯，某匿督署胡妾上房，无法拿获。敬铭向官文索人数次，均为胡妾所拒。乃自携卧具，备宿督署，语官文曰："胡姨太不交出人犯，卑司誓不回衙门。"经长时间之争持，官文无法，乃交出犯人。

原载《新闻报》1947 年 1 月 10—11 日

隽君注：官文，字秀峰，内务府汉军旗人，姓王佳氏。道光初由拜唐阿补蓝翎侍卫，累官至湖广总督。因扼杀太平军，以功抬入满洲正白旗。胡林翼，字贶生，号润芝，湖南益阳人，出身进士。官至湖北巡抚。严澍森，陕西新繁人，出身举人。由知县官至河南、湖北、广西等省巡抚。初为官时，伪装洁身自好，及握大权，收受贿赂，声名狼藉。阎敬铭，字丹初，陕西朝邑人，道光进士。授户部主事，官至户部尚书、军机大臣、大学士。

检讨《洪秀全传》

予未理会太平天国史事四十年矣，前十年虽与吴君宗慈讨论《清史稿》中洪杨事实，亦只将所存储者移付吴君，助其整理。今承诸同文明命，叙述太平天国史实，又苦无书可据，乃以《洪秀全传》为干本，出入得失，可得而言焉。

夫修史法例，最为严密，洪秀全既非清室叛臣，何能殿吴三桂诸传而并列？既与清朝对敌，当然在列传而外特立门类。吴君主张，仿《史记·项羽本纪》例，撰《洪秀全本纪》，又仿《孔子世家》例，本纪末，诸王后附，诸王后则编官兵爵文诰各制度，全编位置在藩属列传后，以殿清史，较有特识。书经民国设馆编修，无害清史体例，否则《清史稿》中何地编列太平天国人物、史实乎？修史诸遗臣不能谓效忠有清，而屈置太平天国于列传也，宜检讨者一。

修史称谓尤宜注意，《清史稿》对太平军方面，忽曰"寇某地"，忽曰"杀贼"若干，忽曰"降伪军"若干，忽曰"击毙悍贼"若干，此皆据官书所书。而不知修史者身在异代，不在清代也。夫引用清室谕示，可存其原文，如书"叛""寇""贼""伪"等字，存其真也。而执笔书事，不能以清为正统，加太平军以"叛""伪"等字，剪裁失当，有可议者。昔撰《太平天国战史》，对太平方面，书"太平军某某王"，对清室方面，则书"清军某某提督"，全书一贯，称谓昭然。如整理《清史稿》，对清方面宜冠称"官军"或

"清军"，对太平方面宜冠称"太平军"，较为划一，乃成撰例，此宜检讨者二。

综观《洪秀全传》，其立传为纪传体，传中包涵军制、官制及各类琐碎文言、事件，又似纪事本末体，其叙述案〔按〕年、月、日递下，又似为编年体。其用意盖欲归纳太平军十余年事于洪秀全一人传中，巨细皆录之，观者不免有头绪杂乱之叹，不如宗吴君所主张，别立门类，条理井然，较有法度，此宜检讨者三。

凡此三端，猥呈陋见，治太平天国史诸专家谅不以为妄。是亦章实斋[1]修《通志》附《文征》之创例也。

抗战前曾与吴君宗慈检讨《清史稿》列传二百八十《洪秀全传》，其中多前后事实颠倒，记载凌乱失据，兹就全传逐条讨论之。

（一）"有朱九畴者，倡上帝会，亦名三点会，秀全及同邑冯云山师事之。"（《清史稿》原文。）案：朱九畴乃"朱九江"之误，当时九江少年，在江门教学收徒，秀全曾拜师纳赘，此两广间教学风气也。《满清纪事》言之最详，故粤谚谓："九江门下，前有洪秀全，后有康有为。"排满时代，粤报多载此语。或另有九畴其人，亦无从考证。上帝会崇奉耶教，与三点会绝不相容，撰者合而为一，不知会党与教会之别。

（二）"秀全出狱，秀清来迎，招集亡命，秦日纲、林凤翔、罗大纲、洪大全皆来附，有众万人。"（原文。）秀全往广西，实依附三点会。洪大全者，三点会之领袖也。清遗臣作传，以秀全为主干，故不言秀全依附大全，而曰大全来依附。实则会党人众，秀全凭之运用上帝教，同谋逼成叛变，三点会亦势成骑虎，不得不从。

（三）"秀全在永安僭号太平天国，自为天王，建元天德，封东西南北王、翼王，独封洪大全为天德王。"（原文。）天德、天运皆三点会洪门年号也。清遗臣不明会党、教会联合起义之事，故列天德王于诸王之末。秀全欲使会教并重，为迎合三点会从附之意，以三点会年号为建元。封洪大全为天德王，隐寓两派领袖并尊之制。自杨秀清出奇计陷大全，三点会众于是胥纳于上帝教包涵之中，秀清独行其事矣。据《金壶七墨》《满清纪事》所载，械槛大全，为丁守存，大全屡问："抵衡山否？"解者怀疑，改道北上，大全不见衡山，叹曰："无良若辈，陷我如此，死矣。"盖衡山为大全故乡，三点党徒将拦路劫囚也。

原载《新闻报》1947 年 1 月 12—14 日

注释

1 章学诚（1738—1801），字实斋，号少岩，浙江会稽（今绍兴）
 人。清乾隆四十三年（1778）进士，官国子监典籍。主讲定州
 定武、保定莲池书院，主修多部地方志。

补《洪秀全传》阙录 [1]

再检《清史稿·洪秀全传》，关于典章、兵制种类，大半采自《太平天国战史》，所录有未易一字者，有脱略者，兹条列如次。

（一）《清史稿》载，洪秀全谒明太祖陵，其祝词曰："不肖子孙洪秀全，得光复我大明先帝南部疆土，登极南京，一遵洪武元年祖制。"又述官爵制、军制、文武官等级至军制为止一段，全文未增损，只易《战史》原文"南都"为"南部"。

（二）所述女官制，曰"女丞相""女总制"一段，均本诸《战史》，而于宫内女官、女状元傅彩文一节则删去。兹依《战史》补录之："秀全欲设宫廷女官，乃开科取女士，使掌领大内簿书礼仪之事，取苏女子傅彩文为状元，任为内廷总司。傅文字甚佳，有《太平新乐府》当时传诵，引唐人诗'太平万岁字当中'为首句。"《战史》题词云："汉廷典重女官仪，射策归朝掌簿司。一曲太平新乐府，宫中分写状元诗。"

（三）所述女兵制多钞《战史》，如"女军师""女兵官"六千五百八十人，女兵十万人一段，删去太平军设女兵本末及萧妃事略一条，兹补录之："萧娘娘，西王萧朝贵妃也，猿臂善射，使双刀，随军杀敌，所向有功。训练广西女兵，兵皆大足，朝贵死，女兵全军带素，誓报夫仇。每临阵，乘绛马，列锦旗，女兵白银为盾，步武整齐，进退有节，盾缨缕白，旗门雄立，艳如也。官军遇之，望若天人（《金壶七墨》记载最详），故官军无意鏖战，萧妃得乘懈击之。太平军得女兵战力既多，乃尽搜沿途掳掠大足妇女，隶萧妃麾下，遂得十万之众，勒于男军。女兵攻南京，由下游登岸，先据天堡城，金陵遂陷，称首功。"《战史》题词云："萧妃猿臂射双环，娘子军横白下山。绛马锦旗银盾队，争传女子下雄关。"

（四）所述军制名号亦采《战史》，独漏"外巡军"一条，兹补录之："兴国州人，在武昌开科，中额三百七十六人，包打洪山，立功杰出，故天王视兴国州人为效忠太平天国。攻据南京，特命兴国州人自成外巡军，用红龙旗，别于其他从附军队，颁九头狮子印，制曰：'人皆呼湖北佬为九头鸟，今赐汝兴国佬九头狮子名号，带九头狮子印，名兴国外巡军，兴我太平天国'云云。外巡军者，专巡长江上下游江干、水上军事，凡江上来往官兵归其巡查。以九头狮子印为兵符，以红龙旗为标帜，岸立水槛，船巡中流，凡军民人等渡江或他往，非外巡军钤印不得放行，意盖盘查奸细，弹压变乱，拱卫南京外围，授权外巡军，视兴国州人效力天国，忠勇可信任也。"《战史》题词云："龙旗招展薄红云，兴国州人策异勋。手握九头狮子印，江干齐号外巡军。"

（五）所述宗教云："其宗教制度半效西洋，日登高台集会演说，与人民以自由，解放妇女拘束。"采取未详。兹补录之："太平宗教仿西洋传教法，每大街口筑圆台一，每日午各寺院鸣钟登台演说，攻击妖之残酷，唱耶和华救世歌，虽以恢复大明为号召，而贤达不从。又谓中国无圣人，只耶和华为天下圣人，是以致灭。"《战史》题词云："圆台高拱石花浓，日午群敲寺院钟。亡国只因宗教式，长旗法驾说从龙。"

（六）《清史稿·洪秀全传》详于清军而略于太平，不知太平上下游主帅何人，兹补录之："自杨秀清死，石达开去，支持太平朝十余年命运，而封王既滥，各不相下，能为诸王所服从者，上游英王陈玉成，下游忠王李秀成。英王统率三十六大王，节制安徽、湖北、江西，李秀成统率七十余户王，节制江浙、淮北一带，如陈坤书、赖文光、谭绍光诸老王皆受指挥。下游重，则英王移兵来救；上游虚，则忠王移兵往救。忠、英两王合兵，乃有三河之大捷。"此传中说军事所未知者，不过据官书年月日，以邸抄造报，记载战役耳。《战史》题词云："百战桥头卫上京，红巾绿袖旧能兵。大江流水无朝暮，南北而今失二成。"又："腰着双剑杀妖多，一曲金牛夜渡歌。三十六枪回马望，太平雄战是三河。"

（七）太平军所用洋将，《清史稿·洪秀全传》中全未记录，自李鸿章用洋将英国戈登，忠王则用洋将美人白齐文与吟唎。《吟唎自传》所言，戈登与白齐文两方均用火器、兵轮作战，不下数十次，自苏、常失败，英、美人两方作战甚力，无宁谓英胜美败可也。李鸿章下苏州，降纳郜永宽等八王，此时白齐文尚率火轮进援苏州，在苏州河与戈登交战云。

以上皆补《清史稿》记录之缺漏，其据官书排比者错讹亦夥，因手无原书，证实条举，姑俟异日。

原载《新闻报》1947 年 1 月 15—18 日

注释

1 该标题 1 月 15 日为"补洪秀全阙录"，1 月 17、18 日又改为"洪秀全传补阙"。

石达开有志未酬

广西巡抚郑祖琛纵容属吏，贪污殃民，查各县乡间富户多在会党，乃诬石达开等勾结匪党，图谋不轨，敲诈系狱，扬言解省，并有派兵剿办说。三合会及附近人民大惧，杨秀清以为有隙可乘也，阴谋诸大全，联合天主教、三合会起兵反清。且谓："开通五口，天主势力已弥漫长江湖广一带，劫狱举旗，出湖南，下长江，足以反清复明矣。"大全有大志，深然其议，遂联合起事，出达开等于狱。三合会挟数县党徒，洪、杨亦齐集教徒，杀官略地，势如破竹，沿途搜获，乃以数万之众围长沙省城。当洪、杨在粤西时，三合会势大于洪、杨，既出粤西，三合会已失所凭依，洪、杨乃主张一切。如三合会呼满清为"胡儿"，本《烧饼歌》"手执钢刀九十九，杀尽胡儿方罢手"也，洪、杨则改口号为"妖"。妖，对天神言也，以天国天父为名，纳会党于教义而默化也。唯天德王知杨秀清，遇事反对，秀清欲除之。屯聚一地，官军黑夜掩至，洪、杨尽行而不告大全。大全被擒，槛解北京，凌迟处死。大全死而余党溃，秀清乃专行改号、改制之特权矣。

南王冯云山战死于蓑衣渡，西王萧朝贵战死于长沙北门，三合会诸王只余翼王石达开一人耳，由长沙顺流下武昌，军中只闻东王令。据南京，石达开请以所部十万扫北，东王虑朝中需宿将，特命李开芳、林凤翔二人为扫北丞相。说者谓，使当日任翼王扫北，北京政府恐非满洲人所有。惜乎东王忌抑翼王伸长三合会势力，致东王被杀，翼王率师他去，盖深知会党、教徒各不相容，不如自立功名之为愈。达开亦人杰哉。

原载《新闻报》1947 年 1 月 19 日

《清史稿》之纂修与刊印

甲寅岁[1]，袁项城进行帝制，既设国史馆以网罗海内名流，复设清史馆以安置前清遗老，乃聘赵尔巽为馆长，修清史，赵亦以元遗山[2]自命。

时馆长为赵尔巽，兼代馆长总纂柯劭忞，总长〔纂〕夏孙桐等三人，纂修章钰等二人，协修俞陛云等八人，提调邵章等五人。增加总纂吴士鉴等四人，纂修袁励准等十二人，协修瑞洵等三十七人。总理史稿发刊事宜袁金铠，办理史稿校刊金梁。此修印《清史稿》之幕中人物也。

全稿用《明史》体裁略加变通，成本纪十二，志十六，表十，列传十五。逮庚申岁，初稿略备；丙寅岁，大事增修；丁卯岁，袁金铠议创刊，赵乃付袁发刊，金梁董其事。赵死柯代，戊辰岁[3]书成。此修印《清史稿》之经过也。

修稿时以搜罗列传为最难，先成本纪、表、志，乃及列传。初议列传法〔凡〕例，凡殁于辛亥年后者，皆不入传。后乃放宽条例，虽死在辛亥年后，与清史相终始者，得列。而对于洪秀全无法安排，乃列于诸叛臣吴三桂后。此修印《清史稿》所持凡例也。

《清史稿》印成，未发行，国民军入北京，接收清史馆。谭组安[4]见《清史稿》中未列谭钟麟传，深以为异，谓修史诸人故意罢除。且稿中多不实之处，而于反清称谓尤多污蔑，乃通令禁止流传。将印成全书尽运南京，凡数百箱，庋行政院中，待删改整理。实则《清史稿》中列传人物脱漏甚多，如朱筠、翁方纲等皆未立传，不仅谭钟麟一人也。修史诸人有意无意，不敢断定。运来全书，每册数百本装一箱，凡数百箱。

南丰吴宗慈与予同修《庐山志》，志中"山政"诸门及胡先骕撰《动植物志》，多开图志未备之例。汪精卫时为行政院长，见之，欲聘宗慈来宁整理《清史稿》，并函散原先生促其行，曰："《清史稿》亦清代史料，虽多诽语，是宜整理，不宜废置。"宗慈至，聘为整理《清史稿》主任，赣州陈任副之，隶于行政院。开箱取《清史稿》书，尽十余日力，历数百板箱，始获全书。方知组安防人偷取，用意深远也。宗慈搜集史料数年，抗战转徙，保存无遗，现为江西省通志馆馆长。

按：《清史稿》印本有四，曰北京初印本，曰东三省改正本，曰东三省增修足印本，曰日本广岛精印本。

北京初印本，自国民政府通令禁止流传后，除政府要人能于行政院获得一部者，民间颇难搜购。抗战军兴，南京伪政府成立，组织印刷公司印行旧籍，遂有缩印东三省改正本，印《清史稿》二大巨册，割裂影印。

金梁携《清史稿》［及］初印本归东三省，乃订正列传，中加入张勋、康有为两传，初印本无，是为东三省第一次印本。后又加增翁方纲、朱筠诸人列传，是为东三省第二次增修足本。金梁自为详细征述，历数修印《清史稿》之原委、体例、年月、经过，成卷首一篇。

日本人得金梁第二次增修足本，排印大字，纸墨精美，装订十函，校勘无一字讹，是为广岛本。广岛本及东三省增修足本，卷首皆有金梁序述，他本无。

原载《新闻报》1947 年 1 月 20—21 日

注释

1 1914 年为夏历甲寅年。

2 元好问（1190—1257），字裕之，号遗山，太原秀容（今山西省忻州市）人。金宣宗兴定五年（1221）进士，曾官行尚书省左司员外郎，金亡不仕，潜心著述。

3 庚申、丙寅、丁卯、戊辰分别为 1920、1926、1927、1928 年。

4 钱注：谭延闿，字组庵（安），湖南茶陵人。谭钟麟孙〔子〕。

巾箱留珍本《柳下说书》

四十年前，仆来沪，主〔住〕老友王培生先生植善家。先生谈及说书，曰："前在苏州听说书，有孟浩然、杜甫、米芾三人争襄阳一回，文采纷披，天衣无缝，妙处全以诗句穿插之。此生平闻所未闻，柳敬亭河亭说书，想亦不过如是。"

辛亥归武昌，先母检点楼上残书杂物，有《柳下说书》

八本，置诸妇人鞋柜中。予见之，曰："是何代祖先所藏？此生平未见书也！"在家当小说阅之，中有孟、杜、米三人争襄阳一段，与培生当年告予者无异，而词藻过之。乃笑曰："苏州说书者如得柳麻子秘传，必居为奇货也。"时仆方热心政治，对此种绝妙孤本并不珍视，阅毕仍庋鞋柜中。

民国十一年，中山先生归上海，予亦归武昌，与黄君季刚同执教国立师范。季刚以与北京彭翼仲女离婚事问计于先母，卧榻上，候予归。先母曰："季刚，汝心中难过，可取予鞋柜中小说阅之，消汝闷。"季刚展卷神往，久乃告辞曰："请借我此书，缓日奉还。"予亦不以为异。后季刚屡惠我佳本书，而问及《柳下说书》，则枝梧应答，始恍然季刚不欲归还此书也。

国民政府时代，予居宁，见老友胡君光炜，曰："汝之《柳下说书》，黄季刚藏之床下铁箱中，此天下第一孤本奇书，非破箱不得见。"予曰："何以知之？"胡曰："汪辟疆费大力，得见数本。虽汪旭初与彼至好，亦无由见。此辟疆告予也。"季刚没，久经抗战，在渝问季刚次子念田，亦云未见，且曰："刘申叔全稿亦多散失。"今岁与辟疆谈及，辟疆曰："此书在宁，只予一人见过。予穷一日之力，费数十金币，捎肴菜果饼多种，季刚醉乐，启床下铁箱，出一本，阅尽，再出一本，阅数本后，铁箱上锁矣。予当年有日记一篇，汝阅之，可知其事。"

汪辟疆二十三年三月二十五日第五十七页日记云："午后季刚约晚饭，饭后打牌四巡，负番币三十枚，季刚大胜。客去，纵谈，出床下铁箧，皆申叔稿，以竹纸订小本，如《吕览鸿烈斠注补》，古历一卷。再出《柳下说书》数册，为清初柳麻子所据以登场者，云是武昌刘禺生所庋，此确为艺林珍秘之册。略为展阅，皆各自为篇，凡史实说部人物并厕其中，词极雅驯，其惊心动魄语亦谐亦庄。余因忆及冒巢民诗云：'游侠髯麻柳敬亭，诙谐笑骂不曾停。重逢快说隋家事，又费河亭一日听。'每喜诵之，以为真能画出柳麻子也。今见此书，又为季刚诵之。季刚曰：'此刘麻子，非柳麻子也。'余谓：'不必问刘、柳，要之，此书与麻哥大有因缘。'季刚大笑曰：'此书已入黄阁，裹以黄麻矣。'十时返，即题《柳下说书》四绝句云：'劫火难消一赫蹄，异书入手意凄迷。河亭灯火笙歌夜，此是先朝照水犀。''剪裁不出娄东老，便是虞山病阇梨。成就髯麻千载事，斜阳古柳石城西。''白衣残客哭江潭，画像提携在枕函（见钱谦益《初学集》）。解道报恩酬府主，一生知己左宁南。''拂几吹唇字字安，却从悲壮见辛酸。此中具有兴亡泪，莫作寻常院本看。'"

所述《柳下说书》，书凡百篇，共八册，其篇目能记忆者，曰《杜孟米三老争襄阳》，曰《元白二人争湖》，曰《宋江气出梁山泊》，曰《程咬金第四斧头最恶》，曰《隋炀帝来往扬州》；其与《今古奇观》相类者，曰《蒋兴哥重会珍珠衫》；其与《天雨花》相类者，曰《金银瓶两小姐斗法宝》。其他奇怪篇目，曰《黄巢杀人八百万》，述流寇猖獗，人民涂炭，惨不忍读，借写明季流寇张献忠、李自成，而明祚以墟；曰《赵家留下一块肉》，沉痛悲壮，述及二帝北狩，后终庚申君亡国破家之状，阅之泣下，影射崇祯亡国，弘光走死，朱明子孙无噍类也。其不能记忆者，篇目甚多。

是书刊于康熙十年前后，为大巾箱本，如《两般秋雨盦》格式，文章典雅，掌故纵横，属事、遣词有突出唐宋人说部处。篇中字句多方密之、冒辟疆、钱牧斋、吴梅村、吴次尾集中常用之口吻，如《重会珍珠衫》篇，有"只恐兴哥没见期"语，似牧叟《河亭杂咏》口吻。如《黄巢支解皇叔，人赐一脔》篇，有"叔父如王有几人"语，似骏公《洛阳行》口吻。因知此书必经当代名人过目，润色涂改而成。藏书家皆叹为奇书孤本，其孤奇可信也。季刚藏书今全出售，愿见此本者，善宝斯册，公诸当世。

《孟杜米争襄阳》《元白争湖》两篇，予爱其全用五人诗句穿插成文，间及他人诗史。最奇者，合唐宋而一炉冶之，朗读多次，尚能时佚一二得八九。宽予时日，当搜获五人全集，苦忆录出，纵多脱漏，大旨具在。

闻柳敬亭说书，其传神奇异处，如说当阳长坂坡一回，说至张飞大吼一声骇退曹军时，柳敬亭则右手挟矛，直指座客，大张巨口，良久不闭。座客问其故，柳曰："张飞一吼，曹操全军人马辟易奔退，如我出声学张飞一吼，诸君都要跌下座来。"又如说李逵下酒店吃人肉包子一段，先埋伏门徒作听客，在张口要吼时，座中桌椅杯盘响声大震。柳曰："李逵先声已经夺人，设若手执扑刀，一声大吼，屋瓦都要飞去，那还得了。"（冒鹤亭云："此二段曾闻诸外祖张季觊。"）

忆老友吴兴沈尹默在渝语予曰："汝与我及汪旭初，他日落泊，有一合伙生意可做。三人同往苏州玄妙观，汝高坐当门说书，我东列书案卖字，旭初西列画案卖画。汝以说书召集顾主，说至重要神妙处，暂休息，予与旭初开场卖书画。卖毕再说，说停又卖，可成三人佳话。"仆将以所忆《争襄阳》《争湖》两篇载诸报端，开辟"新园林"书场，演柳麻子绝技，不识沈、汪二公能莅园林、染笔柳下、践落泊诸言否？

原载《新闻报》1947 年 1 月 25—30 日

爆竹声中争状元

孙毓汶计困翁同龢

孙毓汶，咸丰六年一甲二名进士，授编修，大学士玉庭之孙，尚书瑞珍之子，道光二十四年状元毓溎之弟，山东济宁州人。翁同龢，咸丰六年一甲一名进士，授修撰，大学士心存之子，江苏常熟人。孙、翁两家，状元、宰相同列清要。咸丰六年，毓汶、同龢同举进士。毓汶书法翁覃溪，几入室；同龢书法甚佳妙，实能领袖馆阁。是科状元，无第三人敢争，固非两人莫属也。

孙家锐意欲使毓汶获状头，俾与毓澍成兄弟状元，与陈其〔继〕昌[1]三元同为科第佳话。殿试前夕，向例：赴殿试进士住家离殿廷稍远者，当夜寄宿朝门附近。孙府则近皇城，翁家稍远。孙家当晚以通家之谊延同龢来家夜饭，孙氏以父执世谊与同龢畅谈，将至深夜，始促归宿，同龢已有倦意，毓汶早就宿矣。同龢将入睡，宿舍四周大动爆竹之声，彻夜不断，终夕不能成寐。未明入朝，已困顿无气力矣。殿试，比策稿就，执笔毫无精神，自以为此次状元属孙莱山必无疑问。忽忆卷袋中有人参两枝，乃含入口中，精液流贯，神志奋发，振笔直书，手不停挥，一气到底，无一懈笔。书毕，展卷视之曰："此可压倒莱山。"笔意妙到秋毫颠，尚在兴酣落笔时也。

翁后始悟孙家延饭，深谈入夜使之疲倦，燃大爆竹终宵使不能入睡，皆为翌日书殿试策无精采气力地步，孙莱山可独占鳌头矣。不意人参巧能救急，故当时有呼同龢为"人参状元"者。孙、翁两家因此事件芥蒂甚深，说者谓瑞珍不应出此，非君子所为。甚矣，争科名者真无微不至矣。

岁除前，与冒鹤亭同宿庄严寺，谈此掌故，彻夜闻爆竹巨响，鹤亭久不成寐，早决回家，咸曰：此翁常熟之感应也。

原载《新闻报》1947 年 1 月 31 日

注释

1 陈继昌（1791—1849），原名守睿，字哲臣，号莲史，广西临桂（今桂林市临桂区）人。清嘉庆二十五年（1820）状元，以连中三元（解元、会元、状元）而声名大振，有三元及第之称。

鸳鸯绣枕

沈佩贞情赚黎元洪

女子参政团之来武昌也，沈佩贞率队谒黎元洪。元洪喜近女色，刻意迎迓，又震于女参政之名，沈乃得出入大都督府，不分朝暮。又谒元洪眷属，拜元洪如夫人黎本危为干母。佩贞与本危年相若也。

一日，黎语人曰："昨日沈佩贞送我鸳鸯绣枕一对。"或问："所绣者究竟是否鸳鸯？"黎曰："亦不能辨，只是乱七八糟的两个雀子，她说是鸳鸯。"闻者咸曰："鸳鸯交颈，女参政其有意于大都督乎？"黎曰："不敢，不敢。"

后因群女出入府中，应接不暇，黎曰："何以遣之？"时孙发绪将往北京谒项城，黎乃修书介沈于项城。沈、孙同车入京，沿途数日，不知作何勾当。沈去，群女无首，雌焰亦歇。

隽君注：沈佩贞，民国初年女流氓，以女政客姿态出现，抬着女子参政会招牌，招摇各省，交纳官僚议员、富商党棍。且公然出卖肉体，供人玩弄。秽声四播，腾笑京内外。孙发绪，字范斋，安徽桐城人，著名政客。辛亥年秋，武汉起义，混入黎元洪都督府当秘书，汉口电报局局长。工于心计，竟由直隶定县知事而至山东、山西省长。

晦气临头

唐群英怒掴宋遁初

湖南女子唐群英在女子参政中为最凶悍者，人以"母夜叉"呼之。在北京倡议改订约法，加入女子参政权。时宋遁初退居西直门外三贝子公园，素反对女子参政，又以政党头领自命。群英谒之，要宋签名赞成请愿。宋辩论拒之，群英起，以两掌批宋之颊曰："我湖南出此朽货。"辱骂不止，经多人劝解乃息。翌日，全城传遍。

遁初见予等，曰："晦气，晦气。"咸曰："此后宜大加提防。"谚云："妇人打嘴巴，大不利市。"未几，有上海车站之祸，人皆谓"唐群英一嘴巴打死宋遁初"。（案：遁初在鄂都督府议正式内阁事，既毕，赴沪，予赠别曰："汝曾与赵秉钧谋内阁之皮，不往北京祸小，往北京祸大，唐群英先告汝矣。"谁知足未履北京而祸及。）

有浙人郑师道者，在北京各报大刊启事曰，唐群英与彼订婚。唐群英又广登启事，谓郑侮辱。两方各延政党人物宴论多日，不知是何隐事。群英后无声息，郑亦死于浙。

原载《新闻报》1947年2月2日

隽君注：唐群英，字希陶，湖南衡山人。民国初年著名女政客之一，与沈佩贞、安静生、吴木兰等齐名。宋教仁，字遁初，号渔父，湖南桃源人。与黄兴发起华兴会，留学日本，参加中国同盟会。辛亥革命，南京政府成立，任法制局局长，北京农林总长。同盟会改组为国民党，出力至多，担任理事。民国二年三月，被袁世凯、赵秉钧派遣特务洪述祖等暗杀于上海北火车站，为二次革命导火线。

书曾文正轶事

曾文正国藩，原名子城，并不字涤生。通籍时，以子城名近小就，乃易名国藩。举人赴会试，仍榜名子城。少在家，行止顾不检，后痛自改抑，奉唐镜海学说，改易其字曰涤生。涤者，本《四书》朱注"涤其旧染之污而自新"也。在京主身心性命之学，以倭艮峰仁为师，旁及经史百家，生平服膺倭艮峰、唐镜海鉴二人。涤生改字，史稿不载。

艮峰极赏识曾。一日召见，道光问："汝平生最赏识谁人？"倭以曾国藩对。道光问："彼有何特长？"倭曰："遇事留心，诚敬不苟。"艮峰退值，未告曾也。翌日，特旨召见曾国藩，艮峰闻之，遣急足，书四字告国藩曰："所见留心。"国藩入朝，值班太监导入大内一小庙，曰："坐此静候传呼。"自晨至午，毫无消息。庙之四壁悬清代列祖列宗遗训，国藩尽半日之力熟读而默记之。日未晡，召见，道光垂询："朕列祖列宗遗训中□语。"国藩扼要□询，对答如流。道光曰："□□□□留心□□□□。"国藩曰："□□圣君，在大内神庙候召，姑得熟读强记。"道光曰："无怪倭仁说汝遇事留心，诚敬不苟也。"退朝归宅，倭艮峰已久待，问其召对，大喜曰："予亦不敢欺君，推荐得贤，国家之福。"故文正平生最感奉倭相国，不仅师事之也。

江西巡抚勒方锜曰："涤生先生最惧人评论其不诚，如攻击其学问、文章、功业、措置，皆可坦然自引为咎，谓其不诚，则怀怨不忘，唯王壬秋深知其病。"

王壬秋著《湘军志》，最为文正所恶，其重要处，指文正攘鲍超之功为国荃之功，私于其弟，而真实有功部将反遭埋没。故曾家延东湖王定安作《湘军记》以驳之。私者，不公；不公者，不诚之谓也。文正实隐恨难言，壬秋亦因此坐废矣。

文正收复南京，见其瓦砾荒凉，乃亟谋振兴之策。有足取者：（一）繁荣秦淮河，开放画舫，修葺河道，会集名娼，法不禁夜，犹明太祖建十六楼，以奠定南都也。第一艘画舫制成，文正首先招宴宾僚，为人民创。（二）房屋只准增修，不准改造、拆毁。谓改造则住户不能增多，房价必昂贵。增修多，房价平，人民可安居乐业矣。（三）兵士设有营房、营帐，不准杂居民房，违者重刑。（四）开书局、书院，延尊宿学，转移风气。不一二年，金陵恢复如旧，始知王导谓"不有娼优盗猾，何成都会"固言之有理。程文恭抚浙，禁绝天竺烧香及湖船载妓，人民大怨。李卫继任，烧香、湖船即日开放，人民大悦。文正殆深明治术，不为宋儒所囿者欤？

文正在湘，出办团练，城中兵勇无饷，太平军围长沙城外，缺粮，问计于唐镜海，唐曰："某废员可办。"某盖以道员贪污，被遣出口，新赦回籍者。文正曰："老师何以荐此坏人？"唐曰："坏事坏人办，好人安能办？"文正乃召某至，某自陈有办法，文正曰："试言之。"某曰："我城中多粮而无金银，贼多获金银而缺粮米，今以城中粮米售贼，易其金银，我兵士有饷，城可守也。"文正以告镜海，海镜曰："行之。"长沙赖以不陷。如唐者，真通权达变之理学家也。

隽君注：唐鉴，字翁泽，号镜海、栗生，湖南善化人，嘉庆十四年己巳科进士，散馆授编修，官至太常寺卿。鸦片战争时，劾琦善、耆英等。治学反对王守仁，不为调停两可之说，著有《学案小识》，表示宗旨，及畿辅水利书。曾国荃，字沅甫。鲍超，字春霆，奉节人，官至提督，封子爵。勒方锜，字悟九，新建人，道光举人，官至河东河道总督，工书能文。（林熙按：《湘军志》始作于光绪三年五月，其时曾国藩死已六年，安能见其书。刘君所记，大误。）

女子参政

大闹参议院的一幕

当辛亥革命之初，青年会女子组织两种集团，曰女子北伐队，曰女子参政会。北伐队以林宗素为领袖，军衣军帽，剪发革鞋，间习步法，而其枪械则手无一枝。樊樊山咏女子北伐队，有"记得亡明天子语，沙场万里属儿家"之句。

女子参政会以唐群英、沈佩贞、吴木兰等为领袖，奔走各省会巨镇，四处设分会，在南京要求临时参议院将女子参政订入《约法》，先行婉商，继则喧闹，甚至以木棍竹板为武器。参议院开会，必结队莅临。一日开会，故主席林森氏时为议长，遥见女会员二十余人成群而至，即宣告停会，议员四散。湖北议员张伯烈、时功玖及仆同住院中，前江苏咨议局旧址也。时君曰："诸公退避，我三人有法处之。"女会员登楼，予辈迎之，咸坐予等房中候开会，声言不开会议决女子参政权不行。先是若辈未至，时君令侍者尽搜集面盆、盂罐移置他室，大贮水量，炉火以待，即扃户与来者接谈。予三人先表示赞成提案，女会员大悦。谈次，乃出咸鱼肉、大头菜、龙井茶饷客。味咸极，则饮，饮后又食，人人饱饮不止，咸解带宽围，欲出无门，寻溺无器，口愈渴而饮愈不能止，继乃要求开门，不再烦扰。门启，群奔入竹林中，不遑顾及他事。此大闹参议院一幕，至今回忆，亦自知其恶作剧也。南北统一，参院北迁，参政会诸女会员亦往北京，组织总会请愿，更演出种种奇闻。

原载《新闻报》1947年2月6日

隽君注：林宗素，实为林宗雪，别有姓名张佚凡，名雪，字逸帆，浙江平湖人。上海尚侠女校教员，光复时任女子北伐队队长，后与裴祝三同居，创办女子植权公司。曾参加南社，担任庶务。樊樊山，即樊增祥，湖北恩施人，放荡不羁之遗老。林森，字子超，福建闽侯人，参议院议长，以后任福建省长、建设部长、国民政府主席。张伯烈，字亚农，湖北随县人，参议院议员，众议院副议长。时功玖，字季友，湖北枝江人，参议院议员，护法国会众议院议员。

读书拾隽

陈兰甫《东塾读书记》史部未刊稿载："读《南北史》，有蠕蠕公主，名最奇。忆宋人著小说，有西夏吴元昊命犵狫大王守寒凉关。'犵狫大王'对'蠕蠕公主'，可称妙绝。"又曰："自董狐兄弟书史被杀，崔浩修史夷全家，史迁刑余著《史记》，历代史案层出，中含刀剑，可曰：'存仁者为史尽节，执笔者为书尽节。'"

张佩纶《涧于日记》："咸淳石屋题名：'三年九月二十八日，贾似道领客束元矗、史有之、廖莹中、黄公绍、王庭来游，子德生、诸孙蕃世侍。'按：贾之诸孙曰蕃世，而严分宜子曰世蕃，奸佞命名，若合符节，亦可怪也。"又曰："予闻有谪戍张家口之命，他日当呼予为'张张口'矣。古有柳柳州，今有张张口，皆谪贬人也。"

王壬秋《湘绮楼遗稿》载，郭筠仙言：有余生，游左帅军中，欲去不得，问计于刘克庵。刘云："寻小事与相反唇，则去矣。"余生从之。左帅大怒，叱之曰："滚走！""滚走"者，满洲大人叱奴子走出之词也，左帅最喜用此语，余遂得去。而时人为之改古语曰："一字之滚，荣于华衮。"丁心斋守存司使闻之，笑曰京师有携人妻逃出古北口者，时人语曰："彼妇之走，可以出口。"一"滚"一"走"，同成妙语，与此相映。

魏叔子矗言：吾乡有刘拐子者，居京师二十年，骗人不下数千次。有一人被骗数十回者，人皆乐与交往，毫无责难。予置酒问刘曰："汝操何术以至此？"刘曰："无他，一味诚实。"予为之击节终日，慨然叹曰："拐子之诚实，予亦愿受其骗也。"

原载《新闻报》1947年2月7—8日

隽君注：陈澧，字兰甫，广东番禺人。出身举人，博览群籍，天文、地理、乐律、算术、古文、诗词、书法，无不研究。主讲广州学堂、菊坡精舍，著作颇多。董狐，春秋时代晋史官。崔浩，字伯渊，后魏崔宏长子。史迁指司马迁。张佩纶，字幼樵，直隶丰润人，同治进士。法越战争，会办福建军务，法军侵入马江，应敌无方，仓猝遁走，发军台效力，后释回。贾似道，字师宪。宋末，以太师平章军国事，封魏国公，揽权辱国，后为郑虎臣所杀。严分宜，即严嵩，字惟中，江西分宜人。恃宠揽权，贪赃枉法。子世蕃，父子济恶，世称奸臣。柳柳州，指柳宗元。郭嵩焘，字伯琛，号筠仙，晚号玉池老人，湖南湘阴人。道光进士，光绪间官至兵部左侍郎，充出使英法大臣，著作颇多。左帅，指左宗棠。刘克庵，即刘典，号伯敬，湖南宁乡人，其墓志铭为郭嵩焘所撰。丁守存，字心斋，山东日照人。魏叔子，即魏禧，字冰叔，号裕斋，江西宁都人。明末清初，与兄际瑞、弟礼均工文章，时人称为宁都三魏。

洪宪第一人物

陈宦深夜献策

陈宦，字二盦，初名仪，湖北安陆县人，丁酉[1]拔贡。张南皮在鄂设武备学堂，取举贡职官入堂肄业，延德国名将法勒根汉为总教习（后为威廉第二之陆军大臣）。南皮鉴于北洋武备学堂学生皆由营镇兵弁挑选，学成可充兵官，不能为将，乃考选文官学人，练习将才，凌驾项城，此其设湖北武备学堂之本意也。陈宦以经心书院高材拔贡入选，后为云贵总督锡良所赏识，入滇，为陆军镇统。辛亥革命，始还鄂，谒黎元洪。顺道来宁，因同学张昉、李书城等绍介，与黄兴深相结识，誓为互助。民国成立，黎元洪以副总统领参谋总长，汉、宁两方同意，以陈宦为参谋次长，代黎元洪执行总长职权，陈宦遂为洪宪帝制幕中第一人物矣。

章太炎民元入京，一见陈宦，憬然曰："中国第一人物，中国第一人物，他日亡民国者，必此人也。"翌日，此语传遍京师。人初以为太炎之偏执，后乃服太炎之神慧。而陈宦深恨之，乃设计诱太炎入京，囚之龙泉寺。

陈于民元初任参谋次长，未露头角，唯刻意固元洪之信任，结好夏寿康、饶汉祥，为武昌内援。并设法荐其戚易某为元洪机要秘书，藉参谋部公事，络绎于途。利用孙武等向袁陈述，与武昌关系重大，于是军事、饷项各节，两方均赖陈宧为传递要人矣。

陈宧常曰："黄克强[2]易与耳。"时黄为南京留守，乃利用范熙续〔绩〕、陈裕时等说黄愿为驻京布置人。武昌、南京起义派与革命党，几非陈宧不得与项城商洽，项城亦非陈宧无由置驿以通两方，陈宧乃得随时见袁。

民元某晚，陈宧以要事谒袁，袁留饭密谈，至深夜始归。此一夕话，为洪宪帝制之发轫，适当临时大总统孙将入京之时。闻陈宧对袁所陈，大致以当时重心分别三处：一为北京，袁统治之；一为武昌，副总统黎元洪坐镇之；一为南京，留守黄兴指挥之。三方各有声势，亦各有后援。乃献议如何笼络黎元洪，如何推倒黄克强，如何勾通各地军人，如何芟除异己，有策略，有步骤，言之綦详。项城闻之大悦，自言相见恨晚。故洪宪帝制倚陈宧为主角，秘密事先与陈宧谋之，所谓文有杨士琦，武有陈宧也。

原载《新闻报》1947 年 2 月 9—11 日

注释

1　钱注：清光绪二十三年，公元 1897 年。

2　钱注：黄兴，字克强，湖南善化人。

纪黄季刚趣事

黄季刚平生有三怕：一怕兵，二怕狗，三怕雷。

其怕兵也，闻日人兵舰来下关，季刚仓皇失措，尽室出走，委其书稿、杂物于学生某，某乃囊括其重物以去。季刚诉诸予，且曰："宁失物，不敢见兵。"在武昌居黄土坡，放哨兵游弋街上，季刚惧不敢出，停教授课七日。

其怕狗也，在武昌，友人请宴，季刚乘车至，狗在门，逐季刚狂吠，急命回车还家。主人复牵狗来寻季刚，约系狗于室外，始与主人往。

其怕雷也，十年前四川何奎元邀宴长洲寓庐，吾辈皆往。季刚与人争论音韵，击案怒辩。忽来巨雷，震屋欲动，季刚不知何往，寻之，则蜷踞桌下。咸曰："何前之耻居人后，而今之甘居人下也？"季刚摇手曰："迅雷风烈必变。"未几，又大雷电，季刚终蜷伏不动矣。

当日又有一趣事，避雨檐下，来一少尼，谢无量睨之，意极缱绻，季刚书一联赠无量曰："白足残僧思败道；青袍御史亦休官。"此义山《咏尼》诗也，古今咏尼诗不多，只有黄此联贴切有风致。

季刚晚喜易数，以爻卦卜牙牌数，自诩别有会通，可以致富。一日，卜得三上上，往购彩票全张，揭标中头彩，曰："今日所获，稽古之力也。"乃以所入购建蓝家庄房屋，另建新庐，落成，大乐。忽有征发蓝家庄一带为要塞之议，季刚又大惧。予曰："盍延大堪與家萧萱谋之？"萧至，易其门户方向，包管无事，而不知萧实出奇策以得免也。

季刚好口腹，予与汪君辟疆[1]善应付之，故其平生，无人不有争骂，惟与予二人和平交接，未有违言。季刚闻某物未尝新者，必设法致之，多与则饱飏，必时时请求，则深自卑抑。一日，有制熊掌、蛇羹八珍延客者，主人则经其痛骂者也。所设皆未曾入口之品，季刚乃问计于予，且自陈由入席至终席，不发一言。予商之筵主，因延季刚，果尽日陪坐，讷讷如不出诸口者。人皆谓季刚善变，不知其有所欲也。

民初，季刚在沪丧偶。旋入北京任北京大学教授，颇思续娶。见《李越缦日记》一段曰，娶得□姓，性情温柔，谈吐风雅，此人生第一乐事。大为歆动，有"娶妻当娶苏州女"之谑语。

会有程某者，原同盟会人而投效袁乃宽，为内务部参事，绐季刚曰："有苏州人彭某女，亦望族也，待字闺中，循旧时法，与外间绝无往还，为予通家，可任作伐。"季刚惑其言，急求一见。程曰："谈话则不能，一见可办到。"某日，程约季刚同往中央公园，谓："彭姓女今日适与其家人来游园，吾趋前与其家人交谈，子可细观此女。"既而彭家人至，程指以示季刚曰："右行着淡青衫者即此女也。"季刚饱观之，程问曰："何如？"季刚曰："彼粲举止娴雅，容貌端庄，即在苏台，恐难多得。"遂求程说合。程复命曰："彭姓不愿作人继室。"季刚百计求之，彭家始允订婚。

结缡之夕，程来言，彭家主行旧式结婚礼，季刚一切听命。新娘坐花轿，搭红盖头，行交拜礼，入洞房。揭盖头，则一奇丑不可名状之女子。季刚咆哮曰："换包货！"欲由原花轿送回彭家，花轿亦不知去向。乃蹀躞终夜，倦极登床，略睡即起，坐待天明，彭女亦彻夜刺刺不休。曙光初发，彭女不梳洗，自去，从此不入黄门矣。后彭家人复与季刚理论，寻程不见，理论结果，彭女每月生活，由季刚月给所得之半，人则不来黄家。此季刚所自述也。

后由湖北第一师范先借薪俸一年，尽付彭家，取回条件，断绝关系，季刚始放心续娶。予曾问季刚："究竟丑相如何？"曰："巨口细鳞，状如松江之鲈。""身材如何？"曰："蜷曲不中规矩，臃肿不中绳墨。"又问："何以即夕登床？"曰："无可奈何，聊以遣闷耳。"

季刚少溺女色，晚更沉湎于酒，垂危呕血盈盆，仍举酒不已。醉中狂骂，人不能堪。予常规之曰："学者变化气质，何子学问愈精，脾气愈坏，不必学汪容甫[2]也。"季刚曰："予乃章句之儒。"及其云殁，虽胡翔冬曾被殴击，李葆初路遇不礼，亦为之咨嗟太息，曰："中国更无师矣。"使能早年绝嗜欲，平意气，其所得必有大过人者，今举其最擅长之音韵、训诂言之。

季刚为黄云鹄先生幼子。云鹄先生吾鄂宿儒，湛深经学，季刚龆年受学之始，即授以许氏《说文解字》部首，故于声音、训诂之学早具根柢。十六岁后，由文普通学堂派往日本留学。时余杭章太炎先生因提倡革命，避地东京，群请讲学，季刚亦同居民报〈社〉，往问业焉。开讲之日，首授以大徐本《说文解字》，而以求本字、寻语根为研求二大原则，辅以所为《成韵图》，所谓类转、旁转、隔转诸法，即世所传古韵三十二部者也。

季刚朝夕研讨，然于章氏之说仍多胶滞，固未敢非也。未几，发其旧箧，得番禺陈兰圃《切韵考》，由是转治陈氏之书。因陈氏清浊音之说，上溯桂、段、钱、王之论，参互研究，古音大明，乃创为古韵二十八部。因持其说以问太炎，师弟之间往复辩诘，几达旬日，章先生卒是其说，于是喜曰："历来治小学者，未若汝之精深也。"尝见太炎先生所著各书，广征群说，而殿以吾弟子黄侃所云如何，以为定论，其推服可以见矣。

季刚治学，最为精审，所读《说文解字》一书，为商务印书馆影印藤花榭版，密字批点，朱墨灿然，每页均经裱背，其勤苦可以见矣。逝世未逾五十，而积稿甚多，乱后荡然。卓然一代大家而未见成书，无由表见于世，岂不惜哉！

予自武昌来，往祭。其子女曰："先父临危，屡问老伯归未，并云：'虽食武昌鱼，殊无以餍口腹也。'"闻之泫然。

原载《新闻报》1947年2月12—17日

注释

1 钱注：汪国垣，字辟疆，江西彭泽人。
2 钱注：汪中，字容甫，号颂父，江苏江都人。

再纪陈宧

陈宧之谋取消南京留守府也，说袁项城曰："南京政府虽移北京，而留守府拥有革命军队，各省同盟会都督为之羽翼，必先去其主脑，否则滋蔓难图，宧已有万全之策。"袁曰："一切汝便宜行之。"

其时，黄克强之至友李小垣[1]、黄宝昌、陈裕时等皆在留守府，握重权。陈裕时为陈宧之亲信，又为克强之心腹，此陈宧用以来往京、宁之秘使也。冯国璋之婿陈叔亮[2]又为留守第一师长，留守府所需军械粮饷，朝请于北京，夕即电拨，皆宧一人包揽之。克强倚宧为奥援，府中要人亦视宧为信友。宧乃阴使金钱，特派机密，造成南京大兵变，并于报纸宣传，谓黄留守无控制南中军队能力。一日与陈裕时、黄宝昌谈，谓："政府极信克强，兵变能镇压，极峰³甚倚重。更进一步，能佯辞留守，极峰慰留，则威望更大，吾知极峰必诚意慰留也。"陈裕时、黄宝昌挟宧言往南京，克强与府中要人信宧过深，贸然电北京，自请取消留守府。项城即照请取消，大嘉奖黄留守，谓真能牺牲权位、谋民国统一者。

留守参谋长李书城大愤，通电陈宧，痛数其卖友情形，沪上旧报今尚可寻。黄宝昌惭为人所绐，削发为僧，闭关以死。陈叔亮则于冯国璋督苏时，仍为师长。留守府龙虎人物，全体星散。未几，民二有再独立之举。

陈宧之谋取消武昌副总统府也，先使起义领袖全离武昌。原来辛亥举事，由共进会、文学社两派结合而成，共进会首领为孙武、张振武，文学社首领为蒋翊武，所谓"起义三武"，握兵权，黎元洪不过画诺而已。陈宧既布置心腹于副总统府，阴说黎曰："三武不去，则副总统无权。若辈起自卒伍下吏，大总统召其来京，宠以高官厚禄，殊有益于副总统也。"所言正合黎意。袁乃电召起义重要者百数十人来京，商问要政，优宠赉锡。黎发旅费，庞大惊人，皆袁与宧密办也。孙武即任义威将军，因与宧相善。张振武稍傲，且识宧奸，求领兵赴边屯田，宧乃与饶某草密稿，派人携往武昌，请黎署名电北京，谓张振武在京图谋不轨，祈大总统拿获正法。黎为群小主持，照原稿办，乃造成谋杀张、方案。蒋翊武闻振武死，离武昌返湘，不来京。袁又用黎电请名义，杀蒋翊武于广西。袁常曰："张、蒋二人，予本副总统命杀之也。"

张、蒋既除，原湖北八镇统制领军者皆起义要人，如邓玉麟等，尽调赴北京。黎乃易镇统，用柔顺与宦有关系之人。文有饶、夏握机要，武有各镇统相结合，黎之留居武昌，竟等于为陈宦设一办事所而已。

南京二次革命告终，同盟会各省兵力解散，党人尽走海外。修改《约法》，设参政院。陈宦谒袁曰："对付武昌之时机至矣，扫武昌如扫落叶耳。"乃献议曰："世界副总统无领兵者，美国副总统为上议院议长，今宜请黎入京，行参政院议长职权。各省底平，亦无须副总统坐镇，派一统兵大员足矣。"此说为各方所赞许。宦派人赍密函告黎，势已至此，黎无如何。段祺瑞随函南下，黎即夜走刘家庙来京，无一人知者。有亲随上车，宦所派人持令不准入，闻者皆曰："陈二盦押解黎宋卿来京。"

兹再述张、方被杀之经过，藉见当时之真相。先是，张振武以起义元功，奉袁诏来京，率其大将方维。初至，袁极加优礼，张乃求率部殖边。屡次见袁，皆陈宦陪往。一夕，张振武大宴京、鄂要人于六国饭店，段芝贵坐首席，陈宦次之。宴毕，张振武车至前门下"振武敷文"牌楼下，军政执法处即围捕，同时在张馆舍中捕获方维等数十人。捕张之令，当筵已早怀在段芝贵身畔矣。予当时亦在座，抵孙武家始闻其事，乃与孙武、哈汉章、张伯烈、时幼〔功〕玖、郑万瞻驰抵军政执法处，处长陆建章曰："张振武、方维已枪决矣。"问临刑作何语，则云："张但称为陈二盦所卖。"又问究犯何罪，陆曰："大总统接副总统密电，谓张振武率党徒方维在京、汉图谋不轨，破坏统一，即行正法。"曰："何以执行如是之速？"陆曰："某部次长由府中来电话，令到即枪决，免生枝节。予执行职务，所知者此耳。"

张、方既死，陈夜见袁曰："此一举可张大总统之声威，隳副总统之名望，人必谓张、方被戮，黎元洪杀之，非大总统杀之也，藉此可易湖北都督。武昌方面，革命文武人物推戴副总统者，群相解体矣。"翌日，金台旅馆门首出布告一通，将副总统原电抄录，次述张振武罪状，照武昌来电刑决，更奖励张振武起义有功，照上将礼赐恤，末更加以惋惜之词，谓"不能与副总统共始终，致于干国纪"云。

翌日，参议院鄂省全体议员（除汤化龙一人外）提出："枪决张、方案请政府即日派人说明，以保障人民生命，维持《约法》。"袁即派员出席曰："大总统接副总统万急密电请求杀之，非大总统杀之也。此案原委，请鄂议员问副总统，大总统不负全责。"鄂议员仍提出质问曰："《中华民国约法》保障人权，随意逮捕且不可，况随意不经讯问杀人，此大总统之罪一。凡人民不经审判不能治罪，张、方为军官，军官在平时亦宜经军事裁判治罪，不能据一无证据之电，而杀一起义元勋也，此大总统之罪二。大总统为当事杀人者，副总统为电告举发者，大总统行生杀之权，副总统无之，不能谓张、方案责在副总统。究竟副总统有权，能令大总统杀人乎？抑奉大总统之令而杀之乎？大总统之罪三。民国开基，首重人命，前清命案，积卷盈尺，始决一囚。今不审问而杀人，此风一开，任意杀戮，各省效之，既无法纪，何成民国？将来民国纲维崩溃，大总统实尸其咎，此大总统之罪四。"提案成立，前大总统孙首先电参议院赞成，各省应之，张、方案遂轰动京省。

袁一日延鄂参议员接谈，曰："张、方案予交军政执法处，即交军事法庭也。所欠手续，未先宣布罪状而后执行耳，然亦副总统来电迫促之故。"乃出示副总统府寄来全案，皆陈宧与饶某由京寄鄂、由鄂转袁之手笔也。袁乃问："副总统既不洽舆论，鄂都督可易人否？"仆与时功玖答曰："副总统领鄂军都督，大总统为海陆军大元帅，更易都督与否，为大元帅之特权。参议员代表人民、省会，不能干涉军事用人也。更有进者，议员为本省会选出之议员，今与大总统商更换湖北都督而反噬本省，他日亦可在中华民国与他方联合而反噬大总统，愿大总统取消明问。"袁即起立曰："领教，予今日知君等为何如人矣。"

黎元洪入京后，袁解散国民党，解散国会，改订《约法》，设政治会议，设参政院。东南各省底定，所余者西南川、滇、黔、桂四省耳。陈宧乃计划处置四省之法，曰：
"桂方陆荣廷名位虽高，实具前清大员气味，出身绿林，无
远志也。总统笼络以最高礼遇，召之必来。能派一与陆极相
善大员为桂民政长，桂可无忧。黔方刘显世为宪政派人，黔
士多梁启超党人，梁已在京，原主张君主立宪，大总统隆重
启超，黔事自无问题。川方胡景伊，已有妙法使彼与川中革
命党人相水火，来往诸事，宧已布置万全，川事可皆问计于
宧。所余者，滇方耳。滇方蔡锷，梁启超弟子，其人具革命
性质。蔡，湖南人，滇中军队则滇人领之，宧已派人与唐继
尧、顾小斋[4]各拥军权者接洽。所派范熙绩等，皆唐、顾日
本士官同学而最亲密者。滇军有违言，蔡锷必不安其位，大
总统特礼遇之，蔡必入京，感戴大总统。蔡锷去而唐、顾以
滇人握滇权，滇人亦感激大总统。于此，则中国各省定矣。"
袁曰："各省事由汝策划行之。"后蔡与范熙绩同来京，为经
界局督办诸职，袁宠礼有加。陈宧亲自任四川将军，胡景伊
入京。陈之往川，坐镇西南，固不虞有滇、黔、桂之变也。

北京帝制议动，陈宧似寂不与闻者，一切皆由北洋派内
外文武主持，陈宧未出面，且不见其姓字。曰："内事由杨
杏城与长公子主持，予则专任各省外事、军事耳。"又恐西
南或有不稳，自请出镇四川，镇慑黔、滇。四川成武将军胡
景伊既受在野川革命党之威胁，又受其他军队之逼迫，能听
指挥者只刘积之、胡寅安两师耳，其中皆陈宧之妙用。胡急

欲离川，故项城电商以宦代，即来电欢迎。陈乃整军入川，以冯玉祥一混成旅、伍祥祯一混成旅为卫队先锋，事先派人赴滇，许以特殊利益，浩荡入峡。宦为成武将军，景伊率部下文武来京，不费吹灰之力。

当宦陛见项城出京时，伏地九叩首，且膝行而前，嗅项城之足，曰："大总统如不明岁登极，帝正中国，陈宦此去，死都不回。"请项城训示，乃敢兴。袁曰："一切照汝策画，决正帝位。"宦乃起立听训。曹汝霖润田在坐，曾告予曰："此种嗅脚仪式，欧洲中世纪有对罗马教皇行之者，陈宦在大庭广众竟能出此，官僚所不为也。"章太炎时在京，一日见予辈，曰："陈宦将不能与项城共始终乎？无论如何诡佞之人，事出常情，大事既去，必生反噬。陈宦恐远离都门，为项城北洋旧人所倾轧，藉此深固项城之宠信，实有戒心矣，能始终忠于项城乎？"

洪宪建元，西南举兵，项城乃命曹锟为虎威将军，统北洋军队入川，以张敬尧为前锋，所战皆败。陈宦以成武将军逼处成都，不能指挥北洋军队，北洋派又有歧视陈宦之态，其直辖军队，伍祥祯一混成旅柔懦不能用，冯玉祥一混成旅索械、索饷，不受调遣，反移兵成都市外非冲要之地。川军如刘存厚等军队，又不能倚靠。陈见大事已去，乃西与滇方通款，藉恢复项城大总统地位为词。内约川中革命党，许离蜀时以所有军械与川人。故章太炎曰："川人不恨陈宦，以其临行时知散军械于川党人、军队也。"后乃宣布独立,促袁速死。

民国恢复,陈宧率部出川,冯玉祥先领军由他道去,陈宧无护卫,反赖川革命党军队照料、放行。帝制罪魁并无陈宧姓名者,有滇方蔡锷为之电黎,曰:"陈宧早与滇军结合,此次取消帝制,不但无罪,而且有功。"黎以鄂同乡之故,府内又有夏寿康、饶汉祥诸人支持,虽段祺瑞在院方严厉提出陈宧为帝制罪魁,而府方终不同意。遂酿成民六府院不和,致有张勋复辟之变。陈宧真民国之不祥人物也。

民国五年四月二十二日,陈宧宣布独立,其通电略云:"宧于江日径电项城,恳其退位,为第一次之忠告,原冀其鉴此忧悯,回易视瞻,当机立断,解此纠纷。复于文日为第二次之忠告,谓退位为一事,善后为一事,二者不可并为一谈,请即日宣告退位,示天下以大信。嗣得复电,则谓已交由冯华甫[5]在南京会议时提议。是项城所谓退位云者,决非出于诚意,或为左右群小所挟持。宧为川民请命,项城虚与委蛇,是项城先自绝于川。宧不能不代表川人,与项城告绝。自今日始,四川省与袁氏个人断绝关系,袁氏在任一日,其以政府名义处分川事者,川省皆视为无效。"

据《梁燕孙年谱》云,电达府院后,燕孙奉召入府,项城以独立电示燕孙,曰:"二盦厚爱我若此,夫复何言!君为我电复,决志退位如何?"燕孙不答。项城乃亲自动笔草一电文，径由府中发出。电文曰："昨见松坡致黎、徐、段电，请劝我退位，公义私情，佩感交集，但尚未悉我心。我厌问世，几不愿一朝居，再商诸重要诸公，担任善后，佥以兹事体大，且难轻放，内忧外患相逼而来，即有亡国之祸。我年近六十，艰难万状，尚有贪念，愚不至此。我志已决，退位不成问题，所当研究，惟在善后。政府诸公讨论多日，仍无结果。如不顾善后，撒手即去，危亡立见，实不能忍心至此，且亦无术足以自拔。目下缺点，在速筹善后之策，但有二三分抵担，不致危亡分裂，退位一议即可解决。务望切商政府，速定办法，期早定局，希即速筹，共同妥商，如何？祈严守秘密，电未尽言。"

民国六年，郑韶觉[6]语予曰："段祺瑞初与梁燕孙约，我一文一武，万不可赞成帝制，误项城。后因五路参案，交通系人大惧，乃发电列名，均代梁为之。阮忠枢固右陈宧者，因说梁，力荐于项城，在京愿为谋财政，陈亦屈意奉梁，川、京文电均经梁呈，燕孙惑之，不知由阮斗瞻[7]授宧策也。陈独立电至，袁方食馒头，每馒切为四，梁至，已食其三，乃问梁：'陈究如何？'梁以'不至如此'对。袁乃尽食之，与梁同阅来电。梁瞠目，袁拂袖而起，遂起病。"

韶觉又语予曰："阮斗瞻与梁不洽，梁好竹战，阮则不离袁左右。袁常呼梁不至，阮以'赌'对，乃禁赌，为梁也。一日，袁拨款十万与陈宧，问梁曰：'陈宧靠得住否？'

梁以百口保之。后陈宧独立电至，梁方酣赌，犹未知也，阮乃请袁问燕孙。寻燕孙至，袁先令同进膳，又问曰：'陈宧靠得住否？'梁曰：'靠得住。'则出示陈电，梁呆若木鸡，袁乃出一纸曰：'已有复电稿在此矣。'一怒而入，遂病。"韶觉，交通系要人也，与梁最亲，其言当可信。

据《国会议事录》云，民国五年，国会恢复，参、众两院联合开会，内阁总理段祺瑞出席，鄂参、众议员多人起立质问曰："帝制取消，民国恢复，袁世凯已死。时过数月，帝制罪魁尚未提出惩办。段总理为保障民国、反对帝制主脑，何以延不惩处？请伸张国纪，宣布奸邪。"段答曰："惩办帝制罪魁，宜先办贵同乡成武将军陈宧。不提陈宧，而提他人，何以服天下人之心？"鄂议员曰："何以不提陈宧？"段曰："请贵议员问黎大总统，大总统不提出，内阁总理何能副署？"

梨劲平曰："与内阁商量帝制罪魁名单，府方均派予往接洽，未列陈宧名。段合肥[8]则屡次坚持必列陈宧，否则他人皆可不必惩办。商量多次，方惩办罪魁十三人。府方不提出陈宧，更不提出段芝贵，以此为府院交换。"案：所提十三人，如"六君子"中其一二人不过学问之士，梁士诒则原反对帝制，逼而出此，陈（宧）、段（芝贵）漏网，真不足服天下之人心。国无真赏罚，安得不酿复辟之祸？

陈宧一人，实与洪宪共始终。予《洪宪纪事诗》云：

"仗策从龙共始终，西川节度出台东。九河已决休回顾，知我依然赖此公。"又曰："事去臣能请自裁，留中折奏亦酸哀。胜他反复西州帅，出镇曾歌死不回。"（案：帝制取消，孙毓筠曾呈请自裁。袁批曰："自裁出于呈请，决非至诚，着不裁可也。"）

原载《新闻报》1947年2月18日—3月5日

注释

1 李书城（1882—1965），字晓圆，又作筱（小）垣，湖北潜江人。早年留学日本，组织拒俄义勇队，加入同盟会，参与辛亥革命、护法运动，曾任广州护法军政府军事委员会委员。1949年后任农业部部长。

2 钱注：陈之骥，字淑良（叔亮），直隶丰润人。旋任第八师师长。

3 钱注：袁世凯爪牙称袁的敬词。

4 钱注：顾品珍，字小（筱）斋，云南昆明人。

5 钱注：冯国璋，字华甫，直隶河间人。

6 钱注：郑洪年，字韶觉，广东番禺人。

7 钱注：阮忠枢，字斗瞻，安徽合肥人。

8 钱注：段祺瑞，字芝泉，安徽合肥人。

洪宪女臣

帝制议起，项城治下女子活动者分为三派：

（一）高尚派，吕碧城领之。碧城为安徽翰林吕佩芬族侄女，善文学，项城在北洋时，曾任女子师范学堂校长，项城聘为大总统府顾问。其从者多名门能文女子，绝不与时髦女子往还，项城尝誉为可作女子模范，常出入袁家。

（二）运动派，女子参政之流也，设中国妇女请愿会，以安静生为首领。安文字尚佳，颇具运动力，其自撰《设会小启》曰："吾侪女子，群居嗫寂，未闻有一人奔走相随于诸君子之后者，而诸君子亦未有呼醒痴迷醉梦之妇女以为请愿之分子者。岂妇女非中国之人民耶？抑变更国体系重大问题，非吾侪妇女所可与闻耶？查《约法》内载'中华民国主权在全国国民'云云，既云'全国国民'，自合男女而言。同胞四万万中，女子占半数，使请愿仅男子而无女子，则此跛足不完之请愿，不几夺吾妇女之主权耶？女子不知，是谓无识，知而不起，是谓放弃。夫吾国妇女智识之浅薄，亦何可讳言？然避危求安，亦与男子同此心理，生命财产之关系，亦何可任其长此抛置，而不谋一处之保持也。静生等以纤弱之身，学识谫陋，痛时局之扰攘，嫠妇徒忧；幸蒙昧之复开，光华倍灿。聚流成海，撮土为山，女子既系国民，何可不自猛觉耶！用是不揣微末，敢率我女界二万万同胞，以相随请愿于爱国诸君子之后。姊乎妹乎，曷兴乎来。首唱者，安静生。"筹备会乃特派安静生为女请愿总代表，设分会于各省，署名为"女臣安静生"。

（三）流浪派，以沈佩贞为首领，刘四奶奶、王三太太、蒋淑婉等数十人皆附会奔走。沈之名片，中书"大总统门生沈佩贞"，旁书"原籍黄陂，寄籍香山，现籍项城"。拜九门提督江朝宗为干父，奉段芝贵为叔父，凡府中要人，深相结纳。权贵又藉佩贞勾引绍介"女志士"，征逐会合，出入大总统府，金吾不禁。于是，江朝宗为干女设总办事处于中城，有秘书，有干事，佩贞俨然称办事处长矣。所办何事？名曰"赞助帝制"，实则幽宴主家。段芝贵等退值，则来沈处会客、张筵，文武谋位置者群走其门。佩贞声势赫然，遂有率领九门提督人员，因醒春居嗅足行酒令案，打毁《神州报》汪彭年宅，郭同起诉法庭，酿成袁项城之大震怒。

刘四奶奶本北京最高贵有名主妇，王公大吏均所熟识。警厅搜查刘四奶奶家，交通总长某、参谋次长某、财政次长某皆为逻者捕去，羁警厅一小时，此北京所传刘四奶奶家大奇案也。其中原委，云为沈、刘二妇人争雄长所致。其他招致妇女，有名宦闺秀、虚荣女生，以与政府通声气、干帝政为名，堕其术中，比比皆是。袁项城所以有禁止官家妇女淫荡之命令，不专为朱三小姐发也。沈等因得项城左右有力者之支持，自称"女臣沈佩贞"，来往新华宫，湖船朝车，为女请愿领袖，后且压倒安静生矣。

原载《新闻报》1947 年 3 月 6—8 日

醒春居之一幕

北京东四十二条胡同，四川将军奎顺筑宅一所，栋宇宏大，有池台园亭之盛。清亡，乃割戏台园林一部出租，好事者就其住宅开醒春居酒馆，为觞咏之地。沈佩贞等乃连合袁府要人、清室勋贵游宴其中，夜以继日，艳闻迭播。

春夏之交，群花盛开，绿阴成幕，权贵毕至，沈佩贞则率少艾十余人来园守候，脱履解袜，圆肤光泽，拖绣鞋卧海棠林下，乃就山石宽处布置酒筵。男女数十人，裙屐杂沓，觥筹交错，亦都门妙会也。酒酣，席间有人倡议，谓如此乐事，必有特殊纪念，红男绿女，都入醉乡，或曰此地非醉乡，乃温柔乡也。诸佳人跣足入座，应以"闻臭脚"为酒令。逐次行酒，即用此三字连贯成文，全用成语，如令到不成，罚依醒春居酒数，闻臭脚一次。在坐男宾只有一人未罚闻臭脚，其文曰："阳春有脚，是月也，阴沟开，脚带解，臭不可闻。"当时北京传说，首次罚闻臭脚者为清室贝子载振，亦有尽数十人之脚一一闻之者。

上海《神州日报》详载其事，丑行妙语，形容毕肖，则馆主汪寿臣之通信也。沈佩贞阅之甚怒，乃统属群雌，助以九门提督军佐，捣毁南横街汪宅，于是引起郭同控案。予所作《洪宪纪事诗》云："珠络鸦头金缕腰，醒春池馆外相邀。女臣最解参知政，步入湖房待早朝。"

原载《新闻报》1947 年 3 月 9—10 日

娘子军打神州

浩浩荡荡杀奔前来

旌德汪寿臣彭年倡办上海《神州日报》，选众议院议员，流滞北京，指挥报务。帝制议起，彭年不愿以《神州报》为御用报，不得已谋之要人杨士琦、沈兆祉，经一年余，将《神州》全盘出卖于袁政府。洪宪纪元前，袁乃宽乃派其要人接收《神州报》，彭年本人避免为洪宪宣传，计亦得矣。

彭年皖籍，与袁左右皖人往来通声气，与杏城尤密，为鸳报也，与其他皖人则有龃龉。会沈佩贞等有前文所述醒春居行酒令趣事，《神州报》据情毕载，描写当时丑态，连刊三日。沈佩贞要求彭年请酒、登报认罪，彭年不听，仍在报端揭其阴私，词涉江、段要人。于是沈佩贞率领"女志士"

刘四奶奶、蒋三小姐等二十余人，江朝宗派九门提督卫士，由少将川人黄祯祥领之，辅翼佩贞等前往施威。彭年时居南横街，闻讯紧闭其门，尽室远避。佩贞等直入厅堂，捣毁一切，辱骂横行，坐索彭年。

原载《新闻报》1947 年 3 月 11 日

胡为乎泥中

有众议员江西郭同者，率小妻住汪书房。郭因支持江西巡按使汪瑞闿，为项城所痛恶，由黎元洪荐充参政院参政，项城则批交张勋差遣，颇感无聊，因依彭年作客。乃出与佩贞理论，佩贞又率人捣毁郭所居室。郭乃祖裎跣足诟骂诸女，诸女复蜂拥而前，有握其发者，有捉其耳鼻者，有扭其左右手者，有抱其左右足者，如举婴儿，大呼"滚去"，郭已圆转落丹墀中。

时予适夜宴归，道过南横街汪宅门首，见军警林立，填塞内外，观者数百人，以为彭年家有大故，排闼入，睹郭同满身污泥，左手提裤，右手戟指诸女丑骂，诸女亦各报以不堪入耳之言。予即曰："郭宇镜胡为乎泥中？"

原载《新闻报》1947 年 3 月 12 日

穿裤之争

佩贞见予至，呼让进。予曰："汝等何故演王妈妈骂街丑戏?"佩贞曰:"你是个正经人,我告诉你,汪彭年在《神州报》登载我等在醒春居行酒令事,备极丑诋。"语时,又指旁立之蒋三小姐(淑婉)云:"报上说她不穿裤子。"予问:"当时究竟穿了裤子否?"蒋曰:"我穿的东洋装。"予笑曰:"东洋女装,有时不穿裤,然则《神州报》亦未为冤诬也。"蒋仍连呼:"《神州报》混账。"予又问:"何以朋打郭同?"刘四奶奶曰:"汪彭年躲了,郭同出来顶包,不打他,打谁?"予顾郭宇镜曰:"你暂且停骂,我来调解。"九门提督领队黄祯祥进曰:"今夜汪彭年不出,决不离开此地。"予曰:"你穿军服,领队打人,大总统知道,江宇尘[1]要受处分。"未几,江有电话来告:"汪寿臣不在家,明日再来。"盖汪在外已托人警告江朝宗矣。乃用予马车轮流送诸女回家。翌日,各方要人出面调解,江朝宗尚言:"必须《神州报》请酒、登报赔礼,此事方了。"

原载《新闻报》1947年3月13日

注释

1　钱注:江朝宗,字宇澄(尘),安徽旌德人。

《新华竹枝词》

稽延多日,郭同乃控诉于首都地方审判厅,汪彭年与仆均列证人。京师语曰:"郭同被打,汪彭年是事主,却变为证人。刘某则是书僮，陪汪公子逛花园、读书。"溧水濮先生一乘作《新华竹枝词》，刊上海《时报》，曰："最是顽皮汪寿臣，醒春嗅脚记来真。何人敢打《神州报》？总统门生沈佩贞。""杯酒调停事不成，郭同起诉地方厅。议场捣乱刘麻子，糊里糊涂作证人。"

上海《时报》除刊载濮一乘先生《竹枝词》外，更有"一辆汽车灯市口，朱三小姐出风头"诸诗。袁阅报见之，颇震怒，谓都下女风坏到如此，乃属肃政史夏寿康上整顿闺阃风纪折，训朱启钤严束闺女，并严办沈佩贞。江朝宗等乃不敢露面左祖，地方审判厅长尹朝桢亦不敢积压，迅速审讯此案。

原载《新闻报》1947 年 3 月 14 日

刑庭大审

北京《顺天时报》刊有《打〈神州报〉案观审记》，节录如下："沈佩贞率男女打《神州报》，汪彭年逃，郭同起诉地方法院，传集一干人证，开刑庭大审，京师各部次长以下官及社会闻人数千人均坐骑楼。尹朝桢莅庭审判，先传郭同，次传沈佩贞等，次传证人汪，次传证人刘。尹示刘曰：'先宣誓，据实作证。'刘曰：'据实直述，当日男女相骂，状态奇丑，不堪入耳，照话直说，犯法不犯法？'骑楼上人大嚷曰：'不犯法，不犯法。'尹乃令宣誓，刘即据事直陈。

尹以所述过于丑恶，似不欲闻。刘曰：'庭长不愿听，不必再说下去，再说犯法。'骑楼上人又大嚷曰：'说下去，不犯法。'……"

郭同胜诉，沈佩贞罚禁押半年。沈大哭曰："他人叫我打《神州报》，我却受罪。"

原载《新闻报》1947 年 3 月 15 日

新华宫秘密外交

德皇亲笔书函

民国元年，德皇威廉第二密派要人来谒项城，先由我国驻柏林公使密电袁，谓："德愿尽其财力、物力，赞助中华民国建设事业，结东方新起大国之好友，事前勿令英、日两邦探知。"德要人来京，由驻北京德公使偕谒项城，呈递德皇亲书密函。并称："如以德皇建议为然，请即密派极亲信重要之人赴德答聘，德皇当竭诚密商，助定大计。"未几，项城密遣其子克定往德谒威廉第二，赍项城亲笔长函报聘。

原载《新闻报》1947 年 3 月 16 日

便殿赐宴

德皇赐宴便殿，密谈数次，力陈中国非帝制不能图强。

其言曰："中国东邻日本，奉天皇为神权；西接英、俄，亦以帝国为宰制。中国地广人众，位于日、英、俄间，能远师合众美国乎？美亦不能渡重洋，为中华民国之强助也。方今民国初肇，执政皆帝制时代旧人，革命份子势力甚脆弱。挟大总统之威权，一变〔而为〕中华民国为帝国皇帝，亦英、日、俄各帝国所愿。我德誓以全力赞助其经营，财政、器械由德国为无条件之供给，中国当信予能履行诸言。"

威廉又亲为密函，授克定携归，函中皆与克定面谈之事。（德皇亲笔函，当英使朱尔典主张帝制时，蔡廷干为幕中主干，项城检示廷干，廷干有求于伍光建，将函中大意转告光建。）项城得报书，大动。克定毅然主张，恃有强援为后盾也。

原载《新闻报》1947 年 3 月 17 日

军官竞蓄威廉须

欧洲大战起，德国挟疾风扫落叶之势，扁头将军米勒大胜于东战场，奄有罗马尼亚及巴尔干诸国；元帅兴登堡大胜于西战场，雄据英法海峡诸国，雄风一世，威震世界。项城乃一切师承德制：其练兵也，军中步法令改用德御林军步伐；其训将也，选将皆用留德陆军学生；其选制服也，先由家庭改革，诸子皆着德国亲王陆军制服，照相颁示；其教子也，圈出荫昌为诸子德语教师；其每日呈进《居仁日览》，亦译奉《德皇威廉本纪》一纸；乃至于蓄须，府中文武、军官咸模仿项城嗜好，蓄威廉二世八字牛角须。醉心德制，无所不至，心感德皇助成帝制也。

英使朱尔典探知德国赞成作帝，亟与袁老友莫理逊说袁："英亦极赞成帝制，不必舍近图远。"袁乃转与英谋。

原载《新闻报》1947 年 3 月 18 日

朱尔典单刀直入

民国三年五月一日公布《新约法》，特任徐世昌为国务卿，设政事堂，六月设参政院，即为预备帝制张本。八月六日，接各国宣战公文，公布局外中立，项城始悟德皇诺言，力未能助。

英使朱尔典乃单刀直入，谋以英国包办中国帝制。但德皇诺言，未获根据，项城真意，亦未表现。乃以德人组织秘密团体，称"巩卫团"，实行破坏中国中立阴谋，先使日、法、俄三国大使之事，入告项城。朱尔典单独入见，详谈中立事件，藉窥项城对德意旨，兼占项城是否决心称帝，实行德皇之劝告。又以收复青岛为辞，告梁燕孙转呈项城曰："英日联盟，日必助英，德国所属之青岛，中国不自取，必有人起而代取之者，即日本是也。不如趁日本未动兵之前，与英立密约，英居其名，中国居其实，即日与德使商谈。一面派兵围守青岛，使日本不能藉辞联盟出兵，无所措手，此上策也。"袁谓:"我国既宣布中立,忽又出兵,将启外交纷扰,生日本疑忌。"始终不以燕孙述朱尔典言为然。且曰:"欧洲战事,胜负未知,我又何必开罪于德国?况德国亦中国良友。"朱尔典始信德皇劝告项城称帝之消息为不谬。

原载《新闻报》1947 年 3 月 19 日

重赂买出《君主论》

张仲仁[1]曾告予曰:"帝制创议始于德,而阴嗾于英。当时英、德争外交上之活动,日本愤妒,乃以'二十一条'提出,谋独揽东亚之外交。其后则英、日两国各施争中国帝制权之纵横术,东西洋君主国家咸来赞助中国由共和而回复帝制。蔡廷干与英国莫理逊最善,莫理逊为驻中国有权威之外交家,殆数十年。项城最与莫理逊善,凡与英使密谋,皆由莫、蔡二人往来,交袁之老友朱尔典,蔡廷干实为两方最重要之人。古德诺之《君主论》,有贺长雄之《帝室典范》,皆莫理逊、蔡廷干在英使馆画策,由廷干谋商周自齐,以重赂行之。英国反谓项城帝制由美国大学有名博士、日本权威有名外交学者著书立论,怂恿而成,英国独处于劝告之例。自以为世界与中国人皆可欺骗,不知日本攻英政策,由反对而赞成,由赞成而反对,虽老练险狠如朱尔典,亦莫如之何也。"

原载《新闻报》1947 年 3 月 20 日

注释

1 钱注：张一麐，字仲仁，江苏吴县人。

朱尔典谈话纪录

伍昭扆[1]先生曰：莫理逊、蔡廷干二人屡次访予，意欲予襄助整理总统府、英使馆双方秘密文件。两人皆至好，又信予英汉文翻译文件能惬当也。予问："项城与朱尔典如何商谈？关于帝制，项城本人主见至何阶段？英使赞助是否坚决？请详以告我，方能代君等执笔。"莫、蔡乃各出英汉文谈话纪录一纸，蔡曰："此为英使首次与袁揭幕长谈，得袁之表示。"此问答语，梁燕孙亦曾见其珍密。

其谈话纪录云（禹按：此纪录，《梁燕孙年谱》所载大意皆同，文字较善，故汉文从《年谱》所录），朱使问："君主立宪实行之日当不远矣？"大总统答曰："近年来各省将军、巡按使暨文武各官皆言，非君主立宪不能巩固国基。至于今日，全国赞助，予惟有顺从民意。"朱曰："若国中无内乱，则随时可以实行，此系中国内政，他人不能干涉。"大总统曰："内乱不能决其无，但不至扩大，予可担保治安之责。惟对外问题，殊为焦虑，不知东邻如何举动。内地治安可保无虞，至东三省及蒙古实难逆料。该处日人甚多，倘有日人被杀，不论华人为首犯，日人为首犯，日人即可乘此造出机会，此不能不虑者。"朱曰："日本劝告或系照例文章，至于乘时取利，似亦难言。"大总统曰："大隈伯对我驻日公使言：'关于君主立宪事，请袁大总统放心去做，日本甚愿帮忙一切。'由此观之，即于表面上日本似不再行渔翁政策。君主，民主，本视民意而从违。若仍行共和政体，大总统任满，可以休息养老。若君主政体，则责任太重，恐非我力所能胜。"朱曰："查现在各国，不论君主、民主，无有如大总统权之重且大者。英皇之权无论矣，即德皇、日皇、美国大总统皆不及也。"大总统曰："贵公使此论颇合情理，余处现时地位，百分责任，自担八十分，而各部共担二十分。按理而论，各部应担八十分，乃为公允。"朱曰："若他人担如此重任，眠食俱废矣。"总统曰："余思自为皇帝，不过若干年，惟与我子孙甚有关系。中国历史，王子王孙，年深日久，无有不弱之理，是亦可虑。"朱曰："儿孙自有儿孙福，何必虑及百年以后之事？若能善立家法，令其多得学问、阅历，则王子亦兴，平民子弟亦兴。若弃家法学问，则又何从而兴乎？"大总统曰："当日提创共和者，不知共和为何物，今日主张君主，亦不知君主为何物。多数人民不过有汉、唐、明、清之专制君主印于脑中，其或百中有一，知日本之君主；其或百中有一，知德国之联邦；至于特色立宪君主，固未尝梦想到也。"朱曰："共和政体，华人未尝研究，君主政体，或稍知之。当辛亥革命之日，华民醉心共和，以此口号推翻满清。是时大总统以为君主立宪近于中国人民理想，尔典与美使嘉乐恒亦曾主张君主立宪，即前驻京美使柔克义亦屡言之。南北讨论之时，唐绍仪因一时之感动，未察国家万年之计，主持共和，不可谓非失策也。"

注释

1　钱注：伍光建，字昭扆，广东新会人。

如何处置东邻

伍先生见此纪录，又问蔡曰："自此谈话决策已定，此后尚有何说？"蔡曰："英使又谓：'闻德皇威廉第二曾有亲笔长函劝告大总统，中国民主改行帝制，德愿竭其财力、物力，全力赞助，有诸？大总统既以诚意决行帝制告我，当可请问。'项城曰：'德皇确有此函，来往劝助，但今日欧洲大战，安能远越重洋？青岛且不保，岂可问中国之事？德意虽好，实成泡影。'朱使曰：'大总统既言无隐蔽，尔典为大总统数十年老友，自应尽其所能。凡德国所赞助者，英当尽全力为之。'项城曰：'老友和贵公使诸言，予所诚感，但处置东邻之事如何？'朱使曰：'日本对中国必不放松，器小易盈，容易打发。日本所要求者，愿大总统据实无隐，随时告尔典，敬献对付之方。'"（禺按：此语为英使偷卖"二十一条"真迹条约张本。）

原载《新闻报》1947年3月24日

老友不拘形迹

英使一日见袁曰："明岁登极，尔典虽为大总统老友，再不能随意出入，抱膝谈话，进退必循国家礼节。老友资格，自当降下。"项城曰："予与贵使数十年交情，前清以来，赖贵使支持予者多年，一旦正位，尤赖贵国赞助。贵使为予故人，有何形迹之可言？往来笑谈，当如常耳。"（《洪宪纪事诗》云："多年老友馆红毛，前席虚谈旧国交。书就镂金青蚓字，紫髯碧眼话同袍。"）

原载《新闻报》1947 年 3 月 25 日

对英交换条件

项城帝制，与英使密商，改由英国出力支持，项城对英交换之表示：（一）取消青海办事大臣。（二）承认印京特里中英两国代表会议，中英两国在西藏权力相等，恢复达赖封号。

民国初元，前清特派青海办事大臣一职并未改易，英国久欲合青海、西藏为一，蓄谋已久，得此机会，乃要求项城首先取消驻青海办事大臣，表示对英诚意。故撤消命令之日，伦敦各大报同时宣布："袁世凯将为中国皇帝，实大有益于中国。"著论赞美，声腾朝野，可谓"铜山西崩，洛钟东应"矣。

原载《新闻报》1947 年 3 月 26 日

青海交涉前后

伍昭扆先生语予青海故事,谓:"英国欲谋青海,通牒皆名青海曰'小西藏'(Tibet Minor),欲矇混青海为西藏附属,交涉可合青藏一体。"按:西国历史,欲谋人土地,必先变更其名,如变越南为印度支那之例。

当伍先生在北洋时,青海事急,沪上《中外日报》纪载最详实。盛宣怀密电北京总理各国事务衙门力为防范,而未电北洋大臣,总理衙门则电问北洋大臣袁世凯,袁力言"英人尚无举动",意恶盛未先电北洋大臣也。后青海事爆发,总理衙门质问袁世凯,谓:"汝言无事,今责成汝办理此项交涉。"袁答:"派唐绍仪往印度,即可了此案件。"实则此案毫未了结。

当少川出发,访问伍先生,征求意见。伍先生云:"英文文件必改小西藏为青海译音,如仍用小西藏英文,即使模糊定案,西藏终有交涉,连带青海,事故又发生矣。"

至袁项城撤消青海办事大臣,即取消中国执行宗主权,以此交换帝制,其事先报酬英使,代价盖甚大也。

原载《新闻报》1947 年 3 月 27 日

断送西藏

自清末英兵入藏,达赖十三世奔北京,旋返藏,遭驻藏大臣联豫之逼迫,又奔印度。辛亥事变,英护达赖回藏,宣布独立。清末川督赵尔丰曾统兵入藏，民初川督尹昌衡又败藏兵，入巴塘，辟川边行政区域，设西康省。当时各国尚未承认民国，英使朱尔典提出"中国不得驻兵西藏，不得干涉西藏内政，复达赖封号，藏事由《中英新约》协定之"为承认民国条件。除《新约》派代表协定外，余皆照行，英乃承认民国。三年开印度、中、英、藏代表会议于特里，项城因英使主张帝制，密令让步，西藏遂为中英共同保护国。藏代表亦列会议席，非藩属，为保护国矣。

以上二项见诸施行，英方得意，日人愤慨，于三年十一月占据青岛后，四年正月十八日，日置益公使突然提出"二十一条"，对付英国包揽中国帝制。

原载《新闻报》1947 年 3 月 28 日

日本"二十一条"要求

日本深知英国主张项城帝制，密商条件，而屏日本不与闻。时因青岛未下，默察情形，暗为对付。至民国三年十一月七日占领青岛后，日本驻华公使日置益即奉召回国，日外相加藤高明授以训令，命再来华，向中国政府提出要求。

十二月十五日，日置益抵北京，时中国政府正向日使声明取消山东战区交涉，日置益以新归任为辞。四年一月十八日入见，偕参赞小幡、书记官高尾，即将"二十一条"要求说帖面递项城。声称："日本政府对大总统表示诚意，愿将多年悬案和衷解决。兹奉政府命令，面递条款，愿大总统赐以接受，迅速商议解决，并守秘密，实为两国之幸。"项城接阅后，云："容详细考虑，再由外交部答复。"照例外交公文由外长呈递，今舍外部而直接总统，盖日本对项城与英使作示威打击也。

梁燕孙曰：日本因欧战方酣，列强未遑他顾，乃以东亚主人自命，欲乘机得志于中国。袁氏有帝制自为之心，不理日本，阴倚英国为外援，日本能甘心乎？况日本自朝鲜一役，仇视袁氏，一旦投英怀抱，更不利于日本，故蓄意推倒袁氏，更驱除英国势力。于是对冯国璋，对段祺瑞，对张勋及其他有力方面，多有运动接洽。直截了当，更进一步，对袁提出"二十一条"，无论允与不允，将逼袁于无可回旋之地。袁之失败，半由于此。英之独揽，亦为失策。所取得之青海、西藏特权，袁死后又何所藉？世谓袁与日本妥协，提出"二十一条"，实先后因果倒置。日本对袁，盖先推倒而后妥协，再由妥协而推倒。皆英、日两国争夺忌妒，乃以"二十一条"为杀去杀来之兵器也。

"二十一条"中，最重要之第五项（前四项未关内政重要，特将第五项揭出），（1）中国中央政府须聘用有力之日本人，充为政治、财政、军事各顾问。（2）所有中国内地所设日本病院、学校等，概允其土地所有权。（3）向来中日两国屡起警察案件，或龃龉之事不少，因此须将必要地方之警察作为中日合办，警察官署须聘用多数日本人，以资一面筹画改良中国警察。（4）中国由日本采办一定数量之军械（在中国军械半数以上），或在中国设中日合办之军械厂，聘用日本技师，并采买日本材料。（5）中国允将接连武昌、九江、南昌路线之铁路及南昌〈至〉杭州、南昌〈至〉湖州各路线之建造权许与日本。（6）在福建省内筹办铁路、矿山及整顿海口（船厂在内），如需外国资本时，先向日本协议。（7）中国允认日本人在中国有布教之权。

袁接"二十一条"，当晚召集外交部长孙宝琦、次长曹汝霖及梁士诒重要人等密议。袁亲将条文用朱笔逐条圈出，并对第五项特加批注云："各条内多有干涉内政、侵犯主权之处，实难开议。"梁燕孙则谓："外国公使直接向元首交涉，实开外交恶例，且关系国家存亡，请外交当局注意。"二十七日，即有任陆征祥外交总长之命，曹汝霖仍任旧职，专办"二十一条"交涉也。

唐少川曰："英使朱尔典语予，日置益所呈递之'二十一条'要求，尚有附件，皆恐吓之词；其'二十一条'所用公文程式纸，其上均印有极精之无畏舰及机关枪之水印文。英使何能见及原文全纸？又何能知有附件？想系句克明等由项城书房机密铁柜中偷出，送英使馆摄成照片。梁士诒《年谱》所载'某国公使'，即英国公使也。"《年谱》云：据某外国公使言，日置益面递二十一条件时，曾谓"中国国民党与日政府外有力日人有密切关系，除非中国政府给以友谊证明，日本政府直不能阻止此辈之扰乱中国"。又谓："日本人民类皆反对袁总统，彼等相信总统为有力之排日者，其政府亦采远交近攻之政策。总统如接受此种要求，日本人民将感觉友好，政府从此对袁总统亦能遇事相助。袁总统始终默然不答。"

上述两项大意，表示袁世凯称帝，一切日本均能赞助，不必远求英国也。证以《年谱》，唐少川之言不谬。

四年一月十八日，日本"二十一条"要求之提出，其作用：（一）乘欧洲大战，独霸中国利益。（二）包揽袁氏帝制权，扫除英国之独占。中国乃任陆征祥为外交总长，办此交涉。

二月二日，开第一次会议于外交部，逐条讨论。第一号第一条修正案，日使拒不接受。

五日，开第二次会议，发表全案意见。第一、二号允议大体，三、四、五号不议。九日提出修正案，十二日日使允收受。

二十二日，开第三次会议，讨论第一号各条，声明换文，不将山东沿海土地岛屿让租外国。

二十五日，开第四次会议，谈判第一号三、四条，第二号前文关于东内蒙古及南满优越地位，无结果。

二十八日，开第五次会议，第一号三、四条未定案，第二号关于东蒙、南满，讨论无结果。

三月三日，开第六次会议，第一号第四款议定，第三款后议，第三号前文后议，旅大、满铁大致解决，安奉路问题无结果。

六日，开第七次会议，安奉路让步，东蒙、南满杂居无结果。

九日，开第八次会议，南满、安奉问题全让步，其他各条均大让步。为开议来第一重要会议。

十三日续开正式会议，旅大租借，南满、安奉均展期九十九年。南满原合同作废，完全同意。

十六日，第十一次会议，中国允许南满、东蒙铁路日本有优先借款权。十七日，日置益坠马，会议停顿。

十七〔九〕日，在日使馆开第十三次会议，吉长铁路借款合同决定。二十七日双方会议，中国提三次修正案。四月一日，中国提第四次修正案，再提杂居第五次修正案。

十日，开第二十一次会议，第五号中福建一款，中国允诺另行声明，其他各款，坚持不议。

十五日，开二十三次会议，日使提东蒙，中国谓不能与南满并论。

十七日，开第二十四次会议，日使迫议东蒙，中国坚持前议，日使宣布，候政府训令，会议因此中止。

二十六日，日使复请会议，提出最后修正案二十四款条件，称："中国如完全承认二十四款，胶州湾一带地交还中国。"五月一日，中国提出答复日本最后修正案，此案经袁朱批修正。日本经元老会议，将第五号再行让步，决定第五号中之福建问题，日本须贯彻主张，其余均俟日后协议。遂于七日令日使向中国提出最后通牒，限五月九日午后六时为止，为满意之答复。如到期不答，则日本将执行必要手段。小幡电话外交部："对此次通牒只需答复诺否，不必为长文辩论。"

袁乃召集黎元洪以下要人，承认通牒。其发言要点：（一）今日本最后通牒，将第五号撤回不议；凡侵及主权及自居优越地位各条，亦经力争修改；并正式声明，将来胶州湾交还中国；其在南满内地虽有居住权，但需服从我法令及课税。比初案挽回已多，尚能保全主权内政及各国成约。（二）旅大、安奉、南满之展期，损失虽巨，实难以兵戎相见。英使关怀中国，劝告忍辱。埋头十年，再与日本相见，奇耻大辱，言之痛心云云。

九日，日本复文来，称："中国政府准日本政府最后通牒一件，附交解释七条，第五号五项容日后协商，第一、二、三、四号各项及第五项福建问题，以公文互换之件。悬案就此解决，两国亲善益加巩固，从速签字。"此一段交涉遂告结束。

原载《新闻报》1947年3月29日—4月3日、4月5—7日

"二十一条"外之密约

当"二十一条"双方提修正案时，项城早密派顾问有贺长雄携秘密条件往日本，与大隈首相及元老商谈。所谓密件，即以第五号各条款为帝制之交换品也。故北京会议为公开之仪式，佯示紧张，掩世人耳目，所争事件皆可告人，而其暗中交涉重心实在东京。

据驻日使馆档案，四月六日，有贺电总统府曾彝进曰："松方意欲履行'秘密一事'，而以谈判未结，有所不便，极盼适当机会发生。"又："四月十日前，日本若欲加以强制手段，元老必制止之。"观电中"秘密一事"可知，有贺运动元老，系有条件。是何秘密，尚未暴露。四月十日又来电云："有贺奔走松方，阻止缓发军队，与山县各元老协商，知感大总统盛意。"四月二十一日电则云："日本各元老与政府协议让步办法，五号各条，只留会议纪录，不强要求。"按：此电所述密定让步内容，与最后通牒大致吻合，可见第五号之放弃，已由密件决定。有贺另携密件确有来历，可以证明，项城乃电嘉有贺。自四月十七日会议停顿，实在东京磋商密件。

二十六日，日使复请会议，提出总修正案二十四条，为最后修正案。经袁朱批后，五月一日中国提出最后修正。五月一日后，日本经元老会议，又提出最后通牒。五月六日会议，中国再让步。五月七日，日本最后通牒交到外交部。九日，中国承认日本政府提出要求，签字。停顿会议后，中日两方即密商方法。日使之通牒，中国之一再修正，元老之痛责外务大臣加藤高明，项城之流涕签约而发表告国人文字，皆合作之烟幕，藉以欺蒙国民，移转世界视听，为将来履行密件地步，使项城帝制专倚日本支持也。

又五月十四日陆宗舆电外交部，称："今晚宴会，晤加藤便谈，渠盼于二十日前签约，以便报告议会。至密约一条中之三办法，由我择一均可。"据此一电，则另有密约存在，更可无疑。"二十一条"中，以第五号为最严酷，今只关于福建省一条，互换公文，余皆撤消。福建本为日本势力范围，不借他国款兴办事业，日本当然无辞，可换文也。除福建一条外，日本声明：其他五项可承认与此次交涉脱离，且曰"后日再议"。曰"脱离"，曰"再议"，是预留另一密约地步，为帝制交换条件也。唐少川曰："加藤外务大臣所云'密约一条中之三办法'，乃'密约'，非'密件'。约者，两方签字认可之约也。闻密件条文为：（一）大总统称帝，专由日本赞成支持。（二）大总统变更国体，先由日本密商赞成。（三）如大总统信任日本以外之国家支持帝制，日本可取其他已允撤消之途径。"少川之言，或系英国使馆行贿窃取交涉全案，于签字之"二十一条"，另有发见之密件也。

当"二十一条"提出修正时期，英国非常协助项城。日本通牒各国文，先隐瞒第五号未通告，及无可隐瞒时，乃向各国解释，谓系"友谊考虑"及"劝告性质"。实则有贺长雄未携密件赴日前，项城事事与英使商办，朱尔典早亲见第五项。自有贺赴日后，所携密件，项城又对英使隐瞒矣。英使见交涉紧急，项城已决定舍英就日之策，乃亲自对日出面：（一）英政府照会日政府，谓扬子路线中国早有成约。（二）驻日英使亲谒加藤，请说明中日争点，须不致与英日同盟矛盾。（三）五月六日前，英方更通告日政府，如诉诸强压手段时，应先咨询英国意见。

英又联合美国照会日本政府，为英协助：（一）美国务卿训驻日美使，致日政府照会。（二）三月二十三日，美芮使与项城长谈。（三）四月，驻日美使面交加藤公文，谓此次要求，是妨碍"开放中国"主义，损及中国主权。（四）五月初，美又有最后照会声明。实则英、日所争，以项城帝制密约为中心，而表面上又只能依据"二十一条"发言，不能有一语涉及密件，两方真有匣剑帷灯之妙。

日政府之对付英国，乃出高压恫喝之策，一为日德联盟，一为俄、法、英、日联盟。当提出"二十一条"前，日本即发放烟幕，专对英使扬言："德使辛慈异常忙碌，德记者常往日使馆商日德联盟事，承认日本在远东自由行动。"至修正案提出，此种谣诼尚未消蚀。盖英日同盟，印度、新加坡、香港全交日本代守，尽调各地驻防之英兵回国。新加坡、印度兵变，实日本海陆军镇定之。如日德真联盟，则英国远东南洋各属地危矣，况英国在欧洲正大败于德军乎？所谓事前警惕英使，少协助项城划策，无非欲藉此包办中国帝制也。以故四月二十九日陆宗舆电谓："近探得加藤故意以联德口气吓英国，近欧战失利，英国甚为警惧。"日本恫吓英国，其手段殆始终一贯也。

德日联盟之恫喝外，又施日、俄、英、法同盟之烟幕。意谓东方之事，不仅英日同盟关系，日俄亦在其列，美国自不能干涉。故驻日美使一谈开放中国门户政策，加藤即怒形于色，对美国屡次声明，均置之不理。其气概似认为既与项城订有密件，英国且不能过问，何有于美？

英国既不敢得罪日本，乃一变而为对日友好态度，又知密件已定，最后通牒实两方合作藉以掩蔽外交上之耳目。于是朱尔典访陆征祥，请转告项城，改变语气谓："日本哀的美敦书只有诺与否之答复，目前中国情形至为危险，各国不暇东顾，若与日本开衅，即将自陷于万劫不复之地位。为目前计，只有忍辱负重之一法，接受日本要求。"且反复阐论，至于声泪俱下。故项城谓英使亦赞成接受签字。自是日本独自操纵中国帝制，英国不复能参与秘密矣。

原载《新闻报》1947 年 4 月 8—13 日

铁箱中偷出密件

四年五月二十五日，民四中日条约二件、换文十三件在北京签字。六月一日，大总统批准。八日，在东京交换。中日表面交涉遂告结束，至于运用帝制，专在密件。

自是项城放胆称帝，预备一切。七月三日，改订宪法；八月十四日，发起筹安会；二十三日，通电各省军民长官、商会，派代表来京会议国体请愿；十月八日，公布《国民大会组织法》。二十八日，日、英、俄劝告展缓变更国体，项城曰："此为表面文章，予早有把握矣。"所谓"早有把握"，恃有密件也。于是有五年元旦颁布洪宪纪元之典，有周自齐特使赴日之命。一月十五日，日本政府突变其主张帝制态度，严辞拒绝周特使赴日。翌日，即有新华宫谋叛，拿获袁不同、沈祖宪、句克明二十余人，交军政执法处严行审讯一案。

民五年春，在唐少川家谈项城称帝事，少川乃告予以日本突然变面反对洪宪之原委。谓在民四秋冬之交，英使朱尔典藉巡视各地英领事馆为名，道出上海，访唐长谈。英使曰："项城明年必称帝，中日条件交换后，项城着着前进，已达极峰，欲不称帝不能也。"唐曰："贵使曾与闻项城帝制谈商，请详告我。"朱曰："中日最后修正条件前，项城尝以秘密示我。签字后，在东京订有密件，锐意办帝制，予乃不得参与秘密。不知密件所载何词，想系支持项城称帝，另有交换条件，然驻京日使始终不为肯定赞成之言。默察项城行动，似依照密件行事，不得密件，不能决策。但密件内容，不独项城否认，即问诸日使，亦仍否认也。"唐曰："欲得密件真文，能尽大力，或可〈如〉愿。"朱曰："不得密件，言无证据。明知密件最关帝制，如得其真本，则证明日本挟此件以独霸中国权利，自无以对各国，更无以对英日同盟，大可为时贤反对帝制之助。倘诸公爱国，能尽力获得此项密件签字真本，或需财力，英国亦愿相助。"唐曰："容思索办法，一二日内必报命。"朱曰："如有所获，则项城帝制危，抑亦中国之福也。"

时袁乃宽之子不同由北京来沪见唐，对袁氏谋帝制最为愤慨。不同对人自述："予家与项城同宗耳，项城以予父为侄，总管新华宫事。予反对帝制，故易名'不同'，唐总理有何驱使，当竭力奉行，唐总理亦予父老友也。"

唐既受朱尔典之托，而沪上耆老又都反袁，唐乃召袁不同至，察其能力。不同云，新华宫彼最熟习，因其父乃宽总管宫内事务，熟知路径也。唐乃询袁以藏密件之处，不同曰："重要书函藏公事台斗内，重要外国条约则另藏铁箱中，钥匙则不离袁身。内卫长句克明，实司签牙〔押〕房之责。句为项城与女仆所生子，克明实隐然以'克'为派名也，与予最善。"唐乃告以欲窃观中日密件之事，不同一口担任，相与磋商进行之策。翌日，朱尔典来，唐告以袁不同语。朱曰："交一百万款，托君主持办理，有求助于使馆者，尽量供给，密商可也。"唐乃先交不同三十万，布置各方，能将密件偷出，交英使馆一观，再当场交现款七十万，将原件带回。

不同入京，与句克明、沈祖宪商办法。沈原为唐一手提拔，后随项城往彰德，时任新华宫重要秘书。唐亦致函祖宪，助不同。句为内卫队长，公事房、内书房各重要处由句严卫守夜，能随时出入巡逻。知密件在铁箱中，苦不得钥，乃尽搜外国相似之钥，一一套过，英使馆亦代为寻求。一夜，此柜套开，中日交涉全案一束在手，不同即驰赴英使馆。卷宗首件即为密件，英使择其最重要者，照成相片，付款七十万，原件仍全数交回，纳于柜中，天才发白。不同等以为英使不过一览原件耳，不知其将原件照出也。

英使一面电唐，一面将照片袖往日本使馆，见小幡谈话。英使问曰："中日有密件乎？"日使曰："无之。"英使曰："无乃隐乎？"日使曰："我未之见。"英使乃出密件照片曰："证据在此矣。"日使曰："即有之，在东京换文，未经使馆。当急电本国内阁，一问原委，再答复贵使。"此正特使周自齐准备赴日时也。日使急电大隈内阁，报告英使携示密件照片，要挟日使答复情形，请示办法。日内阁开密议，坚决否认，乃反对袁世凯帝制，顾全国家体面。并密电有贺长雄，转告项城，谓："如此重要秘密文件，竟使英使偷照相片，英使从何处得来，大生疑窦，致使日本政府对同盟国丧失体面，日本政府再不能履行密件之诺言矣。"一面急电中国外部，不接待周自齐，表示反对帝制。

项城震怒，严讯新华宫上下人等，乃将涉有嫌疑者如袁不同、句克明、沈祖宪十余人用柴车捆载，交九门提督江朝宗严刑审讯。朝宗不敢接受，又移送军政执法处雷震春执行。震春大怒，捆朝宗两颊曰："此一干人，我何敢办！你移祸于我，我要打死你。"朝宗曰："奉皇帝命，此一干人在新华宫谋叛举事，军政执法处之职责也。"盖当项城积怒之下，段芝贵等乃搜嫌疑犯解往执法处，严审犯人十余名非在宫中居要职，即要人之子弟，又不能揭出偷窃密件罪名，乃诡称若辈伏甲宫中谋劫皇帝，以打倒帝制，恢复总统，指为大罪。（当柴车捆缚行经西单牌楼，予尚未出京，曾目击其事。）

未几，此案亦即拖延消灭，只枪毙程家柽、饶智元以塞责，二人于是案固无重大关系。予所作《洪宪纪事诗》："书生白面卧行营，伏甲东厢事未成。明日柴车街上去，宫中发觉晋阳兵。"即咏此一段公案。后遇不同于少川座上，少川指不同曰："此即恢复民国有功之人。"不同乃眉飞色舞，详述配钥之艰难，偷件、还箱之迅速。然经此一偷，日本突然变态，项城帝制因以告终。

原载《新闻报》1947 年 4 月 14—20 日

特使挡驾　帝制坍台

当秘件未偷获前，特派周自齐为赴日赠勋特使，以大总统同等大勋章一座赠日皇，乃电驻日使陆宗舆通告日政府。因首相大隈表示赞成帝制，履行密件，而洪宪帝制颁布在即，为进一步决策计也。

周行前，由外交部与驻日陆使接洽，自京奉、南满铁路，准元月二十四日抵东京。布置既定，准备出发。是月十四日，驻华日使日置益犹在使馆设宴为周送行。乃十五日而日本政府态度突变，由日使馆以电话致外交部云："接政府急电，请周特使暂缓赴日。"未几，外交部又接驻日使陆宗舆急电，云："报载日政府已谢绝中国特使，其大意谓，中国政府扬言，候周使回国，实行帝政，颇启列国猜疑，中国南方亦有卖国使节之目，日本政府甚深迷惑。又谓，将废弃之共和勋章，未便再赠日皇。"词旨均甚不堪，日政府之窘辱项城者如此，而周之行遂止。

先是，有贺长雄之赴日，坂西中将之来华，均传述大隈首相之主张，日本军部之意见，谓均促成帝制，因订定密件，炫惑项城。故袁于密件签字后，毅然决然，设筹安会至洪宪改元，不顾一切，胥恃密件为保障也。不图密件被窃，真相毕露，日本转恨项城使日本对全世界丧失体面、信用，又反疑其与英使别生作用，共制日本。项城无处呼冤，只愧"寡助之至，亲戚叛之"。英使亦恶作剧哉，真外交辣手也。

周使于民国五年一月六日奉袁密令后，曾商诸梁燕孙。梁问："项城决定派君赴日，作何语？"周答："语甚简单，在急于称帝耳。"梁曰："袁氏一念之私，帝制自为，承诺帝位，改元洪宪，吾辈亦牵入猛火地狱中。内外乱象已成，尚不自悟，假君东行，偿彼大欲。我前日入府贺年，力劝缓图帝制，联络协约各国对德宣战，五国劝告无形消灭，日本阴谋亦可止息，国内亦可停止内战，一致对外。项城漠然无所动于中，于抽屉内检出二文件，交我阅看。其一则日本大隈首相致项城亲笔函，语多恭维，而影射帝制。其二则英使朱尔典前一二月与项城密谈纪录。项城属我探朱使真意，其视五国劝告，固表面文字也。密谈纪录尚存我处。"出以示周，稿后有项城批"严密"二字（记录已见本文，不赘述）。周阅竟，曰："自齐今日之事，君意如何？"梁曰："言之远矣。项城自出身任事，皆以日本为对手，日本对华国策，项城宁不知之？知而故犯，此我所不解。忆去年五月九日签订丧权辱国条件时，项城悲愤填胸，君亦在座。讵料口血未干，笑声即起，真可痛哭！君今日既膺特命，不必急急，宜俄延以观事变。"周曰："善。"（参观《梁燕孙年谱》。）不十日，而有拒绝自齐赴日之变，日政府乃大张旗鼓反对洪宪矣。

黎元洪继大总统位，迁入新华宫居仁堂，总务唐中寅负打扫之责，发见周自齐准备随带赠日本元老之礼物单，经项城用虎文体签字。计大五彩瓶一对，大青色樽一对，均康熙磁，赠松方正义；大蓝色宋磁宝塔一座，高六尺，又康熙磁五彩大樽一对，赠大隈重信；颜鲁公墨迹十幅，宋高宗墨迹一大幅，雨过天青大磁樽一对，赠山县有朋；康熙磁高六尺屏风一座，宋徽宗画鹰一轴，赠井上。其他重要人物皆有赠品，闻当时悉取之清宫内府。予作《洪宪纪事诗》："青樽蓝塔泣秋槐，内府曾因与国开。可惜神签真院本，尽随花鸟渡蓬莱。"即咏此事。

原载《新闻报》1947 年 4 月 21—25 日

清稗谈屑

言社五星

夏剑丞、冒鹤亭、濮伯欣来游金陵，与张溥泉、但植之、商藻廷、汪辟疆、尹石公、姚味辛、柳翼谋诸公，宴集汪园、姚园、后湖、秦淮诸胜地，诗酒之余，纵谈清季掌故，有足补闻见之阙者，汇为一编，曰《清稗谈屑》。

会稽周昀叔星誉以道光庚戌[1]翰林回籍家居，文章学问，名重一时。与其兄涑人星謇、弟季贶星诒（季贶，冒鹤亭外祖也）同创言社，隶社籍者有王平子星诚、李莼客星谟，时号"五星"。犹南宋"永嘉四灵"，咸以"灵"名。

是时，昀叔以翰林告假回籍，莼客等尚诸生耳，依附言社，更名列星，字从"言"旁，其倾向可知也。会广州驻防徐铁孙荣为绍兴府知府，徐固学海堂名学长，绍兴府府试，题为"巧笑倩兮，美目盼兮"，王取府案首，李名列第二。李文有"胡天胡帝之容，宜喜宜嗔之面"，上句用《毛诗》，下句则用《西厢》，本列案首，因下句失庄重，改王为案首。李初以为第二人无此文也，及案发，大不谓然。谯平子曰："汝能为此文乎？"试帖诗题"李郭同舟"，得"舟"字。李押"隐士舟"，王云："只有'孝廉船'，并无'隐士舟'，如此生凑，安能第一？"李遂恨王。

潘伯寅[2]刻《滂喜斋》《功顺堂丛书》，有越三子诗，其一则王平子也。平子死，越缦为平子作传，揭出平子以匿丧入学，其文曰："院试期迫，母夫人危，父学诰君恐误院期，而君不敢违。"是直斥王为匿丧不孝，并辱其尊人矣。时人目曰："言社五星聚会，今五星各有分野，且出没不相见，甚矣，友道有终之难也。"

原载《新闻报》1947 年 4 月 26—28 日

注释

1　钱注：清道光三十年，公元 1850 年。

2　钱注：潘祖荫，字伯瀛（寅），号郑盦，江苏吴县人。

李莼客的怨气

李越缦之妹，为周季贶继配。周昀叔以越缦学问才调，沉沦可惜，劝其纳赀为宦。越缦乃售出田产，决意捐纳。时季贶亦纳赀，以同知分发福建，李则愿捐京官，指捐郎中。越缦捐官之款，交季贶带京办理。季贶抵京，部中书吏告周曰："查福建省同知，如加捐小花样，即可补缺。"但所携款不敷，乃移挪越缦捐郎中款，将原捐"不论单双月"者，为李仅捐"双月"。李到京，不能到部，乃住昀叔家，昀叔为游扬于翁叔平[1]、潘伯寅之门，越缦后经翁、潘推荐，皆昀叔为之先导也。又推荐于商城周祖培之门，商城延教其子，移住其家，越缦更得交游朝士。

季贶抵福建，即补汀州本缺，托傅节子入京引见之便，带还李款。傅见李作诗辱骂季贶，且逢人讪诅，丑不入耳，乃匿款不交。问李曰："如季贶全款奉还，尚存友谊否？"李曰："虽本息加倍，亦不为友。"傅遂决不代还。

至同治甲子年[2]冬，昀叔适有人馈多金，李又责令昀叔代弟还款，昀叔不可，李乃攻击昀叔。会赵㧑叔之谦公车入京，赵为越缦表弟，亦昀叔乡人姻亲也。昀叔绍介见潘伯寅，潘时刻意重碑版，㧑叔以善金石闻，潘一见，大嘉许，伯寅客座中，赵在李上。又潘之书室，榜曰"不读五千卷者，不得入此室"，赵能随时出入。李更大恨，迁怒于昀叔，呼昀叔为"大蜮"，季贶为"小蜮"，赵为"天水妄子"，从此与周家兄弟绝迹，视为仇家。

冒鹤亭云，闻之外祖季觊，谓："越缦骂我，应该，可谓以直报怨。骂畇叔，则太负心，不免有以怨报德之诮矣。"

原载《新闻报》1947年4月29—30日

注释

1 钱注：翁同龢，字叔平，一字瓶生，晚号松禅，江苏常熟人。

2 清同治三年，公元1864年。

瞿子玖开缺始末

瞿大军机鸿禨，字子玖，湖南善化人。俗传貌似同治，故西太后慈眷甚隆，拔擢异数。两宫出奔西安，鸿禨随至，得入军机。张百熙后至，不得入。故瞿、张异县同城，颇有意见。鸿禨在军机，有拥肃王倒庆王之意，又欲引岑春煊入军机以对袁世凯。肃王、鸿禨、春煊皆称扈驾西行有功之臣，自成一党，庆王、袁世凯、张百熙又自成一党也。百熙为世凯儿女姻亲，任邮传部尚书，左侍郎胡燏棻、右侍郎唐绍仪皆袁世凯党。御史马吉樟奏参邮传部张百熙等，后以岑春煊为邮传部尚书，瞿所支持。庆王、世凯大愤，不一月出为两广总督，陈璧继任。两党倾轧开始，光绪三十三年事也。

未几，御史赵启霖奏参庆王及段芝贵献杨翠喜于振贝子各案，赵启霖虽获罪出京，庆王之贪污暴露，对西太后颇受影响，人言啧啧，谓系瞿子玖报复所为。西太后遂面谕瞿鸿禨，有"庆王声名，外间甚坏，汝在军机处宜多负责任"之语。瞿闻命之下，以为庆王慈眷已衰，肃王可起，归语其夫人。瞿向以谨慎名，不意此等重大事竟语及妇人。一日，汪康年夫人、曾广铨夫人在瞿府斗牌，高兴之余，以瞿奉西太后谕告诸夫人，且曰："庆王将下台。"康年在北京办一《竹叶小报》，广铨则英《泰晤士报》专访员。汪、曾两夫人以瞿夫人语归告其夫，康年登载《竹叶报》，尚不甚重视，广铨则电告《泰晤士报》，视为重大新闻，经彼搜得。诸夫人与英、美公使夫人皆善，辗转相告。未几，西太后内宴各国公使夫人，英使夫人询西太后："闻庆王有出军机消息，然否？"西太后曰："贵使夫人从何处听来？"英使夫人曰："传说为瞿军机大臣鸿禨所言，报章已经登载。"西太后默然。

或曰：庆王、袁世凯与莫利逊谋，说公使夫人，当内宴之便有所询问，俾此消息得达西太后听闻也。于是，有翰林院侍读学士恽毓鼎奏劾瞿鸿禨各节一折。折上先一日，朝士在松筠庵为赵启霖被谴饯行，恽毓鼎在座，亦谈论奋发。翌日，奏参瞿鸿禨封事呈递矣。瞿鸿禨遂以"交通报馆，贿赂言官"罪名开缺回籍，肃王从此亦再无入军机之望，庆、袁一党得专政权。鸿禨回湘，与王壬秋等觞咏结社，辛亥事变，移居上海，以寿终。

清光绪丙子¹大考翰詹，善化瞿鸿禨以一等第二人超擢侍讲学士，旋放河南学政，然尚无缺可补，实官固犹是编修也。河南向例，赠送学政棚规以五品为标准，分别大小。瞿岁考初莅归德府，知府某以大棚规致送。继考陈州府，时知府为海丰吴仲怿重熹，吴故山东望族，久官京曹，老于世故者。瞿对之不甚加礼，吴怒，送以小棚规，且通告各府。瞿恨甚，然考试既竣，无可如何。迨科考再临，乃施以报复，凡陈州府吴仲怿所取各属府案者一律被摈，不得入学。项城县之府案首即袁世凯也。袁乃一愤离乡，往投吴长庆。后虽显贵，终以未得秀才为大辱，谈及此事，深致怨怼。瞿后平跻卿贰，入赞枢府，亦阴为戒备，与袁有势不两立之势，遂成丁未年开缺回籍之变，迁〔牵〕动朝局。吴重熹以江宁布政使特简电政大臣、河南巡抚，皆袁在北洋援引之力也。

原载《新闻报》1947 年 5 月 1—5 日

注释

1 钱注：清光绪二年，公元 1876 年。

袁项城仓卒走天津

醇贤亲王载沣摄政，始意欲诛袁世凯，密拟上谕，由晋人李殿林主稿。殿林为载沣兄弟受业师，时官某部侍郎。上谕原为"包藏祸心"云云，处分严厉可知也。上谕发布前一夕，载沣嘱度支部尚书宗室载泽黉夜走访张之洞，持所拟上谕示之。张亦军机大臣也，力以"时局危疑，务宜镇静宽大"为辞。且曰："王道坦坦，王道平平，愿摄政王熟思之，开缺回籍可也。"故明晨发出上谕，改为"足疾加剧"云云。濮伯欣曰："予与南皮为姻亲，此为张君立先生事后告予者，说殆可信。"当时评论南皮者谓："清室灭亡，始终成于南皮之手。在鄂设学堂，学生出洋，练陆军，致酿辛亥举义之变。后又放走袁世凯，卒酿清廷退位移交袁氏之局。"

当"开缺回籍"谕下之晨，有一异闻足供谈助者。严办袁氏朝旨日内即下，风声奇紧，袁本人亦惶恐不知命在何时。载沣自秉国钧，每晨必会集各军机大臣，共商处理朝政，当日世凯尚赴会议。袁及殿庭，有值日太监阻之曰："请袁大军机可不必入内会议，今日摄政怒形于色，闻严惩谕旨即下，恐于军机大不利，宜早筹自全之策。谕旨如何严峻，则非我辈所知。"太监皆袁平时纳贿金窥消息者。袁闻太监言，大惶惧，急出朝房，归锡拉胡同本宅。宅近东华门，袁归，张皇失措，聚集亲信僚属门客，商定急逃何所，意欲逃入交民巷，求外国公使保护。某亲信曰："军机非政治犯，恐外人无保护例。"乃止。

正踌躇何往，张怀芝进曰："怀芝一人防护我公乘三等车速往天津，依杨士骧，再作计较。"其时杨继袁为北洋大臣，实衰之替身也。二人乃潜由海岱门出，登火车，车抵距租界第二站，怀芝以电话告杨曰："项城乘三等车至矣，将来督署。"并告以北京情形危急，促杨密派人迎往督署。杨答曰："且停车上，万不可来见面。我已得京中电话，包管事不严重。急派心腹来车上，料理回京。如来督署，反生大变。"怀芝以告袁，袁甚怏怏，以为士骧不念旧德，见危避面也。

既而杨所遣心腹至，即曰："杨帅已得北京确信，罪只开缺回籍，可乘原车回京，预备明晨入朝谢恩。"指定车房一间，请即上车。并嘱怀芝："紧闭房门，万不可令人窥见。如来督署，则事必张扬，彼此不妙。至于暗中防护，均已布置停妥。"袁乃返京。

袁出走后，宅中不见军机，四出寻踪，当日全城传遍，袁归，谣诼乃息。张文襄闻之，曰："人谓项城不学有术，予谓不独有术，且多术。但此次仓皇出走，何处可匿？几不知何者为术矣。"濮伯欣曰："此事原委，闻诸沈小沂。"小沂名兆祉，江西人，由袁北洋幕府任总统府机密，袁死，沈旋去世，亦项城部下小智囊也。

小沂曰："项城一生成功，皆最后五分钟靠天。逃往交民巷，予极力阻止，不意张怀芝武夫耳，一牵而同逃天津，靠天形态可想。去而即反〔返〕，又是五分钟靠天矣。"

原载《新闻报》1947 年 5 月 6—9 日

记长白山碑

冒鹤亭家藏周昀叔星誉同元日记稿，记长白山碑石一则，甚奇。当清室派大臣祭长白山，行经山中高险处，崖石崩下，有坠碑一块，碑面有"木立斗非共世极"等字。此碑字自前清中叶以来，朝士传钞，传为谶纬。后悟"木"为顺治十八年；"立"，康熙六十一年；"斗"，雍正十三年；"非"，乾隆六十年；"共"，嘉庆二十九年；"世"，道光三十年。

昀叔为道光、咸丰间名翰林，咸丰崩于热河，朝士互相研究"极"字之符谶。时钱辛伯宝森在座，曰"极"字尤为奇异，惟咸丰享国十一年，"极"字右旁"木"字，应"十八"；左旁中为"了"字，应在"十年八月了"；"了"字下，右方为"口"字，左方为"外"字，为"又"字，下为"一"字，应在"口外又一年"；合为咸丰十一年。

原载《新闻报》1947 年 5 月 10 日

豁蒙楼

张南皮当日本甲午之役，由鄂督移两江。某夜风清月朗，便衣减从，与杨叔峤锐同游台城，憩于鸡鸣寺，月下置酒，欢甚，纵谈经史百家、古今诗文，憺然忘归，天欲曙，始返督衙。置酒之地，即今日豁蒙楼基址也。杨锐，蜀人，南皮督学四川时，为最得意门生。辟两湖书院，以锐为史学分校，南皮关于学术文章，皆资取焉。此夕月下清谈及杜集《八哀诗》，锐能朗诵无遗。对于《赠秘书监江夏李公邕》一篇，后四句"君臣尚论兵，将帅接燕蓟。朗咏六公篇，忧来豁蒙蔽"，反复吟诵，南皮大感动。盖是时举朝主战，刘岘庄[1]、吴清卿[2]统兵出榆关者，前后相接，溃败频闻，而宰相重臣无狄仁杰诸君子者，忧来豁然，知时局之阽危也。

未几，戊戌政变，杨叔峤亦朝衣弃市，与康广仁等罪名并列。杨锐为南皮嫡派，尤为伤惧，幸先著《劝学篇》得免。后南皮再督两江，游鸡鸣寺，徘徊当年与杨锐尽夜酒谈之处，大为震悼。乃捐资起楼，为杨锐纪念，更取杨锐所诵"忧来豁蒙蔽"句，曰"豁蒙楼"。盖惜杨锐学问、文章、人品可绍北海，悲其身世与北海无以异，忧从中来，不可断绝。世人知豁蒙楼命名出于杜诗，不知感慨前事，斯楼为杨叔峤作也。

濮伯欣先生于南皮家为至戚，尽原委相告，当不谬。

原载《新闻报》1947 年 5 月 11—12 日

注释

1 刘坤一（1830—1902），字岘庄，湖南新宁人。湘军将领，官至两江总督。甲午战争后期，受命以钦差大臣驻山海关，节制关内外陆军。

2 钱注：吴大澂，字清卿，号愙斋。

绍兴师爷的妙计

曾国荃为两江总督时，江西奉新许仙屏振祎为江宁藩司，文正已逝，许故文正大营门生也。国荃与振祎交恶，两方门客多造蜚语，致国荃必去振祎以快意，乃具折特参振祎。向例总督奏参三司，廷议无不准者，况国荃为有大功之重闻〔臣〕，被参者更难幸免。折稿拟就，尚未拜发，事闻于振祎，亟求策于藩署聘理刑钱之绍兴师爷某。某曰："事已急，非可以言解，只能以情动也。"爰与许定计，迅购金陵大府第一所，一面日夜动工修葺为书院式，一面会集当地绅耆及文正公门下在南京者，设立文正书院，教诲诸士，俾不忘文正功德学行，即所以报先师于万一。即日书院落成，行上额开院礼，恭请国荃莅临。国荃以乃兄之故，又因地方耆宿及文正门下多人均参与其事，虽怨许，义不能不至。当日群请国荃上书院匾额，振祎自为对联，悬文正遗像左右，并伏地痛哭，情极哀挚。联曰："瞻拜我惟余涕泪；生平公本爱湖山。"国荃在场，亦为之堕泪太息。

礼毕，振祎曰："予受先师教诲知遇之恩，毕生难报。先师已矣，愿两江人士不忘先师功德在民，刻志求学，继先师之学行。制军为先师介弟，见制军如见先师也。"国荃归，罢拟参稿。有以谗言进者，国荃曰："振祎虽不理于人口，参之，使我对先兄有凄歉之意。"

此段公案，鹤亭前辈曾亲见之，谓："绍兴师爷真能出奇计以拯人之厄也。"

徐老道与康圣人

大学士徐桐,字荫轩,汉军旗人,顽固无学,京师称为
"徐老道"。其子承煜,因义和团之变,惩办罪魁祸首,与
毓贤、启秀同处斩,徐相亦追夺原官,时光绪二十七年《辛
丑和约》告成时也。庚子之乱,原于戊戌政变[1],政变主角
为康有为,徐桐则素恶康有为,其事亦颇足一纪也。

康有为原名祖诒,以其先人国器曾位大吏,以荫生应
试,而屡试不中。其门人梁启超,则已于己丑科中第八名举
人。启超娶主考李端棻妹,李为朝贵,梁夤缘于朝官执政,
得游扬其师学问著作,而康圣人讲《公羊改制》诸考,乃流
传于朝士之口。时潘伯寅祖荫尚书宏奖《公羊》之学,康圣
人诸书,朝野更为乐道。徐桐老道独痛恶之,常曰:"甚么
公羊、母羊,都是乱天下之学。"又曰:"康祖诒不过草茅下
士,屡试不售之獠,亦著书大谈《公羊》,尤为可恶。此人
若得科名,新进狂妄,莠言乱政,必为人心世道之忧。宜痛
阻其出路而屈抑之。"

时癸巳[2]恩科乡试,顾梦渔璜简放广东正主考,吴蔚庵
郁生为副主考。临行出京,谒见徐桐,徐老道曰:"广东有
康祖诒者,其人文笔甚佳,而醉心《公羊》邪说,离经叛

道，为天下之乱人，如获中式，必设法抽落更换之，使不得售，切切勿忘。"秋闱衡鉴堂阅卷，吴郁生得一卷，文字甚佳，其作法则由《四家文钞》中之章金枚八股涵咏而出。郁生曰："此卷当抢元。"向例：正主考拟解元，副主考拟亚元；正主考中单额，副主考中双额。郁生商之顾璜，欲将此卷归正主考中解，而顾璜易正主考一卷归郁生中亚。顾璜不肯对换，经同考官调停，以此卷中第六名，为开榜。向例写榜，前五名为五经魁，留最后写，从第六名开写。及唱名，为第六名举人康祖诒，南海县荫生。顾璜直视吴郁生不语，吴郁生亦直视顾璜不语。彼此对视，均忆徐老道临别赠言，正踌躇无计，写榜者不知，以为无事，落笔写就，已拆第七本弥封矣。顾、吴两人仍相视皱眉，莫可如何。

顾璜还京，徐老道大不谓然。及乙未[3]科会试，徐老道为大总裁。会试条例，前十本卷进呈御览，由清帝亲定，名次制定，写榜不能更换。康祖诒卷在进呈前十本中，写榜时，又唱名中第几名进士康祖诒，广东南海县人。徐老道面红耳热，事经钦定，又不能移动、有所去取，只叹康祖诒科名幸运而已。

徐老道出闱后，见顾璜、吴郁生曰："康祖诒由我自中，始知科名前定，不敢再责难二公矣。"乙未科康祖诒同考房师为余寿平诚格。

原载《新闻报》1947 年 5 月 16—18 日

注释

1 指戊戌变法，而不是慈禧太后当年发动的政变。

2 钱注：清光绪十九年，公元 1893 年。

3 清光绪二十一年，公元 1895 年。

马眉叔与招商局

马建忠，字眉叔，予师相伯先生之同怀弟也。以下所纪，得诸相伯先生。

光绪甲申[1]，中法开衅时，马眉叔任上海招商局总办，恐海舶往来，多有窒碍，以此局本系购自其〔旗〕昌洋行，不如仍畀该行暂管为善，电禀李合肥，照准。于是各商轮悉改悬美国旗帜。京师清流诸公忿且骇，以为马建忠得外洋数十万金钱，擅将招商全局卖与外人，而数百万之国帑商本皆付流水。盛宣怀素忌马眉叔，力为作证。执政诸公无不嫉马眉叔主张洋务，且曾纪泽、郭嵩焘均称其学冠中西，招忌更甚，谓其败坏国事。又以盛宣怀为科第世家，其言可信。

宣怀又阴怂清流派御史参劾眉叔，谓："此等金壬，非尸诸示〔市〕朝不可。"众口一谈，行将奏请提解，惟以马为李合肥所举用，尚在迟疑。翁尚书则谓："此区区事，不必大举。"因翁常熟曾颇赏识眉叔学问文章，见诸《适可斋记言记事〔行〕》。遂由常熟一人出名，电眉叔到京。盖常熟主张："姑电饬该员来京，当面诘问，如有不合，即论斩，免得合肥哓哓救护，反致误事。"众皆谓然。

常熟详问眉叔原委。眉叔具言："两国相争，商船改悬他国之旗，此为各国通例。盖海道往来，敌人见中国旗，必用炮击，货物不足计，商客何辜？且长江商船仍悬中国旗，不过海船一部份出保护费耳，改旗自护，殆非得已。且卖局于人者，得人之财也，今我实以自有之财，聘用他国之人代为经理，不得目为交易。"常熟问："将来尚可归还否？"答："中法何日停战，何日即可还原。"常熟又问："倘不能如议，奈何？"答："此何敢欺，某有全家性命在。"常熟正色曰："既如此，汝姑回沪，苟他日不能取回，国法将不汝贷，非洋人所能护也。"眉叔唯唯而退。过天津，见合肥，告之。李曰："吾尚在讥谗中，何况尔？吾辈值此时，惟委蛇观变而已，余无可言也。"

时招商局挂洋旗，局中司事者仍皆旧人，照常办事。各分局之总办及江海各船之账房亦仍旧贯，惟增美国人员八九人在总局指挥耳，眉叔仍日日到局。次年和议成，即龙旗高挂，煊赫如前，江海各船亦同日更易。而政府终以眉叔为不可恃，加派盛宣怀为招商局督办。合肥亦无如之何，而眉叔遂不能久于其位矣。

按：福建陈季同镜如与眉叔皆学贯中西，合肥倚如左右手。后经查办，或永不叙用，盛杏荪为之，欲一人包揽洋务事业耳。

原载《新闻报》1947年5月19—22日

注释

1　清光绪十年，公元1884年。

主考难逃巡抚手（刘坤一泄不第之恨）

刘坤一岘庄为秀才时，仅应乡试一次，为江西人黄令房荐，批语颇为推挹，而主考弃之。此本寻常事，刘则以为终身之恨。二十年后，刘以军功官至江西巡抚，昔时为主考的，适由知府保升道员，在赣省候补，方充要差。刘莅任，首撤其差，谕令听候察看，不许远离。而访得黄令，久经罢归，乃具舟遣使迎之，相见执弟子礼甚恭，且聘为通省大小书院之掌教。黄力辞，以掌教批阅文课，课颇烦重，非一手所能了。刘曰："先生自可倩门人子弟代为评阅，不必亲劳也。"黄因屡为某主考解说，刘云："门生向来恩怨分明，今固未褫其官，但令其闭门思过耳。"刘官赣抚多年，某主考竟以忧悴卒。黄年近八十始逝，刘升江督后尚时通函，尊称为先生。

原载《新闻报》1947年5月23日

张季直的幸运

前清殿试之制，新进士对策已毕，交收卷官，封送阅卷八大臣阅之。收卷官由掌院学士点派，皆翰院诸公也。光绪甲午[1]所派收卷官，有黄修撰思永，至张季直缴卷时，黄以旧识，迎而受之。张交卷出，黄展阅其卷，中有一字空白，殆挖补错误，后遂忘填者。黄即取怀中笔墨为之补书。盖收卷诸公例携笔墨，以备成全修改者，由来久矣。张卷又抬头错误，"恩"字误作单抬，黄复于"恩"字上为之补一"圣"字。补成后，送翁叔平相国阅定，盖知张为翁所极赏之门生也。以此张遂大魁天下，使此卷不遇黄君成全，则置三甲末矣。

甲午阅卷者，张之万子青居首，次为麟书芝庵，次为李鸿藻兰荪，翁同龢叔平居第四，志锐伯愚则第八也[2]。向来八大臣阅卷，每以阅卷者之次序定甲第之次序，所谓公同阅定者，虚语耳。是科翁得张季直卷，必欲置诸第一，张子青不许，几欲忿争。麟芝庵曰："吾序次第二，榜眼卷吾决不让，状元吾亦不争。"高阳相国[3]助翁公，与张相争，张无可如何，乃勉如翁意，以麟翁不让榜眼也。后议及传胪，又大争。时已晏，内廷守催进呈十卷，而传胪未定，难以捧入。志伯愚起曰："吾所阅一卷何如，能滥竽否？"张略观即曰："甚好。"于是，吴竹楼[4]昂然为二甲第一矣。民初检点内廷档案，傅岳棻代理教育总长，搜得张季直状元殿试策原卷，归还季直，今陈列南通图书馆中，可考证也。

注释

1　清光绪二十年，公元1894年。

2　钱注：按是科读卷官八人：张第一，麟第二，翁第三，李第四，志第六。

3　钱注：李鸿藻，直隶高阳人，时官礼部尚书。

4　钱注：吴筠孙，字竹楼，江苏仪征人。

侧面看袁项城

　　沈小沂评袁项城，谓其生平行事皆于最后五分钟靠天成功。语曰："虽由天命，必有人事。自谓天可靠，一意孤行，虽有善者，亦莫如之何，此洪宪称帝，所以终致败亡，天亦不复能佑矣。"今举项城自诩所谓"靠天成功"之事言之。

　　戊戌政变，以直隶道员达佑文为谋主，而荣任山东巡抚。义和团之役，以山东道员徐抚辰之谏阻离职，收回颁布屠杀外人檄谕，一跃为军机大臣。开缺回籍，以张之洞减轻严办，杨士骧逼令返京，否则弃官私逃，必罹重典。出任总理大臣时，有赵秉钧等布置策画，巍然为民国大总统。志得意满，刻意称帝，先毒死赵秉钧，后罢除段祺瑞。严修苦劝，置之不理。张一麐屡屡进言，退出机要。日与杨士琦诸人进行帝制，远君子，近小人，卒致自食其果。临死骂袁克定，谓："一身威名，皆为汝所败。"思及严修，谓："生平直友，皆不与我见面，可伤。"又语张一麐："你对得起我，我对不起你。"人之将死，其言也善，天何言哉！

庚子拳匪事件，皆谓张南皮、刘〈峴〉庄在东南，不受乱命，袁世凯在山东，不但不受乱命，且抗诏剿匪，所处更难。于是谓项城有毅力远识，而不知实出于徐抚辰以去就争，否则与毓贤等同罪，杀之以谢外人矣。当时鲁抚李秉衡、直督裕禄、直臬廷雍、晋抚毓贤皆心醉义和团术，毓、廷二人尤甚。而刚毅、赵舒翘等阿附端王载漪，造作种种征验，耸惑上听，云："有此忠忱义民，可以报仇雪耻，大阿哥得继光绪践祚，不受外人干涉矣。"一时竟有奖励各省拳民、焚毁教堂之诏令，奸民蜂起，不可收拾。嗣因袁世凯调抚山东，首申禁令，犯者杀无赦，匪势乃衰。蔓延入直隶界，群集辇下，攻使馆，杀外使矣。

当项城初奉廷寄奖励拳匪、焚教堂、仇外人之诏令，立即通行全省州县，遵旨办理。时抚署主办洋务文案为候补道徐抚辰，湖北江夏县人，字绍五。向来关于牵涉洋人案件均经彼手，而发布此种遵行诏令，竟未寓目，并无所知，闻之大愕，立刻见项城谏阻，谓："此乱命，万不可从，否则国破家亡，我公何以自了？"项城不听。徐退后，即刻摒挡出署，留书告别，益剀切申明利害。书中警句传诵一时，曰："世界列强，英、俄、法、德、美、奥、义、日本八国也，今以中国战败之后，无兵，无械，无饷，徒恃奸民邪教，手执大刀，杀洋人，焚教堂，围使馆，口念邪咒，不用枪弹，大刀一挥，洋人倒地，有此理乎？古人以一服八，传为谬说。今真以一国弱昧，而服八国明强，洋人能不联合兵队以陷中国，决不坐视在中国之各国外人任团匪残杀而不问也。我公明知朝廷因戊戌政变，外人保护康、梁，反对大阿哥，触皇太后之怒，端亲〔郡〕王等乃以团匪进，不用枪炮而用符咒，能制各国军械死命。大学士徐荫之〔轩〕[1]言：'外国有你的格林炮，中国有我的红灯照。'亦我公前日所闻也。我公能不遵行乱命，逐团匪于山东境界之外，将来外兵涌至，北京沦陷，皇太后、皇上出走，或有不幸，我公以反对义和团之故，犹可尽旋乾转坤之忠心。如随波逐流，我公一身功名消灭，且恐未能保其身家也。"

原文甚长，项城阅之顿悟，急遣人追徐还，面向谢过。而檄文已发，乃用六百里、八百里牌单，飞骑分道追回。遂毅然一变宗旨，护洋人而剿拳匪。和议告成，项城乃得盛名。后由北洋总督，而尚书，而宫保，而军机大臣，实皆由徐抚辰一人玉成之。当时山左人民得以安定，清室亦藉延数十年之命，北方免全遭浩劫，徐氏可谓一言兴邦。

徐为吾同县人，其遗项城书尚有钞存者。但项城对徐，后未重用，徐亦默默以终，是亦与曾文正对章某救负投水之功不录，同出一辙也。

项城于善用符咒、能避枪炮之说，早年笃信甚深，故一奉杀外人、焚教堂之诏令，即刻颁布各州县贴示，不暇经洋务文案处。非徐抚辰反复陈述项城本身将来利害，至不辞而去，恐未易动也。

老友王伯恭先生曾告予曰，乙未[2]之冬，程文炳提督营中有自称符咒大法师，作法可避枪炮。项城方创新建陆军于小站，闻其名，向程延致之，谓将聘为教习。程曰："此虽小有验，特儿戏事耳，恐不足以临大敌。"项城请之益坚，且意谓程吝不相与，程乃遣人招此大法师来。初至，以手枪试之，良验，聚诸将试之，皆无伤，军中惊以为神。项城待为上宾，问授自何人，则以某仙佛对，并言："同道数十人，散布各处，将广收门徒，以备荡灭洋人。"项城大喜，谓当遍延宾客，同观奇技，如果始终无误，拟请大府据实奏闻，必可恩赏官职，其人亦喜跃欢腾。

项城因普召津地大小文武各官往小站赴会，到者百有五十余人。有一客请立手状，设或身死勿论，并觅保结。索诸各营，有与法师同乡而兼远亲者一人，令之作保。随命三十人持后膛枪向之开放，轰然一声，法师倒卧于地。诸客愕问所以，项城曰："此诈耳，决无妨。"呼人视之，返曰："目尚未闭，有笑容。"项城曰："何如？"已而仍卧不起，再呼人视之，又返报曰："口角流血矣。"命解衣验之，则胸腹有十七洞，人实死矣。众宾皆起，项城亦无他语。酒罢，宾客悉散，项城以五百金畀其乡人，为之棺殓而恤其家属。

丙申三月，伯恭应宋祝三[3]之聘，道出天津，正值小站宴客之后，一时传为笑谈。此段事载伯恭《蜷庐笔记》，乃撮要告予者。

王伯恭，原名锡銮，后名仪郑，盱眙人。随吴武壮幕，在朝鲜与项城同事。伯恭又曰：项城不学，其人则诡计多端。在朝鲜时，同行者皆惧与共事。甲午败后，起练新军，知满洲权要毫无识见，犹藉神权以动观听，敌对外人，迎合意旨。其始试手枪，乃密令心腹不瞄准，广延宾客，仍用此策，不知放长枪者多人，不能人人严奉密令。曰无妨，曰何如，仍笃信不能命中也。袁在山东所以不奉乱命，仍赖徐抚辰一言之力，在徐自为尽忠，在袁则惧徐将揭其弱点，转存疑忌，徐抚辰之得善终，犹其幸事也。

中日战争，和约既定，朝野皆谓此役割地赔款，朝鲜独立，皆由袁世凯一人任性妄为，闯此大祸。是时项城在京，虽有温处道之实缺，万无赴任之望。恭亲王一日问合肥曰："吾闻此次兵衅，悉由袁世凯鼓荡而成，信否？"合肥对曰："事已过去，请王爷不必追究，横竖皆鸿章之过耳。"恭亲王嘿然而罢。

世凯闻之，以为由此罣误，心实不甘。忽忆在吴武壮朝鲜营中，以帅意不合，借题为朝鲜练兵，因祸得福，此次仍师故智，正合时机。乃招致幕友，傲居嵩云草堂，日夕译撰兵书十二卷，以效法西洋为主。书成，无路进献，念当时朝贵中惟相国荣禄深结主知，言听计从，皇太后至戚也，惜无阶梯可接。嗣侦知八旗老辈有豫师者，最为荣禄所信仰，又侦知豫老独与阎相国敬铭相得，阎为路润生[4]八股入室弟子，又申以婚姻，豫老亦曾师事路德，习仁在堂八股，非路氏之言不足以动之。因念路氏子弟有在淮安服官者，家于淮安，而项城之妹夫张香谷系汉仙[5]中丞之子，亦家淮安，必与路氏相稔。遂托香谷以卑礼厚币请路辛甫北来，居其幕中，尊为上客。由辛甫而介见阎文介，由文介而见豫师，由豫师而得见荣仲华[6]，层叠纳交，果为荣文忠所赏。项城遂执贽为荣相国门生，而新建陆军以成，驻兵于小站周刚敏盛波之旧垒。

项城初不知兵，一旦居督练之名，虽广延教习，终恐军心不服，于是访求赋闲之老将，聘为全军翼长，庶可镇慑军队。适淮军旧部姜桂题，以失守旅顺，革职永不叙用，正无处投效，闻小站新军成立，径谒军门，项城见而大喜，急以翼长畀之。桂题亦不知兵，惟资格尚深耳。

项城更说荣相，以五大军合编为武卫全军，宋庆为武卫左军，袁世凯为武卫右军，聂士成为武卫前军，董福祥为武卫后军，中军由荣相自领之，兼总统武卫全军。荣相乐其推戴，且可取统率文武之名，德项城甚，有相逢恨晚之感。复用项城之策，令诸军各选四将，送总统差遣，合为十六人，各用一二品冠服，乘马在舆前引导，荣相顾盼自雄，袁世凯乃自此扶摇直上。

原载《新闻报》1947 年 5 月 26 日—6 月 4 日

注释

1　徐桐（1820—1900），字豫如，号荫轩，汉军正蓝旗人。道光进士，官至尚书、大学士，以顽固守旧著称。

2　清光绪二十一年，公元 1895 年。

3　钱注：宋庆，字祝三。

4　钱注：路德，字润生，盩厔人。

5　钱注：张汝梅，字翰（汉）仙，官至山东巡抚。

6　钱注：荣禄，字仲华。

清道人轶事

临川李梅庵先生瑞清，吾友张大千、胡小石[1]之门师也。大千早为予述梅翁平生，昨晤小石，更详言之。

梅翁籍隶江西，而生长、读书皆在湖南。少时蓬头垢面，有如童骏，饮食起居，毫无感觉。自言自语，视人则笑，蜷处攻学，余无所知。匿不外出，彼不愿见人，人亦无与彼议婚事者。常德于公为长沙学官，闻而往视，觌面问话，触其所学，条对口如悬河。于公曰："此子将来必成大名，太原王氏所谓'予叔不痴'者，即此子也。"以其长女妻之，成婚岁余，于氏病殁。于公又以次女妻之，未成婚，先死。于公又以三女妻之，三女名梅贞，结褵三四年，又死。时梅翁已成进士，入翰林矣。

梅翁原字仲麟，因感于公知遇之恩，又伤梅贞夫人不能同到白头，誓不再娶。先改字曰梅痴，后易字梅庵，不忘梅贞夫人也。继陈伯陶后为江苏提学使，又权江南藩司，适当辛亥革命，梅翁乃避地沪上，以卖字为活，自号清道人，着道家衣，为海滨遗老领袖。袁氏称帝时期，革命党与反对帝制派群集上海，而复辟党与清室遗老亦以上海为中心地，宴会来往，俨然一家，其反对袁项城则两方一致也。梅翁一日作趣语曰："昔赵江汉与元遗山相遇于元都，一谈绍兴、淳熙，一论大定、明昌，皆为之呜咽流涕，实则各思故国，所哀故不相侔。吾辈麇集淞沪，复辟、排满处境不同，其不为李骞期则同，皆不赞成袁氏帝制自为也，吾辈其金、宋两朝人乎！"

梅翁生平有一怪事，则张、胡二人所言相同。小石曰：予随梅翁居沪，一日自湖南有急足来，持一函，略谓于家寡舅嫂抚一遗女，甚孤苦，其女大发寒热，状颠狂，不可治，举家张皇。越数日，其女大发秦音，作男子声，扬言曰："予陕西商人张打铁也，寻彼百余年，今始遇着。前生彼谋杀我命，我向阴曹告状，阎罗王批准，使我向彼索命。百余年来遍行各省，不得踪迹，今始知生在于家，托女身矣，非抵偿我命不可。"家人、亲友多与附体鬼讲情曰："此汝前生事，今此女为于家女，且其母孤苦守节，只此一女相依，如索此女命，其母必死，是又添一命案。我等主张，如果有和解索命之法，必办到，请细思之。"鬼似有肯意，众又苦求。鬼曰："我寻彼索命，了此公案，方能再生人间。今有一法以了此案：李瑞清正直无私，阴曹皆敬其为人，如得彼致书于阎罗王，为我讲情，无须了案，即可投生，则彼此可解此结矣。我在候结果。"梅翁阅函毕，即令人购黄裱纸，亲书楷函与阎罗王，署名曰"大清国临川男子李瑞清，死罪死罪，顿首上书阎罗王殿下"。具衣冠，设香案，行礼毕，焚黄纸，灰入云霄。于氏女在常德，一日大笑，向和解人致谢曰："予将往某处投生，李瑞清向阎罗王说情，已批准，行矣。李瑞清正直为神，不久亦当归神位。"沈曾植子培先生闻此事，来梅翁家，面咎小石诸人曰："古者幽明异路，温峤燃犀牛渚，神人尚不谓然，何故置邮以通怪异？焚黄无效，事近儿戏；焚黄有效，非吉兆也。汝等在旁不能禁阻汝师，门徒之过也。"不二三月，梅翁果归道山。

小石又言，辛亥逊国之后，清室遗臣居处分两大部分，一为青岛，倚德人为保护，恭王、肃王及重臣多人皆居此，以便远走日本、朝鲜、东三省；一为上海，瞿鸿禨曾任军机大臣，位最高，沈子培、李梅庵则中坚也。小石居梅庵家，青岛、上海两方遗臣举动，多窥内幕。在项城谋称帝时，日人曾派重要人多次往来协商于青岛、上海间，欲拥宣统复辟，或在东三省建立"大清国"，恭王、肃王移住旅顺，即商订此协议也。青岛方面一致赞同，日人乃偕青岛遗臣要人，来沪方取同意。瞿子玖首先反对，坚持瞿意者则李梅庵、沈子培、陈散原诸人，梅庵谓是置宣统于积薪上也。青岛、上海意见既分，袁世凯多罗致青岛重臣入北京矣。

至张勋复辟，原由胡嗣瑗（时任冯国璋秘书长）与陈某为往来运动主角，对郑孝胥则秘不使知。康有为闻风至徐州，处之别室，亦不令参与密议。上海方面先商诸子玖诸人，李梅庵、陈伯严、沈子培等皆谓："此事宜大大谨慎，否则皇室待遇，必出奇变。"段祺瑞自命开国元勋，北洋兵权尚有把握，安保无事。故复辟事件，上海方面未多参机密。瞿子玖死，清室谥曰文慎，盖胡嗣瑗等尚未忘"宜大大谨慎"之言也。观此，则"满洲国"一幕好戏，如无民初沪上遗老反对，恭王、肃王、升允等已早在东三省大开台矣。

又闻诸大千云，梅庵书函喜用汉人"顿首""死罪"等式，郑苏龛[2]《题梅庵致程雪楼[3]书稿后》云："乞命贼庭等儿戏，顿首死罪尤费辞。"程因再书一绝于郑诗后，云："中丞印已付泥沙（湖南巡抚余诚格弃印潜逃），布政逍遥海上槎（郑孝胥为湖南布政使司布政使）。多少遗臣称逸老，孤忠只许玉梅花。"

1 钱注：张爰，字大千，四川成都人。胡光炜，字小石，浙江嘉兴人。

2 钱注：郑孝胥，字苏龛。

3 钱注：程德全，字雪楼，辛亥革命时为清江苏巡抚，苏州光复时任民国江苏都督。

甲午一役中之八仙

张季直先生初露头角，事在光绪壬午[1]以前。其时张随吴武壮长庆军驻防朝鲜汉城，武壮以张季直及朱曼君掌书记，袁慰亭权营务处，马相伯、王伯恭为国王聘客，李合肥奏派马建忠与各国通商。壬午朝鲜之乱，建忠、长庆拥大院君于舆中，兵船载归，安置保定，季直与谋。及韩国甲申之乱，季直已归国。迟至甲午，季直遂大魁天下，为翁常熟得意门生矣。

甲午朝鲜两党相争为乱，项城欲立奇功，电合肥调兵保汉城。合肥忘与朝鲜〔日本〕订定"如有不合，彼此知照"之约，偏信项城，急派直隶提督叶志超统兵赴韩平乱。叶以洪述祖为军师，洪与项城一见倾倒。

日本因叶兵驻平壤，用袁、洪二人策，长驻不退，提出前约，鲜人亦惧朝鲜将沦为中国郡县，项城又多方干涉内政，于是朝鲜东学新党与日本合以御我，日本乃议出大兵，与中国争矣。事为合肥所闻，亟奏请撤戍，朝旨下军机大臣议、奏复。是时常熟翁同龢与高阳李鸿藻，由庆王奕劻奏，奉特旨派会议朝鲜事。常熟则以新科状元得意门生张季直曾随吴长庆军掌书记，驻朝鲜，早深知朝鲜、日本情形，倚为智囊，如左右手。季直先生言于常熟曰："以日本蕞尔小国，何足以抗中国大兵，非大创之不足以示威而免患。"常熟韪之。

常熟又召集门生曾在朝鲜任事者，详问情形。据王伯恭《蜷庐随笔》所言："予见合肥，始知常熟与季直力主战。合肥奏言不可轻开衅端，奉旨切责。予由津来京，见常熟，力谏主战，盖常熟亦我座主，向承奖借，乃常熟大不谓然，且笑吾书生胆怯。余谓临事而惧，古有明训，且器械、训练百不如人，何可放胆尝试？常熟言：合肥治军数十年，屡平大憝，今北洋海陆两军如火如荼，岂不堪一战耶？予谓知己知彼，百战百胜，确知不如，安可望胜？常熟曰：吾心欲试其良楛，为整理地也。且季直言，与日本战，海军为主力，北洋海军船只吨数倍于日本，镇远、定远巨舰为日本所无，中国力能控制海上。日本陆军与吾相抗于朝鲜，一长条地耳，陆军器械亦相若，我已占地理优势，在用兵者何如耳。予见其意不可回，归津与曼君、秋樵言，均大笑曰：'君一孝廉，而欲与两状元相争，其凿枘当然。'"

故甲午之事，始于项城，成于通州[2]，而主之者常熟也。合肥力言不可开衅，为举朝所诃，只军机大臣孙毓汶始终不主战，以合肥为有见地。

又据王壬秋日记，甲午之役，北京有前八仙、后八仙之目。当时主战大臣，曰前八仙；及战事一败涂地，主张议和者，曰后八仙。后八仙中，有前主战而后主和者。案：当时廷臣，力主战之前八仙为礼亲王、翁同龢、李鸿藻，特旨专派会议朝鲜事，权力最大，称军机五大臣。至若孙毓汶，则不主战派也。李鸿藻为张果老，翁同龢为吕洞宾，礼亲王为曹国舅，余以类推。跟随八仙背葫芦药之仙童，则张季直也。药治何病，皆由仙童从葫芦中取出，即主战药也，最能左右八仙。

八仙之外，更有地仙。地仙何人？湘军宿将陈湜也。廷议起陈湜总统山海关内外军马，湜请训，赴前敌，出都门，佯堕马，折右臂，不能视事，乃诏命刘坤一。人谓地仙堕马堕地，借土遁去。王壬秋《游仙》诗，所谓"新承凤诏出金闾，笑看河西堕马郎"，即指此。

败绩议和，后八仙乃出而大奏主和仙乐，翰林院五十六人（张謇、徐世昌在内）连名列奏，请恭亲王出而维持大局。恭亲王、李鸿章、孙毓汶等皆后八仙之主要人物，李鸿藻、翁同龢亦在后八仙之列。先是，翁同龢主张败绩亦战，郑孝胥入京，力陈利害于翁，乃改主和议。京师谚曰："张仙童将葫芦交替郑仙童，跟随后八仙，大卖阳和大补膏药矣。"张季直、郑苏龛当时名位不高，所关最重，故以仙童名之。

禺案：杜工部《饮中八仙歌》不过兴到之作，无所谓八仙也。而真实《八仙图》为晚唐时蜀人张素卿所画，孟昶得之，令欧阳炯为赞，即李耳、容成、董仲舒、张道陵、严君平、李八百、长寿、葛永朴〔璞〕八人。俗传八仙，则为吕洞宾、张果老、李铁拐、曹国舅、蓝采和、韩湘子、何仙姑、汉钟离八人。长安城东八仙庵，西太后改为八仙宫，仍祀吕洞宾等八仙。张素卿所画，人少知之矣。

原载《新闻报》1947 年 6 月 11—16 日

注释

1 清光绪八年，公元 1882 年。
2 指张謇，因南通古亦称通州。

张季直与徐树铮

徐树铮自皖直战争皖系失败后，一度任欧洲专使，又赴广州与孙大元帅结合，为福建制置使。孙传芳由闽浙侵入长江，徐树铮亦由闽归来，将往京津。

树铮在北洋少年诸将中以风流儒雅自许，喜奉名人学者为师，自为书达啬庵老人，历序景仰之诚，愿来南通一行。

季直复书，奖励有加，树铮遂与孙传芳同来南通。啬老派其子孝若迎于江干，本人则待于候马亭，树铮执后辈礼甚恭。孙去客散，树铮独留。季直邀赴狼山西山村庐谈宴数日，树铮请益，所谈时局学问，语语扼要。徐大为佩服，五体投地，曰："今而后，树铮将奉啬老为师矣。"

一夕酒后，树铮大度昆曲，季直和之，众乃知啬翁擅昆曲，且尽其妙。又遍游黄泥山各亭馆，观季直为梅畹华书题各件，树铮请曰："先生能援梅郎前例，有以训贻小子乎？"季直欣然题扇赠诗云："将军高唱大江东，气与梅郎争两雄。识得刚柔离合用，平章休问老村翁。"树铮起立受扇曰："刚柔离合，小子敬记，此圯上老人所授书也。"

接谈多日，离南通赴北京。临行，啬翁执其手曰："识刚柔离合之用乎？"大有期树铮为一代人物之意。谁知徐一过廊房，即遭杀身之祸。树铮去后，季直梦徐多次，梦中闻徐诵诗云："与公生别几何时，明暗分途悔已迟。戎马书生终误我，江声澎湃恨谁知？"噩梦惊醒，词句尚能记忆，即披衣簌灯书之。书竟，不怿曰："徐树铮必有事故，玩其悲悔之意，其来与我作魂梦之别乎？"未几，恶耗至，啬老作《满江红》词哀之。

此段事实，得之予友天水王新令。新令从季直游，凡六七年，能言其本末。

原载《新闻报》1947 年 6 月 17—19 日

溪山如意伴梅花

张謇翁七十大寿，南北两方要人代表、名流笔者齐集南通。全国名伶毕至，与謇翁最有历史渊源者为梅博士。有清末造，兰芳年尚稚，无盛名，謇翁以名状元，蝇头细楷为兰芳书扇一柄，且锡名"畹华"，称为"畹华小友"，兰芳声誉遂骎骎日上。当其出国献技，一切均由謇翁计划。

通州沿江连绵有五山，狼山、黄泥山最著，剑山、马鞍次之。謇翁于黄泥山下，滨江不远，种梅多株，曰"梅垞"。门以竹为篱，自书门榜，又自撰对联云："一花一如来，化菩提身，何只万五千佛；三月三上巳，修兰亭禊，不须廿又二人。"园内有"一千五百本"梅花馆，兰芳题额，面馆筑静室曰"绣雪槛"。入槛，中设罗汉床，上悬俞曲园大篆联云："陈太丘**1**如此其道广；颜鲁公**2**不仅以书名。"床后悬謇翁自书联曰："溪山如意画；花木上乘禅。"槛西偏右起幽房，房龛中悬梅兰芳大相片，旁壁悬姚玉芙、姜妙香、王瑶卿各人书画。盖尊梅为祭酒，余人皆在四配十哲之列矣。

当时祝寿对联，推徐世昌第一，联云："潞国精神，曲江风度；东山丝竹，北海尊罍。"画以梅兰芳所画寿梅为最出色。上述各节，亦闻诸王君新令。想迭经离乱，昔时盛设必已鞠为茂草矣。

原载《新闻报》1947 年 6 月 20—21 日

隽君注：啬翁即张謇，光绪二十年甲午恩科状元，字季直，号啬庵，江苏南通人。七十岁生日，是民国十一年。梅博士，是指梅兰芳赴美演剧，波摩那大学送其名誉文学博士学位。俞曲园，即俞樾。姚玉芙、姜妙香、王瑶卿，均属京剧艺人，与梅兰芳合演者。徐世昌，北洋政府总统，当选出时，正南方各省护法时期，故称其为非法总统。梅兰芳画梅，多属汪蔼士、汤定之代笔，绝少亲自挥毫。

注释

1 陈寔（104—187），字仲弓，颍川郡许县（今河南许昌）人。东汉官员，因曾任太丘长，时人称其为"陈太丘"。

2 颜真卿（709—784），字清臣，别号应方，琅琊临沂（今山东临沂）人。唐朝名臣、书法家。唐代宗时官至吏部尚书、太子太师，封鲁郡公，人称"颜鲁公"。

散原老人遗事

柳翼谋来谈，见记李梅庵与张打铁事，谓散原有一事，与此相类。

散原，江西义宁州人，义宁县今改名修水县。县有女子患精神病，屡梦神人相告曰："我义宁州人陈宝箴也，今已归神位，你告南京陈某某，他要害大病，有一味药万不可吃，吃了必死。"醒以告人。连梦数日，语皆相同。

女子梦中言传遍修水及江西，展转至南京，而"南京陈某某"，传者并不知为何人。一日有乡人来访散原，谈及修水本县女子梦中事，且为散原尊人右铭先生之言。散原骇然，曰："某某，即予乳名也。此名，虽刘、俞前后两夫人皆不知，余无论矣。"后散原患病甚危，延医开方，中有梦中相告之药，散原去此味而服之，即愈。散原乃云："予寿必长，先大人已告我矣。"散原乳名及药名，翼谋已不能确忆，易日当询彦和昆仲。

散原老人尝曰："予与老僧慧灵上人交最善。慧灵，修道人也，已圆寂矣。一日予坐厅事，见上人摄袈裟趋堂，而彦和生（彦和名隆恪）。予以为彦和必茹素，如蒋虎臣、郑谷口之流。谁知其肥酒大肉，毫无僧味。"八指头陀有赠彦和诗："前身汝是慧灵师，来作陈家第五儿。"

原载《新闻报》1947 年 6 月 22—24 日

隽君注：柳翼谋，名诒徵，江苏镇江人，江苏省立图书馆长。李梅庵即清道人李瑞清。张打铁即湖南张登寿。陈宝箴，字右铭，为陈散原之父。散原名三立，字伯严，陈衡恪、隆恪、寅恪、方恪、登恪等均其儿子。"刘、俞前后两夫人"，刘应为罗。散原原配姓罗，即师曾（衡恪）之生母，《散原精舍文集》有《故妻罗孺人状》《故妻罗孺人哀祭文》，另有一篇《继妻俞淑人墓志铭》，叙明俞名明诗，字麟洲。八指头陀，指黄读山，字福余，出家后法名敬安，号寄禅，湖南湘潭人。其在宁波阿育王寺，发愿履行"法华般若行"，曾把左手上指拇指烧去，八指头陀之名由此而来。有《八指头陀诗集》传世。张登寿、八指头陀、齐白石都是王闿运诗弟子。

东奥山庄

啬翁自徐又铮[1]被害后，终日不怡，儿女英雄，悲感交集，自为长联挽徐又铮曰："语谶无端，听大江东去歌残，忽焉感流不尽英雄血；边才正亟，叹蒲海西头事大，从何处再得此龙虎人。"用佳墨精纸，据案楷书，悬东奥山庄墙壁。

东奥山庄者，啬翁与又铮坐谈地，即绣神沈寿养疴处也。沈寿别语，远近异辞，无容赘述。啬翁死矣，当南通盛时，游梅垞者，园丁进名茶一盏，收费一元，纸笔列案，随意流连。绣佛楼中，名画满目，江天烟雨，老农出没林壑中，均画境也。今则江岸沧桑，梅林已杳，剩余楼阁，亦饱经世变。

沈寿自清末南京劝业会蜚声艺苑，夫妇同入北京，为刺绣传习所所长，以绣义大利皇后像名震欧洲。后因家难，多病无依，季直重其艺而哀其遇，延至南通，为女红传习所所长。建所濠南别墅之旁，长日不兴，乃筑西山村庐，移狼山江畔，属彼养疴。更于狼山观音院起大楼，题曰"赵绘沈绣之楼"，内列赵松雪名画，沈寿所绣大佛。季直代撰绣谱，沈寿口述，季直笔书。楼中所列，有季直状元殿试策（今在博物苑）、嵩山四友聘书，二者皆掌故史料也。沈寿死，季直为葬于狼山之阳，亲为书碑，曰"绣神沈寿之墓，江淮男子张謇立"。

又，虞楼建江边，为望对岸常熟相国墓而设，季直题诗曰："为瞻余墓（沈寿墓）宿虞楼，江雾江风一片愁。看不分明听不得，月波流过岭东头。"（时齐、卢战争方酣，屡劝息兵无效。）

徐又铮集，名《视昔轩》，北平有印本，予尚未见。

原载《新闻报》1947年6月25—27日

注释

1 钱注：徐树铮，字又铮，江苏萧县人。（注：萧县今属安徽。）

遗臣何苦还争印

胡小石来，谈及樊樊山书轴，谓沙公题樊樊山书轴"太液波翻柳色新，宫娥犹识细腰人。流传翰墨群知惜，木印当年也作尘"，所云"木印成尘"，其中实有一段史迹。

辛亥革命，张勋守南京，樊樊山为江宁布政使，携印渡江潜逃。李梅庵时为提学使，奉张命署理藩司。盖张勋与梅庵为江西同乡，梅庵且曾誓死不走也。但布政使铜质关防已被樊山携走，不得已刻一木印，执行藩司职权。

会张勋败走，江宁入人民军手，梅庵乃将藩库存余二百余万现款点交南京绅士保管，只身来上海，易名清道人，鬻书自活。樊山亦避地上海，两人以前后藩司之故，铜印、木印之嫌，各避不见面。两方从者，不免互为诮让之词。樊方谓李携藩库巨款来沪，李方谓樊携印逃走，且有向樊索取原有关防之说。时湖北军政府派代表来沪，公请樊山回鄂，主持民政省长，樊山辞之。（其时禺亦为军政府邀请樊山代表之一。）李方扬言，如樊山回鄂，宜先将江苏藩司印交出。散原老人闻之，曰："清廷逊位，屋已焚拆，各房犹争管家账目耶？"乃公断曰："铜印如存，留在樊家，作一古董；木印已灰，事过景迁，何必争论？"闻者咸谓散原老人可谓片言折狱。

原载《新闻报》1947 年 6 月 28—29 日

遗老无聊只造谣

李梅庵患疮，僵卧不能行动，家无米，拮据无法。张勋忽派差官来，赍一函，附纹银六百两，投函即走。梅庵派人追回，曰："曩日少轩[1]之银可受，今日少轩之银万不能受。少轩今日之银，民国政府所给饷项也，予不欲间接受民国政府之赐。"勒令差官将原银六百两持去。胡小石云，当时适住梅庵家，亲见其事。

有人问："何以不受张少轩馈赠？"梅翁曰："余既愿作孤臣，当然不受此惠，卖字鬻画，但求自给而已。"此语传出，适触沪上遗老之忌，盖言者无心，闻者有意。当时标榜遗老者甚众，而临财则又往往变易面目，自解为不拘小节矣。

梅庵鬻书画，月可售一二万金，家人数十口赖以活命。其寡嫂欲攘夺之，得存私囊，家中违言日起，继以吵架。妇人不遂所欲，秽言蜚语，随口即是，侵及梅翁，莫由自白。此种吵架消息传至上海，素不慊于梅翁之遗老闻之，乃广为宣传，彼此告语，积毁所至，曰："此可以报复清道人，使其无地自容矣。"攻击最力者为某氏，殆深恚梅翁夺彼笔墨之利，故造谣无微不至。散原老人闻之，怒曰："若辈心术如此，尚可自鸣高洁耶？如不敛迹，予必当大庭广众痛揭其钩心斗角之诡术。"一日遗老宴会，散原忽对大众痛责其人曰："吾将代清道人批其颊。"沈子培助之，遗老有自愧者，相与逃席而去，谣诼始息。小石云："此后吾辈见某氏，亦视若路人。"清道人挚友，只散原与子培耳。

原载《新闻报》1947 年 6 月 30 日—7 月 3 日

注释

1　钱注：张勋，字少（绍）轩，江西奉新人。

水流云在梦痕中

胡小石云，关于"水流云在"故事，李梅庵引为美谈，属子记之。

梅庵随其尊人住云南大理府署时,梦入一名阙,亭台花木,山石池水,布置井然,幽窈曲折为向所未睹。入门,繁花片片落地如红雨,循长渠,折过对岸,山石碑确,有洞门,甚高朗,出洞口,修槐夹道,行尽,横亘短垣,壁涂白垩,中辟圆墙门,上书"水流云在"四字。入圆门,飙风忽起,旋卷落叶入半空,惊为奇观,愕然而醒。

未几,梅翁丁外艰,携眷回长沙,拟僦居城内李文恭公故园,与其弟云亭同往察看房屋。见园额为何子贞所署,入园门,经花树,循长渠,至假山洞,与梦境无异。乃曰:"此地我曾到过。"并云:"出山洞,则修槐夹道,圆墙门当前,上有'水流云在'四字。"入之,果然。最奇者,进圆门,旋风忽起,落叶转走不定,聚为一团,旋飞去。遂定此居,梅翁曰:"梦中已先告行止矣。"后阅建文卓锡广顺白云山,有"见水流行,遇云自在"之语,曰:"水流云在"之旨,其在是乎?清亡,着道家衣,号清道人,亦含"水流云在"之意。

原载《新闻报》1947年7月4日

清道人与郑苏龛

胡小石云,张大千责郑苏龛讥(李梅翁)顿首死罪事,梅翁原函与题诗卷子,小石皆亲见之。

辛亥,南京城将破,小石住城北,急往城南,谒梅翁于藩署。梅翁预备离南京，办清经手事项，洁身而去。草数函，皆交清银钱手续公函。中有与程雪楼一函，用虎皮黄色笺纸，字写钟太傅体，函首书"某某顿首死罪，致书于雪楼中丞都督阁下"，内述藩司库内存现款若干，毫无沾染，并有愿中丞善事新国，己则从此为出世人之语意。

此函落江苏管理财政蒋某之手，蒋亦前清翰林也。因函中有讥讽雪楼字面，未呈雪楼，故雪楼始终未见此函。辗转至梅翁将死前，此函不知如何由蒋家落于古董商回人哈少甫之手，装潢成册，遍求题跋。郑苏龛所题"乞命贼庭等儿戏，顿首死罪尤费辞"之句在焉，小石又见之。哈曾嘱小石题跋，小石未有以应。而十〔大〕千已书其后，所题即"方伯逍遥海上槎"也。

梅翁与人书函，皆用"某某顿首""死罪""惶恐"等格式，无论与何人函件皆类此，不独致雪楼书为然，如上阎罗王书，亦用"顿首死罪"等字，讥之者必曰向阎罗王乞命，反之，则求死不得也，苏龛可谓意有所在。梅翁与苏龛向有意见，对于苏龛暗结日人尤不谓然，曾面责苏龛，声色俱厉。

原载《新闻报》1947 年 7 月 5—7 日

李鸿章之冤孽

前载清道人上书阎罗王事，濮伯欣兄见之，颇感兴趣，因另举一事相告。

李文忠公鸿章克苏州，诱杀降王郜云官等八人，谋实出于程学启，胁文忠为之。事后曾文正奖为"眼明手辣"，然文忠固内疚于心也。同治三年甲子十月，军事大定，文忠以江苏巡抚充江南乡试监临，入闱后即患疟。一日白昼疾作，伏枕拥衾，尚未入寐，忽睹一白须者掀帘入，自称乃贡院土地之神，谓文忠在苏州所杀八人已向冥府诉冤，故来向文忠质证。文忠方诧异间，而八人已次第入室，并肩立白须者后，瞠目无语，亦无怒容。文忠因谓："此事乃程学启主之，吾无与也。"白须者颔之，且曰："公语非谬，但理应向公一质耳。"遂率八人退去。文忠汗流浃背，急呼仆人出户踪迹之，赫然日午，寂无所见，文忠疾亦顿愈。晚年每向人道其异。此文忠之侄新吾侍讲亲告伯欣者。

又闻文忠之子袭侯经述生时，文忠梦见八王之一入室，深惧其投生报怨，所以防范者备至，然卒无他患，仅性情乖谬、举动骄纵而已。后文忠之死一年，亦以精神病逝世。此事李氏子弟言之凿凿。

夫事涉幽冥，儒者弗道，然亦宋以后拘执之见耳，狐突之御申生，灌夫之祟田蚡，岂不见于史传乎？因据伯欣所言者录之，以附于还冤志怪之例。

郜云官，原名郜永宽，湖北广济县武穴镇人。杨秀清由广西破武昌，郜原为箍桶匠，从太平军，屡立战功，封纳王。八王守苏州，李秀成归援金陵，军事由广西老将谭绍光领之，郜云官等通款于英将弋登，会郜等于洋澄湖，定降，以先杀谭绍光为纳降信据，弋登则以性命为保证。

郜等开太平军会议，杀绍光以苏州城降，鸿章原无杀降意，大将程学启必杀之，以去就争（详见《清史稿·程学启传》）。鸿章受降，置酒伏甲，以长矛尽杀之。弋登大怒，执刀将杀学启，学启遁，弋登愤极回国，挟程学启帅旗以去，曰："华人无信，不可交也。"后学启战于嘉兴，额上中弹，医者曰百日当愈。九十日后，学启揽镜自照，鬼劈其眼，将疤揭下，流血如注而死。

李鸿章初无子，元配夫人死，以六弟昭庆子经方为子。续娶赵夫人，生一子一女。子名经述，即前文所记见八王之一人室而生者也。女嫁张佩纶，即福建军务会办钦差大臣，发往军台，赫赫有名之张幼樵也。经述子国杰，袭爵一等侯。

甲午之役，鸿章幕府要人传一趣闻，谓经述拟上书军机大臣，自告奋勇，统兵出关，以补乃父之失。事为合肥所闻，唤经述至，向之拱揖曰："求你不要和我为难。"此时合肥心目中，或忆及八王一段冤孽也。

原载《新闻报》1947 年 7 月 8—10 日

隽君注：李经方，字伯行，江苏候补道，出使日英大臣，邮传部左侍郎，鸿章嗣子。经述、经迈为鸿章子。经迈字季皋，民国六年，溥仪复辟时外交部左侍郎。李国杰，字伟侯，鸿章孙，袭一等侯。北洋政府参政院参政，把持招商局十余年。前清时曾任广州副都统，出使比利时大臣，标准纨绔子弟、官僚。

张啬翁入泮受讼累

张啬翁之尊人，长者也，卖锡为业，由海门辗转至如皋，逐日所获，供啬翁兄弟读书，期于学业成名。其坚苦生涯，除教养子弟外，尚积资三千金。啬翁早慧，学力并进，一试，获如皋县学生员。县有虎绅马某，名讼师也。视啬翁家非世族，父有多金，曰："是可撄而有也。"勾结县学教谕、训导两学官及入学廪保，高索印结、谢保诸费。啬翁尊人已费八百余金，马绅周旋其间，欲壑仍未满，大恨曰："彼家尚有二千金，吾必了之。"乃唆出一张姓者，控啬翁于县学，自称为啬翁之生父，而啬翁尊人则为假冒。马绅与学老师勾结串通，受其状，传啬翁来县学严讯，欲治以不认生父之罪。并私谓张姓曰："狱成，分二百金与汝，汝当一口咬定。"

如皋正绅知啬翁家世者，咸呼为天外奇冤，多出而证明援救，请办奸人，然畏马绅势，不敢牵涉。啬翁尊人所蓄二千金，已荡然无存矣。此事传遍江北，如皋为通州直辖县，通州直隶知州桐城孙某得如皋正绅呈报，提此案归通州州衙办理，啬翁冤解。孙某又为啬翁改隶通州州学，并教其读书、临池之法，首先临摹者，虞永兴[1]所书庾子山[2]《枯树赋》也。后啬翁举乙酉[3]科顺天乡试南元，马绅亦中是科第三名举人，冤家竟成同年。如皋人曰："如皋载不住状元，被马某送往通州。"啬翁为秀才时，名育才，后易名謇。

原载《新闻报》1947 年 7 月 11—12 日

注释

1 虞世南（558—638），字伯施，慈溪鸣鹤（今浙江宁波）人。书法家。唐贞观年间历任著作郎、秘书少监、秘书监等职，封永兴县公，故世称虞永兴、虞秘监。

2 庾信（513—581），字子山，南阳郡新野县（今河南新野）人。南北朝时期文学家，历官南梁、西魏、北周。

3 清光绪十一年，公元 1885 年。

宓知县与西太后

湖北汉阳宿儒宓昌墀，字丹阶，中光绪己卯科举人，后以即用，历任陕西繁缺知县，有政声，大为部民悦服，呼为"宓青天"。大计卓异，陕抚特保送部引见。时戊戌政变，那拉氏临朝，特旨召见。昌墀应召而入，只见西太后一人上坐，俟垂询毕，即叩头陈奏曰："皇上为全国臣民之主，何以未御殿廷？"太后曰："汝尚未知乎？皇帝病重，已遍召各省名医矣。"昌墀更奏曰："外间臣民孺慕太后、皇上，皇上久未临朝，奸人乱造蜚语，谓两宫时有违言，臣敢冒死直陈，愿皇上早日御朝，以慰天下之望。"西太后闻言，拍案大怒曰："汝言皆离间我母子，着速回陕西原任，不准留京。"盈廷王大臣得知此事，皆震恐，不知有何大祸。陕抚因特保，更汗流浃背，坐待谴责。后竟无下文，未加追究。宓因西太后有速回原任之语，仍返陕西，管知县篆。

庚子两宫出奔西安，道经宓昌墀所治地，昌墀以地方官照例觐见。太后一见大哭曰："汝非前岁召见之宓令乎？"宓叩头跪奏曰："知县恭迎圣驾。"太后曰："汝前岁召见时，云未见皇帝，今皇帝在此，盍往见之？"言时以手指光绪。宓乃向光绪跪叩圣安。西太后曰："我母子沿路受的苦，只可对你讲。"于是一路哭，一路说，且曰："我今日真四顾无人矣。"宓乃直奏，请办善后之策。太后曰："都是举朝无人，使我母子受苦至此，你看朝中何人最好。"宓曰："朝内无忠臣，使两宫颠沛流离，即小臣亦在万死。"西太后又曰："你看外省督抚中，有那一个是忠臣？"宓奏曰："湖北总督张之洞是个忠臣。"太后曰："长江上游也是重要之地，何能分身来此，但我以后事事必发电询彼意见。你且暂时下去，我总不忘你当年召对之直言。"（以上大意，见《宓昌墀行状》。）宓其时大见重用，曾巡逻宫门内外，见岑春煊迎驾来此，与内监李莲英私语，李在阈内，岑在阈外，昌墀即曰："朝廷祖宗成法，内监、外官不得通声气，况在稠人广众中喁喁私语，地方官得绳之以法。"李、岑闻其语，大怒而去。又宫中太监责供应攘物，宓鞭棰之，积恨矣。

未几，岑春煊忽受护理陕西巡抚之命。时大同镇总兵跋
扈犯法，将派员前往察办，如不奉令，即提解来省。岑力保
宓能胜此任，盖欲借某总兵手杀之也。讵意宓奉命而往，晓
以大义，总兵自认罪，愿带印上省。春煊不得已，又委宓以
极优渥之厘差，私唆其局员贪赃犯法，无所不至，而做成圈
套，件件皆有宓亲笔凭据，一朝举法〔发〕，罪无可赦，遂
原品休职回籍。

宓归汉口后，贫无立锥，藉教读授徒为活。张文襄卒，
宓为联挽之云：“四顾更无人，昔也哗然今也笑；片言曾论
相，释之长者絿之才。”上联引西太后语，下联则指曾荐文
襄为忠臣也。后光绪死，宓又电呈摄政王及军机处，请杀袁
世凯以谢天下。张文襄时掌军机，即曰：“此陕西革职知县
宓昌墀，绰号宓疯子，可不必理。”遂无事。

原载《新闻报》1947 年 7 月 18—22 日

沈文肃与其师

孙渠田先生，名锵鸣，浙江瑞安人。道光丁未[1]为会试
同考官，得二门生，一为李文忠鸿章，一为沈文肃葆桢。文
忠与渠田先生甚亲洽，执门生礼甚恭，而沈文肃则师谊甚
疏。渠田先生主讲钟山书院山长，取课卷前十名，文肃不独
颠倒其甲乙，且于渠田先生批后加以长批，且有指责渠田先

生所批不当者，渠田先生遂愤然辞馆归。渠田先生之兄勤西先生，名衣言，即仲容先生尊人也，时为江宁藩司，意见亦与文肃大不合。恭亲王在军机调停其间，升勤西先生太仆寺卿以去。江南人士皆谓李文忠有礼，沈文肃无情。

五代王仁裕贺王溥入相诗："一战文场拔赵旗，便调金鼎佐无为。白麻骤降恩何极，黄发初闻喜可知。跋敕案前人到少，筑沙塔上马归迟。立班始得遥相望，亲洽争如未贵时。"案："立班"句，仁裕知贡举，王溥为状元，凡门生皆立班见也。又《石林诗话》云："溥在位，每休沐，必诣仁裕，从容终日。"盖唐以来座主、门生之礼尤厚，文肃情谊之薄，去王溥远矣。又案：道光己未，洪杨初起，渠田先生时督学广西，以巡抚郑祖琛讳乱，密疏首发其事。后声势浩大，围桂林，渠田以学政助防守，二十一日而围解。（参考长洲朱孔彰《丛稿》。）

原载《新闻报》1947 年 7 月 23—24 日

隽君注：孙锵鸣，字渠田，浙江瑞安人。道光进士，入翰林。抗疏劾权贵，有直声，官至侍读学士，主讲上海龙门书院。沈葆桢，字幼丹，福建侯官人。道光进士，官至两江总督。孙衣言，字琴西，孙锵鸣之兄，其子诒让，字仲容。道光进士。搜辑乡邦文献甚勤，官至太仆寺卿，著有《孙学斋文钞》。王仁裕，字德辇，后周时代天水人，翰林学士，入汉历任兵部尚书。王溥，字齐物，太原人。汉时举进士第一，仕周为中书侍郎平章事。《石林诗话》，为宋代吴县人叶梦得所著。叶字少蕴，号石林，绍圣进士，累迁翰林学士。著作有《石林春秋传》《石林居士建康集》《石林词》《石林燕语》等。郑祖琛，字梦白，浙江乌程人，嘉庆十年进士。

注释

1　钱注：清道光二十七年，公元 1847 年。

藩司卖老制军窘

沈文肃任两江总督时，抵任之日，适孙衣言先生为江宁藩司，自居老辈，既未迎迓，亦未参谒，意欲文肃先往拜也。衣言之兄〔弟〕渠田先生为文肃会试房师，免官来宁，居其弟〔兄〕藩司衙中，先差帖往督署，贺文肃履新。文肃见帖，礼不能不先谒老师，不得已往藩司衙门，以门生礼先谒见。渠田先生肃客，而衣言未出，文肃询之，衣言始以藩司谒见总督。文肃颇怀怨，憾其终能遂总督先拜藩司之愿也。

一日江苏全省议禁鸦片烟事，全省司道重要职掌人员会集于江宁督署，久候藩司不至，未能开议。戈什乘马催促于途，藩司仍不至。俟之良久，衣言至矣，入门即出言曰："汝等何故催逼如是之急，我尚有鸦片烟两三口未吸，议事不能振起精神也。"各司道瞠目相视，不能作一语。盖所议者禁烟，藩司当场自认吸烟，则藩司首先犯禁，何以措此？于是改议他事，敷衍了局，文肃益恨之。而衣言先生清德、名望、辈行俱高，又不便奏参，在江南任内，终莫可如何。

其后文肃入京陛见，乃面奏："藩司孙衣言宜为文学侍从之臣，外官非其所长。"军机乃会商孙衣言调京内用，为太仆寺卿，官三品，与江苏布政使官二品对调。外官二品，即京官三品，品级无轩轾。后衣言亦未入京就职，沈、孙两家宿怨始终未解。

原载《新闻报》1947 年 7 月 25—26 日

清代乐部大臣

月前秦淮市楼饮次，谭及清代官制，礼部外尚有乐部，例属满人专职，固未暇深考也。顷濮伯欣兄自常州函告，曰近假读《毗陵庄氏族谱》，见其第十八卷《盛事门》载有方耕先生（存与）曾任乐部大臣一条。其文曰："有清特设乐部，有神乐、升平两署，典署各一人，署丞各二人，皆满缺，缙绅向不载，仅载管理乐部之大臣。故事，乐部系简亲王一人及内务府总管一人或二人领之，亦满洲大员之职也。惟乾隆间十二世方耕公任礼部侍郎，以通律吕特简为乐部大臣，汉官膺此任者实所罕觏。公所著有《乐说》若干卷，阐经考律，时称绝学。"但谱中第十九卷所录方耕先生国史列传，历官独阙此职，而县志及家传则具有之，暇当详考其实。

原载《新闻报》1947 年 7 月 27 日

乾隆禅位后仍亲政

故老相传，清高宗（乾隆）禅位后，倡热"归政仍训政"之说，每日召对臣工、处理庶政如故。当时朝廷之上，直视仁宗（嘉庆）如无物，但其详情则记载殊罕。《庄谱·盛事门》载有第十四世讳肇奎者于高宗禅位后向之奏对一条，读之可窥见一斑。

其文曰："嘉庆元年八月初五日，以〔以〕广东按察使在滦河觐见。（略）时仰窃圣容甚霁，因即叩首乞休。上云：'知尔有才干，何必急于求去？我长汝十六岁，仍理庶政。汝精神好，可回任，莫求退。'对曰：'臣于乙卯岁渡海巡南澳，触受海风，迄今右耳作风涛鸣。'上云：'汝精神好，耳不聋。'又问：'汝看我面颜如何？传位后亲政如何？'对曰：'臣六年前曾睹天颜，迄今如旧，现在亲理万幾，以身设教嗣皇帝，普天悦服。'复奏：'现在万寿伊迩，乞准臣随班叩祝后再行出京。'上云：'好。'遂退出。"

按：高宗生于康熙辛卯年八月十三日，庄公奏对在八月初五日，故有万寿期迩之说。康熙辛卯至嘉庆元年丙辰[1]，凡八十六年，其云"长汝十六岁"，则庄公年正七十，揆诸悬车之谊，宜其有叩头乞休之举。但每岁木兰秋狝，实由皇帝躬奉太上皇帝行之，是仁宗固同在滦河也。乃君臣问答，绝无一语及之，庄公对于仁宗，亦别无觐见奏对之记载。果其有之，似不应忽略遗漏也，是诚"视之如无物"矣。当时朝士纪载之罕，殆亦有所讳欤？

以上两条，均关有清掌故，因据伯欣函述者，略加删节，录之以广异闻。

原载《新闻报》1947年7月28—29日

注释

1 钱注：清康熙五十年辛卯，公元1711年；嘉庆元年丙辰，公元1796年。

顺治丁酉江南科场案

顺治十四年丁酉科江南乡试[1]，正主考左□□，副主考赵□□[2]，榜发，两江士论哗然。虽获隽者多江南名士，而中式举人大半由出卖关节获选。士子群集贡院前，在贡院大门张一联曰："赵子龙一身是胆，左丘明有目无珠。"并于贡院大字上，将"贡"字改为"卖"字，"院"字用纸贴去"阝"旁，变成"完"字。于是贡院变成"卖完"，京师内外哗然。

台谏奏参，诏以该科江南中式正副榜举人一体来京，由皇上亲临，再行考试。京江张玉书文列第一，首比"不为朝廷不甚爱惜之官，亦不受乡党无足重轻之誉"，最为今昔传诵，谓有宰相风度。吴汉槎兆骞，惊才绝艳，江南名士也，犹交白卷而出。或曰汉槎惊魂不定，不能执笔，查初白[3]所谓"书生胆小当前破"也。或曰汉槎恃才傲物，故意为此。结果正主考左伏法，吴兆骞则发往宁古塔戍所，以交白卷故，朝士不能力救也。

时明珠当国，其子纳兰成德与无锡顾贞观最善，顾跪求纳兰挽救汉槎生还。汉槎获赦还，京师朝野名流欢宴无虚日，投赠盈尺。益都冯相国[4]诗："吴郎才调胜诸昆，多难方知狱吏尊。"又："太息梅村今宿草，不留老眼待君还。"最为动人。

原载《新闻报》1947年8月1—2日

注释

1 实为康熙五十年辛卯科江南乡试，文中叙述夹杂着顺治十四年科场案事。

2 左□□、赵□□，钱实甫点校本径作"左必蕃""赵晋"。

3 钱注：查慎行，字夏重、悔余，号初白，浙江海宁人。

4 钱注：冯溥，山东益都人。

徐乾学祖孙父子

昆山徐健庵祖孙父子事，合《东华录》《刑案汇览》诸书及他种遗事，连贯记之。

昆山徐乾学、立〔元〕文、秉义，顾亭林之外孙，兄弟鼎甲、尚书、总宪也[1]。乾学健庵有子五人，皆翰林。孙陶璋，状元。自健庵子名骏者以翰林累文字狱，处斩，家道遂微，移家安徽，今则昆山鲜徐氏子孙踪迹矣。

徐骏幼年读书最凶顽，所延教师穷秀才也，课骏书，日肆夏楚。骏恨之，阴置毒药毙其师。骏登第，有知其事者，皆呼骏为"药师佛"云。

逮雍正初，文字狱兴，骏作诗，有"明月有情还顾我，清风无意不留人"句，有人告发，谓骏思念明代，无意本朝，出语诋毁，大逆不道，交刑部案实，治其罪。刑部开堂大审，骏昂然自负，大备证辩之词。升堂就案，举目视承审司员，年未过三十，俨然毒毙之教师也。骏骇极，手足失措，神智恍惚，承审所问，逐条承认，口供画结，奏明处决，一时传为因果之报。

自徐骏伏诛，徐家望族日趋凌替，虽陶璋，亦以修撰终身，毫无建白。考《东华录》，健庵亦因爰〔援〕引诗句奏参，随带书局回籍。郭琇参徐乾学、高士奇折曰："'万方玉帛归东海，四海金珠进澹人'，外间流播，其苞苴贪污可知"云云。康熙宽大，谓："若辈一巾寒素，袱被来京，今则高门大厦，居处辉煌，不必深究，原品回籍可也。"若处雍正朝，岂容携带书局随行乎？

徐氏离籍昆山，全家入皖。后有安徽翰林徐宝善者，即健庵之后。最后有徐谦者，则宝善之后。

原载《新闻报》1947 年 8 月 3—4 日

注释

1 钱注：徐乾学，字原一，号健庵，康熙九年探花，官至刑部尚
  书。弟秉义，字彦和，号果亭，康熙十二年探花，官至吏部右
  侍郎。弟元文，字公肃，号立斋，顺治十六年状元，官至文华
  殿大学士。

"洪宪皇帝"的揖让

张季直曾戏语项城云："大典成立，将举大总统为皇
帝。"袁曰："以中国政教合一论，宜仿罗马教皇，万世传统
皇帝当属诸孔子后裔衍圣公孔令贻；以革命排满论，则皇帝
当属朱家后人，延恩侯朱煜勋可以当之。"季直曰："然则孔
旅长繁锦、朱总长启钤皆可登九五，否则朱友芬、朱素云亦
可奉为至尊矣。"因相对大笑。此真滑稽之谈，不意竟有人
据此以议订揖让之礼。

国民大会代表表决国体后，诸臣乃筹备称帝程序，行
三揖三让之礼制。如刘申叔诸帝师，据经证古，谓："古者
以揖让而有天下，尧让于舜，舜让于禹，让之许由，许由洗
耳，走而不听。泰伯至德，三以天下让，民无得而称焉。夫
揖让者，必有相对受揖让之人，舜也、禹也、许由也、季历
也，皆相对之人也。即如清帝逊位，还政于民，大总统实为

代表民国接受政权之人。清廷直接行交付之揖让，大总统代表承接受之揖让，大总统即清廷相对之人也。今国民代表谓共和不适宜于中国，将公推大总统为大皇帝，只可为推戴，不可曰揖让；大总统不受，只可谓不受推戴，无对方可揖让也。今日之事，唯推戴与揖让两途。推戴者行商周以还之制，如大总统退还推戴书，只可曰谦让，不可曰揖让。如行三代揖让之制，则大总统宜有相对让与之人提出代表大会，一让，二让，三让，国民代表皆否决，大总统揖让礼成，真隆古所未有，合中国尧、舜、夏、商、周之体制而为一矣。"项城称善，乃先议揖让程序。

刘师培等进曰："第一次揖让对方，宜还政宣统。大总统接受政权，得之满清，由清廷直接让与，而非得之民国。今国民既不以共和为然，大总统宜还帝权于移交之人。但清室既废，天下决不谓然，是亦欲取姑与也。第二次揖让对方，宜择延恩侯朱煜勋，提出朱明后人，既合排满宗旨，又表大公无私态度。实则朱某何人，只供笑柄，决不能成为事实也。第三次揖让对方，则为衍圣公孔令贻。清室、朱明为前代之传统，衍圣公为中国数千年之传统，远引欧洲罗马教皇为比例，近述政教合一为宗旨，大总统高瞻远瞩，真泱泱大风也。此种揖让，事近游戏，姑备一格耳。三揖三让礼成，大总统再受国民推戴书，御帝位，世无间言矣。"

廷臣又密议："接受推戴书，有两项办法：（一）让而不揖，无对象也，可退还三次，始接受帝位。（二）让而且揖，有对象也，可斟酌前议。宣统、延恩侯、孔子后裔皆不成问题，但其时虚君共和学说流行，设会场中有一二人提出虚君制，大开玩笑，岂不偾事，宜慎之。必欲行三揖制，不如先从孔令贻下手。"后曲阜县忽发生孔令贻控案数十起，实欲以此先毁伤孔令贻，预为揖让时不能接受之地步，其用心至为可笑。厥后，终用让而不揖之策接受帝位，开基洪宪。

禺案：雍正二［十］年，欲牢笼汉人，封明裔正定府知府朱之琏为一等承恩侯，列镶白旗汉军。琏子绍美袭爵，传十二代至煜勋，光绪十七年袭爵。清廷祀明陵典礼，每年春秋二祭，上谕派延恩侯某致祭，祭毕，向宫门谢恩，见每年宫门钞。洪宪臣子为装点门面计，忽思搜及古董，真可谓想入非非。

原载《新闻报》1947年7月13—17日

读书小识

廋词，见于《春秋传》。范文子[1]暮退于朝，武子[2]曰："何暮也？"对曰："有秦客廋语于朝，莫之能对也。"又《太平广记》引《嘉话录》载："权德舆言无不闻，又善廋词。尝逢李二十六于马上，廋词问答，莫知其所说焉。或曰：廋词何也？曰：隐语耳。《论语》不曰，'人焉廋哉'，此之谓也。"朱仲我则谓："廋，训匿，匿其词，故为隐语。"《嘉话录》引《论语》亦是别解，与王充《论衡》引"天厌之，天厌之"语，"厌"作"压"，不作"厌弃"解，可备一说。"廋"亦作"廢"，《孟子》"若是乎从者之廢也"，亦训匿。《说文》无廋、廢二字。今湘楚俗语曰"打菊子"。

　　后辈称先生或省"先"字，或省"生"字，皆通。黟人敬前辈，称先生字曰"某某生"，犹楚人称你老人家曰"你家"，皆省语也。《史记》王生、陆生、贾生之称，皆省"先"字，而讥祁门人但称"某某先"。余曰：《史记·晁错传》"学申韩刑名于轵张恢先所"，徐广注："先，即先生。"《汉书·晁错传》"后公卿言邓先"，颜师古注："邓先，犹言邓先生。"则单称"先"字亦通。

　　《南史·孝义传》：贫苦之家，多养他姓幼女为媳，及长，然后成礼合巹，谓之"上头"。《华宝传》：父豪，晋义熙末戍〔戍〕长安，年八岁，临别谓宝曰："须我还，当为汝上头。"始知为古语。

原载《新闻报》1947 年 7 月 30—31 日

　　隽君注：朱仲我，即吴县人朱孔彰。

注释

1　范文子（？—前574），士氏、范氏，名燮，谥文。范武子之子。春秋时期晋国大臣。

2 范武子（约前660—前583），士氏，名会，字季，因被封于
随、范而称为随氏、范氏，谥武。春秋时期晋国正卿。

刘伯温碑文

光绪七年（一八八一年）七月，涿州挖河，传出刘伯温碑，翁叔平先生曾载入日记。其文曰："幼儿营疆土，恰似白鹦鹉。戊辰成卯兔，盛似黑白虎。一字十四点，价值三千五。西安无瓦盖，更比汉人苦。穷民无岁月，富民无米煮。大清归大清，二人并疆土。切看龙蛇会，谁是谁的主？"

此碑末有"洪武　年　月　日刘伯温押"，模糊未录。原文遍传北京，翁常熟载入记中，其广布可知。后谈谶纬者谓，"西安无瓦盖"指两宫蒙尘，"更比汉人苦"指清亡，"大清归大清"指"康德"归"满洲"云。

民国十七年，南京竹桥□□□□□土寿石一方，其文曰："撤了金陵塔，自家杀自家。日东升，月西没，胡儿地方起烽烟，草弓何柔弱？大好江山落夷手，秋尽江南万古愁，繁华变作瓦砾邱！得逍遥，且逍遥，骑马跨卫过竹桥，烧尽江南百万村，军民在九不得逃。回天一二九，引起白日结深仇，眼见日西休。"末署"洪武　年　月　日伯温刻埋金

陵土中，六百年后出世"云云。予战前作《金陵杂咏》云：
"志公塔撤谶如何，烧饼传谣有后歌。出土碑文诚意伯，金
陵兴废竹桥波。"

　　按：予当年住太平桥，距竹桥近，刘縻苏来云竹桥现
出刘伯温碑，急往观，抄其文归。当日谣众，市府已不知移
藏何所。在渝抗战八年，事事与碑文符合。尤奇者，日骑入
金陵由竹桥进，"跨卫"则汪精卫、近卫文麿；"白日结深仇"
则美日开战；"一二九"又适合攻珍珠港年月日。渝士家传
户抄，甚矣汉人之重纬书也。

原载《新闻报》1947 年 8 月 5—6 日

革命军中一前辈

述戢翼翚生平

　　前奉军总参谋长、联合军团司令官、现国民政府委员
戢君翼翘来谈数次，曰："先兄元丞翼翚为留日学生最初第
一人，发刊革命杂志最初第一人，亦为中山先生密派入长江
运动革命之第一人。后经袁世凯驱逐回籍，交地方官严加管
束，抑郁以终，未睹辛亥革命盛事。吾兄与先兄共事甚多，
予尚年幼，虽亲见之，未知其详。述先兄生平事迹，非兄莫
属，否则首创内地革命，无人知有戢翼翚其人者。幸祈吾兄

详细叙述，俾列家传而昭信史，此翼翘所以报先兄，亦吾兄所以彰友朋之义也。"予曰："善，暂草长编偿汝志。"

戴翼翘，字元丞，湖北郧阳府房县人。郧阳为郧子国，古之上庸。房县属郧阳，山陬僻邑，清代二百年来，乡试未开科。史载帝在房州，其县则有关史乘，故房人自称其县曰房州。元丞生长是县，其尊人以军功故叙守备，隶湖广总督督标标下。元丞随父居武昌，得与当地士大夫游，始识读书之法，颇有四方之志。

会甲午中日战争，马关和议告成，两国互派公使，首派李经方，后派裕庚。时外交人员少娴日本语言文字者，两国交涉，多以英语酬酢。观马关议和，李相国鸿章、日本内阁总理伊藤博文辩论问答，俱用英文，刊为专书，翻译则李经方、罗丰禄、伍廷芳也。两国既复邦交，来往须用日本文字，译员多用留日华侨。若辈焉知交涉？裕庚乃派其参随安徽吕某来鄂，招使馆练习学生。元丞应选，东京中国使署特辟学堂，为教授翻译人材之用（李盛铎为驻日公使，书长对，首句曰"斯堂培翻译人材"，传为笑谈。盖当时留学外国，只习其语言文字，他无学问也），元丞等乃为留学日本开山祖师。使馆学生学成者，湖北戴翼翘、刘艺舟，安徽吕烈辉、吕烈煌，广东唐宝锷，江苏冯阅模等，凡七八人。

元丞提倡革命，宝锷考留学生得翰林（按：唐浚为候补道，有一趣对，脍炙人口。唐与海关道何秋辇书，必写"秋辈"，面称亦然，"辈""辈"不分也。写"盘察奸宄"，必写"奸究"，"究""宄"不别也。当时为作对联曰："辈辈同车，夫夫竟作非非想；究宄共盖，九九还将八八除。"），刘艺舟以擅新戏蜚声南北，余无建白。

甲午战后，日人决策，提倡中日亲善，在中国设东亚文会，派子爵长冈护美游说南北各省派遣文学生，习精神、物质各科学；陆军少将福岛安正游说南北洋、湖北派遣陆军学生，入日本士官。东京留学生日众，元丞遂领袖诸生，宣播革新、革命两种政派之说。时梁启超在横滨发行《清议报》，倡保皇君主之说；元丞与雷奋、杨廷栋、杨荫杭等设《译书汇编》于东京，为改革中国政学之说，尚未明言革命也。然阴与由伦敦归横滨兴中会首领孙逸仙先生声气呼应，协谋合作矣。

会庚子事变，江、鄂不奉朝命，保皇、革命两党各运动西南总督宣布独立，中山先生先派人致书于两广总督李鸿章。刘坤一、张之洞长江两督始终抱"不受命、共保长江"为主旨，保皇党人多旧朝官，与张尤善，派人说刘坤一独立，不动；又派汪康年等说张之洞，不动。而保皇党唐才常始有〔终〕运用哥老会长江起事之举。哥老会多湖南籍，才常得以指挥。革命党在长江，则潜势力尚微。唐才常原为两湖书院肄业生，选浏阳拔贡，与谭嗣同为儿女姻亲，乃联合哥老，倡"富有票"。在唐颇有推翻满清之意，故屡言保国非保皇，保中国不保大清也。保皇党既倡推翻长江局面之议，以秦鼎彝力山在大通一带举事，才常则亲赴汉口。保皇党多官吏，而起义人才不能不联合革命党及留学生。而中山先生同志如秦力山、吴禄贞、傅良弼等皆膺推荐，戢元丞则不露头角，回鄂阴为指示革命党离合动作，与保皇党共同举事矣。

"富有票"之役，保皇党为主体，负筹款之责，发动以唐才常为主办，狄楚青在上海督饷项。留学生属中山派，则湖北陆军学生吴禄贞、傅良弼，海军广东黎科，工科福建蔡承煜，而湖南拔贡毕永年、龚超等皆两湖书院出身也。戢元丞由中山先生派往主持策应革命之负责人，元丞赍中山先生手函与予，以革命驱胡为宗旨，请同志勿为保皇伪说所诱惑。《先总理旧德录·感遇篇》曾云，庚子之变，说江、鄂督独立不遂，唐才常、龚超等以"富有票"名义，纠合长江哥老会党在武汉举事。唐、龚皆两湖肄业生，与予同院，谚谓秀才造反是也。一日鄂留日学生戢翼翚投刺来谈，手出孙先生亲函一通，谓："吴禄贞言，鄂中友人，只刘问尧一人可商大事（问尧为成禺原名）。今派戢元丞翼翚回鄂，特修函请就商，亦因友及友之义。"予问元丞："唐佛尘[1]之宗旨究竟如何？虽曰'外标保皇，实用保国'，又宣言保中国不保大清，既标举皇上为题，又何以孙公与之结合，派君迅来？"元丞曰："佛尘已与孙公秘密结盟，用保皇会出面，利用军费耳。不然，秦力山、蔡承煜、黎科、傅良弼皆到，吴禄贞即来，皆孙公心腹也，能主张保皇乎？子无疑。"予与元丞首谒洪山忠字五营统领黄忠浩，元丞说其响应。时张通典伯纯（张默君之父）在座，即止之，曰："汝幸在黄泽生处言之，在他处，殆矣。此何等事，而随便商议乎？真洋学生也。"后保皇会知唐通孙，电上海截留其饷项，改期举事，事遂败。元丞临行曰："予将以汝尽力情形面呈先生。"予亦曰："不久来日本，恕不复先生函。"（详见冯自由《中华民国前革命史》。）

唐才常等以汉口李慎德堂为总机关，前门临华界，其后为英租界。上海军饷不至，哥党哗然。唐、吴、傅等尚往来武汉之间，被捕前二日食予家，前一日食元丞家，元丞送至江干，唐告改期，元丞曰："事败矣，此等事差在毫发，今消息已宣传满城，宜早为之所。"元丞以改期未过江，翌晨李慎德堂全班被获，吴禄贞由三四丈高墙头跳落英租界，得逃。捕至总营务处，主者多南皮书院、学堂门生，余则哥会龙头。南皮颇欲从轻治罪，于荫霖为湖北巡抚，力主处以大辟，南皮忍气不敢争。总营务处姚锡光、文案陈树屏主张，只罪当场拿获者，余不究。而唐才常、傅良弼、黎科、蔡成煜皆骈首于武昌大朝街天符庙前矣。

元丞当夜走避湖南会馆梁焕彝处，翌日走予家。知追究从宽，先太夫人力促其潜离武汉。元丞使当日过江，早随唐、傅授首矣。（按：先太夫人七秩正寿，时功玖、居正、张知本等撰略，曰："庚子汉口之役，浏阳唐佛尘、潜江傅良弼以谋改革事泄被害。太夫人闻之，语禺生曰：'市中所杀者，即昨饭于吾家者耶？'凄惋见于颜色。党人戢翼翚走匿君所，太夫人曰：'戢翼翚，尔奈何尚在此？吾家仆役众，乍见生人，保无因惊疑漏言，是不可久居，宜远去。'重助旅费，遣之逃。又虑门关谁何严，有姚生者，具冠服为拜客状，元丞杂轿舆过军事盘查地，返家急行。"）

元丞、力山同返日本，创《国民报》，密与中山先生议，发布推倒满清大革命之宣言，是为第一次堂堂正正革命之文字。《国民报》势力遂能支配长江内地，清廷无法禁售。戢元丞、秦力山、沈翔云、雷奋、杨廷栋等皆有撰著。报中文有"妖姬侍宴，众仙同日咏霓裳；稚子候门，同是天涯零落客"一联，为南皮所圈点。又与沈翔云为《留学生告南皮书》，责其残杀士类，劝其改革政治，致使南皮召集名流驳复此书，张皇数月。

予往东京，元丞安置与萱野长知同居左门町，力山等皆在焉。元丞利用日本女子贵族学校校长下田歌子资本，欲宣传改革文化于长江。孙先生亦壮其行，乃设作新社于上海，首刊其《东语正规》《日本文字解》诸书，导中国人士能读日本书籍。沟通欧化，广译世界学术、政治诸书，中国开明有大功焉。元丞遂为沪上革命党之交通重镇矣。

清振贝子²赴日，首携留学生陆宗舆以归，后曹汝霖、章宗祥、金邦平亦相继来北京，均有大用。而元老学生戢元丞尚在上海，乃谋召其入京。此不经留学生考试，大加擢用之留学生也。元丞亦因革命陆军学生吴禄贞等阴握兵权，为中山先生所赞同，乃入京主持而策画之，沉潜计算，非复以前之踔厉飞扬矣。间岛设大臣之议，改革法律之议，皆与其谋。赞成亲贵管兵，革党可领军队，运动引用党人。所谓党人，革党，非保党，清廷固保革不分也。唯袁项城深知其意，一入军机，遂于光绪三十三年奏参戢翼翚交通革命党，危害朝廷。廷谕："戢翼翚着革职，押解回籍，交地方官严加管束。"翌年，郁死武昌家中。其死状情形如何，介弟翼翘当能道之，予在海外，非目睹不敢言。今丛录其生平言行如此，皆予所知者。

禺案：袁项城为军机大臣领外务部时，颇恶号"日本通"之外交大员，况元丞为革命党出身乎？戢案未发动前两月，先将前日本公使蔡钧驱逐回籍，谓其自命为外务部侍郎，在京招摇。有山东藩司尚其亨者，不知朝谕已发，陛见，尚向西太后力保蔡钧为外交人才，堪大用。西太后晚之而笑。外间谓尚其亨宜改尚其享，意谓"哀哉尚享"也。以上均前清光绪三十三年事。

原载《新闻报》1947 年 8 月 7—17 日

注释

1　唐才常（1867—1900），字黻丞、佛尘，自号浏阳子，湖南浏阳人。维新志士，戊戌政变后在沪组织"自立会"，发动自立军起义，事泄被捕就义。

2　爱新觉罗·载振（1876—1947），字育周，满洲镶蓝旗人。庆亲王奕劻长子，曾任商部尚书、农工商部大臣、弼德院顾问大臣。

清游题句　雅集敲诗

张南皮得意之笔

张南皮督学湖北，科试黄州毕，游武昌西山，题山寺联云："鼓角隔江听，想当年短棹频来，赖有诗篇消旅况；官僚携屐到，忆此后玉堂归去，也应魂梦恋清游。"癸卯[1]与江督议事，回船过黄州，再游西山，见旧题联座间增一联，云："直上九曲双峰，绝顶有奇境；只恐琼楼玉宇，高处不胜寒。"上联用元次山游西山语，下联则用东坡《水调歌头》。问何人撰联，寺僧以城中孟秀才对，秀才下世数年矣。南皮叹息曰："是真能知予当年心事者。其时聊借东坡自况，不知竟有人排挤于后，皆舒亶、李定[2]之流也。"询孟秀才家，其子能读书，乃列入颜曾孟贤裔，给书膳费。又端方题焦山联："斜阳无限好；高处不胜寒。"语句亦佳。

戊戌前，南皮由鄂省移督两江，游焦山，题长歌于松寥阁，颇有感慨时局、左袒维新诸贤之意，寺僧精装悬壁。政变事起，节庵先生乘小兵轮由汉星夜抵焦，问寺僧："张督题诗尚存否？"寺僧出轴曰："不敢损坏。"梁曰："张督欲再题跋于后，题好还汝。"携卷归，裂而焚之。《广雅集》中无此诗，夏口李逮闻居焦山，曾抄得。

南皮入枢府，暇日课诗钟，限"蛟""断"二字。南皮作"刺虎斩蛟三害尽，房谋杜断两心同"，颇有表示新党已歼，与袁项城共主政局之意。值予友高友唐由汉归京，友唐居南皮幕十余年矣，南皮问："外间对余有何议论？"高曰："人皆谓岑西林不学无术，袁项城不学有术，老师则有学无术。"南皮笑曰："项城不但有术，且多术矣；予则不但无术，且不能自谓有学。"高曰："老成谋国，必有胜算，本从学问中来。房谋杜断，当以老师为归。"南皮莞然。事载《高高轩笔记〔随笔〕》中。

原载《新闻报》1947 年 8 月 18—20 日

注释

1　清光绪二十九年，公元 1903 年。

2　舒亶（1042—1104），字信道，号懒堂，明州慈溪（今属浙江）人。李定（1028—1087），字资深，扬州人。二人在北宋元丰初曾同劾苏轼，酿成"乌台诗案"。

孙总理语录

练习演说之要点

先总理孙中山先生尝自述练习演说之法：一练姿势。身登演说台，其所具风度姿态，即须使全场有肃穆起敬之心。开口讲演，举动格式，又须使听者有安静祥和之气。最忌轻佻作态，处处出于自然，有时词旨严重，唤起听众注意，却不可故作惊人模样。予（先生自称）少时研究演说学，对镜练习，至无缺点为止。二练语气。演说如作文然，以气为主，气贯则言之长短、声之高下皆宜。说至最重要处，掷地作金石声。至平衍时，恐听者有倦意，宜旁引故事，杂以谐语，提起全场之精神。谠言奇论，一归于正，始终贯串，不得支离，动荡排阖，急徐随事。予少时在美聆名人演说，于某人独到之处，简练而揣摩之，积久，自然成为予一人之演说。

先总理又云：演说须笼罩全局。凡大演说会，有赞成者，亦必有反对者。登台眼观四座，有何党何派人，然后发言，庶不至骂题。出言不慎，座中报以怪声，此演说家之大忌。必使赞成者理解清晰，异常欣慰；反对者据理折服，亦暗中点头；中立者喜其姿态言语，亦易为左袒。万不可作生气语，盛气凌人。予在华盛顿，见有议案本可照例通过，但某议员登场忽骂及他党，致招否决，此一例也。演说纲要，尽于此矣。诸君他日归国，有志于政治，即有需于演说，故为君等告之。

原载《新闻报》1947 年 8 月 21—22 日

宣传文字的运用

先总理云：宣传文字，贵能提纲挈领，词意愈简单，人愈明了，一切运动，无不成功。忆予在广州乡间与人言"反清复明"，尚有不了解者，予即举示制钱正面之"某某通宝"，问曰："汝等识此字乎？"曰："能识。"又举反面两满洲文示之，则曰不识。乃历举满人入主中国、奴视汉人之事告之，遂恍然于反清复明之大义。始知汉高祖约法三章，曰"杀人者死"，实简单明了，可定天下也。引起民群之信仰者，在事实不在理论。不观莎士比亚戏曲乎？罗马凯撒发表演说，民众归向凯撒，大呼"杀布鲁特"；及布鲁特继之演说，民众又归向布鲁特，大呼"杀凯撒"。民众之从违未定，在能举简单事实，参以证据，使群伦相信耳。今用"排满"口号，其简单明了，又远过于"反清复明"矣，故革命之进行甚速。至若三民主义、五权宪法，为立国之根本，中人以上能言之，大多数中下级民众尚难尽解，不若"排满"口号更易唤起群众。民国成立以来，民国不应有皇帝，民众一说即知，故反对帝制之说起，袁世凯八十三日而崩溃，此其明效大验也。

原载《新闻报》1947 年 8 月 23 日

谈民选议员

先总理孙先生曾谈民选议员制度曰：尝闻中国谐论，有某进士公见人读《史记》，问为何人所著，答曰："太史公。"进士曰："太史公是那科翰林？"又翻阅《史记》数篇，即曰："不过尔尔。"此种笑话，正与华盛顿议院议员所发议论同一奇妙。美国合众国大总统称President，大公司、大农场首长亦称President。有南部某小州民选下议院议员，系农场出身，未入大都会。一日在议会中正谈论合众国大总统之权限，此议员即发言曰："合众国President权限，是否与我农场、公司之President一样？农场、公司President，遇紧要事可召集董事会，合众国President遇有要政，当然可以随时召开议会。"此语一出，全场哄笑。盖当时美国民选议员，竞选者多以金钱占胜利，结果乃有此学识谫陋之议员。故予主张，民选议员亦须先有考核，必择其人资望、才能、学识足以胜任，始投选票。因国家大政大法固非富有金钱而毫无学识者所得参议也。

原载《新闻报》1947 年 8 月 24 日

秦淮哀史

千古伤心揾泪巾

十年前，予与内江张大千君居青城上清宫，大千出血泪揾巾二幅，本事题词一轴，谓予曰[1]："此亡友王伯恭物也。"伯恭盱眙人，早岁负盛名，有大志，曾经合肥奏派为朝鲜国王上客，又参吴武壮、宋竹山〔祝三〕[2]军事，往来翁常熟、潘文勤之门，郁郁不得志。晚年一官湖北，为归州知州，予始与相识[3]。辛亥后，助张杶人治两浙盐务，乃常相见。揾泪巾本事，则乙卯[4]前所演也。绢巾方一尺余，血泪斑斑，作烂嚼樱桃色，乱渍巾面。本事题诗一轴，列伯恭悼亡五古一首，次易实甫、诸以仁、张杶人各题长歌一章。大千曰："吾辈与伯恭皆旧好，伯恭死矣，风雅遗物幸存予手，将装册绘像，子其志之。"大千南来，尚未晤面，偶检旧箧，握笔序述。

秦淮顾瑷云，本丹徒旧家女，堕勾栏，以色艺名河亭，自伤身世，避人恒偷拭苦泪，伤知音之难遇也。伯恭晚岁来金陵，侘傺无聊，置酒画舫，遇之。伯恭大醉，自嗟功业无成，垂垂老矣，握瑷云手，放声大哭。瑷云为度一曲，怅触旧悲，亦紧握伯恭手，嘤嘤啜泣。座客曰："汝二人真可谓'一声河满子，双泪落君前'矣。"两人情感既同，笃好如夫妇。瑷云扬言非伯恭不嫁，杜绝他客，晨夕相守者一月。会伯恭有事于他方，开筵延朋好，谓小别匝月，必来迎嫒云。好事者书历樊榭《秦淮怀古》中一联"会冠莲台王学士，名喧桃叶顾夫人"为定情贺联，张诸嫒室。伯恭去后，有豪富欲纳嫒云，嫒云誓不迎新。鸨母迫之，备受酷遇，嫒云呕血不食，未及一月，奄然玉殒。临终前，托伯恭至友将揾泪巾一端交伯恭，为诀别遗物。张栩人曰："老王郎真有天壤之痛矣。"

伯恭题五古长句云：

鲛绡一尺强，缄裹千万恨。皓洁不受缁，边幅独也正。忆初识嫒君，心亲貌则敬。自言本良家，居近丹徒镇。贫匮不自存，远堕天涯涧。身贱辱清门，不若早死幸。我闻悲心骨，身世可同论。感君缠绵意，诉合坚且韧。不惜韶红颜，甘为白发映。静若兰同心，亲若鸟共命。欢若水乳融，快若针芥并。有时半日别，嫪态生嚏欷。旁观讶痴狂，少年肆嘲评。两情既云洽，有耳曾莫听。谓当百岁依，茶霙味咸隽。海石有枯烂，金玉无破莹。何图匝月欢，彼苍遽畀靳。槛风袭瘁饥，壮温遘新病。欹枕三日卧，香玉顿消殒。已矣当奈何，真宰邈谁问。吾哀少欢悰，得名箴无闷。聆君娓娓谈，表里透明镜。狎处无亵容，专一好能静。清矫出污泥，贞雅自天性。达俗终不祥，此理岂可信？伤哉玉树姿，摧折罡风劲。翠楼存仿佛，绣幕掩华韵。爱玩绝耳目，憎刻损肝肾。遣悲从作达，此乐固难更。怀袖挹芗泽，犹一揾巾剩。睹物念旧人，戏语亦妖谶。斥去良不忍，留观澳空进。洒轮写长谣，言意两不尽。默念平生欢，触处赢薄幸。如云匪思存，屡效风人咏。胡为觌此君，心降费方寸。颇疑天不仁，昏昏布苛政。又疑佛因缘，昙现亦泡梦。感念还嗟吟，精爽时荡振。未知死后贵，安识有生庆？玉箫堕渺茫，钗盒付幽敻。掣泪成此诗，情衰语难俊。

易实甫题长歌云：

揾巾泪，泪长堕，此巾本自江南来，可惜不收泪花税。揾巾泪，泪欲枯，此巾不向宣南殉，可惜空留泪雨图。误堕风尘非妾志，妾身本与死无异，妾心早以死自誓。妾本与郎不相识，早死一月不识郎，迟死一月待郎至。无情者天，有情者天。谓天有情，胡为置妾青楼间？谓天无情，安能死妾郎膝前？嗟郎薄命亦如妾，肮脏名场四十年。王寿定过王百谷，妾命不及马湘兰。揾巾泪，泪涟涟。

原载《新闻报》1947 年 8 月 25—28 日

隽君注：李印泉即李根源，云南腾冲人，北洋政府时代历任军政要职。王伯恭，名仪郑，安徽盱眙人。出身举人，选授宜昌府通判。曾为袁世凯老师。袁为总统，设陆海军统率办事处，以伯恭掌机要秘书。属下某，新得少大夫职，束约赴宴。伯恭以疾辞，戏书東端曰："下大夫不可与同群。"见者问故，伯恭蹙眉曰："某昔为卒，今日居然授少大夫，非所谓下大夫者耶？"闻者发笑。伯恭遗著《蜣庐随笔》，缕述近代掌故。李少荃即李鸿章，吴筱轩即吴长庆。厉樊榭，名鹗，字太鸿，浙江钱塘人，康熙庚子年举人。工词，著有《宋诗纪要》《樊榭山房集》等。朱祖谋谓其为浙西词派之中坚人物。王百谷，名穉登，明末江苏长洲人，工诗。马湘兰，名守贞，金陵娼妓。欲嫁王穉登，穉登不可。万历中，王年七十，马赴苏州祝寿，返金陵不久即病死。遗诗，王为作序刊行。（注：盱眙今属江苏。）

注释

1 这一段，谢其章编《世载堂杂忆续篇》（海豚出版社 2013 年版）改为"因事赴苏州晤李印泉，事毕，同访张大千于网师园，相与读画谈往为乐。大千出血泪搵巾二幅，本事题词一轴，谓予等曰"。

2 宋庆（1820—1902），字祝三，山东蓬莱人。晚清将领。

3 始与相识，谢其章编《世载堂杂忆续篇》改为"少年时即与相识"。

4 民国四年，公元 1915 年。

谈前清刑部则例

冒鹤亭云：予初分发刑部，新到部人员必在司阅《大清律例》《刑案则例》《洗冤录》等书。少年人最喜阅者，则奸拐案也。一日司官考问所阅，以奸拐律对。司官曰："有何意见？"答曰："刑律，仆人奸主妇者斩立决，主人奸仆人妻者罚俸三月，太不平衡，罪主人太轻，罪仆人特重。"司官曰："非汝所知也。官场大忌，在仆役门丁挟持主人用事，若辈既无廉耻，何事不可为？如奸淫仆人妻律所订较重，仆人或故遣妻女诱惑主人，为揽权挟持之具；或主人本无其事，仆人乱造蜚语、证据，挟制其主人。主人恐丢官，不得不将就，仆人乃得横行无忌。今定律罚俸三月，主人纵不去官，亦有玷箴规，仆人计无所施，则不敢尝试矣。至若仆人奸主妇斩立决，此不仅纲纪之大防，实含有政治作用。因办理减轻，小人之胆愈大，内外上下潜通，则居官尸位，一切败坏，成何事体？毒毙本官，窃据地位，此种案件，时有所闻。律严用斩立决，若辈尚怙恶不悛，能减轻乎？"

司官又引证两事，谓："有某相国者，因与仆人妻有染，一日将早朝，甫出门，骖车为仆夫所阻，向某相国索妻，纠缠不休，致误朝期，传为笑柄。又如乾嘉间，湖北黄冈陈氏一家多达官，分宦各地，而内幕殊不可问。主人奸仆妇，仆役亦奸主妇。主妇生子貌似仆人，仆妇生子又貌似主人。其后服官于此者相继谢世，子孙争产，仆妇子谓主妇子非主人所出，己则为主人亲生子，主妇子自不认为仆人所生，讼事数年不结。主人既死，无从证明，终于归档了事。由此思之，刑律能不严乎？"

清代犯大辟不赦之罪，犯者本名如有吉祥宏大字面，文卷中皆为之特加偏旁，凡廷寄、上谕及刑部奏折、通行文告多照此例。习惯加刀旁、加水旁，而对于叛乱者多加犬旁。如白莲教林青，则加水旁为"林清"；马新贻案张文祥，为"汶祥"。太平天国谭绍光、胡以光〔晃〕、赖文光，公文中皆用"绍洸""以洸""文洸"。洪大全解京凌迟，"大"字亦上加一点。独对于洪秀全、杨秀清、李秀成、石达开皆未加偏旁，不知其故。或云因认为罪大恶极，其原名已通国皆知，如加偏旁，转滋误会也。

原载《新闻报》1947 年 8 月 29—31 日

述杨氏《水经注疏》

顷从老友汪辟疆处，见其搜辑条贯杨守敬所纂《疏水经注》，征引广博，原委具在。予门人李君以祉，精音韵，善经史舆地之学，往来杨氏家中，与熊君会贞最善，常代熊排比疏稿。示以辟疆所纂，叹其精博，乃提要钩玄，成文一通，补汪氏所未亲见，并得会贞所谈经过，爰乐为润色，纪诸报端，图报乡贤。（以下为李君原文。）

吾乡前辈杨惺吾守敬，夙精舆地之学，其所撰《水经注疏》四十卷，为海内外所推重，论者以为与段若膺玉裁《说文解字注》相比美。先是，清初顾祖禹、胡渭、阎若璩、刘献廷、黄仪号以地理之学著称，厥后全祖望、赵一清、戴震并治《水经》，有名于世。守敬最为晚出，及以三十年专力笃志《水经》，探本《禹贡》、班《志》，博采魏、晋、宋、齐《地记》，审辨顾、胡、阎、刘、黄之绪言，平章全、赵、戴之得失，脉水寻经，征文考逸，其学与前贤相辉映。

守敬尝言，自来治《禹贡》者，若胡渭、徐文靖、程瑶田、焦循、成蓉镜、丁晏诸家，于"黑水""三危""九江""三江"之属，往往强为牵合，莫得要归。实则两"黑水"、两"三危"、两"九江"、两"洛水"、两"漳水"等皆异地同名，并不相涉，必沟而通之，则南北混淆，古今杂糅矣。

又言，古书言水，名称错出，源流参差，郦氏以互受通称说之，此例实本《禹贡》。《禹贡》"江汉朝宗于海"，盖以二水并大，非一水所得专名，故并称之。班氏识此例，故湖汉水、豫章水同流，而各言入江，西汉水、潜水同流，而各言入江，其他入河、入海之水，似此者尤多。《水经》淇、漳、圣、巨等水并言入海，亦此例，皆郦氏所谓互受通称也。前人引而未发，而郦氏始明言之。

亦有班氏未言而郦氏引伸之者。班氏谓恒水入滱，卫水入滹沱，以恒、卫释《禹贡》，以滱、滹沱缀《职方》。郦氏谓恒即滱，卫即滹沱，互受通称，而后知《禹贡》纪恒、卫不言滱、滹沱之故。近儒谓恒、卫虽小，曾所致力，故载之；滱、滹沱虽大，无所见功，故略之。庸知恒代陵谷之间，古昔有所泛滥，沽淀污下之地，今日方成泽国耶？郦氏每树一义，上下千古矣。

曩者段若膺断断经注之分，归功戴氏。然全氏于河水注"又东，济水注焉"句，极辨各本误《注》为《经》之由，谓历千年而莫之正。守敬据此以为，《经》《注》之分，全氏实导先路，匪尽戴力。赵本用全氏之说，而此竟失载，知此为全氏晚年定本，即赵氏亦未及见也。其精卓绝诣，均见于所为《水经注疏》之中。文昌潘氏所谓旷世绝学，独有千古也。

初，守敬立意作疏，以为郦氏之注本于《禹贡》、班《志》，乃撰《禹贡本义》《汉书地理志补校》以溯其源。以《经》作于魏人，乃撰《三国郡县表补正》以考其世。以《隋志》近魏，《隋志》可证郦注，乃撰《隋书地理志考证》以究其委。又以历代州郡沿革分合靡常，水道经流古今悬绝，乃撰《历代舆地图》《水经注图》，藉明变迁之迹，皆与郦疏同时纂辑，然后按图作疏，纤细差违，靡得而遁焉。

后以全疏卷册浩繁，镌板匪易，乃刺取精要，成《要删》一书问世。

当守敬之为是书也，其弟子熊会贞相助之力为多，尝以此告侯官陈衍，固未以为讳也。守敬暮年，其书未成，而深信必传，举全稿畀之会贞。临卒，犹谓会贞曰："此书不刊，死不瞑目。"会贞顿首涕泣答曰："誓以毕生精力完成此书，以尽未竟之志。"会贞居武昌菊湾杨氏故庐又二十二年，书凡六七校，稿经六易，略已粗定，而世变方殷，杀青无期。杨氏后人阴售疏稿，图断会贞生计。会贞郁郁寡欢，因而自裁，与稿俱逝，时民国二十五年五月也。会贞在日，日人森鹿三极服其学，遣松浦嘉三郎走求其稿，不获。又两谒，许以重金，乞写副本，会贞固拒之，卒不为夺。呜呼！若会贞者，真吾乡特立独行之士也，固不仅学人而已矣。

原载《新闻报》1947 年 9 月 1—5 日

革命外史

萧耀南之输诚

自陈炯明在粤叛变，先总理离广州省城，由白鹅潭移海军于黄埔，驻永丰兵舰，候北伐军许崇智等由粤汉路回师讨叛。其时最可虑者：（一）恐吴佩孚在衡山发湘赣之兵，追蹑许军之后；（二）黎元洪已复大总统职，或徇直系首领曹锟之请，正式任命陈炯明为两广巡阅使、粤军总司令兼省长。以上两者，均将牵动大局。先总理于是派谢持、徐苏中持密令来港访予，命予迅赴北京，应付以上二项秘密事件。手令云："和赣制粤之事，仰兄全权办理，务尽其力，便宜行事，期底成功。"

予即北上，因夏寿田、杨度说曹锟，调吴佩孚来京。又游说黎元洪，始终未任陈炯明官职。两事既定，未几，先总理即归上海，仍居莫利爱路。各方面派代表来沪欢迎，黎元洪亦派代表黎澍偕予往谒，大局转安，予遂返鄂。会两湖巡阅使萧耀南闻予已返，延予挈其代表往沪，介见先总理，特表诚敬，是为萧耀南与先总理往来通问之始。

萧耀南，湖北黄冈人，出身北洋直系军队，任吴佩孚部下旅长兼直军参谋长。于鄂人驱逐王占元时率师回鄂，遂为两湖巡阅使。处事明决，能识大体，尊崇学者，搜刻鄂中文献。时先总理所著三民五权、《孙文学说》、《建国方略》诸书遍传中国，萧之秘书程明超、夏口县长罗荣衮、江汉道尹周英杰皆萧心腹也，甚服膺先总理学说，言于萧曰："默察时局变迁，直系势力今虽鼎盛，但一朝涣散，全局瓦解，与皖系当国初无二致。吾等以湖北为主体，如着棋然，必多方做眼，下一闲棋，将来必有大用。孙中山先生以三民主义号召天下，从之者众，虽遭陈炯明之反噬，而拥戴者继起，卒能奉迎回粤，大势已成。巡阅使不如早与联络，即嘱刘某赴粤沟通两方，再作后图。"

萧闻言甚以为然，延予宴谈数次。临行修书，词极恳挚，有"如需某赞助，虽极困难之事，必竭力为之"等语。予遂往来粤、鄂之间，为秘密使者数年，外无知者。国民党人由粤回各省原籍，或束装往粤，路经武汉，如履坦途矣。

原载《新闻报》1947 年 9 月 6—7 日

樊钟秀之效命

中山先生徇港商杨西岩、伍学混之请，指定徐绍桢、孙科来港筹集巨款，用滇军杨希闵、范石生、廖行超等驱逐陈炯明，粤军李登同等应之。事成，先生回粤，设大总统府。炯明由惠州反攻，抵石牌，据白云山、瘦狗岭，将炮击士敏土厂。会翌晨樊钟秀由韶关以七千人至，一战破之，洪兆麟兵败退石龙。樊钟秀兵由河南越鄂境至韶关，又由韶关越鄂境归河南，始终皆与萧耀南有关。

樊钟秀当于右任主陕西靖国军时，隶其部下，与胡景翼、郭坚等为四路统军之一。后兵败，由关中归嵩阳，聚集豪杰数千人，未所〔知〕所属。时孙先生再回广州，钟秀派人来汉口，与予及熊继贞[1]相晤，谋全师赴广东。予乃赍樊书偕其代表往粤谒中山先生，即交陆军部长程潜与驻汉之熊继贞筹划一切。会吴佩孚驻军衡山，有袭广东助炯明之意，钟秀祥以兵属之，调赴庾岭，由鄂出赣。及抵粤边，急整旅待行，候孙大元帅之命。佩孚未知也，萧耀南知而不言。

钟秀离鄂赴赣时辞别耀南，耀南曰："抵粤后好自为之。"时陈炯明退西江惠、潮一带，恃有吴佩孚之援，命其大将洪兆麟统兵取广州。滇军不及调回，仅粤军当其一面。洪沿广九铁路水陆并进，据九龙广州车站，抵石牌，占白云山、瘦狗岭，大炮射程可达士敏土厂大元帅府。予深夜过江，入元帅府，见中山先生坐办公室，黄惠龙、马骧等护卫，西人马坤亦囊枪侍立，余人不见。先生乃手下严令，命陕军司令路孝忱持令箭长刀督战，无论军官兵士，退后者斩。有人以士敏土厂处境极危，陈退守三水、佛山之策，先生不为动，终夜坐接军队报告，知粤军力虽不敌，仍节节抵抗。洪兆麟见广州灯火在望，即曰："天晓整队入广州，可操胜券也。"

翌晨，天将明，樊钟秀以部队七千抵广州。樊语众曰："破贼后再作朝食。"全队疾进。洪兆麟见樊军人既高大，旗帜服装皆与粤军异，其势甚锐。一经交绥，洪兆麟兵由石牌败至广九车站，再败至石龙，而广州安定矣。厥后孙先生北伐，以樊钟秀为豫军总司令，先遣樊军回豫，在韶关启程，孙先生授以建国军旗曰："笃守三民主义，实行《建国方略》。"樊军由粤经赣抵鄂，由石灰窑、黄石港一带渡江。先是，樊军启行，先生命予返鄂与萧耀南密议，使樊军得以方便渡江。正洽商间，接粤电，谓樊军不久抵江岸，急设法。吴佩孚亦另有电，令速邀击樊军于半渡，聚而歼之。萧语予曰："我于某日某时发兵往石灰窑，君宜告樊军，提前六小时急渡江，俟彼军尽渡北岸，我军适至，尾追数十里，即可了事。"予如言驰告樊军，樊钟秀遂安然回河南，全军无恙，此予在鄂所亲见也。后樊军始终守孙先生所授建国军旗，后隶第二军胡景翼。陕军逐阚玉昆、刘镇华诸役，最出力。

原载《新闻报》1947 年 9 月 8—10 日

注释

1 熊晋槐（1882—1958），亦名继贞，湖北武昌葛店（今鄂州市）人。早年留学日本，加入同盟会。武昌首义后，曾任湖北军政府交通部长。中华人民共和国成立后，任民革中央委员、湖北省政协副主席、湖北省副省长。

曹锟之覆败

曹锟贿选，被举为中华民国大总统，孙先生与张作霖、卢永祥成反直三角同盟阵线。孙先生督师北伐，以胡汉民留守广州，代行大元帅职权，驻兵韶关。奉军由姜登选、李景林、张学良等统率，分五路入关。曹、吴亦派三路迎击，第一军总司令彭寿莘，第二军总司令王怀庆，第三军总司令冯玉祥。时两湖巡阅使萧耀南、两江巡阅使齐燮元、闽督孙传芳皆属直系。卢永祥处于包围形势中,最先反对曹锟窃位,于九月四日通电出兵,令何丰林攻苏,战于浏河、黄渡、昆山等地,更绕道占宜兴,窥武进。不意是月十九日孙传芳由闽入浙,浙军夏超等与孙相结,永祥无归路,解职赴日。孙乃为闽浙巡阅使,齐燮元兼淞沪护军使。

曹锟下令讨张作霖,以吴佩孚为统帅,大战于山海关,败退秦皇岛。复以舰队运兵数万,由秦皇岛登陆。而直系第三军总司令冯玉祥由北口回师北京,与奉系通款,联合陕军第一师师长胡景翼、京师警备副司令孙岳发布停战主和通电,逼曹锟下令停战。冯、胡等派兵分守九门,同日免去吴佩孚本兼各职,山海关吴军交王承斌。十一月三日,曹锟乃通电辞职,送大总统印于代理内阁总理黄郛,代行大总统职权。津浦路断,晋阎亦出兵石家庄,吴佩孚乃由海道遁走武汉。

奉直战争告终,曹、吴出走,许世英主张开国"三大元老"会议,集于北京,一劳永逸解决国是。"三大元老"者,孙中山先生、段祺瑞、黎元洪也。段亲笔派许世英赴粤迎孙先生,冯玉祥、胡景翼、孙岳亦同派代表请先生入京。时直系崩溃,长江两巡阅使齐燮元、萧耀南尚拥大军,指挥长江全局。萧耀南早受孙先生之指导,当奉直战起,萧电粤,促予归,商议鄂事。萧曰:"吴子玉颟顸用事,难和其众,战局有变,影响鄂局,两湖毗连广东,祈君代表一行。现时中国只有孙先生为全国最适当之领袖,段合肥刚愎自用,小人环伺，难孚众望。拟请孙先生迅莅鄂，指示策略，建设政局。孙先生向对直系军人无仇怨好恶，现直系群龙无首，得孙先生莅临组织而领导之，可成大事。"予曰："如吴子玉亦来武汉，必大生枝节。"萧曰："吾力能使之不入鄂境。"即以所拟办法详函呈孙先生，予当夜赍函赴沪转粤。

时许世英正主元老会议之策，亦持合肥函电约予同行。予遂与许及冯、胡、孙代表同启程，先抵广州，再合胡汉民、谭组安、伍朝枢、郭泰祺、吴铁城等赴韶关，谒孙先生。与许世英商谈三日，同游南华。先生语许曰："君深明主义，能识大体，吾决计北上矣。"于是复段第一电由许世英起草，请段在天津候孙先生到，同入北京。第二电由胡汉民起草，谓将来国事解决，国以内，合肥主之；国以外，孙先生将游历各国，专理国外外交、经济之事。许世英先行，先生训示同人曰："予先往北京，如在北京能行吾主义、政策，中国奠定；如仍各持己见，吾当莅武汉，设立建国政府，行吾主义、方略。萧衡山来函甚诚恳，可先派卢锡卿（名师谛，川军总司令）往鄂，助衡山理军事。"复命予持［持］函返鄂，并偕郭泰祺前往，两人合力助萧处理政治问题。

原载《新闻报》1947 年 9 月 11—14 日

巡阅使署中之会议

孙先生将北上，召集卢师谛、郭泰祺及予临行致训，谓："许世英已返北洋布置，予即北去，汝三人速往鄂，与萧耀南商洽湘、鄂、豫军政事宜，为最后之准备，本三民主义、《建国方略》为原则，主义是经，《方略》是纬，依《建国方略》运用之。俟予抵北京再定办法，即以此告萧耀南。"

时许世英正主张"三大元老"同时入京，开国是会议，安福系中亦有数人极端主持。许以段合肥盟友资格，为合肥所深信，段固在津候孙先生至也。未几，冯玉祥来津，奉张举北口回军秘事，扼其行，不得返京。安福系梁鸿志等主张段先入京，冯玉祥亦思随段同行。梁鸿志等说段曰："先入关者王，主人也；中山后至，宾也。何必候孙？"阴备快车，挟段登车，冯玉祥亦随行。王揖唐闻之，急奔车站，攀车而上，梁鸿志等拦车门，挤王揖唐下车。许世英三大元老定国是之策因以打破，遂成段一人执政之局。孙先生将抵上海，闻之，乃绕道日本，缓入京。

予与卢师谛、郭泰祺赴鄂，师谛先由河南胡景翼处转来，予与泰祺溯长江而上。齐燮元在宁，闻予等至，派交涉使温世珍来，求予等过南京一行。齐曰："闻孙先生将有武汉之行，萧衡山[1]拥为首长。如能莅两江，当拥戴先生，亦较衡山为便。"泰祺曰："衡山与孙先生秘密交往多年，此次引申前议，故派予等前往会商军政。如真能敬奉孙先生，可与衡山详商，长江大事，以江、鄂合办为主。孙先生天下为公，对人无不容纳。但今有一事不能不问：现段合肥既背原议，先入北京，奉军入关，耽耽虎视，设以一纸命令免贵巡阅使职，部下军队能一致反抗否？"齐沉吟良久，答曰："只有一部份能听我命。"予等乃告以两江情形如此，孙先生绕道日本返中国尚需时日，长江事件变迁如何，贵巡阅使可电萧衡山洽商，孙先生一视同仁，原无轩轾也。即辞别，赴下关登舟。

既抵武汉，萧衡山手出胡汉民由元帅府转来孙先生所发电，云合肥先入京，许主张三国老同定国是议已打破，此后中国政局混乱，与衡山速订建国之策，一月内由日本回国。既而卢师谛由开封至，在两湖巡阅使署开会，萧耀南为主席。萧方出席者有秘书长成宪、秘书程明超、高等顾问张大昕、江汉道尹周英杰、夏口厅长罗荣衮，皆鄂人也。粤方为川军总司令卢师谛、外交次长郭泰祺及予。首由师谛提出最先办法，如成立建国政府，必俟孙先生归国，方能议组织条例。鄂方代表表示，宜先定鄂豫互助条款。豫方胡景翼为鄂屏蔽，鄂方能充分接济子弹枪炮，使其发展第二军。胡原为孙先生直属部下，此即鄂方拥戴孙先生之第一大功也。

萧衡山对此首表赞成，决请予代表鄂方与卢师谛同往开封，订接济军械条件。次议拥戴孙先生，设建国政府于武汉。建国政府，由各省巡阅使、军民首长公推孙先生为大总统，行海陆军大元帅职权。任命萧耀南为建国政府陆军总司令，胡景翼为前敌总司令。政府组织条例，俟大总统莅武汉议决，以命令施行。以上为最重要者，余条未能全记。时孙先生有离日赴津之讯，萧派鄂方全权签字代表张大昕赍建国政府全文迎谒孙先生于天津，与师谛、泰祺及予共四人北上。予与师谛先往开封，订鄂豫军械互助条约。泰祺与大昕直赴京津，迎谒孙先生。

原载《新闻报》1947 年 9 月 15—18 日

注释

1　钱注：萧耀南，字珩珊，亦作衡山。

武汉设新政府之密约

予与卢师谛在开封既签定鄂豫双方军械互助之约，闻孙先生将由日本抵津，予乃复赴京会合张大昕、郭泰祺，急赴津沽。时许世英已在世界饭店备西餐一千份，候先生莅津，即迎往开大会。各国外交官、当地绅耆、军民代表咸签名赴会，鹄立欢迎，声势甚盛。共产党人亦乘此机会，于是日绝早满街遍贴标语，并散布书籍、传单，京津一致。交民巷外交团各公使急训令天津总领事，停止世界饭店大欢迎会。

国共两党在津遂起冲突，经孙洪伊、曹汝霖往各总领事署商榷善策，嗣得交民巷训令，只可在世界饭店开会欢迎，仍阻止演说。午后船入口，共产党人袖中红旗全出，与国民党人相持于岸上，孙先生乃赴行邸休息，派一代表赴世界饭店致谢天津各界，未演说而散，共产党破坏先生北上之计因以成功，或曰此盖北京当局连合共产党为之。而段系中人之呼许世英为孙派者，得以大放厥辞矣。[1]

张大昕、卢师谛、郭泰祺及予四人入见孙先生，先生卧病榻上，郭泰祺报告在武汉接洽之经过，次由予与卢师谛报告往开封订鄂豫互助军械之约，后由张大昕代表萧耀南备述拟在武汉设建国政府之动机，并呈议订大纲条款二份，每份先由萧耀南签字盖印于第二行。先生阅毕，莞然曰："各条皆对。"即于病榻中签名于第一行，嘱盖印。孙科第四行，张大昕及予与卢师谛、郭泰祺俱依次签名。时鲍罗廷在侧，亦欲加入签字，予与卢、郭即曰："此国内秘密事件，君暂可不必加入。"当时来往密电用孙科英文新号码，故皆经孙科手转先生。

大纲签字毕，先生训予与卢、郭曰："此次随予由粤北来者，只作事，不准做官，如违此训，不认为国民党徒。"复告张大昕曰："闻段派欲用陕西刘镇华兵，并令阚玉昆率师由洛阳攻开封第二军胡景翼，河南有失，武汉必危，汝归，以予言告萧耀南，尽鄂所能，速运大量枪炮子弹及军用品交胡景翼，河南能保，则南方全局可定也。予病甚重，又需往北京一行，建国政府之信约虽定，两方应严守秘密，暗地进行，随机应变。予能到武汉，方可公布。今主张设建国政府者均系鄂人，可征萧衡山甚愿鄂人自立自决之诚信。今派郭泰祺北上办理与鄂方沟通事宜，卢、刘两人可偕返武汉，办理鄂豫互助军械事宜，速行为要。"

翌日登车，许世英送至车站，执予手曰："我两人同行赴粤迎先生，我代表段合肥，仍失败；汝代表萧耀南，可谓成功。"

原载《新闻报》1947 年 9 月 19—22 日

注释

1　此段叙述与史实不符。

鄂豫互助之内幕

予与师谛、大昕归鄂，办理鄂豫互助转运军械事，胡笠生[1]亦自开封派人领取。继而段系阴助陕西刘镇华，聚阃玉昆洛阳之兵，有事于黑石关。予与鄂军事代表熊继贞往开封，知军事将发动，急转北京，谒孙先生报告一切。忽接第二军驻京办事处长史之照电话云："陕豫已接火矣。"于右任先生清晨来旅馆，告予与继贞曰："得急电，岳维峻、樊钟秀、杨杰军队为阃玉昆大败于黑石关，现退郑州，每兵只有枪弹一排，大量军械恐为阃玉昆所得，应设法万急电鄂，再飞运军械，坐候急复。"于右任先生在馆谈甚久，约历五小时，鄂方复电已至，云枪弹五百万发、炮若干、枪若干、炮弹若干，已由飞快车急运信阳，交邓宝珊转发。予持萧复电，与熊继贞同谒告孙先生，先生病中起视，莞然曰："萧耀南好！萧耀南好！可证明对我诚意。"岳西峰[2]等得此军械，遂一战而歼阚玉崑。

孙先生命予与熊继贞急返鄂，先赴开封晤胡景翼密谈，曰："衡山虽能号令部下，究系吴子玉统系，其军队军官多北洋出身，不敢不服从衡山者，北洋无统驭力也。吴子玉尚在岳州观时而动，近在武汉肘腋，局势有变，衡山殆矣。予在河南，大本营军队在两广，此吴子玉所以不敢挟北洋兵来武汉也。衡山既拥戴先生，约设建国政府，以鄂人治鄂为号召。而汉口镇守使杜锡钧，吴子玉之心腹，师长陈嘉谟，又北洋之镇将。衡山手无鄂人统系之兵，一旦有变，吴子玉可取而代也。兄等归鄂，可据吾意见献策于衡山。予第二军长李纪才，湖北筠州人，部下多陕西、湖北之兵，明练通达，军纪为各军冠，适合鄂人治鄂之口号。率其军队回鄂，任为汉口镇守使，为武汉保障，交通鄂、豫，衡山自率可靠之兵分布武昌上下游，对衡山有违言者必不敢染指矣。衡山为主体，鄂人为经纬，将来对于设建国政府，亦为最妥善之预备。"

予等如言归告衡山，大以此策为然。李纪才亦亲书誓词，以"听从衡山号令，鄂人自治自立"为言，因纪才军纪、兵力俱为鄂人所深信也。胡景翼以此议告第一军冯玉祥，玉祥必欲以刘骥为湖北省长，又以此议告衡山，衡山曰:"是欲予让开湖北局面也,对冯公予殊不敢亲近。"故李纪才回鄂之说,中遭停顿。会北京急电至,谓孙先生病危,嘱予等疾携针药,并约汉阳名医某同入京。

抵京后,始知先生已服中药,有黄芪十两、党参八两之药剂,连进三服,眼涨如铜铃,未几而先生长逝。不阅月,胡景翼亦患红线疔症谢世。予归见衡山,衡山叹曰:"孙先生设建国政府之说终归泡影,胡景翼猝亡,鄂人治鄂之说又遭一大打击。吴子玉将挟北洋兵力盘据武汉矣。"于是,河南以岳维峻继胡景翼。萧、岳二人密会于鸡公山,盖欲重申鄂豫互助之约。岳又与吴子玉通声气,饬李纪才攻济南而毁其兵,吴佩孚乃得长驱入汉口,萧耀南于是进退维谷。

原载《新闻报》1947年9月23—26日

注释

1　钱注:胡景翼,字笠僧(生),陕西富平人。

2　钱注:岳维峻,字西峰,陕西蒲城人。

烟枪置毒之谜

孙先生殁,南中以大元帅之丧,不能用兵。奉军虽直下南京,又因孙传芳出师而撤退。段执政毫无力量,吴佩孚挟湖南当局之拥戴,率北洋沿江之余烬直入武汉,全握萧耀南之权势。顾以吴重视齐燮元,孙传芳遂不能与吴连合一致,此北伐易于成功之枢纽也。萧耀南与孙先生有默契，吴子玉固有所知，其第一师长陈嘉谟更欲夺萧督军之位，进言于吴曰："此叛北洋之孙党也。"未几而萧耀南死。

萧之死出于突然。传者谓有人以十万金赂其左右装鸦片烟之小使，置毒药于烟枪中，萧吸之，毒发而死，全身现紫斑累累然，令人望之生畏。萧死，遂由陈嘉谟继升督军。时曹锟之弟曹锳来吊丧，居署中花园五桂堂，瘾作，命人将萧督办常用老枪持来应用，连吸多口，奄然而逝，身现青紫同萧，枪中置毒可知矣。

陈视事，先祭萧，戎装军帽，高插白羽，鞠躬行礼后，猝见萧立于案上，乃惊惶失措，白羽触烛，鹭毛蓬蓬着火，全场奔救，匆匆出署，群见萧当大门而立，陈乃别辟旁门出入。至今鄂人亲见者多能道之，是亦伯有之鬼也。

萧死之前夕，卢师谛尚由河南潜至汉口，宿予家，后转日租界，使人阴告萧曰："卢由豫至，有密语面谈。"萧令外交处长任某，约于夜间四时在汉口小公馆相晤。卢以为时尚早，先往观电影。吴部高级侦探有识卢者，见之，阴觇卢后，见其入萧公馆，即以告吴子玉。吴左右乃曰，萧不除，事权终难统一，萧以此为人所算。

卢师谛谒萧之夕，萧告卢曰："今非昔比，自孙先生殁，胡景翼死，一切计划俱化为乌有。予生命亦尚在不可知之数，尚能谈鄂、豫事乎？况岳西峰已与吴子玉有诺言矣，君宜早离鄂，免遭祸。"并问："足下前所订组织建国政府之稿尚在否?"卢曰："在上海。"萧曰："密焚之，万勿示人。"知其事者乃云，吴部下久欲处置萧衡山，卢夜来一见，更促其死。

泊乎北伐军攻下武汉，搜集北洋军阀财产，波及萧氏。萧婿李玉珂来沪，求得建国政府密稿，由卢师谛盖印署名者，更将萧与孙先生往来经过缮具文件，由方本仁转呈当局，得以免议，仍念萧生前密助革命之劳也。

原载《新闻报》1947 年 9 月 27—29 日

轶闻补阙

蔡乃煌佳句邀特赏

近来俗事繁多，心绪零乱，书籍缺乏，记载易误，幸海内大雅贻书补正者凡数十家。斯文高谊，风雨感人，惯迟作答，诸公当曲宥此衰年也。敬逐条登载，用代谢函，而触类引申，发皇忆力，旁征遗事，兴复不鲜，仅就所知，缕列如后。

黎劭平先生澍曰，八月二十载"刺虎斩蛟三害尽；房谋杜断两心同"联，本为粤人蔡伯浩乃煌所作，外间均传南皮手笔。蔡与人言，亦坚承为南皮作，非己作，真善事大官者矣。

蔡以废员起复，在京候简，正值善化瞿子玖鸿禨斥出军机大臣，与袁不合也。不久，南皮宴项城于邸，蔡陪坐。南皮喜诗钟，宴后拈"蛟""断"二字，蔡得句如上，群流搁笔。盖上联隐指瞿之去，下联则诹张、袁之协力。不数日，即擢江海关道云。

案：蔡伯浩授上海道时，江苏巡抚为湖南陈启泰，直道人也。伯浩恃才傲物，甚轻之。江海关管理赔款，出入甚巨，当江苏整理财政，朱瞎子说启泰，谓宜整理海关赔款，则江苏财政自活。伯浩极端反对，且谓启泰不明时局。启泰怒，特奏参蔡，有"类似汉奸"字样，交两江总督端方查办。端方祖伯浩，久压不查。伯浩自不能出奏辩驳，乃作长文登载报章，痛诋启泰。启泰见端方既不查办，又受伯浩侮辱，老年愤病，以至不起。故王壬秋挽启泰联，有"上疏劾三公，晚伤鼷鼠千钧弩"，即指此事。伯浩于民国五年死于海珠善后会议之役，汤觉顿、朱执信同时遇害。

原载《新闻报》1947年9月30日—10月1日

徐乾学后嗣悲式微

金云深先生来函云，前载徐乾学祖孙父子条，其中一部分材料尚有遗漏，今就所知，补志于后。

徐健庵所居之府第乃尚书第，在昆山城内西塘街，因健庵曾任刑部尚书，故名。当时藏书丰富、名满天下之传是楼，即在尚书第内。自徐氏子孙式微，所藏善本书籍大都流入他家，而楼亦废，今其遗址已渺不可寻矣。惟尚书第之产权，迄民初犹保存于徐氏后裔手中，后出售于安福系巨魁王揖唐。王为表示纪念起见，曾自名为后传是楼主人。此次抗战胜利，王为汉奸犯，由昆山县政府将该项产权没入公家。又，徐氏家祠在昆山城内东塘街，至今徐氏后裔仍有居于此者。

昆山徐氏三兄弟，长乾学，次秉义，幼元文，系不同科之状元、榜眼、探花，同胞三鼎甲盛事，为中国科举史上少见。论其官阶，乾学官尚书，秉义官侍郎，元文入阁拜相。乾学最渊博，著书中以《资治通鉴后编》最著名，原稿至今尚在，民国二十五年浙江省立图书馆主办之善本展览会，曾参加陈列。

据《昆山县志》所载，有"潮过唯亭出状元"之语，明顾鼎臣、清徐元文大魁天下之年，均"潮过唯亭"。

案：民初予在北京，八大胡同灯火繁盛，朝官豪富，文人学士，车水马龙，尤以陕西巷醉琼林对门之聚福清吟小班为首屈一指。班主妇徐娘，自称昆山人，为徐健庵尚书之后裔。养女凡三人，年龄与徐娘不甚悬殊。一曰花远春，顾人肥硕，谈笑风生，杨晳子嬖之，作文论事皆在远春内室。《筹安会宣言》《君宪救国论》皆起草于远春妆台之上，所谓"温柔不住住何乡"也。次曰小阿凤，湖北人，年最稚，歌曲名动一时，而貌仅中人，瘦小有风致，财政总长王克敏嬖之。当时有"湖北三杰"之目：其一为黎元洪副总统，曾任大都督，为官界中第一人；其二为谭鑫培，为伶界第一人；三则小阿凤，为花界中第一人。克敏纳之，今则子女成群，已为人祖母矣。某君著《何处春深好》百首，咏王克敏云："何处春深好，春深买办家。盘龙三只手，阿凤一枝花。"其事可征也。

主觞政者，母徐氏，与王揖唐结奇缘，揖唐妻极凶悍，王得徐氏曰："今而后方知有男女乐事矣。"揖唐欲张徐氏之门第，乃购传是楼遗址，著诗话曰《今传是楼诗话》，自称后传是楼主人。

金君揭出此条，引申本末，可补近代掌故之缺。

原载《新闻报》1947 年 10 月 2—5 日

南宗孔圣后裔考证

南北分宗之由来

今岁八月二十七日孔子圣诞，全国休假，举旗庆祝，遵国府功令也。主席率文武百僚，奉大成至圣先师孔子神位于国民政府大礼堂，献香献颂，行大祭礼，为民国成立以来创见之盛典。

孔圣后裔，分北宗、南宗。北宗凡七十六世，南宗凡七十五世。北宗曲阜，世所共知；南宗衢州，知者较少。兹略举历史上之纪述，为简要的考证。

案：北宗曲阜，历各朝二千五百余年，封祀之圣地也。南宗衢州，则为自南宋以来世世相承，不受外族封祀之家脉也。十年前予曾至衢州，见奉祀官衙署制度，辕门内左右设钟鼓楼，奉祀官出入，奏乐升炮，俨然南渡之遗制。端木子手摹至圣及亓官夫人楷木像，犹亲见之。北宗自孔子后二世鲤，至现代奉祀官德成，凡七十七世，俱有考证。南宗自宋建炎二年端友南行，至现嗣祥楷，凡七十五世，人多不明其历史。予乃修书衢州奉祀官，询其始末。衢州奉祀署亦典籍零乱，几于无可稽考。乃延徐镜泉君编成《孔子南宗考略》一书寄予，南宗源流，遂以大明。

谨案：曲阜孔裔，自北宋大观、政和间，改封四十八世端友为衍圣公。高宗建炎二年，扈跸南渡，与从父开国男传偕，奉端木子手摹至圣及亓官夫人楷像以行，赐家于衢，是为南宗。弟端操在北，陷于金，金太宗封为衍圣公，是为北宗。南北分宗自此始。

国民政府成立以来，北宗曲阜衍圣公孔令贻随政府迁重庆。南宗奉祀官亦避日寇，奉圣楷徙龙泉、庆元。今则主宗在曲阜，衢州奉祀官待以简任职，南北各存其宗，谈国故者不可不知也。今附《南渡以后孔圣世系考》及《孔子历代封谥考》于后，文献并征，聊资参证。

原载《新闻报》1947 年 10 月 6—7 日

南渡后之孔圣世系

南渡端友之子四十九世曰玠，字锡老，宋绍兴二年袭封。六年，诏权以衢州学为家庙，计口量赐田亩，除蒸尝外，均赡族人，并免租税。八年，赐衢州田五顷，主奉先圣祠祀。五十世曰搢，字季绅，绍兴二十四年，年九岁，授承奉郎，袭封。五十一世曰文远，字绍光，光宗绍熙四年袭封。五十二世曰万春，字耆年，理宗宝庆二年袭封。五十三世曰洙，字思鲁，淳祐元年袭封，宝祐元年知衢州军事，建家庙于菱湖。宋亡，元世祖至元十九年奉召赴阙，载封奉祀，洙以庙墓在衢，让爵于曲阜宗弟治。南宗罢封自此始，然犹世为儒官，书院山长、儒学提举之类，前后相望。无子，以从弟演子思许为嗣。思许字与道，是为五十四世。亦无子，以兄思栗子克忠为嗣，是为五十五世。克忠字信夫，时届明初，新受恩例，任福清州学正。五十六世曰希路，字士□。五十七世曰议，字文伯。五十八世曰公诚，字贵文，其从弟公衢、公绩，于明孝宗弘治十二年奉征主杭州万松书院祀事。五十九世曰彦绳，字朝武，知衢州府。沈杰奏准以孔洙直系嫡孙即彦绳，世袭翰林院五经博士，专主祀事，是为衢州孔氏南宗再受袭封之始。六十世曰承美，字永实。自六十四〔一〕世至七十一世，莫可详稽，补阙考正，容俟异日。

七十二世曰宪坤，字静一，清道光十四年承袭，卒，无子。咸丰初，以其弟宪堂嗣。宪堂字笏士，又无子，时太平军起，祀事未遑议及。穆宗同治三年，浙江巡抚左宗棠驻衢，查核昭穆，以再从弟宪型之子庆仪入继大宗，题准承袭，并捐修家庙，赎回濠田，是为七十三世。庆仪字肖铿，既长于乡邦，对文教颇有兴革，光复初，任衢县民事长。清祚既覆，世爵中止，改称南宗奉祀官。民国十二年卒，子繁豪承袭。二十五年，奉行政院令，世袭至圣先师南宗奉祀官，以简任职待遇，是为七十四世。二十六年日人入寇，烽火内逼，二十八年奉令恭护圣楷避地旧处属之龙泉，再徙庆元。三十二年以积劳病故，遗嘱以母弟繁英之长子祥楷为嗣。自至圣至此，盖二千五百五十七年，七十五世矣。道冠百王，泽流万祀，洙泗渊源，岂有涯涘乎！

原载《新闻报》1947 年 10 月 8—9、12 日

孔子历代封谥

孔子生于周灵王二十一年，即鲁襄公二十二年庚戌，卒于周敬王四十一年，即鲁哀公十六年壬戌，年七十有三。鲁哀公称尼父以诔之，是为封谥之滥觞。汉平帝元始元年，追谥褒成宣尼公。东汉和帝永元四年，封褒尊侯。北魏孝文帝太和十六年，改谥文圣尼父。钞谱"圣"作"宣"，兹从《魏书》。周宣帝大象二年，追封邹国公，立后承袭。隋文帝开皇元年，赠先师尼父。唐太宗贞观二年，尊为先圣。十一年，再尊宣圣尼父，并修建宣尼庙。高宗显庆二年，复

尊为先圣。乾封元年，幸曲阜祠祭，追赠太师。中宗嗣圣七年，即武后则天天授元年，封隆道公。玄宗开元二十七年，追赠宣父为文宣王，南面坐，圣像南向自此始。宋真宗大中祥符元年，加谥玄圣文宣王，祭以太牢。天禧五年，改至圣文宣王。元成宗大德十一年，加封大成至圣文宣王。明世宗嘉靖九年，制尊至圣先师孔子，易像为主，祀以木主自此始。清世祖顺治二年，易书大成至圣文宣先师孔子。十四年，论者谓至圣则无所不该，先师则名正而实称，大成转不足以尽孔子之道，乃仍明制，书至圣先师孔子，至今不改。

原载《新闻报》1947 年 10 月 13 日

清陵被劫记

孙殿英掘陵盗宝之实录

予在汉口饮于同乡某军长家，席次谈及孙殿英发掘清代陵墓事。某军长示予以赃物，谓是孙殿英所赠与，所以封吾辈之口也。视其物，一为大东珠十八颗，曰此西太后棺中所获也；一为碧洗一方，曰此乾隆某妃棺中所获也。并知孙殿英部下有某连长，曾参与发掘清陵之役，时方隶属于某军长。予等欲悉其究竟，急召某连长来，当筵详询。

某连长曰：予时在谭师长部下任连长，守昌平东西陵一带。忽闻奉天军马团长勾合土匪谋变，孙殿英军驰至击破之，于是宣布戒严，断绝峪口各陵行人往来。自是年四月十五日至二十二日，以火药轰开陵道石门，搜获宝物而去。实则奉军并无叛变之事，盖欲借故肃清奉军，独占利益，并借此戒严，塞断诸峪口，便发掘耳。

连长又云，彼奉令掘西太后陵，当时将棺盖揭开，见霞光满棺，兵士每人执一大电筒，光为之夺，众皆骇异。俯视棺中，西太后面貌如生，手指长白毛寸余。有兵士大呼，速以枪杆横置棺上，防僵尸起而伤人，但亦无他异。霞光均由棺内所藏珠宝中出，乃先将棺内四角所置四大西瓜取出，瓜皆绿玉皮、紫玉瓤〔瓢〕，中间切开，瓜子作黑色，霞光由切开处放出。西太后口中所含大珠一颗，亦放白光。玉枕长尺余，放绿光。其他珠宝堆积棺中无算，大者由官长取去，小者各兵士阴纳衣袋中。众意犹未足，复移动西太后尸体，左右转侧，悉取布满棺底之珠宝以去。于是司令长官下令，卸去龙袍将贴身珠宝搜索一空，乃曰："不必伤其尸体。"棺中珠宝尽，再索墓中各处殉葬之物。棺底掀转，现一石洞，中储珍宝亦尽取之。搜毕，由孙殿英分配，兵士皆有所得，贵重大件用大车装走。乾隆陵之被掘，此连长实未参与，不知其事。

案：清代诸陵监修之制，陵外路曰神路，两旁植树，曰仪行树。路可通东西诸陵，蜿蜒随山阜高下。陵门居中，有方城，曰明楼，即明代之方城也。一路入陵，两旁均石人石马，排列甚长。石人石马尽，有水道横亘于前，水上有桥五座，曰金水桥。过桥有门，曰隆恩门。入门后，有广场一方，左有殿数楹，曰宝藏，贮奉安帝后生平所嗜服器书籍之属，右亦有殿，则继位帝王祀陵时更衣之所也。中为飨殿，殿后有广院，立五供，以石制。五供后为大照壁，壁皆红垣，由照壁下入地为大隧道，深数丈，直通地宫。隧道尽，为大石门。石门两扇，中有巨圆石，可移动。门闭，则阻以巨石，不知其为门也。

入石门即为地宫，照壁两旁，上陵行路，层级而升，曰马道。马道尽，即为下葬帝后之本陵。陵作圆形，隆起巨阜。接马道成半圆形者曰宝城，居中举顶，位于地宫之上者，曰宝顶。宝城、宝顶皆位在地宫上数十丈。地宫中安置梓宫，居中有巨石甚长，石中央有井，曰宝井，满储珍宝。石上置梓宫，曰宝床。地宫成四方形，梓宫左右两角列石台，置皇帝或皇后宝册。地宫上及四面，高坚可数十丈。除循照壁而下，掘通隧道，炸开石门，无路可入地宫。孙殿英对此宏大坚厚之陵墓无法开掘，嗣觅得当地土著曾充修陵工役者，予以重赏，始为之引导，由照壁下隧道炸石门而入。

又按：前清明楼之制，明楼为由神路入陵之头门，即民间之墓道碑也。明楼中立本陵所葬帝后神功圣德碑，自顺治以至嘉庆，累代未改。清廷祖制，凡后世皇帝有失尺地寸土者，不得立神功圣德碑。道光以五口通商视同失地，不得立碑。咸丰如之。同治虽有戡定西南之业，亦未立碑，示未敢僭其祖也。

发掘清陵一案，在历史上实为元代杨琏发掘南宋诸陵后之一大案，其不至有"冬青树"之痛，清室并能简派大臣，如耆龄、宝熙、陈毅辈，收拾陵墓残骸，安葬以礼，此不可谓民国待清室之不厚也。清侍郎陈毅，并有《东陵道纪事诗》百十一韵，取宝、耆所书日记参杂为注，掘陵案本末乃了如指掌，足为逊清、民国间一大史料。陈毅惧当时北洋军阀之横暴，不敢将此册发布，惟复印数本，呈清室重臣。各杂志报章中鳞爪时见，迄无完备记载，亦修史之缺也。兹取陈毅所著《东陵道纪事诗》附载于后，藉成实录。

原载《新闻报》1947 年 10 月 14—17 日

清室遗臣归途追述之纪事诗

《东陵道纪事诗》有陈毅自题，谓："是役耆龄、宝熙皆有日记，不欲叠床架屋，因于归途追述，作为此诗，得百十一韵，其注则兼采耆、宝两人日记。"原诗又有汪辟疆题记，谓："谒陈毅庵太老师，出此册见示，以为可备逊清掌故，今携归存之。嗣黄季刚忽于案头见此册，亟携归，遂录一通，逾日见还。今于渝西里策湾曝书，忽睹原册，为之忻慰。或有索阅者，亦未尝应也。"

予既归，在某军长家中见孙殿英分赠掘陵所获宝物，又得某连长以曾任发掘工务本末相告，但事后收拾情形，无从考核，得辟疆借钞复印本陈毅所著《纪事诗》，此段公案首尾完备，因而依原文录之，诗注采自耆、宝两人日记，所有称谓亦仍其旧。陈毅等乃清室旧臣奉宣统旨掩埋残骸，整理旧陵，所见必真。录其原诗原注，不加删易，亦所以存其真也。（以下所载悉为原文。）

驱车出东陵，连轸赴碑屼。雨盛作秋潦，湍猛蹊径灭。迤逦避壑行，石尽泥转滑。

注：往返皆由龙门口而出其背，以口内水过深也。

御者诡自矜，往辄覆其辙。嵚崟昔岂无，帝力人所忽。击壤尧舜民，那能了斯陧？

注：《说文》："陧，危也。"徐巡以为陧，凶也。

天运启圣清，山川俶荡潏。太行从西来，至此亦盘郁。

注：昌瑞山本名丰台岭，初赐名凤台山，康熙二年封为昌瑞山，从祀方泽。山在遵化州西北七十里。《皇朝文献通考》："山脉自太行来，重冈叠阜，凤翥鸾蟠，嵯峨数百仞。前有金星峰，后有分水岭。诸山耸峙环抱，左有鲇鱼关、马兰峪，右有宽佃峪、黄花山。千岩万壑，朝宗回拱，左右两水分流夹绕，俱汇于龙虎峪。"《一统志》同。

翼翼二祖德，巍巍三宗烈。灵爽实式凭，在天俨对越。

注：世祖章皇帝孝陵在昌瑞山麓；圣祖仁皇帝景陵在山左麓，当孝陵之东；高宗纯皇帝裕陵在山右麓胜水峪，当孝陵之西；文宗显皇帝定陵在平安峪，当裕陵之西；穆宗毅皇帝惠陵在双山峪，当景陵之东南，此五帝陵也。后陵凡四：昭西陵在大红门外，当孝陵南山东，为孝庄文皇后博尔济锦氏，世祖圣母也；孝东陵当孝陵东，为孝惠章皇后博尔济锦氏；定东陵分为二，一在普祥峪，一在普陀峪，并当定陵迤东三里，俱详后。

无端盗贼起，狠戾仇白骨。

注：近北方多盗墓事，甚且官府亦躬为之。前年天津县知县张仁乐发掘丛冢，攫其棺之佳者转鬻射利，暴尸无算。

民间无完坟，更探禹之穴。

注：奉天岳兆麟军之团长马福田者，故马兰峪土匪也。四月廿五日忽叛岳，乘虚踞峪，欲为不轨。五月十五日，孙殿英军之师长谭温江自马伸桥来袭，破走之，因入峪大肆焚掠。明日，柴云升师之旅长韩某[1]又西南自苇子峪间道进据裕陵及定东陵，彼此声言失和，断道备战，遂以十七日用火药轰毁隧道，穷搜敛物。二十二日，孙殿英又连夜乘汽车自马伸桥来。二十四日，谭、韩师旅遂饱载拔营西去。六月初，温江至京鬻珠，案发被获。是月，青岛警察又于孙殿英随从兵张歧厚身搜得珍珠三十余颗，此案始大闻于世。《史记·自序》集解：张晏曰："禹巡狩至会稽而崩，因葬焉，

上有孔穴，民间云禹入此穴。"

天子欷闻变，北向致遥酻。

注：东陵在京师之东，天津之北。

昼夜寝地哭，惨若遭国恤。涕洟诏群寮〔僚〕，仓皇谋埋窒。曰召耆龄来，曰宝熙宗室，曰毅汝忠直，其偕往正跸。

注：六月十八日，醇亲王及庆亲王载振以下会议御前，上涕泣自责，廷谕派耆龄、陈毅前往查勘情形，当即面谕臣毅。时贝勒载润请添派宗室宝熙，允之。以贝勒载瀛、镇国公载泽等书报盗状，宝熙所草也。旋诏书下，命并办善后，会同原派照料陵寝各员筹议。次夜耆龄自京来，明日毅偕入对，其夜宝熙亦来，毅又偕耆龄诸人入聆宸谕。二十一日，耆龄、宝熙及毅请训，上奖掖至再，许以便宜行事。耆龄先去，毅偕宝熙再请训。上曰："宝熙明白，陈毅忠直，汝等须自保重，好为我办事"云云。《周礼·春官·冢人》"正墓位，跸墓域"，贾疏云：墓位，谓昭穆为左右，是须正之，使不失本位；墓域，即兆域也，四畔沟兆；跸，谓禁止行人，不得近之。

曰泽复曰䜣，往汝荐馨苾。

注：二十一日，命载泽及贝子溥䜣恭代驰往祭告，会同赶筹善后。《宝熙日记》自跋云："熙以兹事体大，面陈宜有懿亲二三人同往，乃加派泽、䜣"云云。然曰前谕旨，一则

曰"会同原派照料各员"，再则曰"留京、驻津两办事处均属责无旁贷，着随时会同派定各员照料。"〈驻津〉为载涛、载泽、载瀛，留京为载润、朱益藩，其中固有懿亲在也。

病驱荷天怜，在途诚慎疾。稻食北道艰，垂念及琐屑。国破君臣亲，矧乃愤所切。惜身臣安敢，但患才力拙。

注：毅素有肝胃之疾，尝赐食，不克终餐，上怪，问而知之。今年自闰月病后，胸膈恒痛，艰于转侧，亦颇为上所闻，故召见时屡以远道辛苦相慰，又以南人不惯麦食，谕慎拣适口之味。天恩周悉，无微弗届矣。当命之将下，先询是否能往。本派遣之事，而出以商榷之词，义极难忘，心尤可哀已。毅初对："陵事非所谙悉，然风知者龄治事认真有条理，臣但助彼筹办，决不敢辞劳。"逾日再荷温纶，毅又对："圣怀哀痛如此，臣病何敢自惜，虽素于陵事不习，好在者龄、宝熙俱系熟手，臣惟有尽心而已。"上均颔之。其时毅实感受时症，头痛作热恶风，不忍以病辞也。

凄恻别行在，鸾镳随众发。迢遥抵桥山，麻鞋展祗谒。

注：七月初，偕载泽等展谒各陵，皆身服夏布衫，而十五日闻守护辅国公毓彭以朝服祭，载泽颇赧然。毅曰："吾辈处变，正须改常以示哀，此礼意也，非惟朝衣难求耳，况上已变服乎。"

孝钦实兴圣，衣不存短裋。无怪阛阓间，早闻珠襦出。卅年母天下，曾不若穷子。失声为一哀，尊养念往日。

注：文宗三后，孝德显皇后萨克达氏，同安定陵；孝贞显皇后钮祜禄氏，奉安普祥峪，孝钦显皇后那拉氏，奉安普陀峪，并号为定东陵。孝钦全谥曰孝钦慈禧端佑康颐昭豫庄诚寿恭钦献崇熙配天兴圣显皇后，后为穆宗圣母，故云"兴圣"也。

谨案：国朝旧制，惟太祖高皇帝尊谥至二十四字，自太宗以下，加谥极于二十二字，后则加谥无过十六字者。孝钦初谥，乃与列圣加谥相同。又闻当日以后谥字样无多，选帝谥而用之。然"钦"于帝谥非美，而宋、辽、金、元后以"钦"谥者皆号贤明，此皆礼臣之失也。

自盗案之发，传闻北京、青岛先后缉获赃物有大珠甚多，皆云得自孝钦陵中。故老传言，大丧之时，宦官、宫妾用珠袱敛，以祖衣不存卜之，殆非虚语。七月初五日，守护司员于陵外拾得龙袍一袭，审其线迹，凡龙睛及佛字中嵌有珠者皆被拆去，是亦一证。不解孝钦身后何以屡为人所误也。

后体偃卧于破椁盖中，左手反戾出于背，白毛毿然及寸，幸无毁伤。惟唇呿而张，殆攫取含珠所致。耆龄传妇差拭敛，命其共张黄绸禅绔紧贴椁盖，徐徐移置玉体于其上，以黄龙缎褥承之，再以黄龙缎被幠之，然启视犹偃卧如故也。时妇差多集椁盖之右，其左颇虚，臣毅因举两手敬擎之，助其移转。幸被褥非异制，虽上下易置无嫌，且丧礼敛用覆荐二衾，其衾制原不别也。既转之后，始见目陷无睛，面色黯败，鬐散而发未乱，朱绳宛然，而颧额隆高，不异昔表，望之犹识为当日极尊严之慈禧太后也。中怀感伤，不觉失声而哭。犹幸中棺未毁，内外拭净，即敬谨敛入。载泽以旧遗衾衣二袭献上，加覆之。棺盖故有檐，因令工师用漆黏合，而以金髹之，与旧画金卍字文一律，时七月初十日也。次日吉辰，遂将石门封闭，乃填塞隧道。

人心已难言，地脉亦疑绝。高宗今周王，横被爨水啮。

注：七月初八日，勘视裕陵盗所，穴在琉璃影壁之下，下距地宫深约丈许。耆龄先梯而入，毅随之，载泽等相继俱入。抵第一重石门，门已洞开，其内水深四尺余，阻不能前。同人于水边蹲视久之，阴寒凛然，袭人肌骨，归乃改议先勘普陀峪。《魏策二》："昔王季葬于楚山之尾，爨水啮其墓，见棺之前和。文王曰：嘻！先君必欲一见群臣百姓也夫，故使爨水见之。"姚宏注云："爨，音鸾。《说文》云漏流也，一曰渍也。"

悠然见黄华，犹拱朝天笏。胜境无心游，游屐有龙准。

注：陵西黄华山上有道士庙，胜地也。先是辅国公衔镇国将军溥侗及镇国公恒煦自请诣陵，六月二十二日奉谕派恒煦、溥侗随同行礼，至是溥侗约恒煦往游黄华，过晡始返，时七月十四日。裕陵撤水垂罄，同人方谋入地宫清理也。恒煦，荣纯亲王六世孙，王为高宗第五子，愉贵妃阿里叶赫氏出。溥侗，成哲亲王四世孙，王为高宗第十一子，淑嘉皇贵

妃金佳氏出。愉妃葬妃园寝，恒煦尝独入展敬，淑嘉则从葬裕陵。始谕旨称恒煦、溥侗奏请赴陵瞻谒，出于至诚，不知侗诵之亦自愧否也。

同输檋桦智，五日爨始竭。元宫扉洞开，关籥扇扇夺。咒椁饮烧锯，褶衾饱泉沫。

注：初溥伣见水泉甚盛，谋仍封塞，回津请旨。毅与耆龄以为，遗骸既久浸不安，而川资亦重费可惜，乃相约坚持借用库存机器汲引之说，无效则遣人赴京津觅购新机，不轻请旨也。自初九日试用机汲一昼夜，减水几及二尺，至十四日才余三四寸。载泽、溥伣、宝熙及耆龄先后入视，毅患腹疾甚剧，十五日始往。见石门三重皆洞开，第四重近枢闑处为火药毁伤，附近居民一夕闻轰炮声，盖即因此。当门有金髹卍字朱棺，二门右扇内倾于闑旁，而棺压之，其左扇则欹而压于棺之上，棺盖锯有孔，差容一人出入。数日后，始审知为高宗梓宫也。其余棺椁或全或毁，纵横错乱，充满地宫，巾被衣衾堆弃于污泥积水中者随在皆是。既惨不忍睹，又不能不急于一睹，尤为惨已。清理弥日，始有置足之所。此则随员徐埴、志林功居多，而联堃亦有力焉。

谨案：《皇朝文献通考》叙圣祖景陵于入地宫奉安梓宫后，乃云掩闭元宫石门。然则地宫为总名，其梓宫所居，旧称元宫矣，故特著之。《太平御览》引《西京杂记》云，魏哀王冢穿凿三日乃开，初至一户，无扇篱，复入一户，石扇有关篇，复入一户，亦石扇关篇。又云，棺椁黑光照人，刀砍不入，烧锯截之，乃漆杂凭革为棺，椁数寸，累积十余重。今本《杂记》，"扇"作"扉"。《礼记·檀弓》云："天子之棺四重，水凭革棺被之。"又《丧服大记》云，小敛"君褶衣褶衾"。

帝共后妃六，躯惟完其一。伤哉十全主，遗骸不免析！

注：裕陵地宫内，高宗左为孝贤纯皇后富察氏，右为孝仪纯皇后魏佳氏，仁宗圣母也，同奉安于石床正中。其西从葬者，守护员司传说，首为淑嘉皇贵妃金佳氏，次为慧贤皇贵妃高佳氏，次为哲悯皇贵妃富察氏。据董恂《凤台祇谒笔记》，慧贤居首，哲悯次之，淑嘉又次之。然毅尝征诸《玉牒》及《皇朝文献通考》，其妃位次序与董记毕合，恐传说为误矣。

十五日，于石床西两棺之间觅得祎服玉体一躯，毫无损伤，虽龙绣黯旧，犹完好，足下有绣凤黄靴二，一着一落。一耳缀环珥犹存，惟发似被拔脱者。敬审其年貌，既齿未全堕，又颐颊略有皱纹，殆在五十以上。宝熙传妇差来敛，命其陈黄龙缎褥于绸裹之板，徐奉玉体安置其上，幪以黄绸，再以黄龙缎被覆之。为后为妃，疑莫能明。载泽曰："与其后而误认为妃，毋宁妃而误认为后。"于是决议奉安于石床正中之右，而其处适为孝仪故位。

毅谨按：当时二后三妃，哲悯薨于潜邸，慧贤以乾隆十年薨，孝贤以十三年崩，淑嘉以二十年薨，惟孝仪至四十年始崩，寿四十九。以是证之，实孝仪也。

自初五日于石门外拾得肋骨一、膝骨一、趾骨二，初七日于隧道砖石中拾得脊骨一、胸骨一，色皆黑。十二日又于石门旁拾得踵骨一。检验吏审识胸、脊二骨为高宗之体。十四、五日于地宫泥水中拾得骸骨甚多，皆散乱不可纪理。然仅得头颅四，其一连日遍觅不见，诸臣惶急无策。至十六日，疑石门所压朱棺内或有遗骸，乃募人匍入探之，果得头颅骨一。命检验吏审视之，确为男体，即高宗也，诸臣始稍慰。下颏已碎为二，检验吏审而合之。上下齿本共三十六，体干高伟，骨皆紫黑色，腰及脊犹黏有皮肉。毅见之心酸涕堕，同人及随员无不泪承睫也。

大体虽具，腰肋不甚全，又缺左胫，其余手指、足趾诸零骸竟无从觅。高宗圣寿七十以后，自称古稀天子，又自称十全老人，乃宾天百三十年，竟婴此奇惨，凡有血气，孰不感伤！两眼仅存深眶，眶向内转作螺旋纹，执灯遥观，似有白光自眶中出。初不觉也，耆龄语毅，微察果有此异。其一后、三妃之骨，十不存五六，且有一头颅后半皆碎损，仅存面辅而已。盖盗军先入攫物，致将全骸散乱，土匪继入拾遗，又筐取灰泥，就河滤之，遂致零骸损失也。

初，少保朱益藩主仿改葬成法，每玉体一躯，以绵束之，加服袭衮，而载泽、溥忻主就遗骨所在，各以黄绸衿包裹之。宝熙所持与益藩同，此臣子敬慎之心，毅所佩也。耆龄所持与泽、忻同，诚逆料情势必出于此，亦见事之明也。

毅语耆龄："毁而求全，原不足较，但吾辈当自先尽所以求全之道。得全尤善，万一不得全而心力既穷，自问亦无怍。毅非恤人言也，且朱少保亦非以求全为毁者。"耆龄极韪余言，因属毅遣弟业向地方法院检察官祁耀川聘请其检验吏。吏名俞源者，固不克称圣手，然当时在京，故号为第一者也。载泽会此意，而宝熙未察，遽诘之，既得遗骨，又穷诘之。源欲自炫其学，不觉所言失体，遂致溥忻大怒，然遗骨经源识别者已不少矣。先是，溥忻以论议纷歧，意在请旨，至是宝熙向毅特申请旨之说。而毅之本志，以为舍此别有良法，诚不妨自上出之，若决无良法，虽上亲临仍必出此者，则吾辈当任其咎，不可留以归之上也。尝举是说以语载泽、耆龄，泽、龄皆深然之。故毅答宝熙云："公主分棺，诚为正义。设帝与后妃肢体或有互误，吾心安乎？"宝熙始悟。

耆龄故凤主合敛者。其言曰："奉安在一地宫，是谓同穴，既同穴矣，何不可同棺？"载泽、溥忻无异词。既而梓宫陈于石床正中，随员以黄紟奉高宗颅骨至，溥忻首敛入棺，载泽敛四肢，恒煦、溥侗相继助敛，宝熙当前，和立稍后。预〔予〕自紟中捧骨出，皆亲手敬持之。后妃则于高宗两旁各奉安二位，下荐黄龙缎褥五重，上幠黄龙缎被三重，皆耆龄手自陈设，而毅助焉。载泽又以旧得德宗遗念龙褂龙袍献上，加覆之。敛讫，命工师黏漆鬃金，一如敛孝钦之法。然后督舁孝仪梓宫于右，时七月十六日也。

次日吉辰，遂将外三重石门掩闭，召工填隧道，用石灰至八千余斤，较孝钦陵多逾三倍。盖后陵隧道在明楼门洞中，帝陵隧道则上当空院，故防阳水之浸，宜加密也。

臣生好文献，远赓乾隆述。岂谓百载下，亲敛龙凤质。

注：乾隆间敕撰《皇朝文献通考》，止于五十年，候补京堂刘锦藻私辑五十一年以后事为续编，宣统初进呈。既又托法部尚书劳乃宣重为修订，乃宣卒，遂托毅。毅于是以刑属法部郎中吉同钧，以象纬、物异属典礼院直学士柯劭忞，以兵、职官属弟业，皆成书矣。而毅所手订者，征榷之盐法，国用之漕运、蠲贷，增益逾倍。又以乾隆、同治、光绪之训政及同、光之归政，为前所未有，谨编入王礼，而列于登极之次。

其帝系一考，乃宣自谓精彩，然原本《后妃门》高宗下有"在妃"，云："嘉庆三年太上皇封为贵妃。"又宣宗下既载"孝穆成皇后"，其下又云："元妃钮祜禄氏嘉庆二十五年追封为皇后。"毅考高宗妃号，无称"在妃"者。《会典事例·礼部·册封门》称：嘉庆三年奉高宗敕旨："颖妃在妃年久，且年近七旬，着加恩封为贵妃；芳嫔亦属年久，着加恩封为妃。"十月，册封贵妃、芳妃。然则"在妃"云云，

谓颖妃在位之年，非以"在"为妃号也。至孝穆成皇后钮祜
禄氏，嘉庆元年册为皇子嫡妃，十三年崩于潜邸。二十五年
宣宗即位，九月谕云："元妃钮祜禄氏，应追封为皇后。"道
光元年，以册谥孝穆皇后，礼成，颁诏天下。是元妃即谓
"孝穆"，非别一人也。如此类者，乃宣多未订正。而列圣尊
谥亦有漏略，故王礼帝系，毅皆手自校定。惟《皇族门》以
假钞《玉牒》，值乱未竟，遂仍乃宣之旧余稿，创而未脱。
因锦藻催急，举而归之，亦可惜已。杜甫《行次昭陵》诗：
"谶归龙凤质。"

帝孙奉玉髓，异姓理章黻。恐贻游屐羞，吞泪心上咽。

注：载泽初名载蕉，本奕柜子，光绪三年赐今名，嗣
镇国公奕询为辅国公，二十年晋镇国，宣统初，官度支部尚
书。奕询者，仁宗第五子惠端亲王之子也。溥伒，本贝勒载
瀛子，光绪二十四年懿旨命嗣孚敬郡王为孙，赏固山贝子。
初，孚王无子，光绪三年谕以奕栋子载煌改名载沛为嗣，四
年载沛薨，又谕以奕瞻子载楫改名载澍为嗣。二十三年载
澍以罪夺爵，明年乃以溥伒嗣孚王为孙。孚王者，宣宗第九
子，而载瀛亦宣宗第五子惇勤亲王之子也。溥侗、恒煦均详
前。宝熙，亦太祖第十五子豫通亲王之裔孙。仅毅与耆龄为
异姓。耆龄，满洲伊尔根氏，独毅汉人而湘乡籍，此前所未
有也。游屐，谓溥侗。玉髑髅，唐玄宗头也，宋时长安富民
得之，晏殊命瘗于泰陵，见《默记》。

忆曾访陵令，春度万松樾。苍阴兼山深，瑞霭护黄闼。一瞬山皆童，不知何年伐？于礼帝树松，松摧礼意失。根挛供薪苏，萌嫩佐刍秣。材尽求无厌，纵斤及柱楶。毁瓦上斫榱，凿门下侵阊。禾黍纵横生，遂使殿陛没。昔禁舆马地，牛骡今风逸。翁仲倘有知，耻在麟象列。客来吊兴废，重予心寸裂。

注：陵木多松，间杂柏桧，夹神道列植者，曰仪行树，以株计约二十万。而山坡平原所散出，谓之海树，殆近千万。国变后，毅深愤袁世凯所为，时载泽方为守护大臣，毅乃以癸丑三月，变易姓名，怀度支部右侍郎陈邦瑞书，密往访之，留信宿而去。初至，从龙门口入，两崖壁立，一泓泠然，绝水而驰，溅沫如雪，水侧春草腆茂，夹毂送青。更前，则兹松蔽山，苍翠弥望，寝殿黄瓦乍隐乍见于碧阴之中。好风徐来，晴香满袖，清肃之气，祛人烦劳。

《礼系〔记〕》论坟尊卑之差，谓："天子树松，诸侯树柏。"《白虎通·崩薨篇》亦云："天子坟树以松，诸侯树以柏。"可见古人制礼，虽微必审矣。自甲子下殿，乙丑蒙尘，其年秋，直军遽将南鹿圈与黄华山阴阳两麓之海树戕以为柴，兼及惠陵仪行树（见是年内部委员朱鸿基呈文）。丙寅[2]，奉军遂大肆剪伐，各陵员役因假借其名号，纷起盗卖（见本年卫戍部员杜孝穆呈文），而根株悉拔，自是各隆恩门及隆恩殿之窗棂户牖亦劈为错薪。昭西陵殿柱，大数围者，近础处竟斫小至五六寸。普陀峪陵，则门之横阃亦几锯断。各殿檐则以瓦当有铜钉，故鲜不隳者。甚至定陵玉带河边之石，每岸必摧，惠陵朱砂碑下之砖，全楼胥转，而神厨、神库、班房、朝房尽化颓垣，仅存断甓。

毅谨稽《皇朝文献通考》，山陵隆恩门外，前为神道碑亭，亭前石桥三，桥左右下马石牌各二，桥南神路正中龙凤门，门外文臣武士及麒麟、狮、象、马、驼等石像左右序列。前为望柱二，又前石桥一，桥前圣德神功碑，神道前为大红门，南石坊一，东西石坊二，左右下马石牌各一。又云，凡神路两旁封以树，十株为行，各间二丈，周垣之外植红椿以为界，限禁樵采耕种，气象何森严也。今者树木既罄，私垦内侵，距隆恩门远不逾寻。但睹黍稷秫粱，神路依稀，几不可见，宝城左近且有牛马遗粪焉。外距下马石牌所在，已不知道里几何，而石像立龙凤门前者，虽间有毁伤，而序列如故。箕子麦秀之感，索侯荆棘之悲，群集于余怀矣。其时民国人员杜孝穆、刘人瑞、宋汝梅、哈汉章、徐鸿宝者，亦复慨叹歔歟，以为惨劫。要皆志在保存古迹，重可悲也。

西辕向石门，古峡终嶙峋。孟益破贼功，野人犹能说。汉末多英雄，壮采照幽碣。而我恃客军，弥激肠内热。

注：石门镇隶遵化州，古之石门峡，故渔阳县地也。《水经》鲍邱水注云："石门峡山高崭绝，壁立洞开，俗谓之

石门口。汉中平四年，渔阳张纯反，杀右北平太守刘政、辽东太守阳纮，五年诏中郎将孟益率公孙瓒讨纯，战于石门，大破之。"今距镇里许，有将军庙，云祀公孙瓒，其碑则云祀孟溢。宝熙亲见之，毅病不果往。"益"作"溢"者，从朱本郦注也，《后汉书·灵帝纪》止作"益"。毅又考《后汉书》瓒本传，称瓒追击纯，战于属国石门。章怀注云："石门，山名，在今营州柳城县西南。"胡三省注《通鉴》云："属国，辽东属国也。"然则瓒追破纯本在辽东属国之石门，郦氏以渔阳石门当之，误矣。乃事更数千载，土人犹知称述郦说，亦良可贵，故特著之。

当吾侪赴陵之始，由卫戍司令部给以护照，更遣排长曹养谦挈兵士三十人卫送，乃克首涂，惕懔若此，真令孟益笑人矣。

玉田正酣斗，烽燧四境彻。信宿留古庙，但闻蛩唧唧。瑶华写升平，题壁黯于涅。贵贱曷有异？天潢易戚悦。归云栖复扬，檐端见微月。虽有奋飞心，积涝奈予尼。澶川忽前横，水草互萦结。乱流而涉之，藉以濯轵辙。

注：玉田县在遵化州东北七十里，为白崇禧军所驻，时纷纷征调，云前敌与张宗昌军已启战端。毅所宿庙，建于明代，庙后适当龙门口，久雨欲霁，街市静寂，惟终夜闻蟋蟀声。毅与载泽共七人联句，而属其末云"凉意满秋轩"，遂去而先寝。不知何人易"凉意"为"凉月"，实为是夕情景。

忆在车微吟，归云栖山，霁色在宇，耆龄赞为极似郦道元
语。俄骤雨忽至，则阴晴固难卜也。庙前殿西壁故有诗云：
"初地重来兴倍赊，琳宫时复焕烟霞。陪游此日春风里，胜
境由来羽士家。"末署"乾隆辛巳，如月随王父宿石门，恭
纪一绝，瑶华主人题"。

毅案：瑶华道人，名弘旿，固山贝子，其父诚恪亲王，
圣祖第二十四子也，乾隆三十八年薨。辛巳为二十六年，是
时盖弘旿随诚王谒陵，过此而作，故不称道人而称主人也。
其画工山水，天潢中推第一。溥忻山水，今亦天潢第一也。
载泽故能诗，见赏醇贤亲王，然于瑶华无和，和者溥忻、宝
熙、耆龄及毅也。毅有句云："道旁犹识王孙贵，知是承平
百姓家。"载泽怃然曰："此谓瑶华耳。"毅曰："不然，愚意
盖兼公等言之。"次日，宝熙欲仿杜甫桥陵、昭陵诸诗为东
陵诗。溥侗言："吾辈似不便作诗。"毅盛赞其是，而宝熙面
赤。毅旋曰："公太祖子孙，固不在斯例也。"乃为释然，然
即此可知宝熙之多天良也。石门西有一水，无舟无桥，俗呼
淋河，《一统志》作梨河，淋、梨双声字也。《水经》鲍邱水
注云："灅水又东南，经石门峡，地望适合。"毅谓"梨"即
"灅"声之转矣。自石门至此，泥垢盈毂，过水乃涤荡净尽，
亦艰险中一快意事也。

昨喜介弟至，家书附寒褐。告言溪涨兴，冲波仅乃脱。
谓蛟起盘山，东注势若决。劲骑与馈丁，一朝化鼋鳖。戒程

幸我迟，不然遭斯孽。初闻胆气碎，转思意殊豁。来本不靳生，岂惮为异物？所惭人臣仆，奇恨莫能雪。

注：郡王衔贝勒载涛者，醇亲王之弟也。上悬念裕陵积水，七月十五日谕遣载涛驰询，行抵三河，阻雨，屏当行李，乘骡车而前。十八日，至段家岭，遇雨雹骤至，盘山溪水大下，且及胸矣，避往高邱，水又及之，乃弃车乘驴，于二十一日午始得相见于石门庙中。盖是晨彼已谒陵折回，追及吾辈也。坐谈俄顷，仍策驴而去。据言，道闻军中饷车多被冲没，士马亦有淹毙者。后毅又闻盘山有蛟为患，故山洪之大为七十老人所未曾见，诚奇险也。

始毅奉命就道，衣物仅携单夹，故于地宫颇感受阴湿之气。载涛至，始获家书及绵衣焉。以彼躬罹水灾，命几不保，犹亲挟书物，殷殷面交于毅，其情至可感念。陵盗之发，载涛袒毓彭甚至，是其咎也。然往还不少休息，可知其性耐劳，而受托若恐遗忘，亦可知其非无信义者。设其人夙近君子，岂非懿亲中之美才乎？

《一统志》：盘山在蓟州西北二十五里，圣祖屡经临幸。乾隆元年，以兹山为谒陵经过之道，创建行宫。《盘山志》云，一名徐无山。

自兹历村镇，十店九不设。设者即军屯，谁能强与酤？里正为觅居，贵不容折阅。夜醒偶爬搔，满指蚊蚤血。

注：沿途饭肆，因连年兵燹，多闭门者。忆来时至段

家岭，觅宿不得，又行二十里至邦均镇，各店亦为军队占住，往返市间数四，始由商会代觅一小饭肆，而随员徐埴等尚止车中也。归途以二十二日自石门发，竟日驰泥泞中二十余里，达马伸桥，由司员和琦托其地团总觅得一已歇饭肆，宿焉，索值殊昂贵。二十三日既晡，至蓟州，以戒严未得入城，止城东高家店。蚊蚋极盛，毅有帱未设，终夜为不寐。

求安人情常，念之增惨怛。桃花故行宫，沦落在蓬荜。吾侪本王人，失所讵云屈？虽无多嘉肴，差堪慰饥渴。至尊尚减膳，遑忍厌粗粝。

注：《蓟州志》"桃花寺在州东十八里桃花山上，山有桃花，开时独先，故名。"东接皇陵五十里，为銮舆必经之路，乾隆十八年建行宫于山半。《一统志》云，寺旁为行宫。途中耆龄指而示毅曰，是山亦多松，不云多桃，盖光、宣间风景已异于乾隆时矣。毅尝闻，嘉庆十三年，〈庆〉郡王未晋亲王时，因谒陵私游桃花寺行宫，托言寻茶，因欲瞻仰御笔，旋自求治罪。奉谕："永璘素耽游玩，举朝皆知，既至桃花寺，朕料其必私进行宫游玩。伊于作诗写字并不留心，岂真欲瞻仰御笔，实属遁辞。若云口渴寻茶，则山下村店觅饮之处甚多，何用上山？寻至庙内，明系欲进行宫游览耳。永璘前为皇子时，原应在阿哥所住宿，此时既已分府，名位悬殊，行宫禁地，何得肆意游观？从前果郡王永瑢因私至昆明湖游玩获咎，永璘事同一辙，自当加以惩戒。所有伊自请

治罪之处，着交仪亲王、成亲王议处具奏。并着通谕王公等，嗣后凡遇派往祭陵，均不准擅入行宫，致干咎戾。"当日纲纪何其肃也！乃昨闻溥忻云，此行宫近日传闻有人以银币四百购去，而杜孝穆呈文则有白涧行宫一夜将全部木料运去之说，是皆可伤者。董恂《笔记》称，《向导册》言，蓟州西四十里为白涧庄，建行宫，乾隆中建也。

是役途中食宿，索值俱贵，而马伸桥餐饭尤恶。因念上自六月十八日下谕，变服减膳，至善后办竣日止。而办善后诸臣至今尚在途，则玉食何日始得甘耶？

当年翠华临，流惠遍农末。累朝蠲赋恩，亿万赖全活。运衰俗亦薄，生计仗攘窃。只自救困穷，不解酬赡恤。行矣吾更西，去此群盗窟。

注：康熙十七年谕："遵化所属，有附近汤泉之娄子山、袁格庄、启新庄、石家庄、梁家庄供办徭役，其一年地丁钱粮具令蠲免。鲇鱼关城内外居民七十一家，免其一年正供外，仍每户赐银二两。"六十一年，世宗以大兴三河通蓟，遵化为陵寝经由之路，谕免明年额赋。乾隆三十三年谕："乃者恭奉皇太后安舆展谒两陵，前已降旨，蠲免所过地方十分之三。兹跸途所至，小民扶老携幼，欢迎爱戴之忱时切朕心，深为嘉悦。着加恩将经过州县及天津府属所有乾隆三十一年至三十三年未完尾欠地粮银共五万一千八百余两，年粮项下本色谷豆共五千九百余石，又积年因灾借谷共

十二万六千一百余石，普行蠲免。"五十二年谒东陵，免经
过地方额赋十分之三。嘉庆朝自四年至二十五年，中间惟
十六年及二十三年未亲谒陵，其余每岁谒陵后，必谕免经过
地方额赋十分之三。其四年、六年免两次，五年全免，七
年、十年、十四年免十分之五。道光朝十年免十分之五，其
三年、十三年、十六年、十九年、二十七年皆免十分之三，
二十四年虽未亲行，亦照免。咸丰三年、同治十二年、光绪
十六年、二十八年皆免十分之三。自优待经费，积欠历年，
致守陵员司薪俸不继，其不肖者遂上下勾结，至盗卖金银祭
器。军匪见之，因生觊觎之心。其谓侵犯地宫为员司勾通
者，则军匪自为减轻罪名计，故造蜚谣，非实情也。

　　路修每多阻，小顺必大拂。络绎赴敌兵，前遮苦相遏。
飞挽生碾涡，致予屡颠蹶。

　　注：当裕陵汲水垂尽时，卫陵营长王占元云将他调。占
元者，阎锡山部也。比敛葬甫竣，连日中途所遇，始则阎军
之炮步兵，继则白崇禧之兵车、饷车。饷车，近所谓给养车
也。雨后道湿，又辎重纵横以辗之，遂无轨辙可循，故汽车
多为损折。有时震荡极烈，致将坐篼高抛，毂与耆龄竟至两
首相撞，亦可哂也。

　　燕齐旧战域，久随沟洳汩。胡为嗜杀者？方诩张士卒。

　　注：过段家岭，过泃河草桥，二十四日也。岭东属蓟
州，岭西属三河，草桥则三河所辖。董恂《笔记》称为错

桥，谓桥下之水为既合洳水后之沟河也。《竹书纪年》"齐师及燕战于沟水，齐师遁"，即是水，见《水经》鲍邱水注。

谁非人子孙？使作马牛割。谁非人父祖？使受狐兔㧈。途中多佳景，到眼成颠狃。蹒跚复蹒跚，昧爽忽已昳。坡陀乍起伏，冥行惴其慄。险若悬度栈，深况马夜瞎。生为水乡人，始怯平野溢。

注：二十四日宿夏店，未至二十里，已暝，车灯多震毁，冥索而行。左旋道，迎高坡而上，路殊狭，而旁有积水殊深，其险甚矣。耆龄云，此真可谓"盲人骑瞎马，夜半临深池"也。夏店以古夏泽得名，隶三河。

鲍邱双河梁，来迹已恍惚。一梁早中断，扶轮就船筏。一梁犹技〔支〕撑，危响振窸窣。

注：《耆龄日记》："七月初四日至通州，进西出北，渡潮、白二河，箭筓河。"《宝熙日记》亦云"渡潮、白二河，箭筓河"，旋涂去"箭筓河"三字。盖此条宝记原录耆文，以是日于此处仅渡两河，因疑潮、白外，不得复有箭筓，遂删之耳。其实耆氏所云潮、白二河，指潮白合流处而言，即谓东浮桥下之河。而箭筓河在潮白河东，自赴陵言之，则先渡潮白，后渡箭筓；自回京言之，则先渡箭筓，后渡潮白。董恂《笔记》云："过东浮桥，桥下潮白河。"自注云："潮河、白河合流，因并称潮白河。"下又云："过箭筓河，上有草桥。"即其明证。因耆、宝同时所记而异，恐滋疑误，故

辨正之。河隶通州，初四日，毅偕同人渡两河，均有草桥。二十五日归，再过此，则箭簳河桥已折，遂以舟渡。《一统志》云，潮河，卿〔即〕古鲍邱水。《安澜志》亦云，潮河，古鲍邱水也，又云窝头河，一名窝沱河，又名苍头河，亦曰渠水，俗名箭杆河，即古鲍邱水故道。

监临仰先皇，征艰幸赋毕。回望二百里，如梦不可诘。

注：过河抵通州，四十里至京，则路较以东坦平矣。

既归关仍讥，吾惜好城阙。大道故坦荡，何意为雍阏。

注：先是，出朝阳门，稽察严而久，归亦如之。同行有筐携梨者，亦索税四角，以啖尽而罢。

有明十三陵，封鬛至今屹。斯仁若可废，安用良吏笔。

注：顺治元年，以礼葬明崇祯帝后及妃袁氏、两公主并天启后张氏、万历妃刘氏，仍造陵墓如制。先是，设看守明十三陵，每陵夫二十四名，田二十二顷。至是定制，除万历陵不设外，其十二陵各设太监及夫役，照给田，仍命户部量给岁时祭品。二年，设守明太祖陵太监人丁祀田二百亩。三年，昌平民王科等盗发明帝陵，伏诛。八年谕礼部："元年定守明朝诸帝陵寝并祭典，因神宗与我朝有嫌，故裁之。朕思前朝帝王陵寝，理宜防护，况我朝凡事俱从宽厚，今神宗陵着照明十二陵例，以时致祭，仍设太监陵户看守。"十六年命内大臣索尼祭崇祯帝，复遣官祭明成祖以下陵。谕工部："前代陵寝，神灵所接，理应严为防护。朕巡幸畿辅，

道经昌平，见明代诸陵殿宇墙垣颓圮已甚，近陵树木多被砍伐，向来守护未周，殊不合理。尔部即将残毁诸处尽行修葺，现存树木永禁樵采，添设陵户，令其小心看守。责令昌平道官不时严加巡察，尔部仍酌量每年或一次或二次差官察阅，勿致〈疏〉虞。"高宗大修明十三陵，诏言"虽费百万不靳"。同治初收复江宁，亦诏修明太祖陵。

推之极藩坟，禁卫周以悉。煌煌圣祖语，包孕何宏达。固无期报心，足以愧后哲。坎坷宁待论，德在天地阔。

注：康熙二十二年刑部题发掘故明废藩墓盗案，上谕大学士等："部议照盗发常人坟墓律，拟绞。盗发藩王等坟墓，何得与平人一例？凡历朝俱应称某代，必称'故明'，深觉未当。以后奏章，凡'故明''废藩'字样应悉除之。其盗发坟墓，与拨人看守之处，九卿詹事科道议奏。"

原载《新闻报》1947年10月18日—11月25日

注释

1 韩某，钱实甫点校本作"韩大保"。

2 钱注：甲子、乙丑、丙寅，民国十三、十四、十五年，公元1924、1925、1926年。

抱冰堂与奥略楼

前清光绪三十三年，张南皮离鄂，入赞中枢，鄂人受其惠者有攀辕卧辙之思。军界酿金于武昌宾阳门内蛇山建抱冰堂，学界酿金于黄鹄山建风度楼，皆所以资纪念也。兴工未成，南皮电鄂，停止兴修。其文曰："昨阅汉口各报，见有各学堂师生及各营将佐弁兵建造屋宇，以备安设本阁部堂石象、铜象之事，不胜惊异。本阁部堂治鄂有年，并无功德及民，且因同心难得，事机多阻，往往志有余而力不逮，所能办到者，不过意中十分之二三耳。抱疚之处，不可殚述。各学、各营此举，徒增懊歉。尝考栾公立社，张咏画像，此亦古人所有，但或出于乡民不约之同情，或出于本官去后之思慕。候他年本阁部堂罢官去鄂以后，毁誉祝诅，一切听士民所为。若此时为之，则以俗吏相待，不以君子相期，万万不可！该公所、该处迅即传知遵照，将一切兴作停止。点缀名胜，眺览江山，大是佳事，何以专为区区一迂儒病翁乎？"此虽南皮谦冲之词，而各界为表去后之思，鸠材庀工，卒底〈于〉成。

次年，南皮又电致武昌陈制军[1]云："黄鹄山上新建之楼，宜名奥略楼，取晋《刘弘传》'恢弘奥略，镇绥南海'语意。此楼关系全省形势，不可一人专之，务宜改换匾额，鄙人即当书寄"云云。"风度楼"旋易"奥略楼"，南皮所亲书。以上两处，现均为鄂人游览憩息之所，而知其兴修之故者鲜矣。

又，梁节庵在鄂，领导鄂人为南皮建生祠于洪山卓刀泉关帝庙址。电达北京，南皮阅之大怒，急电责节庵及鄂人云："卓刀泉为明魏忠贤生祠故基，忠贤事败，拆去生祠，改建关帝庙。今建予生祠于上，是视我为魏忠贤也。予教育鄂士十余年，何其不学，以至于此。速急销弭此举，勿为天下笑。"

原载《新闻报》1947 年 11 月 26—27 日

注释

1　钱注：湖广总督陈夔龙。

张南皮与端方

倾搜竹箧，得故友前监察院监察委员汉军铁岭高友唐《高高园〔轩〕随笔》，有记张南皮遗事，于端、梁之关系颇为详备，爰录之如次。

《随笔》云："南皮张之洞督楚十九年，其建设事业规模闳远，鄂人颇称颂之。第晚年政存宽厚，对官吏不能严加督饬，凡贫老者咸委县缺、厘金以周济之。此辈以戒得之年，恣意贪婪，南皮不问也。端方为陕臬，撷拾新政皮毛以博时誉，与南皮长公子君立京卿订金兰交，以世伯尊称南皮。时抚鄂者为于荫霖，极顽固，疾视外人，对南皮与刘坤一订东南互保之约尤为不满。南皮恐酿祸，密电行在，以于调汴抚，保端继任。"

"端固一巧宦也，至鄂后结纳梁鼎芬、张彪，投南皮之所好，南皮堕彼术中，引为同志。壬寅刘坤一出缺，朝命以南皮调署，并电询继任鄂督人选，南皮密保端方，遂令端兼署。南皮抵南洋，以湘军腐败，拟裁撤之，湖南人大哗。瞿鸿禨在枢府，力言恐激变，遂以李兴锐任南洋，令南皮回鄂。端方不欲交卸，运动枢府，召南皮入都展觐。觐毕，又令南皮留京订学务章程。学务大臣荣庆与端为僚婿，受端之托，对学务章程时持异议，屡订屡改，困南皮于京年余，南皮无如何也。直至甲辰[1]春，始回任。"

"端方督楚两年，贿赂公行，畅所欲为，梁鼎芬又阿谀之。端通行全省整饬吏治文，有'湖北吏治败坏已十四年矣'之语，盖指南皮也。南皮回任后，有以此文呈阅者，南皮大怒。端不自安，调苏抚。去之日，梁鼎芬于黄鹤楼立纪念碑。丁未，南皮入枢府，梁鼎芬亦因劾奕劻、袁世凯罢官。余于戊申[2]春回鄂，亲晤梁于织布局，梁谓南皮不应赠袁世凯寿联拟以王商（联文为'朝有王商威九夷'），嘱代达南皮。余旋京后，南皮询在鄂见梁否，有何议论，乃据实以告。南皮曰，寿联乃普通酬应，既与袁同在枢垣，日日相见，讵能不敷衍之？若梁某之为端立纪念碑，有'睢州之正，益阳之忠[3]，滔滔汉水，去思无穷'十六字，彼如恭维端之才华经天纬地，犹可说也。试问有卖官鬻爵之汤文正、胡文忠耶？此真比拟不伦矣。如此谄媚，较送袁寿联何如？在余用王商典，不过切其外务部尚书耳。烦君代达，张某已识破彼为伪君子，受其骗二十余年，以后不必再施技俩。言时悻悻。余在南皮幕府凡十三年，南皮每论事，极和蔼，从未见其声色俱厉如此者，殆亦文人好胜之心不克自持耶。南皮死后，端、梁俱远道来吊，抚棺痛哭，或亦良知未泯也。"

又云："南皮于万寿山附近六郎庄筑小园避暑，恒召幕僚于茅亭敲诗钟消遣。戊申八月十五日，以中秋两字鹤顶格，令每人拟十联。拟毕，小饮赏月。忽询近日有何新闻，余对：'有友自沪来，闻郑孝胥评论时人，颇滑稽。谓岑春煊不学无术，公有学无术，袁世凯不学有术，端方有学有术。'南皮捻须笑曰：'余自问迂拙，郑谓我无术，诚然。然有学二字，则愧不敢当，不过比较岑、袁多识几个字。袁岂仅有术，直多术耳。至谓端有学有术，则未免阿其所好。学问之道无穷，谈何容易，彼不过搜罗假碑版、假字画、假铜器，谬附风雅，此乌足以言学耶？'观于此，文襄对袁、端之感情可见一斑。"

原载《新闻报》1947 年 11 月 28 日—12 月 2 日

注释

1　清光绪三十年，公元 1904 年。

2　丁未，清光绪三十三年，公元 1907 年；戊申，清光绪三十四年，公元 1908 年。

3　钱注：汤斌，河南睢州人，谥文正。胡林翼，湖南益阳人，谥文忠。

汪逆夫妇结合之丑史

汪逆精卫之未婚妻刘文贞，为粤中名宿刘子蕃先生之妹，香港近代名词家刘百端君之姑也。子蕃先生宗奉陈兰甫东塾之学，与精卫仲兄伯序最善，伯序笃守陈东塾师法，称入室弟子。伯序名兆镛，清举人，其叔父琼游粤幕，学术、诗文为东塾所敬服。清亡，伯序为学海堂长，闭户传经，不问时局，对清代帝皇名讳皆抬头缺笔，如批学海堂卷，逢一溥仪之"仪"字，必缺末一撇。遗臣以粤中最多，维新守旧，各致其极。予在粤时，元旦日，汪逆大笑而来，曰："我几乎做清室遗臣。"盖当日绝早，渠赴伯序家贺年，伯序正设香案，辫编黄线，朝服朝冠，向北跪拜，亦强令为之，汪逆跳而免。伯序著有《岭南画史》《雨屋深灯词》各种。

清季，岑春煊总督两广，延汪伯序、刘子蕃两人为文案。两人学问同出一源，交谊敦厚。子蕃有女弟，名文贞，年十五六，幽娴静好，伯序乃为精卫订为婚姻。少男少女，亦表同情，女以为将来得佳婿，男亦以为将来得佳妇矣。会清廷遣派留学生赴日留学，汪逆由广东省派往日本东京，习速成法政，一年半为期。临行，汪、刘两家约定，俟汪逆卒业归国，即行完婚，时男女皆不过二十华耳。

未几，汪来东京，创立同盟会，撰述《民报》，发为排满革命之论（汪逆原名兆铭，至是始易为精卫）。清廷震动，粤东老辈视为叛逆，汪、刘两家惧有灭门之祸。汪伯序曰："兆铭虽庶出，予教之无歧视，今为大逆不道之言，获罪君父，非汪氏子也。"刘子蕃亦言："求婿而得此逆伦之夫，安用此婿为？"于是，汪、刘两家长兄同时宣告毁婚。文贞女士不直两家长兄所为，大不谓然。然当时家长权重，文贞无法，不得已潜来香港，诉诸嫡堂长兄任香港华民政务司总文案者，因其年高于子蕃，亦刚方严正人，子蕃所惮也。

其嫡堂兄闻之盛怒，谓伯序、子蕃所为糊涂已极，令文贞入校学医，食宿其家。又为书致汪逆，力陈其妹之志，嘱将来归国，在港完婚。文贞亦附书致其夫，述学医相待之志。嗣得汪复函，力颂其嫡堂兄之明达，并喜文贞女士之高志，谓将来归国，决不食言。

未几，孙先生由日本往星加坡，胡汉民氏与汪逆精卫皆从，寓巨商张永福花园。时庇能埠有三邑陈姓商家之女，名璧君，与其生母同住星加坡，听孙先生开会演说，见汪随侍，悦其翩翩少年。会毕，璧君偕其母来永福花园谒孙先生，愿加入革命工作，并求先生允其母女来花园居住，得随时敬聆革命旨趣，先生允之。

璧君迁张园后，日寻汪笑谈，表现情意。汪时年少气盛，璧君所献殷勤，彼竟懵然无所动于中。璧君情急，由其老母出面，求孙先生代为执柯。是时南洋华商之子有名梁雨郊者，曾与璧君订婚。梁肄业英星洲总督所设之英七洲洋皇家学堂，每试必第一，特派往伦敦牛津大学习外交法律。七洲洋学堂者，星属七大岛皇家联合设立之高等学堂也。后陈〔梁〕雨郊复获英国博士学位，曾办中越划界事，旋往云南办理中英外交，确为陈璧君之未婚前夫。

胡毅生先生曰，予当时亦在侧，闻孙先生答陈氏母女云："精卫自有妇，早订刘氏女矣。汝亦自有夫，陈〔梁〕雨郊殊不恶，何必使汪、刘两家之男女各痛偏枯？汝得技矣，将何以处刘氏女？闻彼女与精卫有约，必待精卫革命成功始结婚，予不能作此男女纠葛之事也。"陈既不遂所愿，汪亦不达爱情，陈氏母女将离张氏园。会随孙先生来星洲者有黎仲实，亦风雅少年也，赍孙先生与《民报》章太炎书及款项，将往日本。精卫劝璧君与仲实同行，往日本留学。胡汉民闻之，笑曰："精卫可谓自掘墙脚，那能让此少年男女长途偕行?"璧君遂留学东京。

汪后由星洲来东京，主张实行暗杀，入北京炸摄政王。璧君欲同行，曰："有女眷，可掩外人耳目。"于是，设照相馆于北京。举事前夕，璧君语汪曰："事不成，皆死耳，吾二人夫妇名义定于今夕，再会来生。"汪惑其言，后被捕，璧君得免。辛亥革命事成，清廷逊位，汪以代表名义来南京，璧君随之，寸步不离，不久乃结婚于沪上。

当汪在星洲时，璧君追求之事传达香港，有老同志邓子瑜在星洲，举以问汪，汪曰："文贞女士待予革命成功，今在学医，予没世不能忘也。"邓来香港，语文贞及其长兄，皆称汪为年少有志节之人，邓更以百口保其无他。及共和告成，汪来上海，邓与刘文贞及其长兄亦同来上海，满以为汪、刘婚姻可依约美满举行，而不知汪已背约，陈璧君已达到目的矣。

汪语邓某曰："璧君与予共患难，已尽夫妇之谊，请为我愧谢刘文贞女士。"邓某大怒，痛骂精卫非人类，宣言绝交。刘文贞女士亦高行亮节，宣言曰："予系出清门，未负精卫，实精卫负我，彼既与陈氏女谊属夫妇，我何必争此无谓之气？我已学医有成，力能自立，以独身主义效忠于人民社会，一可成人家庭之美，二可全特立独行之志，庶能风乎当世，诸公〈不〉必为予抱不平。"文贞后卒业于弱济医院，今仍行医于香海。汪逆乃竟靦颜事敌，叛国亡身，璧君亦呻吟监槛，反不如文贞女士遨游海峤，矫然如云霄之鹤。如刘女士者，可以风矣。

汪逆一生随陈璧君之言为出处，终致身败名裂，甘为罪魁，使娶刘文贞，或尚不至此。兹纪其夫妇结合之丑史，正以见汪逆背信负义，出于习性，少年时多变，结果亦终于叛变。至陈逆璧君之求媚希荣，则更不足曲数矣。

原载《新闻报》1947 年 12 月 3—10 日

岭南两大儒

近代言粤中大儒，必曰朱九江、陈东塾。九江名次琦，南海人也，道光二十七年进士，分发山西，摄襄陵县事，引疾归，讲学于礼山堂历二十余年，门人成就甚众。生平论学，平实敦大。论汉之学，郑康成集之；宋之学，朱子集之，朱子又集汉学而精之者也。宋末以来，杀身成仁之士远轶前古，皆朱子力也。然而攻之者互起，有明姚江之学，以致良知为宗，则攻朱子以格物。乾隆中叶以后，天下之学以考据为宗，则攻朱子以空疏。一朱子也，而攻之者乃矛盾如此其甚。古之言异学者，畔之于道外，而孔子之道隐；今之言汉学、宋学者，咻之于道中，而孔子之道歧。果其修行读书，蕲之于古之实学，无汉学、宋学也。凡示生徒修行之实四：曰敦行孝弟，曰崇尚气节，曰变化气质，曰检摄威仪；读书之实五：曰经学，曰史学，曰掌故之学，曰性理之学，曰词章之学。一时咸推为人伦师表云。

九江道德学问，不独学者宗仰，即其乡里耕夫野老亦均感其教化。粤东赌风最盛，清季政府以赌博筹饷，几于无地不赌。惟其乡自九江设乡约以来，乡中不睹蒲塞之场，风俗纯朴，粤中称最。当时无盗贼之男，淫佚之妇，诚非过誉。

九江少年学书于谢里甫，受笔法，传其外丹、内丹之诀，力追颜平原。由是以工八法名于时，人得其寸纸只字，视同拱璧。

世传九江在花县讲书一月，洪秀全亦往拜门听讲，惟读太原王璲《朱稚圭先生画像记》。按：九江令襄陵，南方兵起。壬子冬[1]，秀全东下，历破武昌、安庆、金陵，北至扬州。兵氛虽远，九江愁然忧之。上书晋抚，亟宜绸缪全晋，联络关陇，为保一方计，乃为三难、五易、十可守、八可征之策，洋洋万言。再三上之，晋抚不能用，遂浩然归。无何，扬州太平军由凤、亳趋豫，跨河扑怀庆，八月折而西入晋境，径占垣曲、绛县、曲沃，进屠平阳府，悉如九江言。如是，则洪秀全之起兵与九江之讲学年岁悬隔，且秀全兵已远及晋境矣，奚能至花县拜门听讲乎？其为流俗传闻之误可知也。

同治元年，九江与同邑徐召英奉旨起用，竟不出。光绪七年，赏戴七品卿衔，逾数月卒。著有《国朝名臣言行录》《五史征实录》《晋乘》《国朝逸民传》《性学源流》《蒙古闻见》等书。疾革，尽焚之。稿本繁重，焚一日夜乃尽，学者无不惜之。门弟子甚众，而褒然能接其道统者，首推顺德简朝亮。门人曾搜九江诗文暨附录都十卷，称《朱九江先生集》，朝亮并为年谱，以刊行焉。

东塾名澧，字兰甫，学者称东塾先生。道光十二年举人，河源县训导。东塾之学，悉本之阮元。元督粤，以粤人不治朴学，乃创学海堂以训士，东塾遂为高材生。东塾于天文、地理、算术、乐律、篆隶无不研究。中年读诸经注疏、子、史及朱子书，日有课程。初著《声律通考》十卷，谓："《周礼》六律亦同，皆文之以五声。《礼记》六律十二管，还相为宫。今之俗乐有七声而无十二律，有七调而无十二宫，有工尺字谱而不知宫商角徵羽，惧古乐之遂绝，乃考古今律为一书。"又《切韵考》六卷，外篇三卷，谓："孙叔然、陆法言[2]之学存于《广韵》，宜明其法，而不惑于沙门之说。"又《汉志水道图说》七卷，谓："地理之学，当自水道始，知汉水道则可考汉郡县。"其于汉学、宋学能会其通，谓："汉儒言义理无异于宋儒，宋儒轻蔑汉儒者，非也；近儒尊汉儒而不言义理者，亦非也。"著《汉儒通义》七卷。

晚年寻求大义及经学源流正变得失所在而论赞之，外及九流诸子、两汉以后学术，为《东塾读书记》二十一卷。

其教人不自立说，尝取顾炎武论学之语而申之，谓："博于文当先习一艺，《韩诗外传》曰'好一则博'，多好则杂也，非博也。读经史子集，皆学也，而当以经为主，尤当以'行己有耻'为主。"为学海堂学长数十年，至老，主讲菊坡精舍，与诸生论文艺，勉以独行立品，成就甚众，胡元玉父子、于式枚等皆其徒也。

亡友黄季刚君以声韵之学为当世所重，其为学得力之处，实自东塾之《切韵考》始，尝为《切韵考解释》上篇。书成后，以下篇属吾门弟子李以祉补成之，季刚之笃好其学说者深矣。

原载《新闻报》1947 年 12 月 11—16 日

注释

1 钱注：清咸丰二年，公元 1852 年。

2 孙炎，字叔然，乐安（今山东博兴）人，三国时期经学家，受业于郑玄，时称东州大儒。陆法言（562—?），名词，以字行，魏郡临漳（今河北临漳）人，隋朝音韵学家。

再纪南宗孔圣后裔

曩为编孔子世系，曾致书浙江衢县孔氏南宗奉祀官府，征求南宗故实。顷接奉祀官府徐君镜泉邮寄所著《孔子南宗考略》二册，旁征博引，极为赅洽，信可传也，并媵以书云："兵燹之后，典籍沦亡，谱牒不足征，耆旧不足献，而公关怀国粹，崇圣卫道，在今日为空谷足音，盛意不可没也。爰旁征博考，穷两月之力，成《南宗考略》二卷，限于资力，不克付印，先呈一部，伏乞惠予指正。"兹录书中所述圣泽遗闻数则，为世所未知者，刊载于此，或亦考订文献者所乐闻也。

清顺治间，时经鼎革，案牍无征，衢州袭爵既废，南宗圣裔孔衍桢乃援旧制，沥陈于守道李际期，转请总督陈锦具题，于九年承袭旧职，衍桢时年十七岁。先是博士舆导仍明制，用皂盖，至是始易为黄盖（此制甚贵，后世多未敢行）。又具呈请得循三年入觐之例，贺万寿圣节，衢州之有觐典自此始。

清代于孔子极为推崇，康熙二十二年御书"万世师表"额，并谕立文武官员下马碑。雍正四年御书"生民未有"额。乾隆三年御书"与天地参"额。嘉庆三年御书"圣集大成"额。道光元年御书"圣协时中"额。咸丰二年御书"德齐帱载"额。同治三年御书"圣神天纵"额。光绪七年御书"斯文在兹"额。宣统元年颁"中和位育"额。

冯世科《鲁阜山神祠记》：城南柯阳首庙，垣宇倾圮，有残碑卧丛棘中，字漫漶不能卒读，就其存者缀之，略云：

"衍圣公端友负楷木圣像扈跸来南，夜泊镇江，奉像舟覆风浪中，有三神人拥像逆流而上，得于江滨。公焚香祷谢，烟篆'鲁阜山神'四字。公后赐家于衢，因建祠世祀焉。夫孔子辙迹未历姑蔑，邑人一旦得瞻圣像，则鲁阜山神大有造于吾邑也，其世祀固宜。乃俗因神屡著灵异，遂讹称为三圣，又何异五通、十姨之舛讹也哉。"按：山神护楷之传说甚古。冯世科，清乾隆时人。柯阳首庙，今犹由奉祀府修葺。又，城中四隅各有分祀，东隅在长竿林，西隅在县西街，南隅在天宁巷，北隅在县后北楼。四乡村落，到处有之。盖祀圣有一定仪制，民不敢亵，祀山神即所以寄崇敬圣人之意耳。

　　南宗衍圣公府组织甚为庞大，自孔洙让爵后，所有本府官属执事、差役、洒扫等均由族长统辖，当时称衢庭族长，其职权几与衍圣公相埒，俊彦克承，一仍其旧。清初，定三年入觐之例，并有赍奏随朝判官等名，迄于末叶，迭有损益。大致有督理一员，典籍一员，司仪二员，司乐二员，掌书二员，书写四员，驻杭、驻龙执事官各一员，散执事官四员至八员，乐舞生三十二名，礼生十二名，卫士十名，洒扫丁十六名，由博士分别选用，报部备案。执事官以上，视正、从八九品。

　　禹按：明嘉靖九年制尊至圣先师孔子易像为主以后，各省州县无复有供奉圣像者。湖北建始县本为土司旧地，远在山陬，文庙因袭旧制，仍奉圣像，固未改易也。民国护法之役，唐克明军据施南，余杭章先生太炎时亦在焉，特托人自建始奉圣像来施，以便瞻拜。乃县令某者，粗鄙无识，闻命之后即派弁兵数人启运，并附以令文云："查有本县犯人孔子一名，因案押解来施，仰即查收给据"等语。章先生初闻圣像运到，甚为欣然，旋阅县令来文，为之大骇，不料其如此荒唐也。不敢启视，仍属弁兵运回建始，自今圣像尚巍然供奉于文庙之中。此事为余门人李以祉所言，得之于恩施宿耆胡婢凤喈。凤喈是时与章先生朝夕往还，目所亲睹也。

附录《俞曲园随笔》所记青浦孔宅一则云：青浦县北数里有地名孔宅者，隋大业中孔子裔孙名桢流寓于此，因孔林远隔，靡寄霜露之思，乃仿葬衣冠之例，瘗孔子所遗宝玉六事，璧三、环一、簪一而祀之。明正统间，四明张楷字式之巡按三秦，刻有《孔子圣迹图》。万历时，云间倪甫英得其拓本，适式之曾孙名九德者为松江太守，乃刻石置孔宅，岁久遗失。有方学正之裔孙名正范者于国朝康熙中又补镌焉，今尚存孔宅启圣祠中。年家子汪旰卿宰青浦，拓以见赠。第一图征在祷于尼山，第二图儿戏陈俎豆，第三图为委吏，第四图为司职吏，第五图为学琴师襄，第六图问礼老子，第七图在齐闻韶，第八图晏子沮尼溪之封，第九图修诗书礼乐，第十图会于夹谷，第十一图摄行相事，第十二图齐人归女乐，第十三图匡人拘孔子，第十四图击磬于卫，第十五图为卫灵公次乘，第十六图桓魋伐树，第十七图去宋适郑与弟子相失，第十八图有隼集陈庭，第十九图临河不济，第二十图卫灵公仰视蜚鸿，第二十一图问津沮溺，第二十二图在陈绝粮，第二十三图子西沮书社之封，第二十四图叙《书传》《礼记》、删《诗》正乐、考《易》象象，第二十五图西狩获麟，第二十六图负手曳杖逍遥于门，第二十七图子贡庐墓，第二十八图先圣小像，附子思像于后，第二十九图汉高祖过鲁祀孔子。其前刻《孔子世家》一篇，则朱文公《论语集注》所考订之本，非《史记》全文也。余观其图，宫室车舆，多非古制，人则高坐，马则单骑，尤与古违。明人之作，固难于深考耳。

原载《新闻报》1947 年 12 月 17—22 日

遁迹僧寮一奇士

嵊县人郑淦，前清时任和州知州。清亡，淦潜往永嘉，依妙智寺为僧，任挑水、舂碓诸苦役，朋好家人均不知其踪迹，冒鹤亭任瓯海关监督时访得之。越一二年，淦死，不知其患何病。偶搜鹤亭旧帙，得其手书诗函，盖奇士也。据鹤亭口述原委，在清史可补《忠义传》之阙遗，在国史可作《隐逸传》之资料，急录之。

鹤亭为予言：民初任瓯海关监督，当地文人学者颇相往还，而于山野隐逸之士更留意寻访。忽闻温州郊外妙智寺有怪僧，自愿任劳役，凡困苦繁重之事，无不乐为之。役毕，闭门静坐，诵经读书，时发吟咏声。鹤亭好奇，命驾往寺，欲窥究竟。入方丈室，询长老，问有僧如所闻者，方丈曰："有之，是灵照也，不明来历，只求为僧。"问："何故任以重役？"曰："彼自愿苦行耳。"嘱方丈召来禅堂，应曰："当即至。"再召之，曰："已上山采樵矣。"坐待良久，他僧报曰："灵照已归。"鹤亭亲往询，灵照闭户诵经，敲门不应。敲愈急，诵益烈。鹤亭不得已返禅堂，嘱方丈曰："宜尊重此人，加以优遇，免其苦役。"鹤亭返城，与同官嵊县人宋延华言之。宋曰："乡人中郑淦者，榜名文熙，清末为和州知州，温州传说知府做和尚，必此人也。清廷逊位时，彼弃官弃家，迄今无人知其下落，殆已为僧矣。"鹤亭闻之喜甚。

时梁节庵助祭梁格庄，分寄祭余之饽饽。鹤亭乃作书，附自刻诗集及饽饽一箧，遣人贻灵照。不数日，灵照复函，縢诗四章，返其饽饽。始知此苦行僧乃真清曾官知州之郑淦也。所谓知〔和〕州知府，殆误传耳。

未几，寺僧来报，灵照已圆寂，不知何病骤死。由寺僧殓葬，遗书一册，什物数事。鹤亭闻之甚悲戚，以生死未见其人也。后其弟文煦来函，遣郑淦之子奉其先人遗榇归葬家山。鹤亭谓，所藏灵照诗函及其弟文煦函件可备史料，惜其子迁棺回籍，尽携所遗书及什物以去，未存储一二留镇山门也。

原载《新闻报》1947 年 12 月 23—24、26—27 日

苏曼殊之哀史

曼殊，日产也，幼随母河合氏适岭南商人苏翁，遂冒其姓，时苏经商东瀛也。未几，苏翁归国，河合氏亦携曼殊同返广州，而大妇奇悍，遇河合氏尤为严酷。逾数年，苏翁病殁，河合氏不得于其大妇，只身回日本，遗曼殊于苏翁之家，年十一二耳。托足寺中，祝发为僧，长老某喜其慧，梵呗之余课之读，并使其习英吉利文字。数年，学大进，中西文字均斐然可观。

初，苏翁在时，曾为曼殊定婚某氏，巨室也，女贤而才。自苏翁殁后，两家之消息隔绝矣。曼殊居寺数年，所往来者惟一老媪之子，时为存问。盖媪曾为曼殊乳母，又受河合氏之恩惠最深也。曼殊年十五六，学成，辞寺长老东渡省母，苦乏资斧，随媪子贩花广州市中，方拟集资之日本。一日过巨室侧，适婢购花，识曼殊，讶曰："得非苏郎乎？何为至是耶？"阴唤女至，曼殊以笠自掩，且泣曰："惨遭家变，吾已无意人世事矣。"并告以出家为僧及东渡省母之故，劝女另字名门，无以为念。女闻之，亦为之泣下，誓曰：

"是何说也？决守真以待君耳。"解所佩碧玉以赠："善沽之，当可东渡将母。"曼殊遂以其碧玉易资赴日本。比还国，闻女以忧愁逝世。曼殊既悼女亡，复悲身世，怆感万端。时清末季，革命党人群集上海，曼殊客居觉生[1]先生之家，与吾老友均县萧级〔纫〕秋[2]共据一室，自道其详，其所为《绛纱》等记，皆是时之所作也。作时伏枕急书，未数行，则已双泪承睫。尝欲将其事撰成长篇小说，共为百回，每回并附一图，图已绘成三十幅，托纫秋请先总理资助印书之费。总理时正困穷，孙夫人倾箧出八十元赠之。曼殊持此二次东渡，卒未能将其书印行，惜哉！

迨后卧病宝隆医院，致书广州胡展堂[3]，另附一纸，为转交纫秋者，仅画一鸡心，旁缀一行，为"不要鸡心式"五字而已，众皆莫解所谓。萧嘿然久之，曰："苏和尚（当时同人称曼殊语）殆将不起已，岂嘱予代购碧玉一块，携以见其地下未婚夫人乎？"即在市购方形碧玉一块，由徐季龙[4]带沪。

季龙抵岸，趋宝隆医院，则曼殊病已危殆，三日不饮食，瞑目僵卧，若有所俟也。医院护士近前告之，并云："广州萧某托带碧玉至矣。"曼殊启目，强以手承玉，而使护士扶手以唇亲玉，欣然一笑而逝。

曼殊殁逾年，纫秋至沪，梦其来见，邀往其家。地绝幽旷，门外绕以土苑，中有土室，辟为二，前为书室，后其卧房也。卧室中有女人声，萧问之，曼殊笑曰："有情人已成眷属矣，君其为我贺乎！近方授其英吉利文字。"并以所作《红豆赋》示萧，声韵铿锵，酷类六朝。纫秋醒时，尚能记忆。及晓，走告杨沧白[5]，则已强半遗忘矣。

此事为去岁在京纫秋告余者。纫秋与曼殊交谊最笃，宜乎殁后感之梦寐。并闻曼殊逝世以后，其旧藏遗稿朋辈分携殆尽，惟其袈裟、钵、磬则为纫秋所有。余笑谓纫秋："曼殊可谓衣钵有传人矣。"

原载《新闻报》1947 年 12 月 28—31 日、1948 年 1 月 5 日

注释

1 钱注：居正，字觉生，湖北广济人。

2 钱注：萧萱，字纫秋。

3 钱注：胡汉民，字展堂，广东番禺人。

4 钱注：徐谦，字季龙，安徽歙县人。

5 杨庶堪（1881—1942），原名先达，字品璋，后改名庶堪，字沧白，四川巴县（今属重庆市）人。早年加入同盟会，民国任国会参议员，四川、广东省长等。

岭南诗画大家

黎二樵，名简，字简民，又字未裁，爱东西二樵山水，

尝往来其间，遂号二樵，广东顺德人。十岁能诗，益都李文藻见二樵诗，劝令就试。学使李调元得其拟昌黎《石鼓》联句，奇赏之，取入县学第一。乾隆五十四年，选拔贡生。

二樵幼颖悟，喜缪篆摹印，每取器范铜为印，辄工。父禁之，则独游蛮洞，观峰峦起伏，便能泼墨作山水。年十五，归岭南，始肆力学问，贫未知名。偶为广州富人构园林，叠石为假山，见者叹赏，知其将来必以画名也。

二樵作艺颇多，然高自期许。求书画者日侍于门，意稍不合，虽馈以巨金，必挥之去，缘是有狂名，因自识曰"狂简"。常寓慈度僧舍，种竹满阶，名"竹平安馆"。又以体羸多病，澹于进取。所居村曰百花村，人多以花为业，种花者得有佳种，辄来换画，二樵一挥而就，常得妙品。

二樵每作画毕，辄狂呼曰："五百年后必有识者。"故谢里甫[1]题其山水册云："妙手人推老郑虔，关心犹虑世无传。于今碎锦争收拾，何必遥遥五百年？"谭宗浚《希古堂文集·画赋》："简民落笔遒秀，刻意新警，既备幽思，亦穷要领。白云满山，空僧入定，四无人声，但闻清磬。"其境界如此。李莼客云："二樵以绘事名，诗中皆画境也。"诗中有画，画中有诗，惟二樵当之无愧。尝筑亭曰"众香"，阁曰"药烟"。妻梁，亦多病，而亦能诗，遂相与吟咏于其中。著有《五百四峰草堂诗文集》传世。

嘉兴钱衍石[2]给谏赠二樵诗云："黎简生盛世，独抱古忧患。"王昶、奚冈、黄景仁皆与唱酬。翁学士方纲寄二樵诗，有"寄语二樵圆夙梦，苏门学士待君来"。其生平未逾岭南一步，海内人士想望风采。惟袁随园枚以其弟香树³为广州守来游，闻二樵名，往访。二樵不纳，而语人曰："随园一大嫖客耳，与语勿乃污我口舌。"随园闻而恨之，故《随园诗话》中无及二樵者。

然粤中人士愈高二樵，至以其书画之有无，为主人雅俗之别。二樵晚有鸦片烟癖，自言吾非卖画无以为生，非吸烟不能提神作画。盖当时人士以吸鸦片为耻，虽以二樵之负盛名，犹托于病以自解也。

二十年前尝见烟斗一枚，绝精美，四面隶书为铭，铭曰："无酒学佛，有酒学仙，非佛非仙，与彼有缘。是谓黑甜隐者，其然岂其然。樵夫作于药烟之室。"樵夫亦为二樵别号，盖其所手制也。英国诗人枯列渠（Coulege）非吸鸦片不能为诗，一生穷困潦倒。其东西诗人有同嗜欤？

案：二樵之诗大抵由山谷入杜，而取炼于大谢，取劲于昌黎，取幽于长吉，取艳于玉溪，取僻于阆仙，取瘦于东野⁴，锤凿锻炼，自成一家。其画神韵古逸，生气盎然。一种华疏澹远者，仿倪高士、柯敬仲⁵也。一种淋漓苍润者，由梅道人上溯而追北苑巨然也。张南山⁶《艺谈录》推二樵之画为粤画正宗，允矣。

叶先生玉甫祖兰台⁷先生，手写《李长吉诗集》，用五色本套。黎二樵圈点批评，推许倍至，而于长吉诗句中"弹琴看文君，秋风吹鬓影"二句，加三层套圈，评曰："予之长吉先生，真是千古神笔。"可知二樵得力于长吉诗不浅。

原载《新闻报》1948 年 1 月 6—11 日

注释

1 谢兰生（1769—1831），字佩士，号澧浦、里甫、理道人，广东南海（今佛山市南海区）人。清嘉庆七年（1802）进士，选翰林院庶吉士。能诗，工书画。

2 钱仪吉（1783—1850），原名逵吉，字霭人，号新梧，一作星湖，又号衎石，浙江嘉兴人。清嘉庆十三年（1808）进士，曾任河南道监察御史、工科掌印给事中等职。

3 袁枚弟袁树，字香亭，别号红豆村人；一说字豆村，号香亭。

4 山谷，黄庭坚；杜，杜甫；大谢，谢灵运；昌黎，韩愈；长吉，李贺；玉溪，李商隐；阆仙，贾岛；东野，孟郊。

5 倪瓒（1301—1374），初名珽，字元镇，号云林子、荆蛮民、幻霞子，无锡人。元末明初画家，后人多称其为"倪高士"。柯九思（1290—1343），字敬仲，号丹丘生、五云阁吏，台州仙居（今浙江仙居）人。元代书画家。

6 张维屏（1780—1859），字子树，号南山，又号松心子，别署珠海老渔等，广东番禺（今广州市番禺区）人。清道光二年（1822）进士，历任湖北黄梅、松滋、广济知县，南康府知府，后退隐家乡，以著述自娱。

7 叶衍兰（1823—1897），字南雪，号兰台。叶恭绰祖父。清咸
   丰六年（1856）进士，选翰林院庶吉士，曾任户部主事、军机
   章京。

南宗孔圣后裔考证补

前纪南渡后之南宗圣裔中，缺六十四〔一〕世至七十一世，兹已考查得之，特附录于此，以补前载之未备。

明武宗正德十四年，承袭六十一世曰弘章，字以达。世宗嘉靖二十六年，承袭六十二世曰闻音，字知政。神宗万历五年，承袭六十三世曰贞运，字用行。万历四十三年，承袭六十四世曰尚乾，字象元。象元卒，妻叶氏年十九，守志抚孤。时当明清之交，文献沦亡，衢县之袭爵几废。清世祖顺治九年，金衢守道李际期详请总督题准，以孤子衍桢承袭翰林院五经博士，是为六十五世。衍桢字泗柯，先世舆导用皂盖，至是易为黄，又定三年入觐之例。六十六世曰兴燫，字北衢，圣祖康熙四十年承袭，寓居杭州，卒葬万松岭方家峪，以董理杭州太和书院祀事也。六十七世曰毓恒，字东安，康熙五十三年承袭，有特增学额、拨给濠田等举。六十八世曰传锦，字宫锡，世宗雍正十三年承袭。高宗乾隆

五十年晋京，参襄临雍大典，礼成回籍，卒于平原。六十九世曰继涛，字念铭，未袭卒。七十世曰广杓，字衡观，仁宗嘉庆元年承袭。七十一世曰昭烜，嘉庆二十四年承袭，宣宗道光元年修建家庙。

原载《新闻报》1948 年 1 月 12 日

纪宋处士谢翱

谢处士翱，文学忠义昭宋季，著《晞发集》，卷殆百，今存者不及十之二，每卷首辄自署曰"粤谢翱"。明清以来，子孙蕃衍，潮、揭间例定九月十八日祭翱墓于潮阳隆井都九曲水。清乾隆元年，翱墓碑字为潮阳姚氏窜易，翱十五代孙学圣等讼之官，得直，县令吴廷翰为立神道碑。

《黄〔宋〕史·谢翱传》依据方凤[1]作翱行状，以甲午翱寓于杭，遗人刘氏妻以女，乙未翱以肺疾死，年四十七，无子。垂殁，语妻刘收骨及所为文授方凤、吴思齐[2]，明年凤等窆以文稿，葬之于子陵台南，伐石树表于墓曰"粤谢翱墓"。传闻异辞，窃有疑焉。既而访之揭阳梅都翱龙厦乡永思堂，有始祖翱公木主在焉。潮安大和都玉窖乡有《琢成集谱》，考献征文，其轶乃见。

木主载："宋始祖讳翱，字皋羽，号晞发，谥乐耕。"谱载："宋祥兴元年戊寅十月，翱公来潮，其正室毋氏生子怀壶公，已八月矣。冬十一月潮阳溃，公与妻子避居百土村，元末子孙移居翔龙。"追叙翱公生卒年月日时甚晰，较清初徐沁所著《皋父年谱》尤详。毋氏年与公相若，而迟公十年卒。又载："翱公墓在潮阳隆井都林沟九曲水，明正德二年丁卯十一月初六日申时葬，毋氏同穴，子怀壶公祔葬焉。"怀壶公妣蔡氏，生子二，长东山公，为桃山祖；次西河公，为翔龙祖云。

按：翱友邓牧称："翱有志当世，中遭兵火，室家丧亡。"明胡翰[3]作《谢翱传》，称文天祥转战闽广，至潮阳被执，翱匿民间，流离久之。当时元网密矣，翱且难保，遑论室家？谢氏谱所载"潮阳溃，公与妻子避居百土村"，可参观互见焉。而《晞发集》自叙粤人，其亦不忘室家所居之乡土欤？方凤谓翱死年四十七，无子，当指妻刘而言。至正妻毋氏、怀壶幼子播迁何处，时地相悬，以翱荡析离居，远游结交之方凤或未必知。即知矣，而翱既自韬以死，方凤当能为程婴。谓翱无子，有深意存焉。

方翱间行抵越时，惧人将虞我，讳言当世事。诗文桀骜有奇气，多庾词隐语，人莫知为天祥客也。故元修《宋史》称天祥客杜浒十二人，而翱不与焉。翱逃名匿迹如此，则其妻子之避匿，益无有知者。《宋史》载，陆秀夫仗剑驱妻子入海，即负王蹈海死，国史不闻陆氏有后也。而陆秀夫子孙散处海滨，若陆邑辟望港陆家园者，何以称焉？况翱裔蕃衍潮、揭间，事实昭著，岂以方凤垂殁无子一语而没其真耶？

翱墓在子陵台南，夫人而知之矣，而潮阳九曲水又有翱墓。谢氏谱载："公于明正德二年葬。"考公之卒在元贞乙未间，距正德越二百有余岁矣。毋亦后世追思，以公骨自浙迁潮耶？考省志、邑乘，陆秀夫墓一在潮澳，一在崖山，一在潮郡东厢东皋。《海阳县志》："东皋陆秀夫墓，明弘治十四年知府张景旸迁葬。"今谢墓两见，迹颇相类。轶事旧闻，附志于此。

原载《新闻报》1948 年 1 月 13—17 日

注释

1 方凤（1241—1322），字韶卿、韶父，一字景山，号岩南，婺州浦江（今属浙江）人。以恩授容州文学，宋亡不仕。

2 吴思齐（1238—1301），字子善，婺州永康（今属浙江）人。南宋末年任嘉兴县丞，曾为文天祥咨事参军。入元不仕。

3 胡翰（1307—1381），字仲申，号长山，婺州金华（今属浙江）人，曾任衢州教授。

谒陈白沙先生祠

民国三十五年十二月二十五日，予出巡新会，行抵江门。距江门四里许，为白沙乡，明儒陈白沙[1]先生祠在焉。先生崛起岭峤，以濂、洛、关、闽之学诏其乡人，数百年来人文蔚起，岭南学术与中原相颉颃，先生开创之功实不可没也，予心仪之久矣。是日上午九时，率门弟子李以祉、新会县长汤灿华、侨务局长唐绍铭往谒。

祠建于小庐山之麓，四围空旷，风景幽丽，盖在明季先生奉母家居讲学之所也。祠凡三进，祠前有石牌坊一，额题"圣代真儒"，其弟子湛若水之所书。正门匾额题"濂洛正宗"，为张帽书。大堂前匾额题"岭南一人"，为李昌霖书。大堂中悬匾额题"贞节堂"，则为白沙先生之师康斋吴与弼之手书也。四檐刻李西涯[2]先生赠诗，有云："高门绰楔上高楼，节妇名冠在上头。绰楔如心化不动，门前江水自东流。""面面青山绕白沙，萧萧白发映乌纱。欲知内翰先生宅，元是南乡节妇家。""湖南风景值千金，楚客到来万里心。莫作楚歌歌此曲，阿婆元解岭南音。""大忠祠内非无语，贞节门中承有人。莫道人心不如古，须将节妇比忠臣。"盖矜其母林太夫人守节抚孤之事也。康斋、西涯两先生书法传世不多，一则结体丰腴，苍劲有力，一则纵笔行草，别具逸趣，得于今日觏之，心神为之一快。二堂前匾额题"崇正堂"，为何维柏书。正中悬匾额题"道宗濂洛"，为惠士奇书。堂内龛中塑白沙先生坐像，纱帽绛袍，俨然明代衣冠。遗容左耳有黑痣七粒，据云酷肖其生前之像。像前竖一牌位，直书"明征授翰林院检讨理学名臣从祀文庙谥献章谥文恭石斋陈公位"。予率诸人礼毕，复至最后一进，则高楼一座，下为世赖堂，上即碧玉楼。登楼四望，左右山水，如接几席。

时白沙先生后裔陈君箕平出示先生手书碑多种及家传碧玉，盛以朱漆巨盒，盒面雕双龙，镌有字云："儒为席珍，克垂厥后，什袭而藏，永昭世守。"启盒出玉，作苍绿色，微带黄，厚四分，长六寸半，下斜削，似已折者。去首二寸有孔，当孔之左右为两珥。俗谓孔之正面为日，背面为月，左角有瑕为星辰，中有瑕文为天河，则怪诞不稽之言也。其裔孙箕平称，碧玉为明宪宗时用以征聘白沙先生者，亦不足为据。恽子居[3]《大云山房文集》中早已辨之，其为白沙先生先人所遗，较为可信。汤县长灿华云，倭寇据粤，陈氏家族以碧玉售澳门商贾，获数十金，前岁始由新会县籍省参议员冯君伯娄斥资数十万赎归，仍还陈氏。冯君此举，实足以风末世矣。白沙先生所书碑帖，多训示门弟子之语，皆以行草为之，然凝重多古趣。世传白沙喜用圭峰之茅笔，尝称之为"茅君"。

乡中故老言，清季张香涛之洞督粤，曾来祠礼谒，并奏请以陈铭西为白沙先生奉祀生，饬县每年在祠举行春秋两祭。此事十年前已废弃不行矣。出祠后步行半里，为白沙公园，民国九年新会县知事黎凤池、警察局长李宝祥等兴建，以纪念白沙先生者也。园内旧有嘉会楼，楼凡三层，为明弘治时物，不幸毁于倭寇之乱，现已夷为平地，近仅存一石碑刻像及碑志在焉，然已荒凉不堪，无可观览矣。白沙先生读书台在圭峰下，亦为倭寇所毁。其钓台在江门江边，逼近市廛，现为水警驻扎之所。其墓在新会县第三区瑶村宝鸭下池，为白沙弟子湛若水之所勘定，亲临葬事，墓前绕以石栅。惜以道远，未能前往也。

原载《新闻报》1948 年 1 月 18—22 日

注释

1 陈献章（1428—1500），字公甫，号石斋，因生活于白沙村，世称白沙先生，广东新会（今江门市新会区）人。明代著名文人。

2 李东阳（1447—1516），字宾之，号西涯，湖广茶陵（今属湖南）人。明天顺八年（1464）进士，官至礼部、户部尚书，内阁大学士。

3 恽敬（1757—1817），字子居，号简堂，江苏阳湖（今常州）人。乾隆举人，官吴城同知。清代散文家，"阳湖文派"创始人之一。

碧玉考

　　前记谒陈白沙先生祠，述及碧玉楼，兹复取恽敬先生所著《碧玉考》附载于左，亦足为考订文物者之一助也。（以下为恽氏原文。）

　　碧玉拓本，嘉庆二十二年十月辛巳谒陈白沙先生祠，登碧玉楼，其裔孙礼所贻也。玉以周尺度之，厚半寸，袤尺二寸，首广三寸二分微羡，下射广四寸，刳之，去首二寸强为孔，周二寸弱，当孔之左右为两珥，横出五分强，下迤之，以放于射。玉之质，《潜确类书》称"甘青玉色淡青而带黄"是也，非碧玉。碧玉南产倭，西产于阗，皆苍绿色也。玉之泽，手近之则津，其诸记所称水苍玉与？

　　谨按：《周礼·玉人》"大璋、中璋九寸，射四寸，厚寸"，此言璋也；"黄金勺，青金外，朱中"，此言勺也；"鼻寸，衡四寸，有缲"，此合言璋勺也。先郑谓"鼻为勺之龙鼻"，后郑谓"鼻为勺之龙口"。若是，则组琮无勺、无龙首，《经》言"鼻寸"不可通矣。古者谓纽为鼻，璋之鼻，其以系缫欤？

　　此玉两珥各寸，如璋之鼻；射四寸，如璋；厚寸，亦如璋。当两珥度之，衡亦四寸，如璋，惟袤逾三寸。敬观《淳熙古玉图》，尺度过于古者，此玉之袤偶异而已。《经》下文云："大璋亦如之，诸侯以聘女。"盖天子大璋、中璋、边璋皆有勺，故以缫。诸侯大璋无勺，故以聘女。此玉盖古聘女之大璋也。

敬前在广州，问碧玉之故，有言明宪宗以聘先生者。及至新会，考之志乘，无其说，《白沙集》碧玉楼诸诗亦无之。先生记梦文在成化三年（按《梦记》在成化六年庚寅，云三年，误也），已言"卧碧玉楼"。而宪宗之聘在十九年（按《白沙年谱》在十八年壬寅），其非聘先生之玉，无疑义矣。先生诗言"失玉而复得"，其诸先人之所留遗与？

原载《新闻报》1948 年 1 月 23 日

陈白沙传

予于敬谒陈白沙先生祠后，复与李以祉君合力为之作传，此传据《白沙子全集》、志乘、祠堂藏稿以及各家专集所纪遗事缀辑而成，为《明史》列传所不及载者，足补其缺也。

陈献章，字公甫，新会人，后徙白沙。高祖判卿，曾祖东源，祖永盛。父琮，早卒。卒之一月而献章生，时宣德三年十月二十一日。母林氏，年二十四，守节教育之。先是，有望气者言："黄云紫水之间，当生异人。"又有占象者言："中星见浙闽，分视古河洛，百粤为邹鲁，符昔所言。"及献章生，身长八尺，目光如星，左颊有七黑子，尝戴方巾，逍遥林下，望之若神仙中人。自幼读书，一览辄记。尝梦拊石琴，其音泠泠然。有伟人笑曰："八音惟石音难谐，今谐若是，子异日其得道乎？"因号石斋，晚号石翁。尝读《孟子》"有天民者"节，慨然曰："大丈夫当如是也。"

年十九，充邑庠，明年正统十二年丁卯乡试第九人，戊辰、辛未两赴礼闱不第。年二十七，闻江右吴与弼讲学临川，遂从之游。既归，闭户读书，尽穷古今典籍，彻夜不寝。久之，乃叹曰："夫学，贵乎自得也。自得之，然后博以典籍之言，否则典籍与我相涉乎？"遂筑台曰春阳，日静坐其中，足不出阃者数年。久之，又以为苟欲静，则非静矣。于是随动静以施其功，暇日或与弟子讲射礼于野。时学士钱溥谪知顺德，雅重之，劝之出，遂复游太学。祭酒邢让令试和杨时"此日不再得"诗，大惊曰："龟山不如也。"飏言于朝，以为真儒复出，由是名震京师，一时名士如罗伦、章懋、庄㫤、周瑛辈皆乐从之游。贺钦时为给事中，抗疏解官执弟子礼。

献章既出太学，历事吏部文选司，日捧案牍，与群吏杂立厅下，不稍息。郎中等官皆勉令休，曰："分当然也。"侍郎尹旻遣子从学，六七往，竟不纳。成化五年己丑复下第，时京师有"会元未必如刘戬[1]，及第何人似献章"之谣。寓居神乐观，士大夫来请益无虚日。有北士数人约曰："必共往折之。"及见，气沮，不能发一言。退曰："果异人，不可狎也。"

南归，潜心大业，遂有终焉之志。四方学者日益众，往来东西藩部使以及藩王岛夷宣慰无不致礼白沙之庐。佥事陶鲁遗田若干顷，不受。十五年，进士丁积为新会令，闻献章名，曰："吾得师矣。"甫下车，求执弟子礼。十七年，江右左布政使陈炜等修白鹿书院，以山长书币聘为十三郡士者师，报书谢不往。十八年壬寅，左布政使彭韶上疏，略曰："国以贤为宝，臣才德不及献章万万，犹叨厚禄，顾于献章醇儒，乃未见收用，诚恐国家坐失为贤之宝。"疏闻，部书下有司，以礼劝驾，献章以老母并久病辞。

时巡抚右都御史朱英惧献章终不起也，具题荐，末云"臣已趣某就道矣"。因告之曰："先生万一迟迟其行，则予为诳君矣。"献章不得已遂起，然不能别母，欲仿徐仲车[2]故事。伯兄不可，曰："吾弟为人子，吾独不为人子耶？"兄弟泣争，义感行路，母卒从兄请。其别英于苍梧也，英约束参随官，俟献章至，掖之从甬道出入，献章力辞。英曰："自古圣帝明王尊贤之礼，有膝行式车者，况区区乎？"至京师，朝廷敕吏部考试，会疾不果赴，上乞终养疏。

疏上，宪宗亲阅再三，明日，授翰林检讨。归至南安，知府张弼疑其拜官与弼不同，对曰："吴先生以布衣为石亨所荐[3]，故不受职而求观秘书，冀在开悟主上耳。时宰不悟，先令受职，然后观书，殊戾先生意，遂决去。献章听选国子生，何敢伪辞钓虚誉。"自是屡荐，卒不起。

初应召而起也，观者如堵，至拥马不得行。归日五色庆云绕其第，经日始散。弘治十三年，给事中吴世忠以献章及尚书王恕、侍郎刘大夏、学士张元正、祭酒谢铎等同荐，命将及门，而献章没矣。是年二月十日，年七十三。

献章事母甚谨，母非献章在侧辄不食，食且不甘。母年九十，康强而壮。献章以古稀之年，常多病，虑不能送母终，故自母七十年后，每夕具衣冠焚香祷天曰："愿某后母死。"事伯兄如父，坐必隅坐，善与人交。

罗伦尝改官南畿，谓之曰："子一代伟人也，忠不择地，幸免〔勉〕之。"及卒，为位而哭，为之服缌三月。知县丁积卒于官，为综理其后事甚周。创议建慈元殿大忠祠于崖门，人服其卓见。晚年按察使李士实以数百金为之买园于羊城，却不受。御史熊达欲建道德坊于白沙，以风多士，力止不可，乃创楼于江浒，为嘉宾盍簪所，榜曰"嘉会"。都御史邓廷瓒檄有司月致米，岁致人夫二名，却之以诗曰："孤山鹤啄孤山月，不要诸司费俸钱。"其德气睟面盎背，无贵贱老幼莫不起敬。门人贺钦肖其像，悬于别室，出告反面，有大事必白，兰溪姜麟至以为活孟子云。

居恒训学者曰："去耳目支离之用，全虚圆不测之神。"又曰："知广大高明不离乎日用，求之在我。优游厌饫久之，而后可人也。"又曰："日用间随处体认天理。"又曰："舞雩三三两两，正在勿忘勿助之间，便是鸢飞鱼跃。"又曰："学以自然为宗，以忘己为大，以无欲为主。"盖其学初本周子主静、程子静坐之说以立其基，而造道日深，自得之效则有合乎"见大心泰"之诣〔旨〕。及门之士，如辽东贺钦、嘉鱼李承箕、番禺张诩、增城湛若水、顺德李孔修、梁储、东莞林克，其较著者也。其教人，随其资品而造就之。至于浮屠羽士、商农仆贱来，悉倾意接之，故天下被其化者甚众。为文主理而辅之以气，不拘拘古人之绳尺，自有以大过人者。

性喜吟诗，故其进退语默之机，无为自然之旨，悉发乎诗。书法本颜鲁公，时而纵笔，姿态横溢类坡仙。山居笔或不给，束茅代之，晚年专用，遂自成一家。其诗曰"茅龙飞出右军窝"，指茅笔也。

初，献章自京师还，与族弟同舟，遇寇，尽劫舟人财。献章居舟尾，呼曰："我行李在此，宁取我物耳。"寇曰："汝为谁？"答曰："我陈某也。"寇群举手以礼曰："我小人，不知惊动君子，幸无怪。舟中人皆先生友也，忍利其财乎？"悉还于舟。

万历十三年，诏从祀孔庙。三十八年，谥文恭。子二，景云，岁贡；景易，邑庠。孙男三，曰田、曰畹皆庠生，曰豸。

原载《新闻报》1948 年 1 月 24—31 日

注释

1 刘戬（1435—约1489），字景元，号晋轩，江西安福人。明成
 化十一年（1475）榜眼，授翰林院编修，升侍讲，曾出使交趾
 （今越南）。

2 徐积（1028—1103），字仲车，楚州山阳（今江苏淮安）人。
 宋治平间进士，曾任宣德郎。早年应举入都，不忍舍其母，载
 之与俱。

3 吴先生即吴与弼，曾因权臣石亨等疏荐而授太子左谕德，乃多
 次上疏请辞，终得允准。

巴西与日本之秘密外交

日本不敢侵澳门

抗战期间，日寇对于香港、广州湾、安南等英法占领
地，皆以兵力占取，独于澳门弹丸一地，始终未加侵犯。如
云葡萄牙为中立国，则南洋帝芬岛亦半属葡领，又何以占领
使用？予对此久怀疑问。今岁因葡警击毙朱元彬一案，在澳
门向葡国之办理外交者询及此事，彼曰："此中自有其故。"
因为详述如次。

南美洲巴西国，幅员埒于中国，阿马总河流域，长于扬
子江一千余里，土地肥美，林木参天，亘古无人迹。葡人得

之，建巴西国，用葡萄牙语，人民皆葡国子孙，由本国殖民来此。故五十年前巴西人民不过三百万人，葡萄牙本国人口亦仅五六百万人。

巴西既地广人稀，缺乏人工，足资发展。以中国人口众多，乃派员来澳门，与前清政府商移民巴西之策，提出三项条件：（一）凡中国人民愿移往巴西者，必入巴西籍。（二）中国人民愿移往巴西者，必有家眷同往，单身汉不得移入。（三）中国人民愿移往巴西者，必须以农工为业之人，游民无业者不收。前清政府拒之，中国人民亦不愿往巴西。

巴西当局不得已，又转商之日本政府，日本政府即与巴西订约，岁移日本人入巴西。日寇入据中国时，日本人民移往巴西之数已达三百余万。葡萄牙惧日本人之侵入澳门也，由同出一元之巴西照会日本云："如日本用兵力侵占澳门，巴西亦必尽送日本所移往巴西之日侨回国。"故八年抗战中，日本始终不敢丝毫侵略澳门主权。此种葡日秘密外交，中国人知者甚鲜，故特揭而出之，亦一史料也。

原载《新闻报》1948 年 2 月 4—5 日

地灵人杰翠亨村

获得珍贵史料

先总理生于中山县（原名香山）翠亨乡。予此次巡察到此，所得事件有足供党史编纂与国史馆著录者，亦弥足珍贵之史料也。

中山县长孙乾，为先总理之胞侄孙，为予五十年来之通家子。其人精明强干，笃守礼节，治中山县颇有政事才。

予四年前在重庆，题冯自由《革命逸史》三集，述及陈粹芬老太太，冯自由且为之注。抗战以来，粹芬老太太先居澳门，后由孙乾供养，今年高龄七十五矣。闻予至中山石岐，喜曰："刘某予四十余年未见面，今尚在人间耶？"予抵石岐，即往晋谒，述当年亡命情形。粹芬老太太慨然曰："我未做饭与汝等吃已四十八年矣，今日重逢，下午请吃饭。"于是大备盛筵，亲送"孙陈粹芬"红帖，曰："不似在横滨街头买菜，而今请吃饭也有格式了。"

午后前往，粹芬老太太已在门首欢迎，曰："我辈五十年来，各人都在，回忆当年亡命受苦，直一大梦耳，不可不留一纪念。"于是宾主共摄一影。入座，老太太畅谈经过身世，甚多珍贵史料，足供搜采也。

陈老太太为言革命时期惠州之役。香港李纪堂、梁慕光等商议在惠州起事，军械皆由海员公会海员秘密输运，经日本邮船与美国、高丽等邮船运来者最多，以横滨为居中策应，视情势如何，在横滨定行止。陈老太太任来往船只起落密件之责，故横滨邮船一到，老太太即往接船，以港方确实消息转告密运枪械之海员。日本因妇女上下，毫未注意，及事败，梁慕光来横滨，盛称陈老太太英勇不已。老太太曰："我当时传递书简，并不害怕。大家拚命做去，总有办法。"

予此行在孙家获睹先总理所留金表一枚及金链一条，炼头小印一颗。金表大如小蟹，有金盖可开阖，金盖面刻英文"Y. S. SEN"。盖先总理伦敦蒙难归国，康德黎博士临行所赠物也。先总理在横滨时，屡出以示人，今再见之，真革命史上传世之宝也。

由石岐往澳门，历程三分之一，即为翠亨村。同行者为中山县长孙乾、秘书李以祉。路过隔田村，先总理胞姊杨太夫人居此，年已八十七岁，起居如常。

抵翠亨乡，乡四围层岚叠嶂，如圈椅，面临远岸唐家湾。唐家湾者，唐绍仪之故乡也。湾之口门，有金星岛耸立，为翠亨乡主峰之正照岸。唐绍仪于民初创办金星人寿保险公司，即以湾中之金星岛为名。据乡中父老言，先总理先人所葬之地，即在翠亨乡之主峰。当时有江西堪舆家来乡卜地，主〔住〕于先总理家，先总理之尊人为之供张饮食起居，并资助行李，礼遇弗衰。堪舆家甚德之，乃相得佳城以为报，云葬此者，后人贵可为元首，名可齐圣人。予举以询诸孙乾，答云："此属迷信之谈，但乡人固有此传说也。"

翠亨村外有洋楼二层，横房三开间，此即先总理故居也。屋侧砖房两幢，为故陈兴汉家。兴汉死已数年，曾任京沪、粤汉路总办。先总理殁后两次易棺着衣，皆由兴汉任之，为孙氏数代邻人。孙乾指楼侧围屋曰："总理降生于此。"予曰："此屋在村外，距村尚远，何以建屋于此?"孙乾曰："此有一段故事。屋建于光绪二十五、六年，时眉公（先总理之兄）在檀香山西卢岛经营畜牧、糖榨、种植，获大利，寄六万金回香山，托人在村间建屋一所。而先总理于伦敦使馆蒙难之后，为清吏所不容。眉公虽未参与革命，来村建屋，乡人亦恐受拖累，故全村各姓均拒而不纳。不得已，仍〔乃〕就村外荒远隙地建筑屋宇，且声明字据，此屋与翠亨乡无关。村人多得眉公之惠，亦即安之。不知今日之下，全乡俱受其赐。"副主席孙科创建翠亨乡纪念中学，宏大壮丽，为广州各校之冠。

既抵澳门，晋谒卢太夫人。太夫人年八十三矣，和蔼康健，步履与少年人无异。其次女戴夫人亦出见，时戴君恩赛适去香港。晤谈数语，即辞出。

案：先总理家世：长兄眉公，经营农商业于檀香山。眉公子曰孙昌，在旧金山医科大学毕业，先总理在广州大元帅府，奉命收海军，为流弹所中，阵亡。昌有二子，长曰孙满，现任士敏工〔土〕厂总理；次孙乾，即今之中山县长。

乾卒业日本士官学校，再赴义大利习陆空军，抗战时任闽军副总司令，今治中山，颇著政绩。此眉公世系也。先总理生副院长孙哲生先生科；长女媛，年未及笄，早卒；次女婉，适戴君恩赛。戴君曾留学美国，得博士学位，后任梧州关监督、巴西公使，今与夫人同居澳门，并侍卢太夫人。卢太夫人云："在澳门居处甚适，可常与平民亲友晤言，颇足娱晚景也。"

原载《新闻报》1948 年 2 月 6—9、13—14 日

成吉思汗移陵纪

自外蒙独立附苏，内蒙德王[1]建国附日，西二盟各旗犹内附。政府虑元世祖成吉思汗陵寝为日人所持，威胁内外蒙，值沙王[2]入觐，遂有移奉元大帝陵寝之议。甘肃邻近阿旗，为元大帝正传，遂由伊盟移往。近来中国历朝帝王陵寝发生事变，清代诸陵曾经驻军破棺盗窃，此次明令移元大帝陵，可谓正大堂皇矣。爰详载其奉移情形，备史家考证。

蒙古沙王二十九年在渝时，以敌方怂恿德王盗取成吉思汗陵寝，特向中央建议，奉移陵寝，以策安全。中央允如所请，当由蒙藏委员会分派楚明善、唐井然为移陵专员，入蒙

奉移。同时电派邓宝珊、高双成、何柱国、石华岩等于奉移前亲赴伊金霍洛致祭。六月九日，沙王、郭〔邓〕宝珊、高双成、何柱国、石华岩、荣祥、袁庆增（傅作义代表）、白海风、楚明善、唐井然、陛玉等蒙汉大员，分别在伊金霍洛、苏定霍洛两地致祭成吉思汗陵寝及其遗剑，祭毕，即奉移。沙王本兼任陵寝主祭官吉农，乃以事繁，吉农一职由图王³担任。奉移陵寝为三百年来一件大事，护陵蒙人达尔哈特有一部随行，吉农并派贡峡札布为护陵专员。当时议定，抗战成功后，当仍移回伊金霍洛。并对承修伊金霍洛陵寝、守卫陵寝之达尔哈特，由中央另定优待办法，仍随陵守护。

伊克昭盟伊金霍洛开始奉移，六月十五日过榆南下，沿途蒙藏官民均举行盛大祭礼，情况热烈。据蒙藏委员会当时发表经过，谓成吉思汗陵寝过榆林南下，陵寝由北门进入，穿城而过，未停留即出南门，榆城全市悬旗，出城列队欢迎之公务员、军队、学生、商民，绵亘数里。城内列队欢迎者，通衢两旁，肃立如堵。奉移陵寝大队到达时，全城鸣放爆竹，声震屋瓦，热烈无比。

奉移陵寝大队序列如下：陈玉申率骑兵前导，僧乐等继之，守护陵寝之达尔哈特蒙人、司乐之雅穆塔特蒙人乘马列队在僧众之后。达尔哈特中一人乘马，持成吉思汗遗剑。以上均蒙古装，戴纱帽、着圆领衣，在四围沙色中相映成趣。

达尔哈特群骑后，即为成吉思汗及其后之灵榇。成吉思汗陵寝在伊金霍洛，本系由两个巨型蒙古包合组而成，其中有银棺一具，内盛成吉思汗遗体。今将银棺用红黄缎裹之，以二骡相舁。成吉思汗及其后之棺共三副，俱为箱形，成吉思汗银棺在最后。紧随者为奉移灵榇受命中央躬赴伊金霍洛致祭之邓宝珊将军，诸护陵专员均乘马随邓鱼贯入城。陵寝由伊金霍洛奉移，经郡王旗、萨克旗、东北神本县境而至榆林，沿途均有部队保护。

成吉思汗灵榇奉移抵咸阳，西安各界闻讯均列队郊迎，盛况空前。由咸阳起程，到达西安郊外，第一车为神矛苏尔丁及一部祭器，神矛为成吉思汗用以征伐之利器，蒙胞对之至为崇敬，上有护兵六人，二人持矛，其余四人各执绘图之红旗一面。第二车为灵榇及云福晋灵柩，第三、四车为守护灵榇之达尔哈特仪仗队及灵榇主祭官，吉农图王所派之护灵专员贡补〔峡〕札布等四十余人，灵榇车上悬挂党国旗及红黄彩绸。车停，各界即举行迎祭，由蒋鼎文主祭，行礼后灵榇启行。

灵车自陕抵兰州阿旗，朱主席绍良前往主持一切，阿旗县长率同当地各界代表暨民众二千余人举行迎祭毕，灵榇行列继续向阿旗山前进，沿途民众夹道相迎，鞭炮之声不绝于耳。一时半到达山麓，即由朱主席等恭扶灵车步行登山。

矗立市心之钟楼，是公祭的大礼堂。楼之周围高搭牌楼，遍结素采，横额书"纪念成吉思汗，要精诚团结"，"纪念成吉思汗，要拥护领袖"，"纪念成吉思汗，要铲除汉奸"，"纪念成吉思汗，要推行兵役"。四个门洞里边悬挂两排纱布素灯，壁间张挂挽联、祭幛，充满悲壮气象。

灵榇通过五里长之西大街，到达钟楼大礼堂，首将神矛矗立灵台前方，成吉思汗的银棺置于灵台中央，左为第三福晋银棺，右为神矛庙。"神矛"蒙胞称苏尔定，意谓旗帅。矛长约两丈，下为粗木杆，木杆长丈八尺余，穿有绘图大旗一面，木杆与矛相接处围有一尺圜径之棕色马尾一圈，顶端即为成吉思汗征伐时所用之铁矛。蒙胞称神矛为蒙人之灵魂，成吉思汗为蒙人之心。关于神矛，蒙胞传有当成吉思汗西征至莫斯科时，突被敌重重包围，成与部下二十余人已陷绝境，天忽降此神矛，得以脱围，嗣后战无不胜，攻无不克。

成吉思汗之银棺，类一旧式大衣箱。高三尺余，长四五尺，上有盖，可开阖，系坚实木质制成。外包银片，银片上雕有精细花纹，前面嵌有金质圆形鸟兽图案，极庄严壮丽。成吉思汗之头、身、四肢的骨灰，分包藏于棺内。成吉思汗之第三福晋银棺，大致与成银棺相同，但高不及三尺，长仅三四尺。矛之庙，系金属所制之庙堂，高约四尺，有门窗，平时即将神矛供置庙内，遇大祭时方置于灵前，蒙胞见矛即拜。当公祭前，蒙胞跪地上，诵赞成吉思汗武功及求神矛默佑之经文，虽汗流浃背，并不少顾，由此可以见蒙胞对成吉思汗及神矛之信仰也。

案：国民政府成立以来，关于陵墓有三大历史事，一国父紫金山建筑林园陵墓，二东陵乾隆、西太后掘陵事件，三即成吉思汗移陵事件。民国二十九年，成吉思汗陵移往渝中县之议，由沙王左右当权者与在重庆蒙藏委员会要人密议而行，其他蒙旗王公主脑故仍多反对也。据蒙古某王公主持反对论者谓，成吉思汗陵在伊旗，每岁大祭盛典，为内外蒙古各旗联合之大会，今移往甘肃，则内外蒙古之联络断绝。又，内蒙商业贸易藉其祭为交换经济之场，陵移而内外蒙无商业可言矣。在沙王左右与蒙藏会要人联合出此，议者知有本身上利益关系，乃藉日本破坏或利用为词，不知明清诸陵及国父林园，日寇皆不敢损毁，安有危险及于成吉思汗之毡帐陵寝？今榆中县兴隆山，守陵之蒙古卫士衣食甚难，大不如在伊盟之温饱，又何说也？予所作《忆江南杂诗》云："钟陵移骨孝陵存，国策昭明护祖坟。波及雄风元大帝，银棺遗剑奉榆门。"

原载《新闻报》1948 年 2 月 15—21 日

注释

1　德穆楚克栋鲁普（1902—1966），字希贤，蒙古王公。1908 年袭郡王爵，1913 年晋亲王爵，曾任锡林郭勒盟盟长。抗战期间勾结日本侵略者在察哈尔、绥远两省境内建立傀儡政权。

2　沙克都尔扎布（1873—1945），汉名魁占，蒙古王公。清光绪二十三年（1897）袭一等台吉札萨克，后晋升辅国公、贝子、贝勒、郡王。尝任伊克昭盟副盟长、绥远省政府委员、绥境蒙政会委员长、国民政府委员。

3　图布升吉尔格勒（1888—1949），字福亭，蒙古王公。鄂尔多斯左翼中旗札萨克多罗郡王。

补述容闳先生事略

　　先师容纯甫（闳）氏，为我国学生留学美国之第一人，前已略纪其生平，但其赴美原委与其家世事业尚有遗漏。今从老友郑道实君处得其梗概，因泚笔录之。郑君为修《中山县人物志》者，所言固甚翔实也。

　　容氏，南屏乡人，南屏距澳门约十三里。幼时随其父赴澳门，入英教士古特拉富夫人所设之学塾。清道光二十一年，进澳门玛礼孙学校。二十七年，随校长美国人勃朗，经印度洋、好望角、圣希利那岛，渡大西洋而至美国纽约。同行者有黄胜、黄宽二人，共入美国麻省之孟松学校，究心算术、文法、生理、心理及哲学等，尤擅长文学。后欲升入大学，苦无资，孟松学校校董拟资遣升学，而以返国后传教为条件。闳之志在出其所学，为祖国造一新时势，不能以此自缚，因谢之。嗣得乔治亚省萨伐那妇女会之助及工作所入，继续留美。道光三十年入耶鲁大学，咸丰四年毕业该校。当未毕业时，立意以西方学术灌输中土，益自觉负荷之重。

回国后，常以教育后进为己任。时太平军连下江汉州郡，英人复陷广州，与粤启衅，全国骚然。容氏至香港，任高等审判厅译员，兼治法律。已而弃去，至沪任海关翻译。航商多与关员通，狼狈为奸，容氏耻之，遂托词以国人不能升充总税务司辞职。总税务司不喻其意，许增月薪至二百两，容氏卒不愿。旋任英商宝顺公司书记，该公司经理令容氏至日本长崎，为分公司买办，容氏以买办实为洋行中奴隶之首领，坚却之，而许为调查产茶地域。

时苏、常悉入太平军手，道路多梗，乃走浙湖，绕江西，至绍兴，收丝而返。咸丰十年，赴金陵，遇秦日昌于丹阳，得谒干王洪仁玕，秀全侄〔弟〕也，因陈七事：（一）依正当军事制度，组织良好军队；（二）设立武备学校，养成将才；（三）建设海军学校；（四）建设良好政府，聘用富有经验人才，以备顾用；（五）创立银行制度及厘订度量衡标准；（六）颁定各级学校教育制度，以基督教《圣经》为主课；（七）设立各种实业学校。仁玕深善其议，格于势，不能用。授义字四等爵，辞不受。赠护照，乃藏之以出。因得溯江而上，至太平产茶地，载绿茶四万五千箱回沪。容氏返国居粤时，愤粤督叶名琛残暴，已同情太平军。及至金陵，察太平军风纪不良，当局复多敛财耽色，不足有为。素所主张之教育计划、政治改良，将无所措手，乃变计欲从事贸易，致资财，以图建树，所以有甘冒艰险赴芜湖收茶之举。

清同治二年，第一炮舰统带张世贵承督帅曾国藩意，自安徽驰函召之。容氏疑有不测，会李善兰亦以书来，因谒国藩于军中，陈创办机器厂议。国藩喜，畀以全权，就上海高昌庙觅地建筑，与徐寿、华蘅芳同计功，即所谓江南制造局也。旋随美机械工程师哈司金至美国非克波克城朴得南公司购订机器，期以半年。适美国南北战争起，以曾入美籍，投效美军。至同治四年，自纽约而东，绕好望角直趋上海。至则金陵已下，国藩屯兵徐州，调军为平捻计。容氏积劳得五品实官，以同知候补江苏。

同治六年，李鸿章平定捻党，国藩任两江总督，亲阅制造局工程。容氏复以创设兵工学校、造就工程师为言，并陈计划四章：（一）组织合资济〔轮〕船公司，纯招华股；（二）选颖秀青年，分批出洋留学，为国储才；（三）设法开矿产以尽地利；（四）禁教会干涉人民词讼，限制外力侵入。由丁日昌赍京。既而天津教案起，毁天主教医院及教堂，杀法国男女僧侣多人，朝令曾国藩、丁日昌、毛昶熙调停，容氏随日昌为译员，颇多赞划。又规教育四事，曰订定出洋学生名额，曰设立预备学堂，曰筹定留学经费，曰酌定留学年限。国藩、日昌并深韪之，至是奏选各省子弟赴美留学，容氏与陈兰彬同为监督。陈固顽旧，非其选也。

李鸿章曾命容氏就哈特福之克林街，造中国留学事务所，课堂、斋舍俱备。旋返津，会秘鲁专使欲招募华工，备述优待状，容氏直破其奸，并奉派至秘鲁调查，尽得其虐待状，附影片二十四张，报鸿章。华工受笞、被烙伤痕，斑斑可见，秘使大惭。迄光绪元年，陈兰彬擢任驻美公使，容氏以副使兼留学生监督。翌年，兰彬荐吴子序继任。子序性情怪僻顽旧，与兰彬至善，即电陈容氏失职，鸿章谂其诬，因以容氏为专任公使[1]。

会美国施行华工禁约，兰彬、子序乘机请解散留学生事务所，撤回留学生。光绪七年，令百二十名留学生回国。容氏既蒙回护学生之嫌，绝不能为之言，鸿章亦不为学生援手，此容氏所引为大憾者也。

至中日启衅，容氏上书张之洞，略陈我国兵单，宜亟向英伦商借千五百万元，购已成铁甲三四艘，雇用外兵五千，由太平洋抄袭日本之后，使首尾不相顾，则日本在朝鲜之兵力必以分而弱，我国乘隙练军，海陆并进，以敌日本。更由政府派员，将台湾全岛抵押与欧西各国，借款四万万美金，为继续战争军费。之洞称善，其时张、李（鸿章）失和，李又深得慈禧太后宠，故卒成和议，容氏志不得行。

光绪二十一年，刘坤一督江南，任容氏为交涉员。二十二年，说清政府设国家银行，户部翁尚书同龢、侍郎张荫桓并力赞之，寻为当路所阻，不果。复拟任容氏筑铁路，由天津直达镇江，计五百英里，绕山东过黄河，复以德人抗议而止。亡何，戊戌政变起，容氏以隐匿康、梁党人，故避居上海租界，创中国强学会，被选为第一任会长，旋迁香港。

光绪二十七年，游历台湾，晤日本总督儿玉子爵，即中日战争时山大将之参谋长也。谈次，问容氏前岁对日主战条陈书出谁何之手。容氏慷慨自承，并道其详，儿玉敬礼有加。越年返香港，以著述自娱。入民国后始卒，年八十有五。所译著有《哥尔顿氏地文学派》《森氏契约论》《美订正之银行法律》《西学东渐记》。光复之初，孙中山先生曾遗书容氏，请回国共襄国事，以年老不果行。又，容氏于同治十三年曾在上海创办《汇报》，其时任招商局总办之唐廷枢实加赞助云。

原载《新闻报》1948 年 2 月 22—29 日

注释

1　钱注：依《西学东渐记》所述，容氏于 1878 年以后，乃专任职　于使馆，吴子登（序）继任监督。

粤中文献之劫运

老友徐性甫,广州有名之收藏家也。掌广东图书馆垂五十年,沪上著名各报,北京、顺天各报,东京刊行各杂志以及宫门抄、政府各官报,每出版必全部购致,不断一日,不缺一册,列架两三室,自称"报牍之学全国无备于我者"。日前遇于药洲[1],问之,则曰:"大乱之余,邻舍流浪,尽捆载作废纸售去矣,可叹!可惜白费五十年心血。幸避寇乡间,携《国粹学报》全份自随,不时翻阅,今所存者止此耳。其余精本、善本书籍,保存者亦只十之一。"

胡毅生云,翰墨林骆浩泉之尊人,曾随阮芸台督粤,装订书籍,精于版本。浩泉继父业,创登云阁书店,刻书精审,有北邓南骆之目。多见宋、元、明旧本,著《行格表》,章实斋所谓横通也。二十年前,浩泉年八十八,殁于双门底书店,无人理其业。毅生与陈融等经营之,扩张其事业,理其所刻,有名"古香斋十种"袖珍本及其他版本重印流行。又收购南海孔氏所刻朱墨五色本《渊鉴类函》,又五色批本杜少陵、李义山各诗集,更派人分出四乡搜购旧家残留之版。不意日寇侵入,付之一炬,书籍镌版,灰烬满目。粤中著名五色印本,此后将日少一日矣。

于东园叶遐庵先生寓中,商储广雅书局残余版片,偕至者有黎季裴、桂南屏、胡毅生、陈融、徐性甫诸君。广雅书局旧藏书版，自阮芸台旧刻《十三经注疏》起，迄张南皮督粤所刻《史部丛刊》，更为光大。百年来所推广版，格式之巨，校勘之精，皆经百余年来名人之手，迭经兵燹，迄未丧失。至日寇窥粤，粤中人士因版片如山，无款运往他处，仅将张南皮督粤时代所刻之史学各版运往乡间，而自《十三经注疏》以下各版片咸付之劫灰。所谓广雅书局本，今残留者，仅史学全部［目］而已。广雅书局旧址，今已改为盐务、警察各官署。史部版本今已由乡间运回穗城，仅一部份，因无地庋藏，正商量收储之所。文献厄运，可叹如此！

探叶遐翁病，谈及收藏，并问："外间盛传此次沙面焚烧各英商行，殃及君所存珍本文籍，计其损失，为数极巨，信乎？"遐翁曰："此事在他人必发狂，予处之淡然，既尚佛宗，无生无灭，皆身外物。兹告君以原委。吾病畏寒，最不宜沪上天气，从医生劝，回粤久住，不预备再回上海。近已能起坐畅谈，但不下楼，防震动也。予离沪时，将收藏美纸、名贵笔墨及其精本书籍、珍贵物品分赠友朋，力疾指挥检点。将祖父遗留及生平收购精贵不易见之品，储为八大箱，曰字画碑帖，多宋元来名品；曰古代磁、铜器；曰宋元以来孤本初印书籍；曰历代名人著述稿本；曰佛经难获之本，原预备送往南华寺；曰德国、日本难见秘本，均有图画；曰大内收藏禁物。捆载完善，由表侄女受雇于沙面渣甸轮船公司者，运到沙面（渣甸即怡和洋行），暂存该行。沙面事变，初以为所存或无恙，得予戚报告，则所存已悉化灰烬矣。"语毕，微笑曰："今座间所陈，皆中下品耳。"

原载《新闻报》1948 年 3 月 1—4 日

注释

1　钱注：地名，在广州市区。

清代之科举

予《杂忆》中所记，多清末民初朝野掌故，其中往往论及科举出身，此在当日本属常见之事，不足为奇。现在时移世易，科举制度废弃已四十五年，读者多半出身学校，不知其详，属以此事见闻，如近获上海养正中学学生王君叔义等十余人来函，所询尤为详细，兹就个人所知，分别详述如下。

《周礼》："保氏教国子，先以六书。"汉律，学童十七以上始试，讽籀九千字，乃得为吏。故六书谓之小学，小学者，固童蒙所宜用心也。科举肇兴，小学制废，抱高头讲章之学者，皆瞢然不识字之人，迁流至于今日，几以《文字蒙求》列为大学之课本。科举时代，唯求科名，不重根源，实阶之厉也。爰举当时自蒙学至于出考情况程序，条分缕列，治吾国社会学史者所宜参考也。

旧时教儿童，注重发蒙。儿童五六岁以上，家中延师，具衣冠酒食，封红包贽敬，列朱笔，请先生点破童蒙。先生即以朱笔点读"子曰学而时习之不亦悦乎"四书《论语》首句。先生读，学生随读。读毕，全家谢先生。是为读书儿童一生发轫之始。

案：中国社会最重蒙师，尤重发蒙之师，此种风气，宋代最甚。考宋人轶事，某门外〔下〕中书还乡，必具衣冠拜于启蒙师床下。

家塾蒙馆，一曰停馆。富厚之家，延专师以教儿童，师称主人曰"居停"，主人称师曰"西席"。所授往往为《三字经》《千字文》《百家姓》，再授《四书》白文。又有所谓朋馆，亦名村塾、义塾，市井乡村贫穷儿童往读之。其师开馆授徒，儿童之家纳学钱往读，所教为《千字文》及《四言杂字》之类。父兄所求者，不过能识日用字，写柴米油盐账而已，所谓"天地玄黄叫一年"也。杜工部诗："小儿学问只《论语》，大儿结束随商旅。"蒙馆风气，唐时已然。

蒙学所授，不过识字，能写能读，便于工商应用而已，略似今之初级小学。等而上之，儿童有志应考，长乃读习举业，教师多延请秀才任之，而蒙馆教师则多屡考不得秀才之人也。其教法分男女，女则教《女儿经》，读《幼学》，讲故事；男则读《论语》《孟子》《大学》《中庸》，读毕，更读《诗经》《书经》《礼记》《春秋左传》，诗则授《唐诗三百首》，字则习楷帖，古文则习《古文观止》，旁及《纲鉴易知录》。八股举业，先习破题两句，次作承题、起讲，次加作领下两股，亦曰两比，加习四股，再加作两股，合为六股，于是合破、承、起讲、六比文，是为举业完篇。时文原用八股，后多减用六股，皆合考场程序。诗习试帖，先习一韵，加至六韵，即为合格。因童生及秀才科、岁考，皆用六韵，科场则用八韵也。学生完篇，其父母延宴先生，送礼敬，曰"完篇酒"，谓从此我家子弟可出考矣。

至言进习举业之课本，论八股，以《小题正鹄》为正宗，书为陕西鳌厔路德在关中课士之本，所列皆童考、应科岁考合程序之各种格局，完篇与未完篇者，以三、八两日为作文课期。试帖则以七家诗为定本（七家诗为路德、陈沆、杨庚等七家之作），学生每日作对一联，调和平仄，为考场试帖诗之运用。以八股、试帖为正课，其余诗赋文辞为杂作。

当时中国社会，读书风气各别，非如今之学校，无论贫富雅俗，小学课本教法一致也。曰"书香世家"，曰"崛起"，曰"俗学"，童蒙教法不同，成人所学亦异。所同者，欲取科名，习八股、试帖，同一程式耳。世家所教，儿童入学，识字由《说文》入手，长而读书为文，不拘泥于八股、试帖，所习者多经史百家之学。童而习之，长而博通，所谓不在高头讲章中求生活。"崛起"则学无渊源，"俗学"则钻研时艺。春秋所以重世家，六朝所以重门第，唐宋以来重家学、家训，不仅教其读书，实教其为人，此洒扫应对进退之外，而教以六艺之遗意也。

通例，凡应考者皆称童生，入学则称秀才。秀才科、岁试及其他考试，皆出大题。大题者，于《四书》文中两章、三章或一节、一句为题目，不得割裂。应童生府、县、院或其他考试，则用小题。小题者，于《四书》文中任择一句为题。咸同以来，小题以路德之《小题正鹄》为正宗，凡小题之格式皆备。其中有所谓"截搭题"者，就原文上句与下句各截取数字，几于不成句亦不成文，至为可哂，当时却习为风尚。相传德清俞曲园樾任河南学政时，考试童生正场，所出截搭题竟成游戏文章。其题如"王速出令反"（此题截取《孟子》"王速出令，反其旄倪"上下两句），"君夫人阳货欲"（此题截搭《论语·季氏》章末句"邦人称之亦曰君夫人"，紧接下章首句"阳货欲见孔子"）。事经御史奏参，拟加重处罪，后经其主师曾国藩奏呈"俞某患心疾，宜革职回原籍，永不叙用"，乃得免于严谴。此亦科举史中之一趣话也。

童生欲取秀才，须历应县、府、学院三种考试。县考凡五场，以本籍知县为主试人。第一场试《论语》《学》《庸》时文一篇，《孟子》文一篇，试帖诗一首。头场发榜，第一名曰案首，前十名为前列，不取者不得入第二场。第二场试时文一篇，五经文一篇，试帖诗一首，不取者不得入第三场。第三场考八股文一篇，史论一篇，试帖一首，不取者不得入第四场。第四场试杂作，律赋一篇，古近体诗数首，有加时文一篇者，然以时文为主。第四场榜发，案首与前列十名皆定，再考第五场，名曰吃终场饭，县官或备饭，或点心，给考童。终场亦作时文起讲，或作两大比时文不等，并不再编甲乙，照第四场全案，或稍易前后一二位置。照例，学使临试，案首必入学，前列或有所去取，为数亦少。

府考由知府将所属各县童生集中考试，其规程一如县考。五场毕发榜，府有府案首。县、府皆取前十名者，曰双前列。

院考规模较大，学使每任三年，考取秀才两次，第一次曰岁试，第二次曰科试。学使驻府城主试，各县童生或有未赴府、县试者，亦照例可直接报名应院试。按：县、府、院试，童生报名应考，须由该县廪生担保其身家清白，盖印承认，曰认保。又由县学学官派其他廪生查看属实，曰派保。考试入场时，学使居中点名，廪保排立两行，仪式相当隆重。

院考之试题为《论语》《学》《庸》题目八股文一，《孟子》题目八股文一，五言六韵试帖诗一首。鸡鸣入场，交卷时不准上灯。衡文得取录者，先挂水牌，名额则多于该县应取之学额一倍。翌日复试，或作起讲，或作八股文两大比，限香一寸，并默写正场起讲。试毕，出正榜，开正门，放三炮，奏乐，吹打送榜，榜贴于考院照墙。榜发后，如被人告发，谓某生系枪替者，则单独再召试，果文理不通，则革去秀才。发榜后有一最困难事，即每县教官必与新进学秀才谈判印结费多少，印结费定，教官乃盖印，翌日方能来学院簪花。簪花者，学使坐大堂，向新进秀才训话，当时亦视为大典礼也。入学簪花，年少富有者皆着襕衫，戴飞绒帽、金雀顶。俗例，如已订婚或结婚者，应由岳家赠贺。此童生入学最得意之一幕也。

古者取士之法莫备于成周，而得人之盛亦以成周为最。自唐以后，废选举而用科目，历代相沿。明代则专以《四书》及《易》《书》《诗》《春秋》《礼记》五经命题试士，谓之制义。清沿明制，二百余年，有以他途进者，终不得与科第出身者相比。故康、乾时以宏博授翰林者，皆以"野翰林"呼之。光绪末造，科举废，科第始告终。

科举发轫，始于秀才。明代最重秀才，清雍正以还，始详定取秀才科目，制度咸备。其秀才生活状况，与读书进取程序，亦有足述者。

清代学政科、岁两考试，童生录取入学者，谓之附学生员（即秀才）。额满见遗者，曰佾生，佾生可再考秀才。秀才之制，曰廪膳生，曰增广生，曰附生。三年举优者，曰优廪生，曰优增生，曰优附生。得优贡者，属优廪生。附生为普通秀才，岁、科试考列一等而补廪，无缺出者得补增生。府、县学增生有定额，岁、科试考列一等最前名得补廪膳生，食廪饩。府、县学廪生亦有定额，每年由廪生满二十年者，出岁贡一人。但廪生中举人、副榜、优拔贡者出廪缺，依次递补，故不满二十年者亦得出岁贡。

由学政取为附学生员者，通称秀才，俗谓之进学。能入学宫读书，隶于学宫〔官〕，亦名入泮。学宫大成门外，有泮池，故入学满六十年者，曰重游泮水。管理秀才者为府、县学官。府学教授，最初例选进士出身者为之，曰东斋，居府学宫之东。府学训导，例以贡生为之，曰西斋，居府学宫之西。县学则教谕居县学宫之东，亦曰东斋，常以举人为之；训导居县学宫之西，亦曰西斋，以廪、贡、增生为之。但府、县训导，可由廪、贡、增生捐纳，而教授、教谕，不能捐纳也。

府县学之差遣，曰门斗。门斗月送斗米于廪生，故名。廪生者，食仓廪之俸粟也。门斗非贱役，须身家清白。

府、县学官见督、抚、学政，皆长揖，不跪拜。秀才见学官，行跪拜之仪，奉之为师，所以督饬其学行也。清初沿明制，行学师教秀才之制，而学师所奉以处治秀才者，曰卧碑。卧碑刻石于明伦堂，秀才有犯卧碑条例者，学官得惩罚之，重则革去秀才。

明伦堂者，学宫大成殿前，秀才遵奉国家条教，敦率一府一县纲纪风化聚集之所，而崇奉孔训。故明季以来，国有大故，秀才皆集明伦堂议事。降及晚清，奉行故事。学官无教学之举，秀才视学官为无物，学官似为秀才之登篆人耳。又秀才犯法，州县捕获，不能用刑，必移文学官，革去顶戴，方能法办。然有当场扑责手心者，受责后，亦必移文学官，所以重国家律例，养士类廉耻也。

清室定例，各省由钦命简放学政，三年一任。大省恒放四品以上大员，较小省份则放翰林院编修。学政莅省之始，先颁布观风题目于各府县，《四书》文一，其他经解、史学、词章、掌故、时务、算学等，无虑数十艺，以作成若干艺为完卷。学政莅考所属，先期由学官呈阅（童生亦得应观风试），期限或数月、半年不等，视莅考道路之远近，定交卷之先后。号称观风，所以别于正试也。

学政抵各属试士，先考经古场，亦分经学、史学、词章、掌故、地理、时事、算学各门，而无八股时艺。经古场后，始考正场。正场考时文两篇，试帖诗一首。其先以八股为时文，八股废则改《四书》义，诗亦废矣。三年两考，第一次为岁考，谚云："秀才怕岁考。"秀才之应考者，取录一等为最优，二等为合格，三等已不佳，考列四等，重则斥革，轻则申诫。科考大致与岁考相仿，其分别在岁考为考核秀才之成绩，科考则为录送乡试之准备。故科考列三等者，已不得参与乡试。（此对于秀才而言。童生应入学考试，亦于岁考或科考时并行之，但与秀才不同场。）

秀才应乡试，规律綦严，其引为大戒者，有以下各条：
（一）匿丧，丁父母忧不报而应试者，虽榜发获中，亦必遭斥革。（童生匿丧应考，同受处治。）李莼客作王某墓志，曾执此以加讥评。（二）冒籍，非本县籍童生而冒籍进学或应乡试者，均斥革。张季直曾以此遭某学政之严究，后设法由如皋县学生转籍通州，为州学生员，始得免。（三）大不敬，对孔圣或清代帝皇有失敬之行为者，称大不敬。在专制政体之下，谴罚更重。

秀才以应乡试、中式举人为正途。其中不中举人，由五贡出身者，亦归正途铨选，得入仕路。五贡之制，一曰恩贡，二曰拔贡，三曰副贡，四曰岁贡，五曰优贡。兹依次略述之。

秀才补廪生后，如应出岁贡之年，恰值恩科大典，则以廪生而举贡，称恩贡生。可分发各省以州判用，或以教谕、训导用，班次提前，遇缺先补。

拔贡每十二年举拔一次，学政于全省每府学中所属秀才加以考试，取成绩最佳、学问最优者，拔取一人为拔贡生，贡入北京，再经朝考，分等第录用。取一等，以七品小京官用；二、三等，以知县用，分发各省，或以本省教谕用。

乡试中副榜，世称"半个举人"者，如下次不欲再参与乡试，可往礼部铨叙，分发各省，以州判等职用。

府、县学秀才补廪生后，轮次应于某岁出贡者，曰岁贡生，在外省以州判用，在本省以训导用。

学政三年期满，取全省生员之品学兼优而考试成绩亦特佳者，大省取六人，中省以下四人，曰优贡。优贡考试，须由本省总督、巡抚、学政三院会考。发榜后，中式者依次递补，入京朝考，一等用知县，二等用教官。此五贡出身之大略也。

前清以科目取士，承明制，其先用八股文，后取《四子书》及《易》《书》《诗》《春秋》《礼记》五经命题，谓之"义"。三年大比，试诸生于各省会，曰乡试，中式者为举人。次年春，试举人于京师，曰会试，中式者为进士[1]。既中进士，乃得与于殿试，殿试取士[2]，分一、二、三甲。一甲三人，曰状元、榜眼、探花，赐进士及第。二甲若干人，赐进士出身。三甲若干人，赐同进士出身。乡试第一曰解元，会试第一曰会元，二甲进士第一曰传胪，仍沿明代旧称。

清初，乡试以子、午、卯、酉年，会试以辰、戌、丑、未年。乡试以八月，会试以二月，殿试以三月。后定乡试以大比之年，八月八日入头场，八月十一日入二场，八月十四日入三场。会试定三月，殿试定四月，至废科举为止。

乡试考场曰贡院。头门前大牌楼书"辟门吁俊"，左牌楼书"明经取士"，右牌楼书"为国求贤"。贡院头门曰龙门，大堂曰至公堂。达大堂甬道中，建高楼，曰明远楼。大堂最后进曰衡鉴堂，主考与同考官居之。堂前墙门垂帘，奉调阅卷者曰内帘，不阅卷而在考试场中执事者、而在试者曰外帘。阅卷官及其随从人员不得出帘外，执事官员人等不得入帘内。故同考官公馆门首，大书"调帘回避"。帘以内，内监试主之；帘以外，外监试主之。关防至为严密。

乡试，每省例放正、副主考各一人，官翰林院编修、检讨者皆先期考差，候简放。内阁中书、各部主事亦得与考。大省正主考皆二三品大员，由礼部开单进呈，简放。主考放定，出京，内廷颁赐礼物四色，曰送主考。大〔正〕副主考按驿站计日前行，于八月初抵省。沿途乘轿，轿贴封条。抵省后，驻皇华馆一二日，督抚迎之入闱。乡试以巡抚为监临，清初则以布政使为监临。监临之职，谓总监贡院内外事也。

入闱例乘显轿，八人舁之，朝衣朝冠，无顶蓬，如赛会中之迎神。显轿只监临、正副主考坐之，余如监试、同考官皆乘八人、四人轿，用全副仪仗开道。最妙为轿后随抬盒一具，载腰斩所用之铡，亦即清廷对主考犯科场大罪之刑具。此种刑具，闽省科场案曾一用之。主试者被腰斩为两截，心未死，伏地以舌书三大"惨"字而毙。巡抚具奏，始罢此刑。然以后主考入场，仍用此具文。

乡试执事官员，以监临为主体。曰内监试，例以知府为之；曰同考官若干，阅文荐卷于主考，调知县充之。内监试管理内帘事务，另设外监试管理帘以外事务，设提调官专司场屋杂务。帘内书籍、食用所需，由场外输入者，均越矮墙运入，不得有门。

同考官荐卷未取者，曰出房；额满见遗者，曰堂备。正主考取单数，故解元必归正主考中；副主考取双数，故亚元必归副主考中，由此下推。发榜前，在衡鉴堂挑选中式诗文、策问，曰闱墨；监临、主考照试题自撰者，曰拟作。发榜之夕，均集大堂，主考、监临以下试官、大员依次列坐，按卷拆弥封、写榜。榜式横写，自第五〔六〕名写起，留前五名空白。自正榜以至副榜俱写毕，乃填写榜首五名。榜发，各考官离贡院，曰出闱。士子中式者，称主考曰座师，称同考官曰房师，称其余考官曰受知师，各刻朱卷，纳质〔贽〕行礼。

举人试卷均解礼部，礼部派磨勘官磨勘中式卷有无犯规或关节嫌疑。大则治罪，牵涉主考官，如吴汉槎各案是也。次则革去举人，罚停三科或一科不准会试。

举人欲入仕者，三年一次，赴大挑，由王公大臣验看挑取。大挑一等，以知县用，分发各省；二等以教谕回本省补缺。其未挑取者，可考宗室、景山各官学教习，或国史、实录各馆眷录，得保举简放。

举人式〔之〕捐纳郎中、主事、中书者，补缺无望，但一中进士，则按资提前补缺。李莼客门对"户部郎中补缺五千年"，谓以举人捐纳也。捐纳者中进士后，可不赴殿试、朝考，呈奏回原衙门归班，即补郎中缺。

顺天乡试，监临以顺天府尹为之。正副主考均二三品大员，南北省秀才、贡生、监生皆得应试。解元例中北省人，第二名中南省人，曰南元。例如光绪乙酉[3]科，盐山刘仲鲁若曾中解元，通州张季直謇中南元。

会试，监临以礼部侍郎任之，曰知贡举。提调以顺天府丞，监试以御史。衡文则特派大员四人，曰大总裁。该四人中，论资格官阶，以最大者居首席。同考阅卷官以翰林院编修、詹事府官充任之，亦有其他衙门职官。试场职守，与乡试略同。

会试发榜后，举行殿试。由清帝临轩授策，以朝臣进士出身者为读卷官，拟前十名进呈，次第由清帝将文卷定甲乙。一甲状元授翰林院修撰，榜眼、探花授编修，二、三甲授庶吉士及主事、中书、知县、教授，归班有差。庶吉士在翰林院三年期满授编修者[4]，曰留馆，否则散馆，授官主事、中书、知县不等。

原载《新闻报》1948年3月5日—4月1日

注释

1　会试录取者称贡士，经殿试后方称进士。

2　殿试对象为该科贡士，仅排甲第名次，并无淘汰。

3　清光绪十一年，公元1885年。

4　庶吉士三年期满，原列二甲者授编修，原列三甲者授检讨。

清代之教学

前清对士人之教课，有属于官学而教课兼施者，有属于各省书院课士，课而不教者，流风所及，视为具文。

清代学校，向沿明制，京师设国学及八旗、宗室官学，各省有府、州、县学。国子监设祭酒、司业、监丞、博士、助教、学士、学录、典籍、典簿诸官，设六堂为讲肄之所，曰率性、修道、诚心、正义、崇志、广业，一仍明制。广收生徒，恩荫官家勋旧、满洲贵戚、八旗子弟皆得入监。其后限制条例大备，肄业生有贡、有监，通谓之国子监生。监分两班，内班有膏火，外班无之。其考到、考验、复班、保送、优等任用，载在清代国子监条例。其后存名废实，国子监成闲衙门。监生亦可由捐纳得之，不必入监读书矣。

府、州、县学为各省教学之地，廪、增、附生员皆由教授、教谕、训导在儒学教导，如国子监例。此清初袭明制也，后亦仅成具文。

官学照功令，严饬品行。其所学科目，颁行有定书，不能普及经史百家一切有用之学。于是创立书院，为教养课业、讲学之所。但书院学课又分二大途。吾国古代无书院，书院自朱子白鹿洞以来，迄于元代，最重书院山长。所谓山长，皆国家隆重任命之儒官，明代继之。有私人讲学之地亦称书院者，如东林各书院之类。清代制，各省设书院，官、师分课，省有省书院，督抚聘请名师为山长，其资格为大儒或本省还籍一、二、三品之巨官，如张裕钊、吴挚甫等，其一例也。府有府书院，州、县有州、县书院。月分两课，上半月为官课，下半月为师课。省书院官课由督、抚、司、道轮流考之，师课每下半月由山长掌之。府、州、县则官、师每月分课。凡书院皆有号舍，住宿读书，曰住书院。除省书院专课诸生外，道、府、州、县书院则生员、童生分课。此清末各省书院之大略也。

自阮芸台总督两广，创建学海堂，课士人以经史百家之学，士人始知八股试帖之外尚有朴学，非以时艺试帖取科名为学也。陈兰甫创菊坡精舍继之，浙江俞荫甫掌诂经书院。及南皮督学湖北，创经心书院；后督鄂，创两湖书院；督学四川，创尊经书院；督两广，创广雅书院。于是湖南有校经堂，江苏有南菁书院，苏州有学古堂，河北有问津书院等，皆研求朴学、陶铸学人之地。士人不复于举业中讨生活，皆力臻康、乾、嘉、道诸老之学，贱视烂墨卷如敝屣。光绪中叶以前之风气如此。

案：有清一代，经史、词章、训诂、考订各种有用之学，名家蔚起，冠绝前朝，皆从事学问而不事举业。凡得科名者未必有学问，而有学问者亦可得科名，或学优而仕，或仕优而学，学问不为举业所限制。论其原因：（一）继承家学，如九〔二〕钱、三惠、王氏父子**1**之例。（二）各有师承，读《汉学师承记》《宋学渊源记》等书自知。自明季黄梨洲、顾炎武、李二曲、王船山**2**四大儒出，学术风尚，焕然大变。其后如徐健庵、王贻上、朱竹君、翁覃溪、阮芸台、曾涤生**3**，皆能提进学者，建树学宗。虽咸丰以至光绪中叶，人崇墨卷，士不读书，而研究实学之风仍遍于全国。科举不能限制学术，此明征也。

原载《新闻报》1948 年 4 月 2—3、5—6 日

注释

1　钱注：二钱，钱大昕、大昭兄弟。三惠，惠周惕，子士奇，孙栋。王氏父子，王念孙、引之。

2　钱注：黄宗羲，顾炎武，李颙，王夫之。

3　钱注：徐乾学，王士祯，朱筠，翁方纲，阮元，曾国藩。

何子贞轶事

道州何子贞绍基，尚书凌汉子也。清道光十六年进士，选庶吉士，授编修。阮元、程恩泽颇赏器之。历典福建、贵

州、广东乡试，均称得人。咸丰二年，简四川学政。召对，询家世、学业兼及时政，绍基感激，思立言，直陈地方情形无隐饰。降归，历主山东泺源、长沙城南诸书院，教授生徒以实学。同治十三年卒，年七十又五。

绍基精书法，师颜平原，居尝张钱南园[1]所书屏联于壁，朝夕观摩，以为楷式，其用功可谓勤苦矣。

子贞幼时，跅弛不羁。年二十四，其尊翁凌汉携之入都，舟泊永州，适闲暇，究其所学，则茫无所〔所〕知。凌汉大怒，笞掌二十，推之上岸，曰："不可使京中人知我有此子，以为吾羞。"绍基潜归，闭户勤读，卒得进士，且成名人，斯亦奇矣。

绍基待后辈极严，尤恶鸦片。湘潭王壬秋闿运对之亦执礼甚恭，惟于其书法仅至唐帖而止，颇有不满之色。尝进曰："先生何不临碑？日日临帖，恐无益处。"绍基有惭色，其临《张迁》诸碑，从壬秋言也。

清道光时代，粤中盐商潘仕诚筑名园海山仙馆于羊城西郊，近荔支湾。今凭吊遗址者，一山一沼，能述当年之盛。潘氏以盐策致富，冠绝全粤。时祁寯藻为两广总督，力劝仕诚广延名流，搜刻遗书。仕诚颇欲与扬州马氏小玲珑山馆、皖人鲍氏知不足斋齐名，此《海山仙馆丛书》《隐园碑帖》所由来也。凡来往粤中知名之士，潘氏无不倾心结纳。其子亦知学问，能文章，获孝廉。父广延宾客，天南坛坫，潘氏主之。

　　会道州何子贞任广东主考，出闱后，仕诚即延住海山仙馆，尊为上客。后房有二姬，曰墨牡丹，曰白莲花，仕诚最宠爱，特遣为子贞执涤砚舒纸、烹茶温酒之役。子贞为海山仙馆书联云："海上神山；仙人旧馆。"差满回京后复来，仕诚益礼遇有加，尽出其所藏书画，由子贞遍加题跋。又特制画舫曰牡丹舸，曰莲花舸，为珠江游宴之具，终日置酒为乐。子贞因急事返乡，仕诚作长夜之饮为别，临行乘舸转舟，仕诚尚酩醉未醒也。子贞又为之书长联悬厅事云："无奈荔支何，前度来迟今太早；又乘莲舸去，主人长醉客长醒。"

　　子贞所取举人，有番禺沙湾何生，榜名绍基，与子贞同名姓，乃呈请老师亲笔代为易名。仕诚即置酒集诸门生，为锡名会。

载《新闻报》1948 年 4 月 7—10 日

注释

1　钱注：唐颜真卿，曾为平原太守，故称颜平原。清钱沣，字
　　南园。

《清史稿》之谬误

南海桂坫，字南屏，清翰林院编修，现年八十七矣。少游于梁节庵先生之门，与予先后同学。今春重获聚首，见其饮食步履，仍如五十许人。南屏尊人皓庭先生，名文灿，治《说文》《毛诗》地理最有名，曾受经于陈兰甫。张南皮、潘伯寅曾大会在京学人名流，坚留皓老参加，曰："学问不可及，座中不可无此人也。"

南屏一日携其先人所著《毛诗释地》《孝经集解》及其本人所著《说文释例辑解》诸书来寓长谈，媵以二诗云："家君作宰出名区，六十年前荣两湖。今日相逢旧同砚，使君风义古之儒。""赠我诗篇字字珠，清辞丽句近来无。三唐风韵今重见，好句流传遍海隅。"（文灿先生曾宰湖北竹山县，南屏随侍，故云。）

南屏为予谈及《清史稿》之谬误，颇具至理，为举如次。

侯康为陈澧之师，《清史列传》以侯康附传于陈澧，古人著书，未有附师传于弟子者。况曾钊、林伯桐、侯康三人为粤中经史大家，开山祖师，论史例，宜陈澧附传于侯康。否则，侯康、陈澧各自立传，庶为得当。

张勋、康有为复辟，意志虽同，身分各异。今置康有为于《张勋列传》之下，未免主从倒置。

严复附传于林纾，严、林虽皆闽人，但两人学问路径悬殊，意志所向各异。况林为小说、文学名家，附列《文苑附传》可耳。置严复于林后，可谓不伦不类。

《清史稿》不为洪秀全别立门类，已失史法，乃立传以殿清代诸臣，但秀全并未称臣于清室，更见其猥杂芜乱矣。

其他谬误甚多，南屏所举尚不止此。他日整理《清史稿》，当采其说也。

原载《新闻报》1948年4月11—12日

王湘绮之遗笺零墨

近得杨重子[1]《草堂记》、酉阳某君《湘绮集略》、李稷勋《湘绮师说》等书，凡七八种，皆《湘绮全集》所未载之文及他种笔记所未载之事，裒辑录存，蔚为长篇。湘绮一生，为晚清谈史实大家，身历政变，文献足征。至若读〔漫〕谈人物，评论学术，又为一代之宗。故老口传，并著附录，用飨同人，粹成史料。

王湘绮先生之妾名六云，诗文集中多见之，胥不知其来历。友人得先生手札与某邑宰，询其妾〈身〉世景况，似有所考据。粤人云，六云原名六姑，更名六云，有东坡朝云之感。兹录湘绮致某邑宰手札，原文如次：

麓生仁兄大人阁下：闻蓬海八弟云，莅官政成，今移宣化，遥颂循治，如听琴声。闿运甲子岁在南海纳一歌女为妾，询其来历，自言本宣化农人女，家居横塘，小名阿柚，姓莫氏，丙午[2]八月十一日生。咸丰初，土寇破飞龙墟，抄掠近乡，与姊赴水，不死，为贼妇所养，时年八岁。其父寻至，请赎，贼妇爱而不许。女得见其父，并偷赠银钱二十枚，从此不复议赎。一二年间，贼妇以谗被杀，无人收恤。适有女技过贼境，贼悦一技女，遂以此女及银、缎等换之。流落学讴，又复数载。十七岁，弟因观技见之，一语之契，遂为出籍，自充侍妾，又五年矣。其家光景，历痛未忘，似颇是富室良农。并云其兄读书，其姊丈亦富厚有业。屡欲托广西贵人一为问讯，展转难确，恐不留心。今幸仁兄亲临彼县，女虽微贱，亦托子民，神君既无所不知，雅人又好其德，且闿运与蓬海托契至深，犹吾兄也，专函渎告，似可恕其妄愚。务恳转饬一差，详访莫氏。若其父兄尚在，即乞传入署中，谕以端委。此女于去年生一女，在室相安，虽无还归之期，聊致乌私之意。若得有消息，乞即示知。年小岁深，恐所云必多舛误，研求得实，是在吏良明察慈惠之怀耳。（见《湘绮说略》。）

　　湘绮先生于咸、同间朝野之人无不相识，所闻所见，史料甚多。尝论咸丰故事，且为梁璧园[3]书一长卷，稿不可骤得，亦未刊入《湘绮楼集》中，兹就记忆所及，述之于后。惟原稿乃随手写成文字，殊不顺适，若欲如伏生之背诵《尚书》，实未能也。

咸丰乳母，即恭忠王母康慈贵妃，其乳育文宗（咸丰），奉太后命也。故文宗与恭王如亲兄弟，文宗即位之日，即命恭王入军机[4]，恩礼有加。惟仅册贵妃为太贵妃，恭王不悦，累以尊号为请，文宗不应。

太贵妃有疾，文宗与恭王皆日省视。一日太贵妃睡未醒，文宗入室，宫监欲报，文宗摇手止之，令勿惊扰。太贵妃见床前人影，以为恭王，即问曰："汝何尚在此？我之所有尽与汝矣。彼性情不易知，莫惹嫌疑也。"文宗知其误，即呼额娘。太贵妃亦知是误，回首一视，仍向内卧，不再发言。猜忌之心，遂萌于此，而恭王不知也。

又一日，文宗入室时，遇恭王自室出，即问："病状如何？"恭王跪泣，言："病已笃，似欲得封号以瞑者。"文宗但曰："哦！哦！"恭王至军机，即传旨入具册礼，礼官奏请，文宗依奏上尊号，而不肯议礼，且减削太后丧仪，谓遵遗诏。遂愠恭王，令出军机，入尚书，自此益疏远矣。

庚申之难，令恭王留守。文宗至热河而疾，惟恭王与醇王不在侧。恭王乃奏请省视，文宗已病重，强起扶枕批奏，曰："相见徒增伤感，不必来觐。"故肃顺拟遗诏，亦不召恭王。肃顺本郑王裔，而与袭郑王名端华者异母，以辅国将军升户部尚书，入军机，人有才能，因受主知，遇事专擅。有怡亲王者，乃世宗之弟，袭王名载垣。载垣与载〔端〕华，皆依肃顺。文宗出都时，未备供养，后妃均不得食，仅以豆乳充饥。而肃顺有食担，供文宗酒肉。后食本进自膳房，专责外臣，不能私进。孝贞、孝钦两后不知其例，恨肃顺。及至热河，照常进膳，孝贞乃言："流离之际，不必看席。"文宗是其言，以告肃顺。肃顺对以所费不多，一旦骤减，人必惊异。文宗善其对，告孝贞曰："肃顺以为不可。"于是孝贞等益恶肃顺。

旋文宗大行，八臣受顾命。孝贞诏顾命臣，以防壅阁为词，所有疏奏仍由内发；军机拟旨，后阅过，加"同道堂"小印发出。"同道堂"印，古玉印也。曩者文宗晏朝，孝贞至御寝，召侍寝者至，跪而责之。文宗视朝后，还寝，见宫监森然，知后升坐，乃细步窥之，为后瞥见，起而迎入。即坐后坐，指跪者问曰："此何人也?"后跪奏曰："祖宗遗法，寝兴有定，今帝因醉，过辰尚未出朝，不知者必疑我无教，故责问彼辈因何劝帝多饮。"文宗笑曰："此是我过，宜恕之。"后谓跪者曰："主子宥汝，日后再醉，唯汝是问。"文宗有惭色，所佩仅"同道堂"古玉印，即以赐后，故后遂以此为信。

大行之后，御史高延祜缘后意请垂帘。后以其奏章示顾命臣，肃顺曰："按祖法当斩。"孝贞曰："不用其言可也，何必深求？"而于肃顺更加切齿。军机上奏议斩，折留不发。于是军机三日不视事，孝贞问故，则对以前折未尽下。孝贞涕泣检奏与之，谪高为披甲奴。醇王福晋，孝钦妹也，孝贞亦视若己妹，见之泣曰："肃顺等欺我至此，我家独无人在耶？"福晋曰："七爷在此。"孝贞喜曰："可令入见。"明晨醇王入直庐，肃顺问其何为，醇答："召见。"肃顺笑曰："焉得有此？"令其退出。醇王出立阶侧，旋有宫监来窥，直庐军机，至晏不叫出起（召见之人必分班，一见为一起，军机则齐为头起），欲先召见醇王也。窥至三次，不见醇王，乃自语曰："七爷何以不来？"醇王在阶侧闻之，应声曰："待之久矣。"遂引醇王入见。肃顺虽于直庐见之，不能阻也。孝贞以前事告醇王，王曰："非恭王莫办。"后即令驰还京师，召恭王。三日，两王俱至。恭王递牌谒梓宫后，见孝贞。孝贞申言前事，王曰："非还京不可。"孝贞曰："其如外国何？"王曰："奴才可保无异议。"孝贞乃命恭王传旨回銮，命肃顺护梓宫随发。

　　至京师时，即发诏拿问顾命八臣。怡、郑两王在直庐，恭王以诏示之，问："遵旨否？"载垣曰："那有不遵！"即备车送宗人府。遣醇王迎提肃顺，于芦殿旁执交刑部。肃顺临刑骂曰："坐被人算计，乃以累我。"肃依祖制谏阻重〔垂〕帘者，反弃市矣！怡、郑两王同时赐死，时人不知其故，呼曰"三凶"。

先是，以祺祥纪元，至此始改同治。两后一帝，设三御座。大惩肃党，与游宴者多罹于法。恭王任事，颇能委权督抚，博采舆论，时政号为清明。但宫监贪婪，虽亲王亦须贿赂。亲王既例不亲出纳，而庄产又多为典主者所侵蚀，一入枢廷，需索更大。恭王甚以为虑，乃商诸福晋父某总督，而得"门包充用"之法，财用虽足，贿赂公行矣。恭王既得亲信，每于罢朝之后，继以立谈，宫监进茶，两宫必命"给六爷"。一日召对过久，王攀御案茶瓯欲饮，旋悟为御茶，乃还值处，两宫微笑。是日盖忘给茶也。

孝钦侍监名小安者，恃宠索取，王戒以宫中宜节用。小安曰："何事多费？"王不能举，但曰："即如磁器，每月例供一份，所存不少。"于是小安悉屏御磁，尽用粗磁，孝钦异之，小安对以"六爷有责言"。孝钦曰："约束乃及我也。"蔡御史知之，劾王贪恣。后以奏示王，王问："谁奏？"后答："蔡寿祺。"王亟曰："彼非好人。"后怒，布王罪状，有"暧昧不明，难深述之"等语，朝野大骇。外国使臣亦探问事由，后意乃解，令王供职如初，顾因此而疑忌被斥者八人。恭王自此愈形谨饬，卒得贤谥。小安则以擅离京师罪，斩首历城。

湘绮又谓孝钦与恭王均有过人之敏智，惜为财累，德宗之世更专言财货，和款、外债动辄巨兆，为清室开国以来未有之奇局云。

张文襄曾谓王湘绮云："我为博学，君为鸿词，合为一人，始可应博学鸿词考试。"湘绮答曰："若必如此，又从何处得同考之人？清代诸科所选，博学者多，鸿词者少，不博不鸿者几乎过半。学风极盛之时尚且如此，全才诚不易也。《语》云：'学然后知不足。'今之少年不学而足，中兴人物并无中兴学风，可叹！"文襄闻言默然。（录《湘绮师说》。）

制艺取士，虽无意识，求工颇难。巴陵吴獬、湘乡李希圣均以制艺得名，夏寿田乃其后劲。湘绮《与长公子伯谅书》中所谓"夏不觚，李为政"者，乃夏寿田乡举题为"觚不觚，觚哉，觚哉"，李希圣举题为"为政以德"两章也。湘绮书札用当时语，读者多不能解，唯长公子伯谅能悉其廋语。伯谅死，而湘绮楼诗文笺注无人矣。（录《碧湘街笔记》。）

王湘绮长公子名伯谅，性极迂拙，其弟子张正阳则貌愚而心实巧。一日，侍坐湘绮楼，湘绮曰："饱食终日，无所用心，难矣哉，是为王伯谅。群居终日，言不及义，好行小慧，难矣哉，是为张正阳。孔子以为难者，我皆教之，难矣！"然湘绮实优遇正阳，以彼喜涉其家世〔事〕，使湘绮难容行役之妇人，故责其"好行小慧"。笺启中曾指张席卷，为逐金姬不遂，拂衣而去。伯谅亦复博闻强记，迁、固之书，皆能记诵，殊不可谓无所用心也。伯谅死，湘绮心伤，二次入川，辞尊经书院山长还乡。

萧少玉为湘绮弟子，尝随湘绮至鄂，便谒张文襄，即为湘绮呈名片。阍者问曰："老者何人？汝又何人？"少玉答曰："请谒者王举人，传帖者萧举人。"文襄俱延入，以上宾礼之。民国时，湘绮应项城之聘，又过湖北，其时段芝贵为湖北将军，迓之入署，随行者为周姬。湘绮谓周姬曰："汝欲看段大少爷，即此人也，有何异处？"（即尔时报章轰传湘绮所昵之周姬。）段殊恶然。此类举动，酷似六朝人《世说》中上品也。

湘绮称曾重伯广钧为神童，易实甫顺鼎为仙童。重伯少而多智，湘绮为计时日，读书若干，无论如何神速，亦不能到，故曰神童。仙人则为久居山林者，忽然下凡，如入山阴道上。实父乃诗文、字画、子女、玉帛无不好者，故曰仙童。

戊戌之春，湘绮先生曾与人谈《春秋》，忽取《例表》推之，谓："今年必有谋杀太后者。"其事太怪，其言太险，秘不敢言，知之者不过门人数辈。是年八月，果有政变，更无敢言王先生已先知者。今日追思，竟成掌故。

湘绮又对人云："李鸿章病时，袁世凯见大星陨地，而知李必不起。袁世凯病时，自见大星陨地，而知己命不久。"但陨石虽可为不祥之兆，必谓二星即李、袁二氏，亦殊无稽之谈也。

湘绮诞生之夕，其父梦天榜有"天开文运"四大字，惊醒。湘绮出世，因名曰"开运"，后易"开"为"闿"，已中年矣。

湘绮又言："予掌尊经书院时，门生井研廖平喜为非常可怪之论，尤重谶纬之学，曰他日必有传子学说、为天下先者。涓涓之水，滴为江海，予实有先觉之智慧，而不知集中于粤人康有为之身也。"（以上散见《湘绮楼师说》。）

湘绮先生在船山时，湖南巡抚陆春江⁵赴衡拜谒，先生不纳。陆去半日，先生买小舟追百余里，回拜。或以问，答曰："前之不纳，示不敢当；后之远追，又以示敬。"先生言行多似六朝人，今之兴来即往，正与山阴访戴，兴尽而返⁶同一作风也。

衡阳某学堂谋夺寺产，和尚控办学人，且以二百元贿周妪求先生函陆抚说项，但先与周妪约定，事败则须退还。后先生不允致书，事果失败，然钱已为周妪用去。和尚索之急，先生曰："令和尚来见我，亲还之。"先生乃书一字条，其文为："学堂以夺寺产为主义，凡和尚求见者，须赞敬二百元。"付诸阍者。明日和尚来，先生令其至阍者处看条示。和尚无言，嗒然而返。

某次课期，先生出赋题，某生赋中有"船中一支曲，曲中是何人"二语。先生批曰："是耒阳人。"或问其故，答曰："耒阳驶船人喜吹小笛，此生殆写实，非用典。"

湘绮一生不受人侮，成名之后亦不通融，尝谓人曰：

"晚年至江宁，张孝达权江督，以忌辰不出，苦留余驻一日。问何为，云未答拜耳。因告之曰：'前曾涤丈[7]在江督任，未答拜而招饮，余辞而去。彼名位、年辈俱过我，可责以简傲；君今后吾，虽呼召，我不嫌。'"以此观之，湘绮入世貌似逍遥，实则处处留心，丝毫不苟也。

湘绮著《湘军志》，叙李秀成事，词涉曾国荃，略云："李秀成者，寇所倚渠首。初议生致阙，及后见俘寇皆跪拜秀成，虑生变，辄斩之。群言益哗，争指目曾国荃。国荃自悲艰苦，负时谤，诸将如多隆阿、杨岳斌、彭玉麟、鲍超等欲告去，人辄疑与国荃不和，且言江南磁货尽入军中，左宗棠、沈葆桢每上奏，多讥江南军。会国荃病疥，因请疾归乡里。"此数语为曾沅甫[8]所疾恶，遂为《湘军志》毁板之因。湘绮则曰："此实为沅甫发愤，乃沅甫切齿恨我，不知文之人，殊不可与言文，以此知令尹子兰之不可及也。"

湘绮自云，十五岁时从塾师读书，专习制艺，忽得《文选》，见《离骚经》而悦之，诵八遍而熟，一日偶于案头窃看，即有人自后掣书去，视之，则塾师也。当科举盛行之时，其他诗文谓之杂学。潘伯寅虽早达，而不工八比，遂为名士所重。张孝达、李仲约[9]皆知杂学者，京师人云"有两个半翰林"，不知谁当其半。湘绮尝问李、张，皆云不知，李云："作此语者，自必命为半个翰林也。"又云，李篁仙志在翰林，而喜吟咏，自谓才子，曾至湘军营中见罗忠节[10]，值罗睡醒，褰帽问曰："有《近思录》无?"按：湘绮此言不过数字，将罗忠节迂腐之状完全写出。李篁仙与罗忠节之不类，更不待言矣。湘绮又言，罗于鏖战时必披衣拍胸，以当炮子，殆亦《近思录》之效也。刘霞仙[11]则胆怯，而炮火独烧其狐皮马褂。张幼樵[12]在马江时，戴铜盆而走，反为直截了当。此数语更形容尽致。

湘绮谓："张孝达是看书人，曾涤丈是读书人。"所谓读书人者，能通经以致用；看书人则书是书、人是人，了不相涉，即所谓记问之学，博而寡要者也。

注释

1 杨钧（1881—1940），字重子，号白心，晚号怕翁，自称五里先生，湖南湘潭人。王闿运得意弟子之一，书法、绘画、篆刻、律诗、文章均甚有功力，时称"五绝先生"。

2 清道光二十六年，公元1846年。

3 梁焕奎（1868—1931），字璧垣（园），号星甫，湖南湘潭人。清光绪间举人，曾任湖南矿务局文案，后接办益阳板溪锑矿。1908年在长沙成立华昌炼锑公司。

4 钱注：按奕䜣入值军机，已在咸丰三年。

5 钱注：陆元鼎，字春江，浙江仁和人。

6 语出《世说新语·任诞》："王子猷（王徽之）居山阴，夜大雪，眠觉，开室命酌酒，四望皎然。因起彷徨，咏左思《招隐诗》，忽忆戴安道（戴逵）。时戴在剡，即便夜乘小船就之。经宿方至，造门不前而返。人问其故，王曰：'吾本乘兴而行，兴尽而返，何必见戴？'"

7　钱注：曾国藩，字伯涵，号涤生。

8　钱注：曾国荃，字沅甫。

9　钱注：李文田，字仲约，广东顺德人。

10　钱注：罗泽南，谥忠节。

11　钱注：刘蓉，字孟容，号霞仙，湖南湘乡人。

12　钱注：张佩纶，字幼樵，号黄斋，直隶丰润人。

岭南学派述略

岭南濒处海隅，与中原隔绝，惟学术开化则为最早。汉初，封川陈元长孙习《左氏春秋》，诣阙上疏，请立《左氏传》博士。当时，元与桓谭、杜林、郑兴皆为学者所宗仰。后递唐、宋，刘轲希仁慕孟子为人，故名曰轲，著《翼孟》三卷，度岭求学，走京师，一时与韩、柳齐名。冯元道宗文章经济，称王佐才，比之贾谊、董仲舒。此皆岭南学者，与中原学士大夫互相颉颃，为之先导，而以功名显者，如张九龄之流不与焉。

顾是时岭学之名犹未著也。濂洛之学入粤，学者始有宗派，于是岭学之名乃著。东莞翟杰私淑龟山[1]，其学上溯濂洛之源，下开陈白沙一派。其后高要黄执矩从胡寅、张栻游，海南简克己亦师事南轩，潮阳郑文振、郭子从师晦庵[2]。迨东莞李用［叔］[3]潜心周、程之学，目击宋亡，异族入主，沦衣冠于禽兽，以八十高年东渡乞援日本，不克以死。呜呼，岭南学者爱国之所树立如此，非仅守高头讲章之腐儒之所能也！

明中叶，新会陈献章公甫白沙先生崛起，讲学江门，于是岭学之名大著。白沙授之湛甘泉，门户益胜，受业著籍者四千余人，称为广宗。同时，王阳明讲学于姚江，称为浙宗。终明之世以至满清禁讲学、兴文字狱止，其中四百年间，天下学统未有盛于二宗者。

白沙粤中弟子，首推东莞林光缉熙。林氏之学，期于自得，服膺孟子"勿忘""勿助"之说，白沙最称之。顾其学似近于禅，尝曰："前辈谓尧舜事业亦是一点浮云过太墟，今而始知其果不我欺也。"其所谓自得者类如此。同时，南海张诩东所、谢祐天锡，顺德李孔修子长亦为白沙高弟。东所之学，以自然为宗，忘己为大，无欲为至。甘泉疾之，以其学近禅，又憾其以禅意作《白沙墓表》。天锡善静坐，能诗，有句云："生从何处来，化从何处去，化化与生生，便是真立处。"则其学亦发于禅，主静之学，不待再传，而其流率如此。

白沙学派诚为岭学一大宗，传之者实为增城湛若水甘泉。甘泉所至，必建书院以祀白沙，置讲田以赡学者，白沙之学由是所传益广。甘泉之学，随处体认天理，与白沙静中养出天倪之处不无少异。然甘泉又言："白沙先生言静坐，为初学言之。至随处体认天理，自初学以上皆然，不分先后，居处恭，执事敬，与人忠，即随处体认之功，连静坐亦在其内。"此甘泉深得白沙之教，而能于静中而至实行其动。尝与人书曰："圣贤之学，凡所用功，皆是动处，盖动以养其静，即动以致力，静以学成也。"其根本未尝与白沙全异。当时学者师事先生，断无特立异说，反乎其先生之言者。独白沙弟子中，番禺何廷矩年齿最长，晚年以白沙学近虚无，意谓王道要在农桑，不徒虚言，斯则与白沙稍异耳。

守湛氏之学，卓然为甘泉宗子者，惟登〔澄〕海唐伯元曙台。唐氏非亲受于甘泉，实出于永丰吕怀。吕氏乃亲授〔受〕之甘泉，其学又颇调停王、湛二家之说。顾曙台则显攻阳明，尝阻阳明从祀，以为六经无心学之教，阳明惑世诬民，立于不禅不霸之间，为多疑多似之行。当是时，明目张胆以攻阳明者，惟唐氏一人而已。其言："性一天也，无不善，心则有善有不善，至于身，则去禽兽无几矣。性可顺，心不可顺，以其附乎身也。身可反，心不可反，以其通乎性也。故反身修德，斯为至要。"其言反身，实出于甘泉随处体认之旨，故以唐氏为甘泉之宗子者，非无故也。

　　然而以粤人而为浙学，则以南海方献夫叔贤、揭阳薛侃中离、博罗周坦谦斋三子为最著。方氏亲受于阳明，而尤尊仰象山，以为孟子再生。然其于程子之主静亦有所取，盖方氏之学，不纯一之王学也。薛氏阴辟甘泉，于阳明信之最笃，初见阳明于赣州，寻率子弟往学焉。王学行于粤中自方氏始，而薛氏力也。世谓王学近禅者三，曰废书，曰背考亭，曰虚，薛氏为一一辨之。周氏学于薛中离，诋白沙谓："静中养出端倪，则静中添一端倪。"薛氏师若弟，皆以粤人而诋广学。故粤人亲受于阳明而能传其学者，首推薛氏。同时，南海梁焯日孚、揭阳郑一初朝朔、潮阳杨仕鸣仕德皆尝亲受业于阳明，此浙学之传于粤中者也。

　　王学宗子于浙中别有传授，其传于粤者，方、薛诸贤而外，尚有杨复所一人。是故岭学之流派，仍以甘泉为大宗。当时湛学巨子束身讲学、笃守师说者，推南海庞高〔嵩〕弼唐。庞氏受业于姚江，后从甘泉游，闻随处体认之旨，叹曰几虚此生。甘泉既殁，代主讲席，晚年主盟天关，倡同志会，每赴会者恒百数十人。然其立说又多主融和两家，盖其学出两家，是以欲和会两家之旨，疏通而证明之。其所见如此，而与南海霍韬又不同其旨趣矣。霍号渭崖，好谈政治，所著《象山学辨》，谓陆氏阳叱佛老之名而阴食其实，其学为似是而非，而于阳明、甘泉之学亦多所辨正，盖不入王、湛二家之学。迨观其行事，一登朝堂，便曲学以媚时君，其人品之高下，即于其所学觇之，故人之于学术，可不重哉？

东莞刘鸿渐盘〔磐〕石，学宗考亭，讲学邑中，执经者户履常满。其教谓"圣贤为学，所称主敬行恕，大要都从人己事物外面分明处做起。功夫虽兼动静，而必从动始；知行虽是合一，而必自知始；知良虽有可致，而必从穷究事物始。"是其学于王、湛两家又皆格格不入。

唐氏表扬湛学，同时博罗杨起元复所亦表扬王学，于是岭南讲席，二子分主之。复所之学，出于南城罗汝芳；汝芳之学，出于永新颜钧；钧之学，出于贵溪徐樾；樾之学，出于泰州林春；春之学，出于同邑王良；良亲受于阳明，五传而至复所。复所阐明王学宗旨，当时其学大盛，且越唐氏而过之。故粤中言王学者，前以薛中离，后以杨复所，此粤宗、浙宗在粤之传授源流及其盛衰消长之大略也。

学术既分门户，一时不入于彼，即入于此。其附会多者，即成一学派。既成学派，而附会益多。此论岭学者，所由不出三家也。于三家以外而别标宗旨者，在正德之初有番禺王渐逵伯鸿、香山黄佐泰泉，亦能与当时学者相辩难。伯鸿论性，取张、程之说而补益之，其持论谓："具于心者谓之性，成于形者谓之质。性则至善，而气质则有昏明强弱之不同。"故其为教，使人从事于学，以化气质之偏，则人人皆可以复性。尝与王龙溪论学曰："今之学者多主白沙、阳明之教，白沙之学在孔、颜乐处，阳明之学在致良知，以此为教，恐学者流于莽荡，无下手处矣。"其于白沙、阳明似皆有所不足。

泰泉传其父畿之学，畿最服膺邵康节，喜言象数。泰泉著《庸言》，于象数亦详，然其论性，则与伯鸿独契，指责阳明。此则于三家而外别标宗旨者。惟二人皆未能力行讲学，故伯鸿、泰泉之学派终未大盛，只成为岭学之一支流而已。

明末新会陆粹明主白沙之学，终日静坐，访学吴、越间，遇高忠宪，论学曰："务要静有定力，令我制事，毋使事制我。"忠宪韪之。同时潮阳萧自麓以主敬为学，出罗念台之门，适忠宪谪揭阳，就而请教，语忠宪以潜养之功，而戒其发露太早，斯则岭学尝接东林之风矣。

清初，新宁陈遇夫廷际寻溯白沙之学，重订杨复所所辑《白沙语录》，以明白沙之学由博返约，非堕禅悟，是为清初治白沙学者之先声。乾隆时，东安曾受一正万尊主考亭，力诋陆、王，以为异学，其言且及白沙。自是而后，粤、浙二宗之学传者寥寥矣。迨全祖望（谢山）讲学端溪，首祀白沙以下二十一人，行释奠礼，欲和融粤、浙学派，然于王学犹欲有所倡。未几，谢山去粤，事亦无闻。嘉、道之际，仪征阮元（芸台）督粤，创学海堂，导学者以汉学，一时侯康、林伯桐、陈澧皆以著书考据显，岭南遂无有言三家之学者。

南海朱次珂〔琦〕（九江）先生于举国争言著书之日，乃独弃官讲学，举修身读书之要以告学者。其言修身之要曰："敦行孝弟，崇尚名节，变化气质，检摄威仪。"其言读书之要曰："经学、史学、掌故之学、性理之学、词章之学，为学不分汉宋。"而于白沙、阳明之学皆有所取，教弟子尤重于实行。斯则清代岭学之崛起者。

朱九江讲学礼山，终二十余年，门人成就甚众，私淑先生之风者至今未衰。其讲学尊朱子，而不废陆、王，谓："陆子静善人，姚江之学足以知兵御乱，由于读书有得。"先生于举世排击陆、王之日，已具独见先识，不为苟同如此。故其学以经世有用为宗，不分汉宋，而于明末儒者尤服膺顾亭林，谓《日知录》一书，简其大法，可用于天下。盖先生学说，直追晚明，不落乾嘉诸儒之下，巍然自成其九江学派者也。

先生著述之书见于《年谱》者，曰《国朝名臣言行录》，曰《国朝逸民传》，曰《性学源流》，曰《五史实征录》，曰《晋乘》。有论清代儒宗黄梨洲《明儒学案》，而不分汉学、宋学。暮年著述如新，孜孜不已。既而稿未脱而疾作，乃自燔其稿。稿本繁重，焚一日一夜乃尽，学者无不惜之，然终莫测其燔书之用意也。先生门弟子甚众，而褒然能接其道统者，首推顺德简朝亮。门人曾搜先生诗文暨附录都十卷，称《朱九江先生集》，朝亮并为《年谱》，即以刊行。

咸、同以还，朱九江既传其九江学派，陈澧又传东塾派。澧号兰甫，著《东塾集》《东塾读书记》，学者称东塾先生。其学以通经致用为主，调和汉宋之学，胡元玉、于式枚等皆其徒也。珠江堤上照霞楼，为陈东塾授经处，斜阳流水，江上归帆，流霞如锦，风景颇佳，东塾手书"濠上"二字尚存。兰甫著述甚富，邃于音韵之学，尝谓粤方言与古音合者甚多，尤其与唐韵吻合，粤语之合口音属于十一侵韵，多与古通，不可不知。其讲学授徒，取顾亭林论学语，先之以博学于文，而尤以行己有耻为主，故气节之士多出其门。胡汉民伯兄衍鹗及弟毅生均私淑兰甫，而传其学者。至汪兆镛伯序先生（汪精卫之仲兄），则受经东塾，为入室弟子。清亡，兆镛为学海堂长，闭门传经，不问世事。

清朝讳书皆抬头缺笔，如溥仪之"仪"字，必缺一撇之类。宣统大婚，粤中遗老具婚礼八百余份，兆镛与焉。（宣统大婚，全国自命遗老者具婚礼计千余份，粤人占八百余。当时革命、保王〔皇〕均走极端，不见骑墙派，民族性如是也。）惟袁世凯称帝，则闭门痛哭，力主讨伐，殆本其所学于东塾之行己有耻欤？其著作有《岭南画征略》，搜罗明末气节之士，至为详尽。叙例有云："明遗老如薛始亨、陈子升、陈恭尹、屈大均、高俨、张穆诸人，康熙间尚存，惟薇蕨自甘。若厕名新野，殊乖素志，兹援《晋书·陶潜传》例附于明代之末"云。此老晚节可风，视乃弟[4]之贤不肖为何如哉？

东塾之学悉本之阮元。阮元督粤，以粤人不治朴学，创学海堂以训士，东塾遂为高材生。然学海堂之设，虽始创于阮元，导之而成者实为曾钊士钊。

钊早岁授蒙，笃嗜训诂考据之学。时阮元督粤，刊《十三经注疏》毕，再刊《校刊记》，稿成，付广州双门廍〔底〕翰墨缘书肆装璜成册。勉士贫甚，每日授蒙毕，必赴书肆借书坐阅，夜阑始归。是夕，勉士在翰墨缘获览《十三经校刊记》原稿，欲借归一阅。店主难之曰："此督辕物也，三日内当送入，如曾老师欲阅，可襆被肆楼，日夜阅之可也。"勉士遂尽两夜之力，凡校刊讹误，皆夹签其中，且附以新解。翌晨，赴蒙塾，而督署索书人至，肆主人就勉士席上取付之，未知装本中尚夹有勉士之刊误签纸也。迟一二日，督署派中军官来翰墨缘，诘此稿曾由何人阅过。肆主惧，并怒勉士污其书，则以勉士对。勉士在坐，笑而不答。移刻，中军官又至，并持阮元红简，请曰："制台请曾老师上衙门吃酒。"勉士假肆主衣履而后行，至则阮芸台及严铁桥、焦循诸名流已俟于席间矣。谈笑甚欢，遂留勉士居署，任司校刊之职。勉士建设立学海堂之议，即以勉士为学长。粤东经学、训诂倡于阮元，而实导于勉士。

勉士老于秋闱，历试二十一次不售，迨陈〔程〕侍郎春海[5]典粤试，阮元小门生也，当道必欲以亮卷中勉士。勉士入闱日，吐泻大作，不能步履，场中遍索勉士卷不获。试毕，陈〔程〕闻之，戏谓勉士曰："前辈其不能为小门生之门生乎？"秋闱撤，春海大宴粤中诸老辈于白云山蒲涧之云泉仙馆，席间喟然长叹曰："予略解皇极经世之学，天下将大乱，其主之者将在粤，粤其首难乎？"既而环顾座上曰："皆不及见，能及见者，惟谭玉生一人矣。"玉生，谭莹字也，年最少。《宴蒲涧长歌》载粤雅堂《陈〔程〕侍郎集》，其绘图题咏册子，今尚存粤故老家中。

原载《新闻报》1948 年 5 月 5—21 日

注释

1　杨时（1053—1135），字中立，号龟山，南剑州将乐（今属福建）人。北宋熙宁九年（1076）进士，曾任工部侍郎、龙图阁直学士，先后受学于程颢、程颐，被推为程氏正宗。

2　南轩、晦庵指南宋理学家张栻、朱熹。

3　李用（1198—1279），字叔大，号竹隐，东莞（今属广东）人，南宋理学家。

4　乃弟指汪精卫（兆铭）。

5　程恩泽（1785—1837），字云芬，号春海，安徽歙县人。清嘉庆十六年（1811）进士，官至户部侍郎。熟通六艺，金石书画医算无不涉及。

三个传奇性的军师

顾伯叙，江苏淮北人，与其同邑人高锡五相友善，结伴同游，谋生南北。高君好道，顾亦好道，道均有得，遂进于佛。民国十二年前后，二人在湘省郴县贩卖矿砂，遂与营矿者识。时有梁辟〔璧〕园焕奎者，开锑矿致富，有别墅在长沙东门外五里牌，曰青郊别墅。辟〔璧〕园既营矿，又好佛，于是顾、高二人借青郊别墅居焉。二人常入城与梁谈佛学，极为梁所称许。

桃源萧汝霖年少气盛，口如悬河，无所不为，亦无所不好，遂与梁识，日必一见也。萧、梁谈佛，情谊至深，顾、高二人亦与萧常见矣。高之为人朴拙异常，顾则灵巧，且善言论，萧君深敬礼之。萧穷，顾更穷。顾之供给，皆取自萧，而萧不怨。

甲子岁，萧充官铁局协理，赴衡州禀唐孟潇[1]营水口山事，唐问萧近日所营，萧答以佛，且陈学佛之益。唐即至省往谒顾君，一见倾服，执弟子礼甚恭，迎之至衡州，此民国十四年事也。是时湘军内讧，叶开鑫率部逐唐孟潇，唐部屡战屡败，数月之间损失殆尽，仅存机关枪等数通而已，距衡州不过一日程，唐部士卒均无斗志，多通款于叶。会除夕，叶休兵不进，大宴所部将领，且曰："新岁明朝，唐孟潇可一鼓成擒矣。"是时孟潇自知其将败，焦灼万分，谋于顾伯叙。顾曰："姑为若修准提法，以卜窄宽。"盖顾以修准提咒最为有名者也。出定后，欣然告孟潇曰："顷间于卒中见红旗一面，中书胜字，光芒万道，大事犹可为也，幸无自绥，此其时矣。"

于是，唐乘叶部不备，连夜下令反攻，连战连捷，未及数月，长沙、武汉胥为其所占有。而唐氏之信奉顾者，神仙不啻也，军中自将领以下无不皈依，皆尊称之为顾法师。

初湘绅迎白喇嘛至长沙，于开福寺开金光明法会，萧汝霖亦与其事，众以孟潇好佛，电促与会。时唐与省长赵炎午因统一财政案有隙，挑拨之人遂谓省中电促，实非好意，唐遂中止其行。萧汝霖曾以此痛诋顾氏，及后车抵长沙，唐捕萧押于衡州，枪毙，署名电促与会者亦皆拘禁数月。

顾在汉口，时有佛教正信会者，为甬人王森甫等所施建，甚为雄壮，以奉太虚法师者也。顾乃依其信佛之名，遂入踞焉，并改其会为佛教会，而去"正信"二字，以示与太虚所主持有别。顾常率其姬妾三人出入会所，招收弟子，所皈依者均为起起之夫，非复昔日之善男信女矣。是岁七月，顾依俗例在佛教会举行盂兰盆会，追荐阵亡将士，当时武汉各寺群僧大集，会期三日。有尤慈庵某僧者，平日修行素著，亦往参预法事，乃忽以事为顾所不满，借口失仪，当众以戒尺严责。某僧羞愤，回寺自裁。顾之跋扈，盖可知也。自唐孟潇武汉失败以后，顾亦销声匿迹，不知所往。

李宗唐，湖北汉阳人，前清法政学堂毕业，民国以后被选为省议会议员，精文词，善言论，有声于议会中。民国七年，李隐尘[2]、陈圆白[3]诸人迎请太虚法师在汉口太平会馆讲经数月，宗唐无日不往，于是浩然有皈依三宝之意。翌年，太虚讲经庐山，宗唐与大慈、大悲、大勇诸人同时剃度，遂号□□□□，自是以后诵修六度，戒行甚苦，在庐山掩辟多日，忽于定中见慈尊传授心中心法，其法中有手印多种，均须以手帕掩盖，谓恐为魔所攘窃，传修此者，每得奇验。自是阐扬佛法于武汉、上海、平、津各地，皈依弟子不下千万人。而宗唐神通具足，凡往谒者，均能道其过去未来事，摘发隐微，历历如绘，尤为人所惊异。

　　宗唐在北平时，岑春煊之夫人患病甚重，遣人往问宗唐。宗唐曰："必死，不得过某月某日也。"其人固哀求之，且曰："夫人之所念念者，公子尚在国外，未能及时归，倘能延一月之期，母子可见面，死亦无恨。"宗唐曰："但须岑本人前来皈依礼佛，否则不能办也。"其人归告春煊，春煊即于次日往，顶礼毕，宗唐告之曰："已为之请于神矣。"后岑之夫人果得见其子，如期而殁。人于是益神之，平津之间转相告语，无不知有大愚法师也。

　　其时上至〔自〕达官贵人，下至贩夫走卒，祈愿问事者肩摩踵接。宗唐之门，汽车之停于其间者，日率在两百乘以上，可称极盛。后于扩大会议之役，某巨公曾屏从者阴访宗唐卜休咎，宗唐告以必可成功，嗣竟败衄，宗唐亦易俗服遁而之汉，辗转隐居川中矣。或云宗唐为此言非出本意，某巨公部下实先胁持宗唐，使作必胜之语，乃怂恿某巨公往卜，所以坚其举兵之念也。

刘从云，川人，习道家之术，与人谈往事，多验，川中军人争趋之。川故主席刘湘尤奉之若神明，事无巨细必咨问之，以其言之可否决进退。从云善古代兵家言，会川中战伐不停，湘每出征之前辄就从云抉择，起程之日必携从云亲临行阵，辟以密室，尊若军师，不以名，均以刘法师呼之。

是时川军竞行防区之制，众多乌合，虽有接触，不过彼此混战而已，从云用古兵法布阵出战，屡有创获，于是宠信益专。后共党扰川，兵行诡谲，湘仍用从云之计，择日出兵，前往"进剿"。并用各色旗帜分布兵间，以八卦奇门布阵，为集守之计，以黄道、黑道等日决出战休止之策。从云并在重庆举行祭坛四十九日，期以必胜。乃开战未成，各县不守，要隘迭失，骎骎乎进迫重庆。危急之时，将领有往叩从云者，遍觅不得，盖已潜逃无踪矣。

按：伯叙起身市侩，从云乃一方士，工机诈，徒袭佛道之教以自文饰，其失败宜也。所可叹者，宗唐以世家子弟，幼慧，壮而学行并茂，在议会时亦振振有声。当其盛年，屏弃妻妾，归心三宝，苦行持身，宜乎可为佛门龙象也。

老友王森甫曾告予云，宗唐剃度以后，持戒过严，痔病陡发，就医沪渎。医生为西人，告以须割治方瘳，然因体弱不能施麻醉之剂。宗唐曰，径行开割无妨也。比割治，宗唐口念佛号，辞色不变，西人叹为未有。此森甫所亲见者，强毅如此，乃卒与顾、刘二人同出一辙，说者谓名利供养之心有以致之，岂不惜哉！

案：此传为门人夏口李以祉属草，仆为之增益润色，其中关于顾老师，尚漏一事。孟潇在庐山，天池有宋塔，甚灵异，顾劝唐拆去重修，必获胜福。拆至最下层，发见南宋韩侂胄为其母修塔祈寿碑文，中藏经卷、玉灯、念珠之属甚多，闻大半被携去，交庐山管理局存储者不过一二件耳。数百年相传之宋塔，今始证明。（成禹附记。）

原载《新闻报》1948 年 5 月 22—31 日

注释

1　唐生智（1889—1971），字孟潇，信佛后法名法智，号曼德，湖南东安人。保定陆军军官学校毕业，国民革命军陆军一级上将。1937 年受命指挥南京保卫战，1949 年促使程潜、陈明仁和平起义。中华人民共和国成立后，历任湖南省人民政府副主席、副省长、国防委员会委员等职。

2　李开侁（1871—1929），字英生，号颖陈、隐尘，湖北武汉人。曾任梧州知府、龙州关监督兼边防督办、参政院参政、黎元洪大总统府秘书长等职。民国初期著名佛教居士。

3 陈裕时（1877—1940），原名裕大，字符伯，后皈依佛门，法
   号元（圆）白，湖北宜昌人。早年投身军旅，后结识孙中山，
   加入同盟会，为辛亥革命早期的风云人物。

具有历史性之联语

左宗棠欣逢知己

左文襄举人赴京会试，不第，归湖南，道出洞庭湖君山，谒君山龙女庙，制庙联云："迢遥旅路三千，我原过客；管理洞庭八百，汝亦书生。"意指柳毅下第过洞庭，为人寄书，缔婚龙女事，以下第举子自况也。林文忠则徐游君山，见此联，大奇之，见联末署"左宗棠"款，问左为谁何，庙中人以"下第湘阴举人"对，文忠志之。一日与陶文毅澍谈及湘中人物，曰："湖南有湘阴左宗棠者，君同乡也，识之乎？"曰："未也。"林曰："予观其下第过君山题龙女庙联，笔端有奇气，极具怀抱，他日必成大事，予亦未识其人。"文毅素重文忠，聆其言，谨记之。

后文毅还乡，泊舟野渚，闻邻舟有官人训戒僮仆，声音雄异，使人探之，曰："湘阴左举人宗棠舟也。"文毅先传"愚弟"名帖，即具衣冠过邻舟拜谒，备致景慕，一见如故，纵谈天下事，无不令文毅倾倒。二人遂订交，嗣后结为亲

家。有人谓陶与左年岁、辈行、官阶大小不相若，文毅曰：
"予与季高（左宗棠字）结姻亲，所以重其他日功名事业，
岂若辈所能喻。"世知陶文毅识左文襄，而不知使文毅能识
其人者，林文忠也，当时朝野称林为"人鉴"。

原载《新闻报》1948 年 6 月 1 日

隽君注：柳毅，唐代人。世传柳考试下第将归，湖滨见有妇女，
牧羊于路旁，曰："妾洞庭龙君小女也，有一信托交。"毅按址送去。
明日辞归，洞庭君赠其珍宝，奇异寻常。因适广陵，娶于卢氏，偶
话旧事，即洞庭君之女也。后居南海四十年，状容不衰，开元中归
洞庭，莫知所终。陶澍，字子进，号云汀，湖南安化人，嘉庆七年
进士，散馆授编修，官至两江总督，有《印心石屋文集》等遗著。

岑春蓂谬戮饥民

岑春蓂于光绪中叶任湖南巡抚，为云贵总督岑毓英之第
五子，两广总督岑春煊之弟，以承荫得领封圻。时藩司为庄
赓良，以小吏起家。岑之与庄，一为贵公子，一为外吏，皆
不识临民大体。会湘省大饥，饥民拥入长沙省城，以数万计，
围藩司衙门索赈济，愈集愈众，毁藩司衙门。春蓂、赓良仓
皇无计，辄令护卫开枪，饥民死者十余人，群情汹涌，拆倒
巡抚辕门内双旗杆，焚之，又焚藩台衙门。经湘中巨绅出面
弹压，春蓂革职，赓良受处分，巡警道治罪，事乃寝。

当时湘人为撰联云："众楚人咻，引而置之庄狱；一车

薪火，可使高于岑楼。"全用《孟子》缀成联语，朝野传诵。后清廷又起用春蓂抚湘，而清亡。王壬秋曾为《岑楼诗》讥之，诗载《湘绮楼说诗》中。春蓂祖先为西林土司，苗裔，广西苗族改土归流，多岑姓。熊秉三希龄，湖南凤凰厅人，亦与苗族血统有关。一日熊秉三访春煊、春蓂兄弟，时人为之语曰："此可谓苗民拜土司，真是舞干羽于两阶[1]，实符三苗之名称矣。"

原载《新闻报》1948 年 6 月 2 日

注释

1 两阶，岑春煊字云阶，岑春蓂字尧阶。

张南皮大开赌禁

光绪甲申中法之役，战局既终，朝中南北两派倾轧之风亦告结束。先是，张之洞由山西巡抚移任两广总督，内阁学士闽侯陈宝琛会办南洋军务大臣，丰润张佩纶会办福建军务大臣，皆北党清流派巨头也，此为北派讲时政最盛时代。同时，吴大澂则为北洋会办军务大臣。及割地议和，陈宝琛受处分，降级录用，并治张佩纶弃师逃走罪，发往张家口，充配军台效力，而张之洞督两广，仍无事。京师南派朝官为联语以讥之云："八表经营，也不过山右禁烟，粤东开赌；三边会办，且请看侯官降级，丰润充车〔军〕。"

案：张之洞简放山西巡抚，其谢恩折有云"敢忘八表经营之志"，联语起句用此故事。在山西任内，首奏禁鸦片烟，谓为治山西第一要政。及调粤东，军费无着，乃大开赌禁，谓为充饷，命刘学询经办其事。三大军务会办，吴大澂无事；陈宝琛降级回原籍，沉滞家乡二十年，清末始起用；张佩纶马江之役，不战而溃，逃避法人炮火，首戴铜盆以为护符，回京治罪，免死充发，此李合肥缓颊也。

原载《新闻报》1948 年 6 月 3 日

陈宧挽章太炎

章太炎民元往北京，一见参谋次长陈二盦，即曰："此中国第一等人物，然他日亡民国者必此人也。"闻者以为妄，而二盦恨之刺骨。其串通共和党胡、郑诸人诱章入京，安置龙泉寺，软禁北京，皆二盦所为也。太炎死，陈二盦亲作挽联寄往苏州，联云："囊括大典，整齐百家，否岁值龙蛇，千载修名君比郑；人号三君，国推一老，抗颜承议论，世间北海亦知刘。"末联即指章太炎人物月旦语。

太炎死后，二盦在北京常语人曰："太炎云殁，世间无真知我陈某为何如人者，太炎真知我，我亦真知太炎。彼陆朗斋谓得章太炎作一篇文字，胜过用十万兵马，犹轻视太炎耳。我则谓太炎一语，足定天下之安危也。"

陆朗斋，名建章，为袁项城军政执法处处长。太炎被囚龙泉寺时，朗斋送之入寺，骑马前导过市。人问陆："何故尊重太炎若此？"陆曰："他日太炎为我草一檄文，我可少用十万兵马，安得不尊重？我对太炎曲尽礼貌，自为表示不与陈二盦同流也。"

原载《新闻报》1948 年 6 月 4 日

樊樊山之晚年

袁项城解放〔散〕国会，设参政院，搜罗满清旧臣、国内名流，特聘樊樊山参政院参政，待以殊礼。樊樊山亦刻意图报，故参政谢恩折有云："圣明笃念老成，咨询国政，宠锡杖履，免去仪节。赐茶赐坐，龙团富贵之花；有条有梅，鹊神诗酒之宴。飞瑞雪于三海，瞻庆云于九阶。虽安车蒲轮之典，不是过也。"

项城宴樊樊山诸老辈参政于居仁堂，宴毕，游三海，手扶樊山，坐于高座团龙缕金绣牡丹花椅上，樊山视为奇荣。大雪宴集瀛台，举酒赋诗，项城首唱，樊山继之曰"瀛台诏宴集"，故谢恩折及之。

樊山生平酷嗜鼻烟，终日不辍。项城赐以老金花鼻烟两大瓶，皆大内库藏，琵琶碧玉烟壶一双，樊山亦目为至宝。洪宪退位，樊山潦倒，仍把弄双玉壶不释手。

洪宪推翻，黄陂继任，樊山以同乡老辈资格遗书元洪，求为大总统府顾问之流，呈一笺曰："大总统大居正位，如日方中，朱户重开，黄枢再造，拨云雾而见青天，扫欃枪而来紫气，国家咸登，人民歌颂。愿效手足之劳，得荷和平之禄。如大总统府顾问、咨议等职，得栖一枝，至生百感。静待青鸟之使，同膺来凤之仪。"黄陂接此函，遍示在座诸人曰："樊樊山又发官瘾。"咸问黄陂何以处之，黄陂曰："不理，不理。"

樊山之函，元洪久置不理。樊山每次托人进说，元洪仍严词拒之，且加以责难。樊山等患甚，又函致元洪，大肆讪骂。函至，元洪出函示在座诸人，其警语有："将欲责任内阁，内阁已居飘飘风雨之中；将欲召集议员，议员又在迢递云山之外。自惭无德，为众所弃，唯有束身司败，躬候判处。大可获赦罪于国人，亲可不贱辱于乡邦。药石之言，望其采纳。"函中云云，全暗指当时段内阁组织未成，府院已生意见，在京参、众两院议员，正群集北京云山别墅，谈恢复国会两院之条件也。或有劝元洪每月致赠若干金钱，元洪仍不允。故予《洪宪纪事诗》有"老成词客渭南家，赐坐龙团富贵花。青鸟不归朱户闭，茂陵春雨弄琵琶"，即咏此事。

民国七年，徐世昌任总统，樊山等又为贺表以媚水竹村人[1]，东海乃按月致送薪水。京师遍诵其贺函，且目为三朝元老。予友陈颂洛搜集北京旧物之有关掌故者，曾在东海家获得樊山亲笔贺文，并滕以诗云："明良元首焕文阶，会见兵戈底定来。四百余人齐署诺（两院议员四百余人），争扶赤日上金台。""南北车书要混同，泱泱东海表雄风。七年九月初三夜，露浥槃珠月弓张。"曲尽颂扬之能事。

原载《新闻报》1948 年 6 月 5、8—10 日

注释

1 钱注：徐世昌晚号水竹村人。

冯玉祥搜索清宫轶闻

近得北京书贾携售清宫诸臣来往函札、笔录多件，内述冯玉祥搜逐宣统由清宫出走事，颇多遗闻。

案：冯玉祥于甲子年[1]十一月三日统兵搜索清宫，宣统即时出走交民巷，事前文武巨头曾开一秘密会议，时说冯最力者为直籍某巨公，谓："一可断绝复辟根本，二可得宫中宝物、窖藏充实军饷，可谓名利双收。"实则某欲遂其好货之愿也。玉祥派其将某统兵入宫，由前门入，后门用亲信兵士扼守。搜宫兵士由后门出，出则拦门搜身，使宫中所获尽数充公。某入宫，至宣统便殿，桌上遗有宣统便帽一顶，宣统猝不及戴，帽上有大东珠一粒，希世宝也。某即将自己军帽罩于便帽之上，临行将军帽与便帽合而戴之。

库中搜出两大铁箱，重而且固，无法撬开。终于斧锥并下，箱启，则古月轩两大箱磁品，经大震力，皆碎矣，乃弃而不顾。时有太监在旁，连呼："可惜！可惜！"后经北京古董商购去，虽残破，犹获巨资。其他珠玉宝物，士兵各饱载而出，经后门，守兵奉帅令，搜集充公，遂尽入冯军人手中矣。某巨公亦亲入，将清室屋宇、牧场、皇产档案捆载而出，而清室不动产业亦尽入某巨公之手，为后日逼宣统赴辽张本。或曰，此冯玉祥之萧何也。此皆各函札中零星纪载，长篇则有《郑苏龛日记》及《陈弢庵手函》，照录于后。

附录：郑孝胥日记

甲子十一月庚戌朔日[2]，共产党散布传单及《平民自治歌》，又反帝国主义传单，各数万张。

辛亥日[3]，西报言冯玉祥将第三次围攻北京。召对，命速觅屋。

壬子日[4]，弢庵、叔言来密告，弢庵曰："事急矣。"乃定赴德国医院之策。午后诣北府，至鼓楼，逢弢庵之马车，曰："已往苏州胡同矣。"驰至苏州胡同，无所见，遂至德国医院。登楼，上徘徊窗下，独弢庵从，告孝胥曰："庄士敦已往荷兰、英吉利使馆。"张文治奔告醇王，且复来。孝胥请幸日本使馆，上命孝胥先告日人。即访竹本，告以皇帝已来。竹本白其公使芳泽，乃语孝胥，请皇帝自决行止。

于是时大风暴作，黄沙蔽天，数步外不相见。孝胥至医院，虑汽车或不听命，议以上乘马车。又虑院前门人甚众，乃引马车至后门。一德国人持枪从，一看护妇导上下楼，开后门，登马车，孝胥及一僮骖乘。德医院至日本使馆有二道，约里许，一自东交民巷转北，一自长安街转南。孝胥叱御者曰："再至日使馆。"御者利北道稍近，驱车过长安街，上惊叫曰："街多华警，何为出此?"然车已迅驰。孝胥曰："咫尺耳，马车中安有皇帝? 请上勿恐。"既南转至河岸，复启上曰："此为使馆界矣。"遂入日本使馆。竹本中平迎上入兵营，羖庵亦至。

方车行长安街，风沙悍怒，几不能前。昏晦中，入室小憩，上曰："北府人知我至医院耳，庄士敦、张文治必复往寻，宜告之。"孝胥复至医院，醇王、涛贝勒皆至，因与同来日馆，廷臣奔视者数人。上命孝胥往告段祺瑞，命张文治往告张作霖，归作函，使禹致之。入夜风定，星斗满天，垂、禹至日馆进奉果饵。日本公使芳泽以所居大楼三屋为上内寝。随侍僮李体育十四岁，御者王永江，车右王小龙。

附录：郑孝胥感事诗

十一月初三日，奉乘舆幸日本使馆。陈宝琛、庄士敦从幸德国医院，孝胥踵至，遂入日本使馆，呈诗二首：

（一）乘回风兮载云旗，纵横无人神鬼驰。手持帝子出虎穴，青史茫茫无此奇。

（二）是日何来蒙古风，天倾地坼见共工。休嗟猛士不可得，犹有人间一秃翁。

附录：陈弢庵手函

（衔略）皇帝于十一月三日安抵日本使馆，供应优适，礼貌恭敬，流离颠沛，未经险阻，祖宗之灵，臣下之幸。冯军胆敢搜索清宫，为谋主者，皆云某氏之子。其何以对文宗皇帝于地下，九原有知，亦自请臣罪当死。皇上蛰居使馆，焉能长久，总以离交民巷赴津为宜。张虎臣亲来迎驾，彼居津有张园，自呈安迎圣驾，相机而行，可先告也云云。

原载《新闻报》1948 年 6 月 12—13、15—17 日

注释

1　公元 1924 年。

2　公元 1924 年 11 月 27 日。

3　公元 1924 年 11 月 28 日。

4　公元 1924 年 11 月 29 日。

晚清朝士风尚

道、咸之交，承嘉、道余绪，朝士偏重道学，而鲜究政事吏治，故教匪遍于西北，洪、杨雄长东南。其时兼长道学、文章、经济、政事者，只曾国藩一人，故能综一代学术、功业之大成。当时朝士间风气，可得而言者，概述如下。

桐城派的盛行

有清中叶以还，士大夫竞趋训诂考订之学，桐城派古文蔚为文章泰斗。曾文正服膺姚姬传[1]，临文以桐城派为指归，更扩姬传之意，浸淫汉魏。据文正日记所述，其生平作文用功处，以桐城派为体裁骨格，以汉魏以上文增益其声调奥衍。

当时桐城师承籍盛，在京朝官，彼如桂林朱伯韩（琦）、桂林龙翰臣（启瑞）、马平王少鹤（拯）及山右冯鲁山〔川〕[2]等；在外交通声气者，如鲁通父（一同）、吴子序等；奉为正宗大师者，为姚姬传大弟子上元梅伯言（曾亮）；周旋其间者，为桐城嫡派、汉阳叶名琛弟、叶志诜之子叶润臣（名沣）。名沣以虎坊桥西宅为集会之地，迎梅伯言入京，瞻拜大师，在其《敦夙好斋集》中记载甚详。后梅伯言身陷金陵，京师古文家太息伤感之文词甚夥。迨叶名琛事败，润臣亦出京，桐城古文家之帜遂倒。降及同、光，张裕钊、吴汝纶之流，尚承道、咸朝士遗风焉。

原载《新闻报》1948 年 6 月 18—19 日

注释

1 钱注：姚鼐，字姬传，号抱惜，安徽桐城人。

2 冯志沂（1814—1867），字述仲，号鲁川，山西代州（今代县）人。清道光十六年（1836）进士，曾任刑部主事，官至庐州知府、徽宁池太广道。

诗人荟集都下

当时诗坛，以名高位重之祁寯藻、陶澍、张祥河等为领袖，荟集都下，仍以叶氏桥西邸宅为集会之所。时京中如宗涤楼（稷辰）、孔绣山、蒋通〔超〕伯[1]等数十名流，皆桥西座上客也。最推重者，为扬州潘四梅（德辅），亦如梅伯言之例，迎来京师。观冯〈志〉沂《微尚斋》、名沣《敦夙好斋》及宗涤楼诸家集，本末具在。名琛获谴，诗坛亦寂然。

原载《新闻报》1948 年 6 月 20 日

注释

1 蒋超伯，字叔起，号通斋，江苏江都（今扬州市江都区）人。

清道光二十五年（1845）进士，累官至广州知府。著述甚丰。

理学身体力行

当时，倭良〔仁〕（艮峰）提倡宋学于上，曾国藩涤生奉为表率，湘儒唐镜海（鉴）为理学名宦，得文庙拔识，待以殊礼。其乡人罗罗山**¹**等大讲理学于湘中，后湘军遂以治理学者为干城。国藩一生事业德望，不能逃出理学窠臼。国藩于湖北汉阳刘传莹，推为理学正宗。传莹年少于国藩，国藩始终以师友礼之，常曰："予交游中，传莹对于宋学身体力行，光风霁月，毫无造作，真笃行君子也。"惜天不予年，刻其遗书于集中。同、光以还，治宋学之风气衰矣。

原载《新闻报》1948 年 6 月 22 日

注释

1 钱注：罗泽南，字仲岳，号罗山。

舆地史学崛起

当时诸贤，承乾嘉学者训诂、考订、校勘之后，毅然别开门面，有志于辽、金、元三史及西北舆地之学。于是张石洲（穆）、何愿船**¹**、徐星伯**²**蔚然崛起，观《朔林〔方〕备乘》、《西北考略》、《和林金石考》、宁古塔诸志，皆足证注辽、金、元三史。李若农文田等又研究西北金石，辅翼史料，私淑前人。后至同、光，流风未坠，皆以研究西北舆地为最趋时之学。洪文卿[3]出使大臣，译《元史遗闻〔译文〕证补》，自命以俄人史料，足征蒙古朝之文献。总理衙〈门〉颁行，成为官书，而不知为俄人所绐，即据为旧有疆界之证，而中国与俄国接壤之地，丧失数千万里，是亦好古名士而谈外交，鲜有不败者。自兹以降，新化邹代钧、顺德马季立、宜都杨守敬联合日本史地学会坪井马九三之流，创为读史舆图，绍道、咸学风所尚而扩大之。山东王树枏之《新元史》[4]、沈曾植之西北著述，远祖道、咸，近开史派。王、沈云亡，治西北舆地史学于焉告终。

道、咸间西北史地学盛时，魏默深源别树一帜，为东南海疆成《海国图志》一书。故谈辽、金、元史地者，京师以张穆等为滥觞；论东南西南海史地者，以魏默深等为先河。其后海禁大开，魏默深之从者日众，观《小方壶斋舆地丛钞》，诸家著述俱在。盖默深著书，名曰舆地，以其援引秦汉史籍博引证明，实兼海国舆地、历史为一也，其体例颇合近代著史之法。

按：道、咸朝官尚讲求学苑文字，虽吏治窳败，军事废弛，因循苟且，民怨沸腾，特士大夫尚鲜奔竞卑鄙之风。故太平天国奄有东南，捻、回各匪蹂躏西北，卒能削平大乱、自诩中兴者，大半皆当时朝官中笃行励学之士有以启之也。

原载《新闻报》1948 年 6 月 23—24 日

注释

1　钱注：何秋涛，字愿船，福建光泽人。

2　钱注：徐松，字星伯，直隶大兴人。

3　钱注：洪钧，字陶士，号文卿，江苏吴县人。

4　《新元史》乃山东柯劭忞所著，原文不确。

学业功名分两派

自洪、杨军兴以后，朝士出处亦分为二派：一为出京从军，有志立功名之朝士；一为在京谈科名，负文学重望之朝士。而在京朝士之中，又分为两派，其一为讲求学问之朝官，其一为左右时政之朝官。前者演成同、光间南北两派清流之争，后者又形成朋党之祸。阅李莼客《越缦堂日记》、《张之洞全书》、王壬秋所著书及李鸿藻、潘伯寅等著作，以至各家记载，可知当时之风气。

功业派之朝士，分为二类。在外者自咸、同军兴，曾文正以大官重望，设湘军大营于石门，在籍翰林李鸿章等均出其幕府。后湘军、淮军中朝官甚多，知名之士亦夥，人文荟萃，在外成一重镇，后又成为北洋、南洋幕中人物。流衍所及，光绪中叶，号称直督、鄂督幕府人物，可谓为朝士归宿之所。在内者则有肃亲王顺[1]主持军机，重用汉人，轻视满人。幕中如王闿运、李寿蓉、高心夔、黄锡焘等，号为肃门五君子，朝中大官亦多依附。曾、左能成功于外，肃顺实左右之。居间为肃邸置驿以通曾文正诸人者，王壬秋之力也。时京师朝士风气，以干与军国大事者为人物，以明通用人行政者为贤达，纵横排合〔捭阖〕，气大如虹。如李莼客之流，不过视为文学侍从之臣而已。

未几，咸丰死于热河，肃、端治罪，党于肃王之达官文士或放或逃。朝中要人以朋党为厉禁，京师风气一变而为谈诗文、讲学业。故李莼客、赵㧑叔[2]诸人亦为潃喜老人[3]所推重，造成诋毁相交，标榜相尚，举朝皆文人墨客矣。

至于科名派之朝士，则在同治初叶。张之洞入都，以癸亥[4]中式会试，旋得探花，六年充浙江副考官，简放湖北学政。此数年间，京师朝士尚学之风为之一变。虽以李莼客之愤然自称"额外郎中补缺一千年"，亦与张南皮为文字推重之交。当时潘伯寅位高望重，提创于上；张之洞等左右名流，接纳于下；李莼客等虽性情乖僻，亦为主持风雅者所拉拢。只有学问上之派别，而不相倾陷，亦因肃党消除以后，人怀疑惧。东南、西北初定，人皆埋头以取科名，朝士雍容进取之度，于此时见之。顾文人相轻，自古已然，及同、光间，而南北清流又各树旗帜矣。

原载《新闻报》1948 年 6 月 25—26、29—30 日

龙树寺觞咏大会

李莼客与张南皮之争

南方底平，肃党伏诛，朝士乃不敢妄谈时政，竞尚文辞，诗文各树一帜，以潘伯寅、翁瓶叟[1]为主盟前辈。会稽李莼客亦出一头地，与南皮张香涛互争坛坫。时李、张二人文字往还，犹未发生龃龉也。张、李有隙，始于南皮督湖北学政时延莼客入幕，莼客为南皮作酬应信十余通，酬少事多，大不高兴，乃扬长辞馆而行，入京以后颇对南皮有违言。

时李莼客自称贽郎，屡试不中进士，乃迁怒于当时之翰林，谓大半皆不学之徒，有人指为〔谓〕对南皮而发。不知莼客日来往最密者，如朱肯天〔夫〕遒然[2]、张子虞预等亦皆翰林，莼客亦不过独发牢骚而已。但彼最恨者，前为周季贶，后为赵扨叔。周曾荡其京官捐纳之赀，赵又夺其潘门入幕之席，文人心仄，私恨遂深。同治十年辛未，南皮湖北学政任满回京，与潘伯寅觞客于龙树寺，其周旋于李莼客、赵㧑叔之间者，仍无微不至，足征张、李二人直至斯时尚未显裂痕也。

同治末造，朝官名士气习甚盛，推奉祭酒。当时南皮发起觞客于龙树寺，刻意邀集莼客，莼客亦以潘文勤为盟主之故，许来参与，并允与赵㧑叔不当筵为难。此咸、同以来朝官名宿第一次大会也。今取龙树寺大会之人物及其始末，就文襄全集所载，补录于后，斯亦一重掌故也。

南皮发起龙树寺大会，先致潘伯寅一函，云："四方胜流尚集都下，不可无一绝大雅集，晚本有此意。陶然亭背窗而置坐，谢公祠不能自携行厨，天宁寺稍远，以龙树寺为佳。"又函云："承教命名续万柳堂，有大雅在，人无敢议，晚等为政恐不免耳。方今人少见多怪，使出自晚一人，则必姗笑随之。若翁叔平丈能出领名，则更妙矣，晚只可为疏附之人耳。"又调停李（莼客）、赵（㧑叔）之间，复函潘伯寅，谓："李、赵同局，却无所嫌，两君不到，则此局无色矣。莼客，晚嘱其不必忿争，彼已许纳鄙言。执事能使㧑叔勿决裂，度万不至此，则无害矣。若清辩既作，设疑问难，亦是韵事。毛西河、李天生曾于益都[3]坐上喧争，又某某在徐健庵处论诗，至于攻击，岂不更觉妩媚乎？想李、赵二君亦当谅晚奔走之苦心也。"

是日与会者有无锡秦炳文，南海桂文灿，元和陈倬，绩溪胡树，会稽赵之谦、李慈铭、吴赓飏，湘潭王闿运，遂溪陈乔森，黄岩王咏霓，钱唐张预，朝邑阎乃梵，南海谭宗浚，福山王懿荣，瑞安孙诒让，洪洞董文焕。由秦炳文绘图，王壬秋题诗，桂文灿作记。李莼客、赵扮叔均未著一字。炳文题图云："时雨乍晴，青芦瑟瑟，纵论古今，竟日流连，归作此图，以纪鸿爪。"

当日置酒宴客，潘伯寅以为张香涛必备酒宴，张香涛以为潘伯寅必携行厨。不意宾主齐集，笑谈至暮，酒食未具，仍各枵腹。故叶鞠裳[4]太史即席赋诗，有"绝似东坡毳字谜，清谈枵腹生槐龙"之句（自注：未携行厨，客至无馔，嗣召庆余堂，咄嗟立办）。

同治末造，时局大定，朝中诸老辈以宏奖风流自任，所谓各怀意见，亦皆学术、文字之攻击，初非植党逞私之倾轧也。观龙树寺大会，尚有承平气象。

自同治末迄光绪初，此数年间，乃为南北清流发生最大磨擦之关键。闻之樊樊山曰："南派以李莼客为魁首，北派以张之洞为领袖，南派推尊潘伯寅，北派推尊李鸿藻。实则潘、李二人未居党首，不过李越缦与张南皮私见不相洽，附和者遇事生风，演成此种局面耳。越缦与予（樊山自称）最善，予以翰林院庶学〔吉〕士从彼受学，知予亦南皮门人，又〔对〕予大起违言，由其满腹牢骚，逼仄所至，不知实有害于当时朝士之风气也。”

案：两派之争，越缦殊郁郁不得志，科名远不如南皮，所以执名流之牛耳者，不过本其经史百家诗文之学号召同俦。至于体国经野、中外形势、国家大政则所知有限，实一纯粹读书之儒，不能守其所长，乃以己见侈谈国事，宜南皮诸人不敢亲近。但越缦则自以为可以左右朝政，及与邓承修诸御史主持弹章，声应气求，藉泄其愤。乃身为御史，反无丝毫建树，讥之者谓："越缦得此官，愿望已足矣。"综观越缦日记，大略可征。

张南皮于同治九年始与陈弢庵宝琛、王廉生懿荣订交，皆一时文学侍从之臣。十二年，即任四川学政。光绪二年回京，乃与丰润张佩纶因穆宗升祔位次一折相识而论交。自此以后，越缦、南皮更势成水火，不复有回旋余地，清流名号遂为越缦攻击之口头禅。

清流党者，呼李鸿藻为青牛（清流同音）头，张佩纶、张之洞为青牛角，用以触人，陈宝琛为青牛尾，宝廷为青牛鞭，王懿荣为青牛肚，其余牛皮、牛毛甚多，张树声之子为牛毛上之跳蚤。（此亦樊山述越缦之批评。）南皮、弢庵诸人连同一气，封事交上，奏弹国家大政、立国本末，此越缦派人所不能为，故嫉忌愈甚。

二张与陈所上奏折，如《穆宗升祔疏》《为黄漱兰陈时政得失疏》《柳〔抑〕宦官疏》《四川诬民为逆疏》《直言不宜沮抑奏请修省弭灾疏》《陈俄约贻害请修武备疏》《治崇厚罪疏》《请派曾纪泽赴俄另议疏》《奏陈练兵筹饷策》《奏陈边防疏》《中俄划界疏》《海防江防疏》《劾刘坤一疏》《慎重东南疆寄、西北界务疏》等，多南皮、殿庵诸人合议之作。未几，南皮任山西巡抚，后调两广总督。殿庵任南洋军务会办，降级。清流党皆出京，攻击者亦从此告止。越缦则交接言官，主持朝政，气量狭小，终无所建白。

原载《新闻报》1948 年 7 月 1—9 日

注释

1　翁同龢（1830—1904），字声甫，一字均斋，号叔平，又号瓶生，晚号松禅老人，江苏常熟人。清咸丰六年（1856）状元，历仕咸丰、同治、光绪三朝，官至户部尚书、协办大学士、军机大臣。

2　朱逌然（1836—1882），字肯夫，亦字肯甫，号味莲，浙江余姚人，一作义乌人。清同治元年（1862）进士，授编修，督湖南、四川学政，官至詹事。

3　钱注：李因笃，字子德，一字天生，山西洪洞人。益都，指冯溥，山东益都人。

4　钱注：叶昌炽，字鞠裳。

李合肥幕府中之怪人

公使奈何作贼

自湘、淮军大吏开府南、北洋以来，朝士由朝官变为幕客者不知凡几。帅幕罗致文士，以曾文正开其端，李合肥扬其流，最后北洋以直隶李合肥为总汇，南方则以湖广张文襄为大营，朝士不附于李，则附于张。请假外出者，趋之若鹜；免官革职者，倚为长城。当时情况，可得言焉。

北洋大臣幕府，接近京师，在京朝士往来如织。观李越缦日记，以郎中亲往天津，受李合肥及津海关道之聘，任问津各书院山长，是以朝士而依北洋为生活也。徐世昌以翰林院编修，奏调往北洋大臣幕，并奏陈："照翰林院俸给留资，不扣。"为例所限，不准。徐乃归〔离〕北洋，回京供职。

皖人崔国因，为李鸿章姻亲，延为西席，专奏以翰林院编修调往北洋办理洋务，并奏派驻美、日、秘国钦差大臣，旋以秽闻撤职。会大考翰詹，鸿章奏陈："崔国因曾任三品京堂、出使大臣，免考。"亦未得请。结果列大考四等末尾，降级。来津哭诉于李，李曰："先生此后作外官，不作京官可也。"

合肥在北洋，承曾文正之后，功业名望震动中外。搜罗人材，办洋务者有罗丰禄、马建忠、伍廷芳、陈季同诸人，僚属有季士周、朱铭盘及淮军旧人。而合肥以翰林出身，席曾文正之余韵，朝士有严修、于式枚、张佩纶诸人，科第未达者有张謇、范当世诸人。其他朝官皆往来奔走于合肥之门，藉以登进。合肥既师文正之作风，而张南皮又师合肥之作风。所不同者，张南皮独以学术、诗文为宏奖之具，合肥功业、气度出乎翰林之外，南皮事业、习尚则仍拘束于翰林之中也。[1]

　　崔国因，字惠人，以合肥同乡、姻亲，入幕任教读。时西洋各国互放钦差驻扎，合肥乃以崔国因充派出使，设使馆于华盛顿。一日，赴华盛顿盛大茶会，有贵妇人因崔为中国公使，刻意周旋。贵妇人有钻石手串一挂，珍品也，把玩示人，遗置案上。崔竟袖归，遗其细君曰："此贵妇人所赠也。"嗣华京又开贵妇人茶会，延中国公使夫人，其夫人乃饰钻石于腕，为前此失物之贵妇所见，即曰："此予物也，每钻石金托均镌有本人名氏为证。"竟夺而怀之。夫人愕然，不知为公使窃取。翌日，此新闻传遍华京。美政府乃另设词声明，藉保公使体面。此一事也。

　　使馆国旗，升降以索，崔夫人以裹脚长布系绳上曝之，俨如挂白。美国当局以为中国丧礼尚白，睹此大骇，即派员来使馆询问。既知其情，举城传为笑柄。此又一事也。

　　最可怪者，使馆隔邻为一大化学器械堆栈，小径相通。崔国因竟择其中贵品，日携数器，积累颇多，苦于无法移运，乃诡言有婢女死去，携棺归国，藉掩耳目。而美京报刊已轰传其事。此真清代外交史上之污点也。

原载《新闻报》1948 年 7 月 10—14 日

隽君注：崔国因，字惠人，号笃生，安徽太平人。同治十年辛未科进士，散馆授编修，历官侍读。光绪十五年，赏二品顶戴，出驻美国兼日、秘大臣，十八年回国，著有《美日秘国日记》。按：西班牙，在《清史稿》与其他官书，均作"日斯巴尼亚"的音译，简称"日国"，与日本完全不同。

注释

1 谢其章编《世载堂杂忆续篇》（海豚出版社 2013 年版）于此处加注曰："林熙按：张謇未尝依附鸿章，刘君误。"

梁节庵愿为入幕宾

张南皮自两广总督移节两湖，朝士趋赴者分为数类，南皮乃以广大风雅之度，尽量招纳，以书院、学堂为收容之根据，以诗文、讲学为名流之冠冕。其时，有罣误失意之朝士，在两广则延揽朱一新等，在两湖延揽吴兆泰、梁鼎芬、蒯光典等。又有告假出京之朝士，在两湖如周树模、周锡恩、屠寄、杨锐、郑孝胥、黄绍箕、沈曾植、曹元弼、杨承禧等。此外，如文廷式、张季直之流皆驿通朝政，引为声援，则为广通声气之朝士矣。

梁节庵鼎芬，以编修上奏劾李鸿章封事，去职回籍。又以家庭之故，居焦山海西庵，立志读书。王可庄仁堪以状元外放镇江知府，一苇相望，常与欢谈。一日，可庄告节庵曰："现今有为之士，不北走北洋，即南归武汉，朝官外出，可寄托者，李与张耳。为君之计，对于北李，决无可言，只有南张一途。张自命名臣，实则饱含书生气味，尤重诗文。其为诗也，宗苏、黄，而不喜人言其师山谷，又喜为纱帽语。君诗宗晚唐，与彼体不合，非易面目不能为南张升堂客也。涉江采芙蓉，君自为之，仆能相助。否则，老死江心孤岛耳。"节庵深然其说，遂为南皮入幕之宾，可庄教之也。

在京朝士以潘伯寅为盟主，当时《公羊》学说已具萌芽，潘尤喜之。其为总裁时，文有宗《公羊》学说者，无不获隽。如汉阳万航湎之中顺天乡试，奏参革去。湖北编修魏时钜为枪手渠魁，召集枪替人员，匿居南下洼子，作文传递。会试中进士五人，皆用《公羊》学，投潘所好也。魏以声名狼藉，革职回籍，为五翰林同时革职之一。朝士之风尚如彼，而品格则如此。

原载《新闻报》1948 年 7 月 15—17 日

戊戌政变前后

守旧、维新两派之争

甲午中日之战中国战败，而瓜分之议起，旅顺、威海卫、广州湾、胶州湾相继被占，朝士风气又为之一变。以前自命为文学之士，目谈时事、论新政者曰洋务人员，几不列于士大夫之林，呼李经方为"东洋驸马"，李鸿章为"佩六国相印"，裕庚为"洋乌龟"，其顽固如此。至欧风东渐，则又高谈维新，有公车上书之会，有保国之会，康有为、梁启超等运动主持。当时朝中仍有所谓守旧派，阴奉徐桐为首，另有维新派，则推翁同龢为首。朝士不趋于徐桐，即列于翁师傅旗帜之下。维新派如谭嗣同等既获上眷，改革大政，驱逐顽固大臣如许应骙等。未几，戊戌政变起，六君子受戮，康、梁远走，翁师傅回籍，交地方官严加看管，朝士又咋舌不敢谈维新矣。至于徘徊两派之间者，外官只张之洞，因事前曾著《劝学篇》，乃得免究，然杨锐实出其幕下也。

戊戌政变以后，顽固朝士旗鼓大张，自称后党；维新朝士或逃亡海外，或匿居租界，则又自称帝党。立大阿哥之议起，演成庚子拳乱之巨变，八国联军入京，惩办罪魁，顽固朝士又摇身化蜕，群言立宪以媚外人，而预备立宪之风乃大盛。废科举，试特科（特科中杨度逃走，梁士诒被诬为梁启超亲属，不敢入试），引住〔用〕留学生，设资政院及省咨议局，以为君主立宪张本。复派五大臣出洋考查宪政，以新外人耳目。凡此诸端，胥由张南皮、袁世凯合折奏请，或赞同办理。

南皮有所建议，必拉拢项城合办，知项城得西太后信任甚深，与项城相合则无奏不准，无准不行也。其后袁世凯入枢府，以军机大臣兼外务部尚书，张之洞亦入枢府，以军机大臣领管理学部大臣。张倚袁之事甚多，朝士登庸之路，不趋于张，则趋于袁。朝官此后无科举进身之阶，又无京官资俸之积，不入宪政编察〔查〕馆，则入京师大学堂。昔之贱视洋学、仇视维新者，于兹一变，皆甘为归国留学生之门下。此又光、宣之际一种怪态也。

原载《新闻报》1948 年 7 月 18、20—21 日

清室覆亡前夕

奔走权门扮演丑剧

光绪末叶，御史弹劾权贵亦成为一时风气。时人谓清运将终，留此一缕回光反照。如江春霖、赵启霖、赵炳麟，世称为"三霖公司"。他如赵熙、王鹏运之流，亦有建树。著称者如参庆亲王贪污、参伦贝子纳贿并及杨翠喜案，段芝贵

因此而罢免巡抚（原折指女伶杨翠喜为段芝贵所进，藉博伦贝子欢心）。参瞿子玖案、参邮传部案、参盛宣怀案，皆哄动一时。朝中虽无是非，言官犹有气节。

李木斋（盛铎）最早奔走徐桐之门，徐固木斋座师，徐桐讲宋学，木斋亦谈宋学。会康、梁入京，将开保国大会于南海会馆，遍发传单，木斋为首先签名之发起人，朝官署名者甚多。翌日，皆赴南海会馆，已奉朝命禁止开会。木斋以首先发起人，竟不至。后知木斋署发起人后走访梁启超，获知开会何事，乃向徐桐自首，并自谓不入虎穴，焉得虎子。徐极赞赏，谓真能翊圣学者。

李寓徐桐家，床上陈鸦片精具，价值甚巨，曰家传遗物也。徐桐见之，大责其不谨，木斋乃下拜叩头，起将所有烟具尽锤碎之。徐曰："何必毁物，不吸可耳。"木斋曰："不然，非破釜沉舟，不足笃守老师教训。"徐桐大悦，不数日即有江南乡试副考官之命。木斋盖明知徐桐恶鸦片，故作此举，所以坚其宠信也。

庚子拳祸，徐桐自缢，木斋乃变其作风，走庆王门路，谓曾任日本公使，深通洋务，并熟知康、梁行径，且以进送珍贵书画为媒。庆王不知书画贵贱，但曰能值几何，盖庆王所欲者黄白物耳。卒将书画退还，则王府总管已悉易为赝品。木斋大患，其后进退失据，抑郁以死。

滇南吴检讨楚生（式钊），以崇奉西人，为徐荫轩相国所恶，因案革职，永远监禁。庚子拳乱，联军入都，其至好沈荩为之请于某国公使，商之全权大臣，将其释回。吴返京后趾高气扬，较未获罪前尤为诞纵。已而欲图开复原官，问计于李盛铎。李曰："此实不易，必欲图之，殆非检举康、梁余党不可。"吴曰："是猝不可得，姑举发唐才常余党何如？"李曰："似可。"唐新为张香涛处死，沈因与唐善，避祸来京，吴知之，乃密呈告发，请李代递。慈禧见之，大怒，以在光绪万寿期内，不便用刑，手批："沈荩即日杖毙，吴式钊以六品主事用。"吴犹以未得翰林为憾，复举生平所识而有名于时者三十余人献之，谓皆沈荩之党，慈禧竟置而不问。于是大祸始寝，而吴式钊卖友之名喧传都门。

戢翼晖〔翚〕，湖北房县人，今日国府委员翼翘之兄也，为留学日本第一人。初与中山先生商讨革命，唐才常事败，遁至日本，大张革命，创《国民报》。后回沪，创作新社。肃王等奏调来京办理交涉事宜，在外务部占最高位。袁世凯掌外务部，翼晖〔翚〕所主张与彼不合，洋学生在外务部者皆恶晖〔翚〕，乃觅得其从前与孙先生共事时来往书札为据，呈袁世凯，且指为坐京侦探。肃王多方解说，袁竟出奏，捕晖〔翚〕于东城寓所，押解回籍，交地方官严加管束，竟中毒死。

晖〔翚〕为南皮门生，被捕后，南皮语人曰："项城已出奏，我无法挽回。"后知项城对日交涉，晖〔翚〕多有阻挠，日本学生之为有名外交家者，揣测项城之意，乃伪造晖〔翚〕与孙有往来之文件为证，而狱成矣。或曰，载翼晖〔翚〕、吴禄贞，一文一武，同为鄂人，均为项城所忌，必置于死，故均不免。吴禄贞为周符麟刺死，死状尤酷。

光、宣之际，张、袁联袂入京，分执朝政，人以为政权在汉人，实则载洵掌海军，载涛掌陆军，肃王掌民政，载泽掌财政，载振掌农工商，伦贝子掌资政院。张之洞常对鄂中门生在其幕下者叹清室之将亡，谓："亲贵掌权，违背祖训，迁流所及，人民涂炭，甚愿予不及见之耳。"当时，与其谓亲贵掌权，毋宁谓旗门掌权。满人敢于为此，实归国留学生之为朝官者有以教之耳。

当时朝士之奔走旗门者，可分两类：（一）海内外毕业武职学生；（二）曾毕业文职学生及科举旧人。自军咨府创立以来，涛、洵领海陆军，倚日本归国留学生为谋主，各省陆海军学堂出身者附之。虽革命健将中亦多海陆学生，而其时居大位者，皆由奔走旗门而来也。奔竞之风，由京中遍及各省，上行下效，恬不为怪。其他文职朝士，谈新学者集于肃王、端方之门，作官者则入载洵、庆王父子之门，谈宪政者又趋于伦贝子之门，某也法律政治大学〔家〕，某也财政科学大家，弹冠相庆，几不知人间有羞耻事。

清末朝士风尚卑劣，既非顽固，又非革新，不过走旗门混官职而已。故辛亥革命，为清室死节者，文臣如陆春江等，武臣如黄忠浩等，皆旧人耳，新进朝士无有与焉。向之助满清杀党人者，既入民国，摇身一变，皆称元勋。朝有官而无士，何以为朝？清之亡，亦历史上之一教训也。

原载《新闻报》1948年7月22—25、27—29日

关于谭墓的故事

八功德水与神道碑

　　亡友吴兴许朋非督修金陵阵亡将士墓，居灵谷寺，寺左为谭墓。谭墓建造时，有两事可资纪述，朋非不〔为〕详言之。

　　灵谷寺旁，向有八功德水。八功德者，《山记》谓一济，二冷，三香，四柔，五甘，六净，七不餲，八除疴。谓自《窦志》以来，高僧、名僧以此泉为甘灵，布施功德。泉在今灵谷寺院左角，折转直上谭墓山谷大道。修谭墓时，组安旧部要人集资营建，延一归国留学生为工程师，辅以湘籍之堪舆师，八功德水位当墓道上川起点之正中。众议于泉上立墓道大碑，朋非与寺僧出而争之，曰："此千余年古迹也，安能湮塞？请设法保存。"工程师曰："此泉脉来源甚广，引眼旁流，源流反旺，何必斤斤于此微细泉眼？偏过此泉，树

碑太不适中。"堪舆师亦云："立碑泉上，镇压诸煞，实为谭墓风水之门。况泉仍旁流宏大，无害古迹乎？"议遂定，朋非与山僧亦计无所出。今之石赑屃扬首负墓道神碑处，即以前八功德水泉眼也。而目前所指为八功德水者，则在两旁，划为小沟，雨后润流，晴旱则无涓滴水矣。

谭墓工程告竣，主理葬事者欲求大块房山石建神道碑而不可得，乃极力搜求，知淮扬有陈公墓，其碑质为房山石，石质坚润，明季物也。即向陈家子孙以重价购得之，辇来紫金山，顾〔雇〕碑匠磨去原文，另书勒石。

朋非居寺内，闲步谭墓，获睹原文，遂抄录一通，庋藏行箧。原文谓陈公乃清初淮扬人，曾任鲁、晋两省巡抚，有德政，年老归家，死后两省人怀念遗爱，聚资为陈立神道碑，辇送墓门。故其石为有名之房山石。朋非并云："以旧碑磨作新碑，此办事人所为，谭家恐尚未知也。"战前，予撰《金陵今咏》有云："墓藏林壑寺门纡，故相褒勋表六符。磨刻名碑泉压胜，八功德水镇象跌。"即指此。惜原碑全文，未获朋非钞示为憾。

组安既殁，今大总统蒋公召萧纫秋往，告之曰："谭与吾之交谊，君所夙知，君盍于京畿近郊为之谋一佳地，以妥其魄乎？"纫秋奉命后，在京郊步行月余，于汤山得一地，举以告蒋公，蒋公曰："距市过远，曷再谋之？"时组安公子伯羽方自湖南聘一地师来京，云在灵谷寺附近得一地，非数万金不为点穴。伯羽彷徨无计，往求纫秋，纫秋曰："吾与汝盍同往一视？"于是驱车往，抵寺，步行至其地，萧固擅堪舆术，举目四顾，即以足点其地，曰："其此处乎？"伯羽曰："是已。无怪此地师曾以瓦片埋土志之也。"俯视果然。萧复笑曰："佳诚佳矣，数万金殊不值，倘求诸我，不需一铜元即可藏事。"伯羽于是请其点穴安葬。此纫秋在京告予者。

原载《新闻报》1948 年 7 月 30—31 日、8 月 1、3 日

可怜的陈翠珍

褚民谊之妻陈翠珍，陈璧君之婢女也。翠珍幼失怙恃，鬻于汪氏，姿质聪慧，柔顺少言语，善体璧君意。璧君大悦，收为养女。后又列为义姊妹，同姓陈，广为择人。

精卫与璧君喜观淫画淫书，往往藏诸书柜中，或置枕下。翠珍整理床褥几案，见画及书，置不取阅，不移位置。璧君、精卫搁置此类书画皆有暗记，防人偷窥，因翠珍谨饬，益信翠珍，且嘉其静婉。

精卫酒酣，喜述春话故事。一日宴客，大谈纪晓岚笔记所载"今日门生头着地，昨宵师母脚朝天"句，坐客有仰天大笑，椅滑后跌，双脚朝天者。璧君、翠珍惊而出视，坐客有恶作剧者，即曰："客人已脚朝天矣，大师母与少师母固

尚脚着地也。"璧君为之怫然，翠珍亦含怒而入。

璧君为其二子延师授英文，翠珍从旁听习，二子未上口，翠珍已背诵如流，其贤颖悟如此。璧君欲为翠珍择夫，初无当意者，后乃嫁褚民谊。褚以附逆伏诛，翠珍之命运亦大可怜矣。

原载《新闻报》1948 年 8 月 4—5 日

婚姻趣史

胡瑛有"并妻"

洪宪六君子胡瑛，字经武，清末在武昌文武普通学堂肄业，后入军队。"日知会"及刘静庵案发，胡瑛被逮入狱监禁。狱吏以瑛为文人，且喜其英俊，刻意调护，衣食居处，供给方便。且令其幼女就瑛监中，从之读书，即以女许之，设誓出狱后毋相忘。

武昌起义，胡瑛出狱，任军政府外交副长。与狱吏约，时局大定，即行婚礼。胡瑛虽不欲毁约，旁人则颇资谈谑。

长沙优贡饶智元，通文学，负时誉，亦名门也。有女及笄，愿择胡瑛为婿，胡拒之，谓："无以对狱吏之女，人将谓我负恩也。"嗣由冰人作合，从乡俗所谓讨两头大者，狱吏之女与饶家之女同时成婚。狱吏之女自愿退让，议定饶女居左，狱吏女居右，胡瑛居中，同日行礼，三人并立，时人称为"并妻"。

时帝制议起，胡瑛在北京，名列筹安会六君子之一，结婚宴客请柬书"谨詹于某年某月某日某时与并妻饶小姐、某小姐（狱吏之女）举行婚礼"。当时宣南传为奇谈，识与不识，携贺仪来，观此一幕趣剧，咸举手招致曰："看并妻，看并妻。"

原载《新闻报》1948 年 8 月 6—7 日

女校长乐为"平妻"

民国九、十年间，广州护法时代，有刘焕者，越南归国大腹贾之子也。军事需饷，刘焕雄于财，往来港、粤间，效力颇多，其人亦翩翩西装公子也。

有女校长胡良玉者，美姿容，善修饰，羊城推为女交际家，文笔亦清通可喜。胡掌西关女师范学校，尚未适人，高自位置，出入西关，自备大轿，临马路则乘汽车，招摇过市，人皆识为华贵女校长也。

胡本中人产，咸怪其金钱何来，后察其来往香港，均与刘焕俱，于是胡刘恋爱、将成眷属之说喧传人口。但刘既有妇，胡亦教育界名媛，此事终成疑问。

未几，而"平妻"之议广播五羊矣。先是，胡羡刘之资财地位，刘慕胡之色艺名望，经人拉拢，遂形密切。刘之本妻亦华侨大资本家女也，其时华侨风气，最恭维中国官场。刘说其本妻曰："胡良玉为广州女校长，大元帅、省长以下皆以优礼招待，彼若嫁我，我由彼介绍要人，将来必为大官，汝亦得为贵妇人矣。"本妻曰："彼愿做二奶奶乎？"刘曰："现在一切平等，二奶奶、三奶奶乃从前老古董家庭制度，今已无妻妾之分，一律平等，汝为我妻，胡亦为我妻，是为平妻，但结婚有先后之别耳。"本妻曰："既然如此，我愿与彼平之。"刘曰："汝为平姊，彼为平妹，姊必赠妹物品。"其本妻乃将己之钻石、珠宝交刘赠送平妹。胡利其珠宝珍贵，亦以平姊称之。刘、胡婚议定，在穗垣举行平妻典礼。

既而发出请帖数百千份，全城嚣然，传为佳话。并于报端登载启事，略云："某月某日某时在某地举行平妻婚仪，刘焕、胡良玉同具。"贺者盈门，对联中有"妇能下于人者大；物不得其平则鸣"，又"刘晟喜食胡麻饭；陈琳平视董双城。"贺者陈姓，原妻董姓也。刘、胡婚后，平妻之风大盛，李茗柯等均以平妻结婚港、澳，胡良玉可谓得风气之先矣。

原载《新闻报》1948 年 8 月 10—12 日

"公妻"之妙判

"公妻"之说，陈独秀来港首倡之，冯自由等发出攻陈通电，谓："已妻公于人，人妻不公于我，谚曰半开门，即半公妻也。"传者谓，有人称提倡"公妻"，必以身作则，须先问各人太太愿否，乃能广召党员。一日，广宴主张"公妻"者之家属男女，演说"公妻"主义，太太皆默然无言。翌日再开会讨论，而太太不至矣。

有以"公妻"作别解，以"雄媳妇"为"公妻"者，其事尤噱。

予友黄冈罗君荣衮任彰德府安阳县知县，县有荐绅巨富，科名鼎盛，有女许人，嫁矣。夫家亦安阳名族，门第相勒。三日回门，夫家即宣告从此不认为新妇，长留母家，返其妆奁。两家经绅耆劝和，无效。夫家声明曰："予家安能娶阴阳人为妇？"妇家声明，证明其女确为处女身，实乃夫家之诬陷，意将他娶也。两家皆巨室，不得已向安阳县涉讼。罗荣衮办理此案，先传两家父母，问此段公案究竟如何。男家曰："女确属阴阳人，为予家妇，安能生育？殆将绝嗣。且诸姑姊妹甚多，一有玷污，家风何在？决计退婚。"女家曰："予女闺中长成，实属女儿身，今男家认为阴阳人，不能受其诬。"继传新郎，询合卺之夕种种情况，并传新娘至，由县长夫人研询，且加以检验，则果如俗称所谓阴阳人也。

罗君乃传女家父母至，告以详情，俯首无言。罗乃张筵宴男女两家父母，调解此案，即席判曰："两家皆名门，此案可一言了结，女拜予门下为寄女，予为作主：（一）女如仍回男家，阃以内皆不便，不如大归女家。（二）女仍为某人之妻，死后合葬男家山墓，应题其墓碑曰某姓某人之公妻。""公妻"者，雌而雄之妻也。公妻之名乃见于案牍。

民初，罗再宰安阳，予途经安阳，罗为予谈此案，调案卷阅之，"公妻"两字宛然在焉。此"公妻"可谓女中丈夫矣。

原载《新闻报》1948 年 8 月 13—15 日

重婚案县长受窘

抗战期中，别娶抗战夫人已成为普遍的作风，但亦有因此而引起重婚诉讼者。相传更有夫控其妻，曰"停夫嫁夫"，与"停妻娶妻"成为法律上对待名词，更属趣闻。

忆晚清《作宰丛谈》一书，曾载重婚控案一则，令人喷饭。有某知县，以刑幕起家，精于判案，案必清察，讼棍衔恨，谋奚落之。于是另嘱人控告，案为停妻另娶，有犯定律，请严行究办，维持风化。

某县长见所控者为讼棍，急欲治以罪名，一面派人传案，一面亲自下乡察验。抵讼棍之门，则见东厢停柩焚纸，西厢挂灯结彩，为之讶然。即传讼棍至，曰："有人控汝停妻另娶，汝有何说？"讼棍曰："停妻属实，另娶也属实，请父台察验。"乃导往东厢，曰："此停妻也，妻死半年，卜地未果，停柩在此堂也。"又导往西厢曰："妻死半年，再续娶，不犯律例，此新娶室也。是否犯法，愿有以赐教。"县宰为之瞠目无语。

原载《新闻报》1948 年 8 月 18—19 日

陈少白多妻称无妻

革命前辈陈少白先生，民初居哈德安轮船码头楼上，诗书字画，萧然自赏。自号无妻居士，又刻印曰"独犬"。予问其故，则曰："英国吉青纳元帅一生不近女色。予则一生近女色。予之抱无妻主义，非真无妻也，盖有妻之实，而不予以妻之名。"所谓独犬，乃众女归一夫耳。少白有家四处，皆娶妇而不名为妻。日居楼上，宴客读书，夜深人散，独归住所，轮住无定日，亦无定所，予等为上尊号曰游宫。

少白又云："妻者，人生之累也。现今风气丕变，夫妇之道苦。今日娶一妻，明日娶一妻，有结婚之条件，有离异之赔偿，有侍候之麻烦，有出入之干涉，有生活之浪费。贤者亦翻醋瓮，愚者亦知名位，反不如我之无妻而皆妻，皆妻而无妻，分居安适，指挥自主。彼各安其室，我自得其乐，岂不妙哉。"所言如此，可谓怪人怪语。

原载《新闻报》1948 年 8 月 20—21 日

迎得新人　忽来故鬼

《世说新语》载，孔宽之父与鬼妻相接，所生之子曰鬼子。又唐郑亚，其妻死，每夜来则同寝，生郑畋，故曰郑亚有"鬼妻"。此皆无稽之谈，但鬼妻之名古矣。不意抗战时期，渝市曾闹鬼妻，竟成法律问题。

有文学大家某，随政府来渝，其妻则随母家逃难，居江表。一日，某接其岳父来函，谓女患急病死，因沦陷区中，草草殓葬。某以为其妇死矣，岳家之言当可信，遂续议婚，新妇亦贤能。不一二年，其认为已死之妇忽来重庆，寻得其夫。夫大惊，问曰："汝人耶？鬼耶？"实则此妇死而复生，因备述原委曰："予患急症死，已绝气。时倭寇纵横，备草棺，急埋于野。后气转，棺中有声。土人发棺，予乃得出。奔回家中，住屋已被寇焚去，家人不知去向。辗转逢来渝之客，不取工资，一路为彼洗濯煮饭。抵渝，知君在此，不图此生仍能重见也。"

夫曰："汝父家信在此，另娶非我罪。"于是法律家研究此案，无可解释，曰："夫先得其岳家死耗，因而再娶，实无罪。其妻原属正式结婚，复生后寻夫，亦未丧失夫妻资格，正也。后妻据前妻岳家死耗，因而与其夫结婚，亦正也。"于是诸友及各法律家亟为调解，两妻均不愿离异。谑者乃谓其前妻可称为"鬼妻"，或前生之妻，结果终于人鬼双圆，皆大欢喜。

原载《新闻报》1948 年 8 月 22、24 日

隽君附谈：乱世男女，奇事颇多，因忆所及，补述一二，聊资谈助。抗战期间，某甲夫妻避寇西蜀，途中妻死，续娶少女为伴，

同居渝市化龙桥畔。一日，子寻父至，并携一妇来，入室，彼此觌面，愕然久之，不知所措。原来某甲所娶少女，即其儿媳之女。因此，在一方面看，女儿变家姑，另方面岳母是儿媳。正如谚语"搅七廿三"，辈分颠倒。基于不知算错，既成事实，父子母女，一家团聚矣。又有一事，发生贵阳，沪商龙某，妻妾分居，素不往还。龙之商业受敌伪摧残，与妻妾分道入内地，姬妾有中道求去者，龙与资遣之。龙子肄业大学，随校迁滇，途中遇少妇，同操沪语，相谈颇洽，离乱中遂成眷属。龙某抵黔，续营商业。暑期，子偕妇省父，相见之下，龙某惊愕，儿妇亦低头不语。原来儿媳原是龙之三妾，与儿子向未谋面。而此妇因属商人外室，亦未向夫暴露历史。今者三面相见，龙与妾心中有数，龙子尚一头雾水也。龙女为医生，一日，偕夫将雏归宁，又是奇峰突出，夫婿适为原来庶母（亦即现场弟媳）胞兄。综合而说，庶母为妻，妾为儿媳，小舅作女婿，甥女为夫人，大舅为姊夫也。

倒孔尊孔声中之一幕

在民国九年，北方革新派咸提倡□□□□学说，推翻孔教，当时北京大学即以此为唯一之口号。某教授主张更力，日以"打倒孔家店"训其家人，进而至于打倒齐家治国平天下之道，打倒君臣父子夫妇之伦。于是诸女执行父教，有女嫁某参议员，即与离异，转嫁于有大势力之豪富某为小妻。又有女媵于权势富贵之门，招摇过市，曰："行吾父打倒孔家店之志也。"

此风旋由北而南，当时主教育者亦曾一度颁废弃孔教之令，并指定两点：（一）废除各省府、县学宫春秋两季祀典。（二）府、县学宫，自大成殿以下所有房屋，改为地方社团、人民公用场所。于是，南京夫子庙大成殿用为女戒烟所，武昌学宫用为游民习艺所，汉阳县学用为妇女济良所。其他各省亦多类此，孔家店遂实行打倒矣。

又通令各书店，凡初高等小学教科书中，有推尊孔教、与现代思想相抵触者，概行删除。未几而废除汉文正字之议起，撰成"汉文减字"六百余个，颁行各地，曰："废弃孔教，必先废汉字，汉字不能全废，则代以减笔字。"当时有两口号，曰"废孔教必先改汉〈字〉"，"用阳历必先打倒满洲阴历"。武昌蛇山洞外头，刻石大如箕，曰"用满洲阴历者，非汉人子孙"。

减笔字既颁行，各地书肆编印小学教科书者，得风气之先，各印就数百万册，正待发行。其时戴季陶先生闻讯，飞返南京，遂于最高政治会议席上力争，至于涕泣陈词。当局为之动容，此案因以搁置，厉行减字之功令亦即成为明日黄花，沪上各书店印成之减字国文教科书等于废纸。经此变更，损失甚巨，而戴季陶遂为保障中国文化之功臣矣。

予尝见当时所谓减笔字全书，计共六百七十五字，实皆从前乡间所授油盐杂字之文也，俗呼放牛儿书，取其笔画减少，便于记帐，不意竟有人举而登诸于大雅之堂也。此等字宋代已有，如《容斋随笔》所载，周益公屈"尺二"秀才，因其试卷上书"尽"字为"尺二"，故黜之。此宋时俗字也。《减字全书》所载，"劉"则从"刘"，"漢"则从"汉"，"盡"则从"尽"，"晝"则从"昼"，"堯"则从"尧"，"義"则从"义"，由此类推。功令既废，此册亦成为鲁殿灵光矣。案：中国文字改革运动，实以主张改拼音者为滥觞，劳乃宣解之，后又递演为减笔字。

既而国是略定，教育界与学术界亦渐复旧观，又从而主张尊孔。教育部乃通令所废府、县学宫重加整理，并恢复祀典。时南京夫子庙曾有一趣闻，则由戒烟所而复兴大成殿，觅至圣先师牌位不得，大索三日，始获诸于墙阴屋角，斯亦孔子之遭劫也。

原载《新闻报》1948 年 8 月 25—29 日

记《粤讴》著作者招子庸

岭南大学文学院教授冼玉清女士，在两粤咸呼大家，因粤讴为地方通俗文学之一，粤人既未悉其变迁与来源，并不知《粤讴》创作者招子庸之学问家世及其撰作《粤讴》之始末，而《南海县志》《省通志》暨诸家文集中亦记焉不详，裒辑名家著述，亲往招子庸所居，访其残编断简，贯串源流，搜集珍闻，著为《粤讴与招子庸》一书。书成示予，予叹其精雅详博，足为地方文学发一奇光，班孟坚所谓"抒怀旧之蓄念，发思古之幽情"，玉清先生有焉。

中原有戏曲，有词曲，有弹词，若粤讴者，文词典雅，颇近昆曲，杂以俚语，又近弹词，雅而能俗，俗而能雅。急取玉清先生全书，择其著录，先为传播。（以下均摘录原书。）

近日言民俗文学者多推重粤讴，因而推重《粤讴》之作者招子庸。诗之后有词，词之后有曲，曲之后有粤讴。其宛转达意，惆怅切情，荡气回肠，销魂动魄。当筵低唱，欲往仍回，声音之凄恻动人，确有其特别擅场者。

余（玉清先生自称）以研究招子庸之故，曾亲至其故乡横沙。横沙在广州市西北三十里，属南海县之草场堡，在沉香浦之南，泌涌〔冲〕堡之北。乡有陈、黄各姓，而招姓为最大。此乡前临珠海，后拥茂林，有峰峦秀耸，溪流环抱，景物清旷，可钓可游，夙以风景幽胜、民俗淳朴著称。道、咸之间，陈澧、陈璞、廖亮祖诸名流均曾至其地，均纪事有诗。子庸家有橘天园，为其父茂章游息之所。园广约半亩，旧植杂树及桃竹，后有菜圃瓜棚，今已荒圮。

招子庸，字铭山，号明珊居士，生于乾隆时代。善骑射，能挽强弓。善画兰及蟹，精琵琶。中式举人，受知于学使钱林，根柢甚美。弱冠从番禺张维屏南山游，与徐荣铁孙同学，称为一狂一狷。子庸负绝世聪明，而其狂态亦为世俗所骇。端午斗龙舟，子庸簪石榴花，袒胸跣足立船头，左手执旗，右手擂鼓，旁若无人。又喜为粤讴，流连珠江花舫，故颇有江湖薄幸之名。又曾挟琵琶卖画至四川，挟五美女归，其风流放诞可想。故徐荣《怀子庸》诗有云：

> 与子同师门，先后足两践。两人各许可，君狂我
> 疑狷。狂态夫如何，世俗骇以喘。端午吊三闾，倾国事
> 游衍。万人竞高标，五彩装巨躯。君簪石榴花，船头立
> 袒跣。左旗右擂鼓，一擂旗一展。阳侯愕而避，风浪不
> 敢转。尤工子夜歌，清脆宜婉娈。珠江金粉地，花开不
> 及选。四时召风月，两部拥文髯。么纹授新词，曼声送
> 流眄。江湖薄幸名，以兹颇不免。又尝挟琵琶，徒步走
> 秦栈。卖画干诸侯，此兴复不浅。遂惊卓城徒，袜材竞
> 输巩。归舟五婷婷，出宿百壶饯。人生有如此，亦足慰
> 偓偬。君时顾我笑，有情孰能还。

子庸抱绝世之才，少年科第，本思名列清班，无奈屡举进士不第，故郁郁无以自聊，遂发而为此狂态也。

道光九年春末，子庸在北京时，城南花之寺海棠盛开，游屐颇盛。郑梦生铁生，醵诸同好，宴之花下。日斜宾散，仪克中墨农与子庸联榻僧庐，话几达旦。翌日，林菽池来，

追昔欢饮，复抵暮，亦可谓文儒风流也。克中有《瑶台聚八仙》一首纪其事。子庸摄朝城县、摄朐县、摄潍县，后以收纳逋逃，被谗落职，闻者惜之。返乡后，以道光二十六年丙午十二月十六日卒于家。

粤有摸鱼瞅盲词，皆妇女所喜唱，其调长者曰解心，即摸鱼之变调，珠娘尤喜歌之以道意。番禺冯询子良以进士归知县班，回籍候次，好流连珠江画舫，纵情狎游。与顺德邱梦旗鱼仲及招子庸辈六七人，剧纵于珠江花埭间，唱月呼风，竞为豪举。询以摸鱼词，语多鄙俚，变其调为讴，使歌，其慧者随口授即能合拍。

子庸所著《粤讴》，全书四集为一册，凡九十九题，得词一百二十首，刊于道光八年，出版于西关澄天阁。其内容多写男女之情，尤偏于妓女生活，写沦落青楼者之哀音。其《吊秋喜》一阕，尤情至文生，凄恻动人。酒阑灯灺，跂脚胡床，一再哦之，辄觉古之伤心人，谁不如我。

秋喜，珠江歌妓也。与子庸昵，而服用甚奢，负债累累，鸨母必令其偿所负，始得遣行。秋喜愤甚，不忍告子庸。债主逼之急，无可为计，遂投水死。子庸惊悼，不知所措，遂援笔而成《吊秋喜》一阕，沉痛独绝，非他人所能强记〔及〕。

粤讴为地方文学，用广东语方言以抒发情感之诗歌也。黄伯思谓，屈、宋之文皆书楚语，作楚声，纪楚地名，故谓之楚辞，粤讴其流亚矣。

粤东方言别字，亦藉此多所考证，不苦诘屈聱牙，粤讴多用兴体，如《桃花扇》《船头浪》《花心蝶》《潇湘雁》《孤飞雁》等，皆言他物以引起所咏之词。而《桃榔树》《垂杨柳》等，则为比体。讴歌虽小道，然笔法之妙，非窥透文章三昧者不易企及。

子庸精晓音律，善琵琶，寻常邪许声，入于耳即会于心，蹋地能知其节拍。故所辑粤讴，虽巴人下里之曲，而饶有情韵。自子庸撰《粤讴》，一时文人争相祖述，写此类文字之人甚夥，粤讴遂成一种公名，缪艮莲仙其卓著者也。自道光末年，喜弋阳腔，谓之班本，其言鄙秽，而嗜痂者无处无之，求能唱粤讴者，邈如星汉。永嘉之末，不复闻正始之音矣。

原载《新闻报》1948年8月31日、9月1—2、4—5、7—8日

隽君注：冼玉清，南海人。少年时肄业澳门陈子褒灌根学塾，旋到香港习英文，升学岭南大学，毕业后留校任教。喜著作，以有关广东乡邦史事者为多。一九六五年十月三日，病殁广州。陈璞，字子瑜，号古樵，番禺人。咸丰辛亥举人，官江西安福县。工诗书画。廖亮祖，字伯雪，道光己亥举人，授徒广州，从游者数百人。钱林，字叔雅，浙江钱塘人。张维屏，字子树，号南山，番禺人，道光癸未进士，历官湖北、江西。与林伯桐、黄乔松、段佩兰、黄培芳、谭敬昭、孔继勋等，筑云泉仙馆于广州白云山脚，伊秉绶题

为七子诗坛。晚年筑听松园于花埭，即培英中学原址。著作颇多。徐荣，字铁孙，广州驻防汉军正黄旗人（粤谚旗下），道光丙申进士，官浙江多年。太平军攻徽州，徐荣率兵抵抗，被杀而死。仪克中，字协一，号墨农，番禺人，道光壬辰举人。任广东巡抚祁𡎴幕友，建议修浚州渠，以疏水患。修省志时，采访金石颇勤，补前人所未及。缪艮，字兼山，号莲仙子，浙江钱塘人，生于乾隆三十一年，出身秀才。奔走南北，以卖文教书为生。所作《客途秋恨》南音，百余年来传诵岭南。

沧桑历劫纪南园

　　叶遐翁住粤中东山东园，养病不下楼，然关于粤东文献，指导保存，发扬刊布，不遗余力。如《广东丛书》巨制，排印数百卷[1]，多为百年未见之本，洵鲁殿灵光也。暇日往谈，述及南园旧址，今改为图书馆，而图书馆经费，月只法币十五万。图书馆主任徐性〔信〕符先生，年七十，守图书馆不去，谋收藏版本，考订专家，为南北推重。但于本月逝世，老辈凋零，遐翁又少一助手矣。回忆南园前辈风流，大有今昔之感。适亡友王葿《南园墨痕》残稿在箧，所述多志乘所未及，乃参考民国以来事，成《南园今昔》一篇，以酬遐翁俯仰之意。

南园故址在广州文德路中，旧为广雅书局，今易名图书馆。俯仰沧桑，已成陈迹，过之者已莫详为风流文艺之地矣。《番禺志》称，南园在府城南二里，中有抗风轩，明初孙蒉、黄哲、王佐、赵〔李〕德、李〔赵〕介辈结诗社于此，后废为总镇府花园，嘉靖间改为大忠祠。自洪武初"南园五先生"开粤中一代风流，其后有欧祯伯、梁公实、李少偕、黎维敬、吴兰皋诸人结诗社于南园，称"后五先生"。康熙癸亥[2]，番禺令李文浩就大忠祠东偏，改建抗风轩，列前五先生而祀。乾隆癸未[3]，以后五先生附祀，颜曰"南园前后五先生祠"。是为南园递嬗兴复后之经过，南园之名遂著。其间，在崇祯癸酉[4]时，陈子壮以礼部侍郎抗疏修南园诗社，与区怀端〔瑞〕、曾道唯、谢长文、黎遂球、黄圣年、黎邦城、苏典裔、梁佑逵、区怀年、陈子升、高赍明等十二人吟啸契盟，重赓风雅，回光曾似返照。至清末宣统辛亥[5]时，梁鼎芬罢官归里，又于抗风轩约李湘文、姚筠等八人续南园诗社，已成尾声，不旋月而清祚革。南园之会，便尔寂寂，遂成今志乘上一名词，徒供揽古吊影，增苔华之伤感已耳。

南园距府学甚近，即昔日文昭门外之东南隅，地极幽回，广十数亩。十先生祠左，即三忠祠，旧称大忠，祀宋文天祥、陆秀夫、张世杰三公。自明嘉靖崖门还建，碑记甚详。迄于清光绪中叶，张之洞督粤，拓其地，创广雅书局，征聘名宿，校刊典籍，文事昭扬，厥事堪颂。而红桥锦树，花木扶疏，营构雅丽，群称游燕胜处。及之洞去粤，流风浅泯，新政丕兴，变为教育机关二十余年，今改为图书馆，而藏书不多，版籍凋残，"广雅"二字亦随南园俱去。今广州人士，除老名辈外，只知广州有南园酒家，竟指此为当年前后五子游宴之地，文献无征，为之慨然！

原载《新闻报》1948 年 9 月 17—19 日

隽君注：叶遐翁即叶恭绰，番禺人，字裕甫、誉虎、玉父。历官南北三十余年，政治、经济、文化、诗词、艺术无不精研。收藏丰富，著作十余种，多已刊行。陆丹林，字自在，号枫园，三水人。黄雨亭即黄荫普，番禺人。简驭繁即简又文，笔名大华烈士，新会人。（黄、简两君今在香港。）徐信符即徐绍棨，番禺人，藏书丰富。王蓬，即王君演，字秋湄，番禺人。工诗，精章草。

注释

1 "如《广东丛书》巨制，排印数百卷"句，谢其章编《世载堂杂忆续篇》（海豚出版社 2013 年版）改为"如与陆丹林、黄雨亭、简驭繁编印《广东丛书》一至三编"。

2 清康熙二十二年，公元 1683 年。

3 清乾隆二十八年，公元 1763 年。

4 明崇祯六年，公元 1633 年。

5 清宣统三年，公元 1911 年。

足供史料的打油诗

今之打油诗，即历史上之讽刺诗，以通俗时谚写当代实事，往往足以供修正史者之资料。如《左氏传》所载"眹〔睅〕其目，皤其腹，于思于思，弃复来"，《诗校〔经〕》"燕婉之求，得此戚施"，《晋书》"君非君，王非王，驾轻车，上北邙"，李义山诗"夜半醉〔宴〕归宫漏永，薛王沉醉寿王醒"，《宋史》所据"丁家洲上一声锣，惊走当年贾八哥"之类，皆一代正确事实也。

民国自洪宪盗国之后，孙总理率议员南来护法，至北伐成功，是为南方正史，亦即中华民国之正史。北方自黎元洪去位，继以冯国璋，又制造国会，举徐世昌为总统，有皖直之争，有奉直之争，有曹锟贿选总统之争，有国民军逐曹锟之役，有段执政之事，有南北议和之局，其间攘攘，殆过十年，就中实录，足供史料者，往往于报章杂记、讥讽咏叹之诗歌见之。乃搜辑当时著录，咏事详瞻者，都为一篇，详加解注，修民国史似可据以参证。亦犹之宋修《唐书》，尽采刘禹锡杂记，明修《元史》，多据当时稗书也。

北方冯国璋、徐世昌秉政之际，情势最为错杂，非深知内情者，不能道其真谜也。亡友文公达曾著有打油七律一首，寥寥数语，包括无遗，偶检行箧得之，其辞曰："怀芝步步学曹锟，光远遥遥接李纯。漫说段芝真可贵，原来徐菊本非人。"以下未能尽忆。此诗当时传诵南北，事过境迁，人物换移，知者益寡，至谈当时情势，鲜能道者，乃将当时本事，引伸出之。

唐少川告予曰：袁项城小站练兵，一日静坐幕中，闻外有肩布走售者，呼卖声甚洪壮，异之，使人呼入，即曹锟也。貌亦雄伟厚重，劝其入小站投军，成绩甚佳，屡蒙不次之擢。张怀芝识字甚少，亦在小站充当伍长，与曹锟最厚，亦屡受超拔。项城小站发轫时，怀芝为随马弁目，项城乘马偶颠斜，将坠地，怀芝一手叩马，以头及肩承之，而项城足为马镫所套，几遭不测。因之怀芝之头患颈偏，数月治疗方愈。项城因之益信任怀芝忠实，故北洋六镇成立，王英楷、王士珍、段祺瑞、吴凤岭诸人外，曹锟、张怀芝皆膺镇统之选。

项城遭醇王贬斥治罪，祸将不测，微服逃天津，欲投杨士骧，独以张怀芝从，其信任可知也。怀芝常曰："曹三爷是我长兄，他走一步，我随一步，他跑一步，我亦跑一步。"当张勋逼黎元洪出走时，黎派人运动曹锟拥护，曹锟有电达总统府，张亦有电；后曹锟受段合肥运动，宣言否认，张亦宣言否认；及曹锟为直隶督军，怀芝运动山东督军，曰："跟曹三爷走也。"又怀芝为参谋总长时，不识字而好弄文，一日下一命令，派某人到参谋部，写"派"为"抓"，将所派之人抓禁参谋部候发落，其可笑有如此。王聘卿曰："怀芝事事学曹仲山，仲山不乱动笔，自为藏拙，怀芝独对此事未曾学得到家。"

民国二年，五都督举兵抗袁之役，李纯以第六镇师长有功，坐镇江西，陈光远时为旅长。及帝制推倒，黎元洪以副总统正位总统，冯国璋乃以南京督军、上将军膺副总统之选。未几，元洪出走，冯国璋为北洋派拥戴，入京继总统位，李纯任南京督军，陈光远亦获江西督军之职。李纯在江西时，刻意拥戴黎元洪，故有赣督之命，治军亦有法纪，及督两江，以齐燮元为参谋长，李纯急病死，当时谣诼甚多。陈光远无大作为，事事随李纯主张，李纯死，光远旁皇无所之，卒为其部下取而代之。孙大元帅开府广州，陈光远派其弟光逵来广州持函通款，光逵与曲同丰同莅粤，一日宴会，甚得意，曰："孙大元帅极重视我也。"

段芝贵，合肥人，北方称段祺瑞为"老段"，芝贵为"小段"。小段作事，老练机密，残酷生辣，因此深得袁项城信任。在前清因杨翠喜案喧腾人口，奉天巡抚一职卒以罢黜。项城入民国，重要密件，事事皆付芝贵执行，如密令京、津、保四镇兵变，捕杀张振武，毒死赵秉钧等案，皆芝贵怀挟密令，相机行之。洪宪帝制，项城颁皇室规范之制，自皇二子以次，皆得饰碧玉洗于帽前，以别凡流，芝贵亦获此赐，故京师人谓芝贵实居养子之列。《洪宪纪事诗》"君王碧洗颁冠玉，养子承恩四子婚"，即咏此事。芝贵异想天开，思借帝制权力一洗在前清时奉天巡抚被革职之耻，项城特任之为陆军上将、镇安上将军、督理奉天军务、节制吉林黑龙江军务、一等公爵。芝贵大得意，以为宿恨可报，急赴奉天。其时洪宪局势已趋末路，张作霖、冯麟阁等联合逐之。芝贵不得已，又怏怏入关。

洪宪既败，惩办罪魁，黎元洪与段祺瑞府院交恶，段主张惩陈，黎则祖陈；黎意欲惩段，段又护段。于是调人往返，两皆不究，以息府院之争。皖直战争之局开，段芝贵为皖方总司令，在京保车上设总司令部，以敌吴佩孚北上之兵。一战全墨，芝贵失措，惧为俘虏，开足总司令火车张皇逃入北京，沿路溃散军队为火车碾毙者，枕藉于途。时曲同丰为前敌总指挥，段总司令先以火车逃，曲欲遁而无机车，遂被直军所获，仍〔乃〕迫令着妇人红裤直立阵前，招纳皖系散军，其事可谓丑恶矣。

徐世昌，字菊人，直隶东海人。袁项城在北洋，菊人以翰林院编修奏调来幕府，办理政事，后以翰林资格，不能照算俸积，辞归翰林院。当时徐世昌、袁世凯、唐绍仪三人换盟帖，徐为大哥，袁为二哥，唐绍仪则三弟也。徐出为东三省总督，实赖袁力奏升，此前清徐露头角所由来也。

清帝退位，以世续、徐世昌为师傅，管理清宫事。袁世凯与徐世昌共同策划，谋定而后行。对于清室，外由世续，内则世昌主之，无异代表袁世凯管理清室。及南中平定，改

《约法》，改官制，乃以徐世昌为国务卿，设政事堂，师傅席另易陈弢盦先生。因其时清室内外已布置完好，可易他人矣。

徐菊人在北洋幕时，于晦若[1]诸名流皆在袁幕，均呼徐为"野狐禅"，谓其诡谲多端也，而晦若则谓世昌非野狐，实为"训狐"。盖引东坡语，训狐为不祥之物，集人家屋，其家必败。世昌若用为辅佐，非国破、家败、人亡不止。座中有人曰："晦若谓菊人非人，即令为训狐，尚属生动血气之伦，有影有形。以予观之，直鬼魅耳，案之不能见其迹，听之不能闻其声。人尚以为大雅之度，冠冕之俦，非狐实鬼，去人远矣。此人必大得意，但观其状貌风度，不为刘豫，则为留梦炎。"晦若笑曰："狐鬼安能成大事？"此段议论，唐少川为予言之。

帝制萌芽，徐世昌既放弃清室师傅，就政事堂国务卿，徐意以为将来继袁者舍我其谁，故拼老命为之，集灵囿中，训狐又据高座矣。徐在政事堂，结纳北洋派军事领袖，与王聘卿士珍最善。故北京有徐世昌为复辟派之目，实则世昌固别有运用也。洪宪帝制发轫，一切均由政事堂出之，徐所援引至交鄂人周树模者（前清黑龙江巡抚，入京居显职），默察各省反对，项城必败，即说黎元洪勿受武义亲王职，再说徐世昌辞去国务卿，回彰德修养，以收拾帝制之残局。时京、津各报呼徐为三朝元老者不绝于耳，盖洪宪重臣亦甚利徐世昌之去也。世昌因深以周树模为然，即去位退居淇上，对于洪宪坐观成败。

民国重光，黎元洪继位，曾派哈汉章往彰德，问计于徐。徐曰："段芝泉刚愎自用，府院必有冲突，能了此，折冲其为王聘卿乎？愿黎总统深结合之。"聘卿、汉章皆于复辟党有关，菊人则走棋下先着也。黎、段交哄，怂恿段方讨黎，徐有阴谋存焉。于是国会、总统府连合推翻段芝泉政权，明令免段祺瑞内阁总理职，哈得徐保证，王士珍可继任，能控制段芝泉，为复辟张本也。未几而有李经羲任内阁之命，江西人钮传善实奔走之。钮则往来黎、徐之间，而张勋来京之议，实由世昌授示机宜，要求先解散议会。张勋来京，徐为黎谋，用以制段。而张勋声言，先由黎解散国会，然后入京。实则徐利用张勋复辟，成则己功，不成张勋受过。

复辟既败，徐居淇上，号"世外人"，而遣人告段曰："勿恢复国会，不许黎总统复职，以冯国璋继之。"冯、段二人之龃龉，徐又有力造成。至皖、直两系之争，徐以直隶人资格、项城老友、北洋系耆望，倾心联络北洋直系军人王士珍等，在内运动。冯、段交恶愈深，徐世昌之计划愈固。冯华甫死，段芝泉不能统一北洋，徐世昌蹒跚而出，得组织新国会，居然为中华民国大总统矣。徐为总统，段执政权，段又组织安福系国会以控制徐世，徐亦收购议员以控制段祺瑞，于是引起皖直之战。

直系权力之下，徐世昌无大作用，而直系要人自起内争，初欲拥曹锟为大总统，以逐徐世昌。孙洪伊、吴景濂召集民六旧国会，认黎元洪复总统职，以为过渡。再由冯玉祥等逐黎而开会选举总统，所谓曹锟为贿选总统是也。于是徐世昌狼狈往天津，此水竹村人只能画朱竹以自遣，无复能施其技矣。盖自民国元年以至十年，暗中操纵时局者，实为徐一人。

原载《新闻报》1948 年 9 月 24—26、28—30 日、

10 月 1—7 日

注释

1 于式枚（1853—1915），字晦若，祖籍四川营山，生于广西贺县（今贺州）。清光绪六年（1880）进士，入李鸿章幕府，后任广东提学使、考察宪政大臣、邮传部侍郎、礼部侍郎等职。

《世载堂杂忆续篇》前言

陆丹林

刘禺生（成禺）所著《世载堂杂忆》，属于近代史料掌故丛刊一类的图书，1960年，北京中华书局把它整理出版。作者是中国同盟会会员，曾参加辛亥革命和对北洋军阀的政治斗争，抗战前后，也当过高级的公务员（监察委员、监察使）。本书是他晚年的回忆杂记，绝大部分是亲身经历和见闻。这些材料，颇多珍闻秘事。但是该书印行的，只有十分之八的材料，还有部分文稿没有编入。我手边藏存他的余稿，今特整理抄录，并略为注明。目的是供读者们得窥全豹，也可以使作者当年的写作，不致四分五裂而有遗珠之憾。

在此顺便说明几句，刘禺生是个博闻强记、极有风趣的人物，他写作此书，有的是在抗战以前和抗战期间，有的是在日寇投降以后续写的。无可讳言，有的史事缺乏参考资料，有的苦忆追述，也不免"想当然"地顺笔一挥，因之"小疵"是很自然的了。原书的错误之点，顺便指出几处，代为更正，意图是使史料较为符合事实而已。

　　"和珅当国时之戆翰林"条，说孙渊如（星衍）是传胪，是错误的，孙是乾隆五十二年丁未科榜眼，该科传胪实为朱理。阮元是乾隆五十四年己酉科翰林，误为状元，该科状元应为胡长龄。"太平天国佚史"条，把基督教误为天主教。"张之洞遗事"条、范鸣璩误为鸣琼，"咸丰曰"咸丰误道光。"武昌假光绪案"条，说"假光绪乃旗籍伶人，名崇福"，根据张之洞奏稿应为杨国麟，不是崇福。"东奥山庄"条，张謇挽徐树铮联，是悬在西山村庐墙壁，不是东奥山庄。"蔡乃煌佳句邀特赏"条，说蔡乃煌于民国五年死于海珠善后会议之役，事实上，蔡是在龙济光被广东人民压力之下而遭枪决，与海珠会议无涉。"纪伍老博士"条，说陈少白与孙中山同业医科，实际陈只习医一年便退学，并无毕业。"刘坤一泄不第之恨""马眉叔与招商局""侧面看袁世凯"等条，均抄袭王伯恭《蜷庐随笔》，"岭南学派述略"，抄自《广东文物》孙完璞的《粤风》，都没有注明。其他如"苏曼殊之哀史"，多属失实。也有误漏的字，如周季贶误张季贶，搢绅录漏去录字等，均是笔误或校对疏忽而造成。章士钊《疏黄帝魂》文中，也谈到刘禺生写作《世载堂杂忆》，以小说家姿态，描写先烈成书，次第随意出入。并指明邹容"腊肠下酒著新书"一篇，说蔡锷参加其事，并题《革命军》稿为腊肠书，以时以地，是绝无其事者。至于书中夹杂些封建的、迷信的、放诞的成分，这些都说明了刘禺生的写作，有时不够严肃。因此，我们阅读史料掌故时，要有辨别是非的能力，绝不能够囫囵吞枣般全盘接受，而认为绝对无讹的史实的。

　　　　一九六六年九月，隽君记于香江寓楼